김소월 시의 리듬 연구

『진달내꼿』을 중심으로

저자

장철환(張哲煥, Jang Cheul-whoan)은 연세대학교 철학과를 졸업하고, 동대학원 국어국문학과에서 석사 및 박사학위를 받았다. 현재 연세대학교 및 서울예술대학에서 강의중이다. 논저로는 『영원한 시작–정현종과 상상의 힘』(공저), 「1920년대 시적 리듬의 전개 과정」, 「김소월 시에서 민요조 율격의 위상」, 「김기림 시의 리듬 분석–문명의 '속도'의 구현 양상을 중심으로」, 「김억 시론의 리듬 의식 연구–시형과 언어의 변모 양상을 중심으로」 등이 있다. 최근의 연구는 한국 근현대시가 지닌 다양한 리듬의 양상들을 분별하고, 이를 통해 새로운 리듬론의 성립 가능성을 타진하는 데 주안점을 두고 있다.

김소월 시의 리듬 연구 『진달내쏫』을 중심으로

초판인쇄 2011년 10월 5일 **초판발행** 2011년 10월 10일
지은이 장철환 **펴낸이** 박성모 **펴낸곳** 소명출판 **출판등록** 제13-522호
주소 서울시 서초구 서초동 1621-18 란빌딩 1층
전화 02-585-7840 **팩스** 02-585-7848 **전자우편** somyong@korea.com **홈페이지** www.somyong.co.kr

값 20,000원

ISBN 978-89-5626-611-4 93810

김소월 시의 리듬 연구

『진달내쏫』을 중심으로

A Study on Rhythm of Kim So-wol's peotry
— Focusing on Azalea —

장철환

책머리에

이 책은 박사논문 「김소월 시의 리듬 연구」를 출간한 것으로, 사유의 근간은 다음과 같은 질문에서 비롯한다. "한국 근 · 현대시에서 시적 리듬(poetic rhythm)의 위상과 가능성을 탐색하는 일은 과연 무슨 의미가 있는가?" 시적 리듬이 전통시의 흔적이나 잔해쯤으로 간주되는 오늘날의 흐름에 비추어 본다면, 시적 리듬에 대한 탐색은 하나의 퇴영적 현상이나 불가능한 시도로 비춰질 확률이 높다. 그러나 문제는 반(反)-음악적이라고 간주되는 산문시에서조차도 그 내부에 어떤 미묘한 소리의 울림과 반향이 존재한다는 점이다. 그 특정한 울림은 명시적으로 드러나지는 않지만, 한 편의 시를 내적으로 조직하면서 시에 고유한 '소리의 결(texture)'을 형성한다. 이 '소리의 결'이 한 편의 시에서 음운 · 단어 · 문장 차원의 독특한 소리 구조로 구체화되는 것이다. 이 책의 논의는 바로 이곳에서 출발한다. 즉, 하나의 시를 내적으로 조직하는 원리로서의 소리 구조의 탐색.

기존의 전통적 이론은 이 소리 구조를 '율격(meter)'이라는 범주로 한정함으로써, 시적 리듬에 대한 불필요한 왜곡과 오해를 양산해 왔다.

시적 리듬에 대한 연구는 율격의 문제로 제한되었고, 시에 고유한 소리 구조의 탐색은 시의 내용과 무관한 추상적 격자(measure)의 탐색으로 대체되어 버린 것이다. 이로써 음수율과 음보율과 같은 말단의 형식들이 한국 근현대시의 리듬의 요체이자 전체인 것처럼 오인되는 사태가 발생하게 되었다. 시적 리듬 개념에 대한 재사유가 요청되는 것은 바로 이때이다. 우리는 기존의 율격론이 견지해 온 분석틀과 방법론을 지양하고, 현대시의 자유로운 리듬에 적합한 분석틀과 방법론을 새롭게 정초할 필요가 있다. 이를 통해 시적 리듬이 시의 조직화의 원리이며 의미-형식의 통합체라는 사실을 분명히 할 수 있다.

새로운 리듬론을 정초하는 작업에서 1920년대는 매우 중요한 시기이다. 그것은 1920년대가 근대 자유시의 성립 과정에서 최초로 시적 리듬이라는 개념이 출현한 시기이며, 동시에 율격론이 중심적 지위를 차지하는 시기이기 때문이다. 이는 역으로, 시적 리듬에 대한 이해의 차이가 근대 자유시라는 새로운 형식에 대한 사유뿐만 아니라 시의 본질에 대한 근원적 이해를 결정짓는 결절점이라는 사실을 보여준다. 여기에서 무엇보다 중요한 것은 근대시의 성립과정에서 두 핵심축을 담당했던 전통과 외래의 길항관계를 보는 것이다. 기존의 시 형식과 새로운 시 형식 사이의 갈등과 긴장, 그것은 개인이라는 근대적 주체의 성립을 둘러싼 의식구조의 변화양상과 대위적 관계를 이룬다. 바로 이러한 사실들이 우리로 하여금 김소월을 호명하도록 만든다. 소월이야말로 과거와 현재, 안과 밖이 교차하는 중심지점에 서 있는 근대적 개인이기 때문이다.

1920년대의 사유에서 시적 리듬에 대한 이해의 차이는 일종의 방향지시등의 역할을 담당해 왔다. '내재율'과 '외형률'이라는 개념적 대립쌍이 외래와 전통을 대표하는 짝패로서 기능해 온 것이다. 실제로 근대 초기 서구 상징주의 시의 유입과정에서 벌어진 '몽롱체' 논쟁과, 1920년대 중반 민요와 시조의 부흥을 둘러싼 논쟁은 이러한 사실을 잘 보여준다. 이러한 맥락에서 소월 시의 리듬은 근대 자유시의 성립과정에서 중요한 기능을 수행해 온 외래와 전통의 길항관계를 예시한다고 할 수 있다. 즉 소월 시의 리듬은 근대 자유시의 내재율과 외형률이 상호 교차하는 중심 지점으로 기능하면서, 과거와 현재, 안과 밖, 내용과 형식이라는 이분법적 계기들의 길항관계를 반영하는 것이다.

소월 시에서 이러한 계기들은 두 가지 원리, 즉 규칙과 정형이라는 질서의 원리와 불규칙과 변형이라는 변화의 원리로 나타난다. 양자가 길항하는 구체적인 마디들은 음운 차원에서 행(line)과 연(stanza)을 거쳐 작품 전체에 이르기까지 폭넓은 스펙트럼을 띤다. 이 중 '운'과 '율'과 '선율' 차원의 반복은 핵심적인 매개 지점으로 기능하는데, 거기에는 다시 서로 대립하는 두 개의 층위가 존재한다. 다시 말해 '운'의 차원에서 압운의 규칙적 반복과 '프로조디(prosodie)'의 불규칙적 배열이, '율'의 차원에서 음수율의 정형적 반복과 호흡률의 불규칙적 배열이, '선율'의 차원에서 구문적 억양과 리듬적 억양이 상호 대립 · 충돌하는 것이다. 이 세 가지 마디들의 순서가 이 책의 본론을 구성한다.

우선 2장에서는 음운의 반복이 규칙적인 형태와 불규칙적인 형태로 나누어지는 양상을 살펴볼 것이다. 각각에서 압운(rhyme)과 '프로조디(prosodie)'의 분석은 핵심적인 자리를 차지한다. 이를 통해 우리는 김소월 시에서 음운의 반복이 두운(alliteration), 요운(internal rhyme), 각운(end rhyme)과 같은 주기적이고 규칙적인 양상으로만 환원되지 않고, '프로조디'와 같은 불규칙적이고 비주기적인 양상을 띤다는 것을 보게 될 것이다. 또한 음운의 반복이 내적 메커니즘에 따라 특정한 계열체를 형성할 뿐만 아니라, 각 계열체들 상호간에 병렬 · 전이 · 대립된다는 사실을 확인하게 될 것이다.

3장은 율(律)의 측면에서 소월 시의 민요조에 대한 검토를 중심으로 삼는다. 여기에서 우리는 7 · 5라는 율격의 출현과 기원에서 출발하여, 소월 시에서 음수율(또는 음보율)이라는 규칙적 반복이 어떻게 드러나는지 고찰한 뒤, 호흡률이라는 불규칙적 반복이 드러나는 구체적인 지점들을 탐색할 것이다. 특히 후자와 관련해 휴지(休止)와 템포(tempo)가 자유율을 구성하는 핵심 요소임을 확인하게 될 것이다. 이러한 분석은 소월 시가 '규칙(정형) 지향성'을 띠는지 아니면 '율격적 개성'을 띠는지에 대한 판단을 가능케 할 것이다.

4장은 선율의 측면에서 시의 통사론 · 의미론 · 리듬론이 어떻게 결합하는지를 보여준다는 점에서 시적 리듬의 핵심적인 부분을 차지한다. 우선 소월 시에서 구문의 기본 구조를 확증하고, 이것이 통사론적 차원에서 다양하게 변이되는 양상을 추적할 것이다. 특히 시행 단위의 종결율조(cadence)가 변화하는 양상을, 문장의 단락(短絡) · 연장(延長) · 도치(倒置) 그리고 앙장브망(enjambement)으로 세분하여 고찰할 것이다. 이러한 분석을 통해 구문론적 억양과 리듬적 억양의 충돌이 구체적으로 예시될 것이다.

이상의 논의들은 의미 / 형식의 이원론을 극복하고, 시적 리듬의 음성(소리)적 · 통사적 · 의미적 차원을 단일하게 사고하는 의미-형식의 일원론으로 수렴될 것이다. 다시 말하지만 시적 리듬은 시의 의미와 형식을 하나의 단일한 복합체로 조직하는 내적 원리이다. 그것은 의미와 형식이라는 씨실과 날실을 직조해 만든 하나의 고유한 무늬이자 결이다. 우리는 소월 시의 리듬이 그려내는 그 무늬 속에서 전통과 외래, 봉건과 근대의 절묘한 조화를 목격할 수 있다. 이것이 소월 시의 리듬을 탐색하는 작업의 일차적 목표이자 의의이다. 이는 궁극적으로 현대시에서 자유율의 성립 가능성의 타진이라는 더 큰 목표와 의의에 복무한다. 소위 비(非)음악, 아니 반(反)음악으로 규정되는 현대 자유시에서 새로운 음악성을 확립할 가능성도 여기에서 비롯한다. 현대시의 자유율에 구체적이고 실질적인 내용을 채워, 그것을 하나의 실체로서 확립하는 것은 이렇게 해서 가능해진다.

스승이 있다는 것은 행복한 일이다. 그것도 평생 귀감이 되는, 훌륭한 스승이 있다는 것은 행복한 일임에 틀림없다. 그분들의 사유와 인격의 품 안에서 나의 생각과 정신의 태반이 형성되었다는 사실, 그것은 고맙고도 놀라운 일이다. 이 작은 책도 마찬가지이다. 그러므로 이 책의 출간과 관련하여, 그분들께 감사와 경의를 표하는 것은 너무나도 마땅한 일이다.

무엇보다도 시(詩)가 무엇이며 그것을 어떻게 짓고 감상하는지 가르쳐주신 정현종 성생님과 유종호 선생님께 감사드린다. 두 분은 '시짓기'와 '사유하기'의 영원한 귀감임에 틀림없다. 또한 나의 미약한 생각에 올바른 방향과 체계를 잡아주신 정명교 선생님께 감사드린다. 선생님의 정통한 지도가 아니었다면 아직도 아집과 편견에서 헤매고 있었을 것이다. 이런 점에서는 홍정선 선생님, 이남호 선생님, 김영민 선생님, 이경훈 선생님께 빚진 바가 많다. 냉철한 분석과 탁견으로 이 글의 내용을 풍부하게 해 주신 것에 대해 다시 한번 머리 숙여 감사드린다. 이 밖에도 많은 선후배 학형들에게 고마움을 표한다. 그들의 풍요롭고 자유로운 사유에 안팎으로 힘입은 바가 크다.

글을 쓰는 것과는 달리, 책을 펴내는 것은 혼자서는 불가능한 일이다. 책의 발간이 온전히 여럿의 일이란 것, 하여 여럿의 도움이 없으면 불가능한 일이란 걸 이번에 알게 되었다. 이 책의 발간을 위해 성심껏 애써주신 김영민 선생님과 최현식 선생님께 진심으로 고마움을 표한다. 두 분의 조력과 산파가 없었다면 이 책의 발행은 불가능했을지도 모른다. 이와 더불어 실무를 담당하신 근대한국학연구소와 소명출판에도 깊은 감사의 마음을 전한다.

아직까지도 자식의 길을 믿고 지켜봐 주시는 부모님께 고맙고 죄송한 마음 금할 길이 없다. 독선과 이기심을 사랑으로 되돌려 주시는 분들께 더 무슨 말을 보태겠는가? 항상 새로운 길을 두려워하지 않는 의태형, 예술과 철학의 '사이'에서 멜랑콜리를 탐구하는 동규, 수원에서 음악과 삶의 열정을 지휘하는 자범, 그리고 불란서에서 섬세하고 유려한 미학을 공부하는 영정, 삶의 뒤안을 같이 할 '아름겨움' 친구들에게 애정과 감사를 표한다.

끝으로 사랑하는 나의 아내, 윤진에게 고마움을 전한다. 그녀가 아니었으면 이 글은 처음부터 불가능했을 것이다. 이런 면에서 이 글의 진정한 저자는 내가 아니라 그녀이다. 그녀가 내게 보여준 신뢰와 사랑, 그리고 한 아이를 잉태한 모성, 그 모든 것들에 대해 이 작은 글로써 사랑과 경의를 표한다.

2011년 9월

장철환

● **차례** ●

제1장
서론
김소월 시의 리듬의 위상

1. 소월 시의 리듬과 율격론

김소월 시에 대한 논의는 "설진(說盡)된 느낌"[1]이 있다. 연구 실적의 방대함은 일차적으로 김소월 시의 매력과 우수성에 의한 유인작용 때문일 것이다. 그러나 기존 연구는 그 연구 분량의 방대함에도 불구하고 하나의 동일한 토대를 공유하고 있는 것처럼 보인다. 정한모가 "초기의 뚜렷한 업적이 있어온 이래로 金素月에 관한 논의는 (율격문제를 제외하면) 오히려 제자리를 맴돌고 있는 느낌"[2]이라고 표명했을 때, 그것은 기왕의 논의에 대한 안타까움의 표백처럼 들린다. 여기서 반성의 지점을 암시하는 '제자리'는 '정한론(情恨論)'으로 대표되는 전통론

1 김윤식, 「소월시의 행방」, 『심상』, 1974.10, 12쪽.
2 정한모, 「해설」, 김열규 · 신동욱 편, 『김소월 연구』, 새문사, 1996, 4쪽.

이 서 있는 자리를 가리킨다. 분명 정한론은 "한 시인의 독창성이나 개별성보다는 보편성 및 전통성의 규명에 많은 노력"[3]을 바치기 때문에, 소월 시의 독특한 미적 자질을 제대로 해명하는 데는 역부족인 것처럼 보인다. 그렇다면 김소월 시의 독창성과 개별성, 다시 말해 그의 시가 지닌 매력과 우수성은 어디에서 찾을 수 있는가?

> 김소월에 대해 또 무슨 말을 보탤 것인가? 그는 구비전통에 대한 청각적 충실을 통해서 리듬을 살리고 시의 음률성을 존중한 시인이다. 그의 불역(不易)의 매혹이 여기에서 나온다.[4]

김소월 시의 핵심이 리듬과 음률에 있고 거기에 '불역의 매혹'이 있다는 지적은 김소월 시에 대한 불역(不易)의 간파이다. 분명 김소월 시가 지닌 매력은, 모국어에 대한 천부적 자질을 바탕으로 형성된 시적 리듬과 음률에 대한 철저한 자각에서 비롯한다. 따라서 김소월 시의 리듬과 음률을 확증하는 일은 그의 시가 지닌 '불역의 매혹'의 원천을 탐색하는 것이 된다. 이는 일차적으로 김소월 개인의 문학사적 위치를 점검하는 것이며, 동시에 한국 근대시에서 자유시의 위상을 재정립하는 것이기도 하다. 왜냐하면 김소월 시의 리듬에 대한 이해의 차이는, 근대 자유시라는 새로운 형식에 대한 사유를 경유해 시의 본질에 대한 근본적 이해를 결정짓는 매개 지점으로 기능하기 때문이다.[5] 여기에서 문제는 자유시라는 새로운 시에 대한 요청이 일본과 서양이라는 외래의 영향에 의해 촉발되었다는 점이다. 이는 새로운 시형의

---

3 김현자, 『시와 상상력의 구조』, 문학과지성사, 1982, 14쪽.

4 유종호, 「옷과 밥과 자유」, 『현대문학』, 2002.8, 191쪽.

5 한국 근대시의 성립과정에서 시적 리듬의 이해의 차이가 시의 형식과 본질에 대한 이해의 차이를 반영하고 있었다는 사실에 대해서는 다음을 참조할 것. 졸고, 「1920년대 시적 리듬 개념의 형성 과정」, 『한국시학연구』 24호, 한국시학회, 2009.

확립이 시 내부의 문제일 뿐만 아니라 전통과 외래라는 시대적인 문제와 맞물려 있음을 의미한다. 따라서 김소월 시의 리듬은 과거와 현재, 안과 밖이라는 이분법적 제 계기들이 교차하는 중심 지점으로 볼 수 있다.

> 민요조 역시 그와 같은 맥락에서 시행된 무의식적 선택이었을 것이다. 그는 새로운 리듬으로 당시 조선인 독자 대중을 충격하거나 계몽하기보다 그들에게 가장 익숙한 리듬 위에 새로운 리듬을 세우려고 했을 것이다. 「산유화」의 3음보 리듬 혹은 3.4 / 3.3 / 4.4조 리듬의 분할 구성은 그 결과로 나온 것이 틀림없다. 결국 소월은 한국문화의 자연 혹은 토속문화를 재현하거나, 거기로 회귀한 것이 아니라, 토속문화 속으로 들어갔다가 토속문화를 통째로 들고 근대 쪽으로 나아갔다고 볼 수 있을 것이다.[6]

인용문은 소월 시에서 리듬의 자리가 익숙한 것과 새로운 것(과거와 현재), 토속과 외래(안과 밖)의 대립항들이 교직하는 지점임을 보여준다. 여기에는 '개인'이라는 근대적 주체의 성립과 대위적 관계를 이루는 전통과 외래의 상호작용이라는 녹녹치 않은 문제가 도사리고 있다. 다시 말해 김소월은 전근대와 근대라는 시간적 축, 토속과 외래라는 공간적 축이 상호 교차하는 중심 지점에서 소위 '민요시'를 짓고 있었던 것이다.

따라서 김소월의 소위 '민요시'는 두 가지 규제적 원리에 의해 구성된다고 말할 수 있다. 하나는 기존의 논의가 정립해 놓은 것으로, 내용적 측면에서 '정한(情恨)'과 형식적 측면에서 '민요조(民謠調)'라는 개념쌍으로 나타난다. 이 개념적 쌍은 강력한 인력을 바탕으로 김소월

6 정명교, 「한국 현대시에서 서정성의 확대가 일어나기까지」, 한국시학회 학술대회 발표문, 2006, 12쪽.

시에 대한 논의에서 블랙홀과 같은 역할을 수행해 왔다. 그동안 우리는 이 인력의 중심지점, 즉 '안(內)'과 '과거'라는 소실점을 향해 빨려들어 가고 있었던 것이다. 그러나 그것이 아무리 강력한 흡인력을 갖고 있다고 할지라도, 그 자리가 "제자리"임을 간과해서는 안 된다. '이지(理智)'와 '자유율(自由律)'이라는 또 다른 개념쌍이 요청되는 것은 바로 이때이다. 블랙홀 이면이 개방하는 새로운 공간을 향해 우리는 '밖'과 '미래'의 공간으로 나아가야 한다. 그것도 '리듬'이라는 가는 튜브를 통과해서 말이다. 우리가 이러한 험난한 길을 통과해야만 하는 이유는 무엇인가? 그것은 이 길이 김소월의 '무의식적 선택'에서 기인한 '불역의 매력'이 둥지를 튼 곳이기 때문이다.

소월 시에 대한 기존의 논의는 대체적으로 역사 · 전기적 연구, 내용 · 주제적 연구, 형식 · 구조적 연구를 근간으로 원전 확정 연구 및 비교문학적 연구 등이 부가된 형태를 취하고 있다. 선행 연구자들의 뛰어난 업적에도 불구하고, 기존의 논의는 소월 시의 '무의식적 선택'과 '불역의 매력'의 실체를 제대로 규명하지 못하는 한계를 노정해 왔다. 대체적으로 그들의 논의는 내용적 측면에서 '정한론'으로 형식적 측면에서 '민요조'로 수렴되는 양상을 띠는데, 이는 '전통'과 '정형'에 대한 고착에서 비롯하는 것으로 볼 수 있다. '전통'에 대한 강박이 소월과 시적 화자를 한(恨)과 애상(哀傷)을 지닌 전통적 여인상으로 만들었다면, '정형'에 대한 강박은 그의 시를 7 · 5조 3음보라는 규칙적 정형시로 규정해버린 것이다.

물론 내용적 측면에서 정한론에 대한 극단적인 반감이 없었던 것은 아니다. 이미 김기림은 김소월을 포함한 '센티멘탈리즘'에 대해 "슬픈 望鄉歌를 부르는 못난이 니그로"[7]로 혹평한 바 있으며, 김우창 역시

7 김기림, 「감상에의 반역」(『시원』, 1935.4), 『김기림 전집』 2권, 심설당, 1988, 110쪽.

같은 맥락에서 소월 시의 세계를 "生에 대한 깊은 허무주의"[8]로 규정한 바 있다. 이러한 비판들[9]이 소월 시의 핵심을 관통하는 날카로운 지적임에는 틀림없으나, 기존의 정한론의 인식틀을 그대로 차용하고 있다는 점에서 근본적인 문제가 있다. 소월 시를 전통적 감상주의로 규정하고, 그것을 현대성에 비추어 비판하는 것은 쉬운 일이다. 그러나 그것은 문제의 핵심을 비껴간다. 중요한 것은 소월 시가 지닌 비-전통성 자체를 규명하는 것에 있다. 다시 말해 그의 시가 지닌 현대성의 구체적 지점들을 밝혀내는 것, 그것이 문제의 핵심이다.

이는 소월 시의 형식적 측면에 대한 논의에도 그대로 적용된다. 소월 시의 '민요조'에 대한 기존의 논의는 아주 철저하게 정형성에 대한 탐색으로 국한되는 양상을 보여준다. 이것은 시적 리듬을 정형적 형식으로 환원하려는 태도, 나아가 정형적 형식을 시의 음악성의 요체이자 시의 본질로 격상시키려는 태도를 반영한다. 따라서 소월 시의 리듬에 대한 기존의 논의는, 그것이 음수율이든 음보율이든 상관없이, 공히 정형성에 대한 강박의식을 공유한다고 말할 수 있다. 이러한 강박의식의 배후에는 율격론의 정립이라는 보다 거시적 차원의 흐름이 내재해 있다. 이에 우리는 김소월 시의 리듬에 대한 본격적 탐색에 앞서, 율격론이 성립되어 온 과정과 그것의 한계를 살펴볼 필요가 있다.

주지하다시피, 최초의 율격론의 성립은 1920년대 중 · 후반 시조부

---

8 김우창, 「감상주의-김소월의 슬픔」, 『궁핍한 시대의 시인』, 민음사, 1978, 42쪽.

9 김현은 「여성주의의 승리」(『현대문학』, 1969.10, 65쪽)에서 김억과 소월 시를 "모든 사태를 女性 특유의 탄식으로 바꿔버리는 한국적 패배주의"의 전범으로 지목했고, 문덕수는 「리리시즘의 발견」(『문학춘추』, 1964.11, 46쪽)에서 소월을 "한국 근세사상 최대의 失戀患者"로 취급했으며, 임헌영은 「보수와 전통」(『현대문학』, 1967.5, 65쪽)에서 그의 시를 "回憶과 도피의 쌍그네 타기, 네거티브의 變調, 마조히즘의 遁甲術"로 혹평한 바 있다. 김윤식 역시 같은 맥락에서 소월 시의 세계를 "변두리 인간(Marginal Man)으로서의 존재의식에 직결된"(「식민지의 허무주의와 시의 선택」, 『문학사상』 8호, 1973, 285쪽) 것으로 보았다.

흥운동[10]을 거쳐 1930년 조윤제의 논문 「시조의 자수고」[11]에 와서 이루어진다. 조윤제는 통계적 방법에 의거하여 시조의 율격을 3장 6구 45자 내외의 음수율의 정형적 형식으로 이해함으로써 음수율이라는 율격 문제를 제기한다. 그러나 1950～60년대에 오면 새로운 율격이론에 대한 활발한 모색이 일어나는데, 특히 정병욱은 「고시조 운율론 서설」(『國文學散藁』, 신구문화사, 1959)에서 조윤제의 음수율론이 지닌 경직성을 비판하고 그 대안으로 음보론을 제시함으로써 일대 전기를 마련한다. 정병욱의 연구는 율격 연구의 새로운 방향(음수율에서 음보율로의 이동)을 제시하였다는 점에서 음보론의 선구적 위치를 차지한다.

1970~80년대는 한국 시가의 운율 자질에 대한 다양한 논의들을 거쳐, 음보론에 대한 연구가 본격화 · 체계화되는 시기로 볼 수 있다.[12] 성기옥에 의해 율격론의 제3기로 명명된 이 시기에 이르러, 음보의 등시성 개념이 본격적으로 개진되고, 한국 시가의 율격체계가 단순율격 유형으로 정립되게 된다.[13] 그러나 이것은 문제의 해명이라기보다는 문제의 단순화에 가깝다. 정병욱 이래 김석연, 그리고 김수업에 이르

10 시조부흥운동의 전개 과정 및 그것의 의의와 한계에 대해서는 다음을 참조할 것. 김영민, 『한국문학비평논쟁사』, 한길사, 1994, 239～251쪽.

11 조윤제, 『도남조윤제 전집』 4권, 태학사, 1988, 131～173쪽.

12 1970~80년대 율격론을 대표하는 논문들은 다음과 같다. ① 정광, 「한국시가 운율연구 시론」, 『응용언어학』 7권 2호, 서울대 어학연구소, 1975. ② 김대행, 『한국시가구조연구』, 삼영사, 1976. ③ 조동일, 「현대시에 나타난 전통적 율격의 계승」, 『우리문학과의 만남』, 홍성사, 1978. ④ 예창해, 「한국시가운율의 구조연구」, 『성대문학』 19집, 1976. ⑤ 김흥규, 「한국시가 율격의 이론 I」, 『민족문화연구』, 고대 민족문화연구소, 1978. ⑥ 서우석, 『詩와 리듬』, 문학과지성사, 1981. ⑦ 성기옥, 『한국시가 율격의 이론』, 새문사, 1986. ⑧ 조창환, 『한국 현대시의 운율론적 연구』, 일지사, 1988.

13 성기옥은 1970년대 후반 이후를 율격론의 제3기로 명명한다. 그는 이 시기의 특징을 다음과 같이 세 가지로 정리한다. "(1) 한국 시가의 율격은 기저자질의 선형대비에 의해 형성되는 단순율격 유형에 속한다. (2) 율격적 정형성을 측정할 수 있는 기층 단위는 음보다. (3) 음보의 구성은 등시성의 원리에 의한다는 3가지였다." 성기옥, 『한국시가 율격의 이론』, 새문사, 1986, 62쪽.

기까지 이전 시기의 논의의 핵심은 우리 언어와 시가(詩歌)에 있어 운율 자질을 무엇으로 볼 것인가의 여부였다. 그 와중에 운율 자질의 단위 체계로서의 음보 개념과는 상이한 '저율각(底律脚, 이능우)', '기절(氣節, 김석연)', '음각(音脚, 김수업)' 등의 개념이 출현했다. 이것은 그 각각이 지닌 한계에도 불구하고 우리 언어가 지닌 보편적 미적 특질과 그것이 개별 작품에서 구현되는 양상에 대한 탐구로 볼 수 있다. 그러나 전자의 차원을 소거한 소위 제3기의 율격론은 개별 작품에서 실현되는 리듬을 미적 특질이 배제된 율격의 문제로 축소한다. 극단적으로 말한다면 이제 시적 리듬은 율독(律讀, scansion) 차원에서 끊어읽기의 단위로, 표기법 차원에서 띄어쓰기의 단위로 전락하고 만 것이다.

음보 개념이 지닌 이론적 난맥상은 작품 분석에서 음보 적용의 자의성으로 나타난다[14]는 점에서 더욱 문제적이다. 이러한 사태는 자유시와 산문시가 주종을 이루는 현대시의 리듬 분석에 이르면 더욱 치명적이 된다. 율격론자들의 분석 방법은 규범적 율격체계를 개별 작품에 적용하는 연역적 방법으로, 그 이론적 한계로 말미암아 시의 고유한 의미 작용과 미적 효과에 대해서는 별다른 해명을 하지 못한다. 그들은 개별 작품이 지닌 고유한 미적 특질을 전통적 율격에의 적합성 여부로 판단함으로써 시의 리듬 분석을 내용과 유리된 형식, 그것도 외적 형태의 탐구로 대체해 버리고 만다. 이것은 율격론의 기본 가정이 무엇인지 보여준다는 점에서 의미심장하다. 율격론에서 율격은 시의 "형식적 특성을 해명하는 중심 방법"이며, 동시에 "시의 형태를 결정하는 중심원리"로 기능한다.[15] 따라서 현대시의 자유율은 전통적

14 이러한 자의성의 극단적 형태는 1음절 1음보와 9음절 1음보가 시간적으로 동일한 길이를 갖는다는 조동일의 주장이다. 그는 「빼앗긴 들에도 봄은 오는가」를 분석하면서, 4연의 "내 귀에"는 2음보로 분석하는 반면, "울타리넘의아씨가티"는 1음보로 분석하고 있다. 조동일, 『한국시가의 전통과 율격』, 한길사, 1982, 156~166쪽.

15 성기옥, 앞의 책, 64쪽.

율격의 반동 또는 파격으로 규정되고, 현대시의 파행성을 조장하는 '위험한 경향'으로 단죄되고 마는 것이다.

> 따라서 오늘날 팽배해 있는 전통율과 단절된 의미의 자유시적 이해는 현대시의 파행성을 조장할 우려를 뿌리칠 수 없는, 위험한 경향으로 규정하지 않을 수 없을 것이다. 전통 율격과 무관한 자유시가 아니라 어떤 형태로든 전통적 율격과 통로를 열고 있는 자유시, 따라서 그것은 전통 율격에 근거한 전통율격으로부터의 벗어남, 반동, 거부라는 의미의 율격적 자유로움이어야 할 것이다.[16]

이러한 사고는 대단히 위험해 보인다. 시의 내적 긴장을 단숨에 외적 긴장으로 환원함으로써 시의 의미와 형식을 극단적으로 분리하기 때문이다. 시의 음악성을 확보하기 위해 율격이라는 정형을 가정하고, 그것을 전통성이란 이름으로 강제할 필요는 없다. 반대로 시의 음악성은 정형과 전통의 강박관념에서 벗어날 때 비로소 획득되는 어떤 것이다. 환언하면 외적 규범의 규제와 제약은 시의 조직화에 있어 형식의 제약과 규칙으로 내재화되었을 때 의미를 갖는 것이다. 더 이상 형식의 조직화 원리로 작동하지 않는 외적 규범과 규율은 하나의 가정된 추상일 뿐이다. 분명 시는 T. S. Eliot의 말대로 전통과 과거와의 긴장 관계를 통해 형성된다. 그러나 이러한 긴장관계가 곧바로 전통적 율격과의 긴장관계, 그것도 하나의 가정된 추상일 뿐인 음보율과의 긴장관계를 의미하는 것은 아니다. 하나의 고정된 단위로서 율격

16 위의 책, 293쪽. 이러한 태도는 다음과 같은 언급에서도 확인할 수 있다. "그 어두운 그림자는 한국의 현대시가 자유시 중심으로 전개되면서 이내 현실로 다가와서 지금 우리들의 발길 앞에 악령처럼 드리워져 있다. 자유시의 음악성에 대한 무관심이 아마도 그 대표적인 어둠의 그늘일 것이다." 성기옥, 「한국 현대시의 음악성과 음악성 이해의 방향」, 『현대시』, 1995.3, 73쪽.

론은 전통적이라기보다는 반전통적이다. 일찍이 Eliot는 "만약에 傳統, 卽 傳해 내려온다는 것의 唯一한 形式이 우리의 바로 前世代의 成果를 盲目的으로 또는 무서워해가며 그에 執着하여 그 方式을 그대로 좇는 것이라면 傳統은 確實히 沮止되어야 할 것"[17]이라고 말하지 않았던가? 따라서 자유시의 '자유로움'의 본질은 의미가 배제된 전통적 율격으로부터 구해질 필요가 없다. 그것은 의미를 조직하는 과정에서 실현되는 형식의 자유로운 창발로 이해되어야 한다.

율격론이 지닌 방법론적 한계는 개별 작품의 분석이 진행되는 과정에서 확대 재생산된다. 율격론의 작품 분석은 대체로 이론의 영역에서 논구된 우리 시가의 율격양식과 유형들이 어떻게 개별 작품 속에 계승·변이되는지를 연구의 초점으로 삼고 있다. 이들에 따르면 각 개별 작품의 조직화의 원리인 시적 리듬은 율격의 기본 유형으로부터의 파격 혹은 일탈로 간주된다. 나아가 이들은 개별 작품의 미적 특질을 율격에의 적합성 여부로 판단함으로써 시의 리듬 분석을 내용과 무관한, 반쪽짜리 형태의 탐구로 대체해 버린다. 따라서 이들 이론은 자유시와 산문시가 주종을 이루는 현대시의 리듬 분석에는 거의 속수무책이다.

음수율에서 음보율로의 전환은 한국적 특수성을 고려한 율격론의 확립이라는 의의를 갖는다. 그러나 음보론은 그 의도에도 불구하고 개별 작품들이 지닌 미적 자질들을 해명하지 못하는 것으로 보인다. 특히 현대시가 보여주는 다양하고 복잡한 리듬의 존재 양상들은 음보율이라는 율격론의 인식틀을 초과하는 것처럼 보인다. 실제적으로 음보론은 전통시가와 현대시에서 시적 리듬이 차지하는 위상과 의의에 대해 많은 오해와 왜곡을 확산시켜 왔다. 시적 리듬 분석이 시행 토막내기로 대체된 것은 전적으로 음보론의 책임이다. 이는 음수론의 글

---

17 T. S. Eliot, 이창배 역, 「전통과 개인의 재능」, 『엘리어트 선집』, 을유문화사, 1980, 373쪽.

자수 셈하기와 본질적으로 다를 것이 없는,[18] 시적 리듬 분석의 형해화에 지나지 않는다. 이론적 무원칙성과 작품 분석에 있어서의 자의성, 이것들이 음보론의 실제적 결과물들이다.

율격론이 노정하는 이론과 실제의 괴리는, 율격의 규범성을 강조하거나 또는 일방적으로 시 텍스트의 자율성을 강조한다고 해결될 성질의 문제가 아니다. 율격론의 근본문제는, 율격이 허위의 구조에 기반한다는 것과 그 허위의 구조가 시의 조직화의 원리로 동기화되었을 때에야 비로소 드러날 수 있다. 즉 실체로서가 아니라 가상으로서 존재하는 율격이 시의 조직화를 추동할 때, 우리는 비로소 근대시의 내면에 존재하는 시적 리듬의 차원을 이해할 수 있는 것이다. 이는 율격론이 실제와 충돌하는 지점에 대한 사유가 율격론 차원에서 해결될 수 없음을 의미한다. 오히려 우리는 정반대의 방식을 취해야 한다. 구체적인 시 텍스트의 조직화 과정에서 시작하여 그것을 추동하고 규제하는, 그러나 결코 표면적으로는 잘 드러나지 않는 원리에 대해 사유해야 하는 것이다. 여기가 바로 시적 리듬이 있는 자리이다.

18 음보율론의 음보 분석이 실제로는 음절수의 분석에 불과하다는 사실은 홍재휴의 『한국고시율격연구』(태학사, 1983)가 잘 보여주고 있다. "그러나 方法의 適用 實際에 있어서는 '音步'를 구성하는 律字數를 고려한 나머지 字數의 多寡에 의한 過音節 · 太過音節 또는 과음보論 등이 제시되고 있으니"(12쪽), "固有時는 呼氣의 限度內的 自律性을 가지고 自由롭게 結合될 수 있는 융통성이 있는 律格임"(32쪽), "그러므로 '音步' 單位의 設定에 대한 字數律의 根據가 마련되지 않는 한 이것은 從來의 字數律論이 빚은 전철을 밟지 않을 수 없다"(40쪽) 등을 참조할 것.

2. 내용 조직의 원리로서 리듬

율격론의 연구방법은 기존의 이론적 성과에도 불구하고, 이론과 실제의 괴리라는 근본적인 문제로부터 자유롭지 못한 것으로 보인다. 율격의 추상성과 작품의 구체성의 사이의 유리는 무엇보다도 시적 리듬에 대한 전통적 개념의 한계에서 비롯한다. 전통적 율격론은 시적 리듬을 규칙적이고 정형화된 외적 형식으로 이해함으로써, 시적 리듬을 추상화된 규범체계로 규정해 왔다. 보다 구체적으로 말해, 전통적 이론은 시적 리듬을 단일한 척도로 측량(measure)할 수 있다고 가정한다. 즉 시행(line)을 음악의 마디와 소절(小節)처럼 일정한 길이를 가진 단위로 분할할 수 있다고 생각하는 것이다.[19] 그러나 누가 무엇으로 같은 길이의 시간을 측정할 것인가? 고도로 조직화된 언어체계인 시에는 메트로놈과 같은 측량기가 존재하지 않는다. 이는 정확한 측량의 불가능성뿐만 아니라, 시적 리듬에 음악의 박자와 같은 측량 단위를 적용하는 것 자체의 불가능성을 암시한다. 시적 리듬의 개별적이고 특수한 실현을 단일한 척도로 측량할 수 있다는 생각은 일종의 환상이다.

이러한 오해는 시적 리듬이 시의 개별화의 원리, 즉 각각의 시에서 의미와 형식을 하나로 통합하는 조직화의 원리라는 사실을 망각한 데서 비롯한다. 이는 역으로 새로운 리듬론의 가능성의 검토가 개별 작품이 지닌 고유한 의미 작용과 미적 효과의 탐색에서 출발해야 한다

19 르네 웰렉 & 오스틴 워렌, 이경수 역, 『문학이론』, 문예출판사, 1988, 241쪽. "이 이론은 임의적인 개별적 낭독을 제멋대로 제어하고, 모든 운문을 몇 가지 유형들의 단조로운 박자들로 환원시킴으로써 시인들과 시의 유파들 사이의 구분들을 평준화시켜 버린다. (…중략…) 그리고 그 이론이 확립하는 등시성이란 것은 주관적인 것에 불과하며 서로 비교해 보면 동일한 것으로서 파악된 음향과 나머지 악절들로 이루어진 체계이다."

는 것을 보여준다. 새로운 리듬론의 정립은 새로운 방법론의 확립에서 출발한다. 그리고 새로운 방법론의 확립은 새로운 리듬 개념의 정립에 의해 결정된다고 해도 과언이 아니다. 그만큼 새로운 리듬 개념의 정초는 긴요한 문제인 것이다. 새로운 리듬 개념을 정립하는 우리의 작업에서 에밀 벤브니스트와 앙리 메쇼닉의 이론은 매우 유용한 길잡이로서의 역할을 수행한다. 그들의 이론은 시적 리듬이 시의 조직화의 원리이며 의미-형식의 통합체라는 사실을 분명히 보여준다. 우리는 그들의 이론을 참조함으로써 새로운 리듬론의 위상과 가능성을 검토하게 될 것이다.

이를 위해 무엇보다도 먼저 발화행위에서의 '시적 주체'의 위상과 '시적 담론'의 특수성을 규명할 필요가 있다. 왜냐하면 '시적 주체'와 '시적 담론'의 문제는 새로운 리듬론의 이론적 전제이기 때문이다

> 말하는 사람은 항상 〈나je〉라는 동일한 지시소로서 말하는 자기자신을 지칭한다. 그런데 이러한 〈나〉라는 말을 발화하는 담화 현실태는 그것이 재생될 때마다 그것을 듣는 사람에게는 동일한 현실태처럼 나타날 것이나, 그것을 발화하는 사람에게는 설사 수없이 반복된다 하더라도 그것은 매번 새로운 현실태인데, 왜냐하면 매번 그것에 의해 화자는 시간의 새로운 순간과, 상황과 담화의 상이한 짜임새 속에 삽입되기 때문이다.[20]

에밀 벤브니스트가 말하는 '발화행위의 주체(sujet du énonciation)'는 "인간이 주체*sujet*로서 구성되는 것은 언어 속에서 그리고 언어에 의해서"[21]라는 함의를 지닌다. 언어야말로 인간의 자아 구성의 기본 토대

---

20 에밀 벤브니스트, 「언어활동과 인간경험」, 황경자 역, 『일반언어학의 제문제 II』, 민음사, 1992, 83쪽.

21 위의 책, 372쪽.

이기 때문이다. 그는 '의미작용(signifiance)'을 언어활동의 본질적 특성으로 보고, 이를 랑그의 의미작용과 예술체계의 의미작용으로 구분한다. 전자는 다시 기호의 의미작용과 발화행위의 의미작용으로 나뉘는데, 여기서 의미론의 차원을 구성하는 발화행위의 의미작용은 자기폐쇄적인 기호학의 의미작용과는 달리 상황과 문맥에 따라 가변적인 의미작용을 형성한다. 기호학이 기호의 보편성을 토대로 발화행위의 주체와 특수성을 제거한다면, 의미론은 발화행위의 주체와 상황을 적극적으로 사고한다고 할 수 있다.

에밀 벤브니스트의 '발화행위의 주체'라는 개념은 앙리 메쇼닉에 의해 '담론의 주체(sujet du discours)' 또는 '시적 주체(sujet du poème)'로 확장 · 변이된다. 앙리 메쇼닉이 말하는 '담론의 주체'는 발화의 상황과 문맥 속에서 발화의 의미를 조직하고 구성하는 주체이다. 따라서 '의미작용(signifiance)'은 발화행위의 주체와 그가 처한 상황의 상호관계, 즉 "개개의 것(l'unique)'과 '사회적인 것(le social)'과 사이의 변증법"[22]을 통해, 시적 주체의 '역사성(l'historicité)'을 구조화한다. 이는 담론의 조직화의 원리가 단수성과 동일성에 있지 않고 복수성과 차이성에 있음을 의미한다. 담론의 주체는 의미생산 과정에서 매번 새롭게 구성되고 조직되기 때문에, 일의적이고 동일한 주체는 부재하며, 항상 다의적이고 복수적인 주체가 존재한다는 것이다. 이렇듯 시적 주체의 위상은 '역사성'이라는 다의성과 복수성에 의해 규정된다고 볼 수 있다. 그리고 이러한 '역사성'을 가장 충실히 반영하는 곳이 바로 '시쓰기'라는 언어 활동의 특수한 영역이다.

---

22 앙리 메쇼닉, *Critique du rythme. Anthropologie historique du langage*, Lagrasse, Verdier, 1982, 70쪽; 조시 부라사, 조재룡 역, 『리듬의 시학을 위하여』, 인간사랑, 2007, 99쪽에서 재인용.

> 시의 활동성은 전체 텍스트에서 하나의 나를 만들어내고, 거기서 독자의 나를 변형시킨다. 그렇기 때문에 독자는 참여한다. 심지어 독자가 이러한 연속적이고 감염성이 있으며, 역사적이자 이행-역사적이며, 이행-주체적인 새로운 나에 관해서 알지 못한다 하더라도.[23]

'시쓰기'에서 '시적 주체'[24]의 창안은 독자와의 상호 이행적 관계의 토대가 된다. 주체에서 주체로의 이러한 전이, 즉 '이행-주체성(transsubjectivité)'에 의해 시인과 독자는 언어활동의 의미작용의 방식뿐만 아니라 사유와 삶의 방식 일체의 변형을 체험한다. 시의 윤리적 가치를 구성하는 의미와 사유와 삶의 변형은 작품의 '체계(système)' 속에서 구현된다. 여기서 우리는 앙리 메쇼닉이 말하는 '체계'와 구조주의의 '구조' 개념을 구분할 필요가 있다. 구조주의의 '구조' 개념이 랑그(langue)와 파롤(parole)의 절대적인 분리와 대립에 기초해 있다면,[25] 메쇼닉의 '체계' 개념은 랑그와 파롤의 상호작용에 기초해 있다고 말할 수 있다. 이것이 가능한 것은 '체계'가 "시니피앙에 의해 생산된 의미작용"을 의미하는 '시니피앙스(signifiance)' 속에서 구현되기 때문이다. 따라서 시적 주체의 '시쓰기'는 "담론 체계의 전적인 주체화 과정, 삶의 형식에 따른 언어활동 형식의 발명, 언어활동 형

---

23 위의 책, 107쪽.

24 앙리 메쇼닉은 역사적 · 사회적 · 문화적 · 종교적 · 철학적 차원에서 12가지 복수의 주체를 제시한다. 그가 제시하는 복수의 주체들은, 철학적 주체, 심리적 주체, 사물 인식의 주체, 존재 인식의 주체, 존재 지배의 주체, 법의 주체, 역사의 주체, 행복의 주체, 랑그의 화자 주체, 담론의 주체, 프로이트적 주체들이다. 이와는 별도로 시적 주체는 13번째 주체를 구성한다. 앙리 메쇼닉 · 조재룡, 「리듬의 시학 : 앙리 메쇼닉 인터뷰」, 『문학사상』, 문학사상사, 2004.12, 73쪽.

25 "문학적 · 언어학적 구조주의는 소쉬르에 관한 왜곡과 오해의 집합이라고 할 수 있습니다. 소쉬르가 거시적인 관점에서 내적인 체계성을 사유했다면, 구조주의는 체계(système) 개념과 구조(structure) 개념을 서로 혼동하고 있습니다. 다시 말해서 소쉬르가 랑그(langue)와 파롤(parole)의 상호작용 그리고 언어활동을 디스쿠르로 파악했던 바로 그 지점에서 구조주의는 랑그와 파롤을 극단적으로 대립시켰으며, 이를 바탕으로 오로지 랑그의 언어학을 만들어냈을 뿐입니다." 위의 글, 71쪽.

식에 따른 삶의 형식의 발명”[26]을 의미하는 것이다. 이때 의미작용을 조직하는 힘이 바로 시적 리듬이다.

이러한 이해 방식이 시적 리듬 개념 자체의 변화를 수반하는 것은 매우 당연한 일이다. 이제 시적 리듬은 규칙적인 반복의 외적 형식이 아니라 시를 의미-형식의 통합체로 조직하는 내적 원리로서 이해된다. 즉 시적 리듬은 등량의 마디들로 구성된 죽은 형식이 아니라 각각의 시에 고유한 동적 흐름의 지형이자 배치인 것이다. 시적 리듬 개념의 이러한 전환은 에밀 벤브니스트의 「언어학적 표현에서 리듬의 개념」에서 그 단초가 마련된다. 벤브니스트는 서양에서 리듬 개념이 형성되는 과정을 추적하면서, 리듬(rhythm)의 희랍어 어원인 *ῥυθμός*(rythmos)가 규칙적인 반복이라는 뜻을 함축하지 않음을 보여준다. 다시 말해 *ῥυθμός*(rythmos)는 ‘흐르다’라는 뜻을 지닌 희랍어 동사 *ῥεῖν*(rein)의 파생명사이기 때문에, 규칙적인 반복을 의미하는 *μέτρον*(metron)과는 무관하다는 것이다. 따라서 *ῥυθμός*(rythmos)의 원래 의미는 물결의 ‘규칙적인 반복’이 아니라 물결의 ‘특별한 흐르는 방식’ 자체로 이해되어야 한다. 그러나 주지하다시피 서구에서 리듬 개념은 원래의 의미와는 무관하게 ‘규칙적인 반복’을 뜻하는 *μέτρον*(metron)으로 오인되어 왔다.

> 결정적인 상황은 바로 여기, *μέτρον*과 결합되어 수의 법칙을 따르는 육체적 *ῥυθμός*의 개념에 있다. 따라서 이 〈형태〉는 그 후부터 〈박자〉에 의해 결정되고, 질서에 예속된다. 그것이 바로 *ῥυθμός*의 새로운 의미인 것이다. 플라톤에게 있어서 〈배열〉(이 단어의 본래의 의미)은, 〈화음〉이 고음과 저음의 교체에서 결과하는 것과 마찬가지로, 느리고 빠른 움직임들의 질서 있는 연속체에 의해 구성된다. 그리고 그 후부터 *ῥυθμός*라고 불리

26 조재룡, 『앙리 메쇼닉과 현대비평』, 길, 2007, 309쪽.

는 것은 움직임 속의 질서, 박자와 결합된 육체의 여러 자세의 조화로운 배열의 전과정인 것이다.[27]

플라톤에 의해 야기된 리듬 개념의 변화는 리듬을 정형시의 차원, 즉 운(rhyme)과 율(meter)의 규칙적인 반복과 회귀로 이해하는 리듬 개념의 협소화를 초래했다. 반복성과 주기성의 측정 단위인 박자라는 척도(measure)의 형식화도 여기서 비롯한다. 그러나 리듬 개념을 음운자질(장단, 고저, 강약)의 규칙적인 반복이라는 전통적 개념으로 한정할 필요는 없다. 리듬은 연속성의 차원뿐만 아니라 단절, 차이, 변이 등을 포함한 동적 흐름 전체를 의미하기 때문이다. 이렇게 리듬이 동적 흐름 전체의 조직화로 이해되었을 때, 리듬론의 대상은 단어의 차원에서 담론(discours)의 차원으로 확장되게 된다. 이제 리듬 연구는 음운과 단어 차원의 분석으로 한정되지 않고, 담론에 고유한 발화행위의 차원과 통사 구조로의 분절을 포함할 가능성을 획득하는 것이다. 이러한 보다 유연한 리듬 개념이 갖는 장점은 내용과 형식 사이에 그어진 이분법을 극복할 가능성이다. 현대시, 특히 산문시와 자유시가 주종을 이루는 현대시에서 시적 리듬에 대한 재사유가 요청되는 것도 이 때문이다. 앙리 메쇼닉의 '글쓰기의 시학'은 시적 리듬이 의미와 형식을 통합하는 중심 장치임을 보다 명시적으로 보여준다.

리듬은 전체의 조직(배치, 지형도)이다. 만약 리듬이 언어활동 속에, 그리고 어떤 디스쿠르(discours) 속에 존재한다면, 리듬은 디스쿠르의 조직(배치, 배열, 지형도)을 의미할 것이다. 디스쿠르가 자신의 의미와 떨어질 수 없는 것과 마찬가지로 리듬 역시 이러한 디스쿠르의 의미와 떨어질 수

27 에밀 벤브니스트, 앞의 책, 481쪽.

없다. 리듬은 디스쿠르에서 의미의 조직이다. 만약 리듬이 의미의 조직이라면, 더 이상 리듬은 구별되고 중첩된 어떤 수준을 의미하지는 않는다.[28]

기존의 운율론은 리듬을 압운이나 율격과 같은 비-의미론적 자질들로 이해함으로써 필연적으로 담론의 탈의미화를 초래해 왔다. 그러나 앙리 메쇼닉에게 리듬은 '담론의 지형(configuration du discours)', 즉 시적 조직화의 중심 원리이다. 이러한 사유 방식은 리듬, 담론, 의미, 형식의 불가분성을 강조한다. 이는 시적 리듬이 담론의 의미화 과정의 결과라는 것뿐만 아니라, 담론 속에서 의미의 조직이기도 하다[29]는 사실을 의미한다. 결국 시적 리듬은 '의미 / 형식'의 전통적 이분법과 '시니피에 / 시니피앙'의 기호학적 이분법을 가로지르는 중심개념으로 간주될 수 있다. 한 마디로 시적 리듬은 '의미-형식*forme-sens*'의 일원론인 것이다.

따라서 리듬 분석은, 각각의 작품이 고유한 의미작용을 통해 구현하는 특수한 작동기능에 대한 탐색이 된다. 예를 들어 우리가 어떤 작품의 시적 리듬에 대해 이야기할 때, 중요한 것은 율격과 압운과 같은 외적 형태에 대한 집착이 아니라 그것들이 조직화되는 방식의 특수성, 즉 율격과 압운이 각각의 의미작용에서 수행하는 작동기능을 분석하는 것이다. 한 작품의 구문론적 특징을 분석할 때도 마찬가지이다. 대조와 대구, 병렬과 도치 등은 그 자체로 중요한 것이 아니라, 시의 내용을 조직하고 분절하는 메커니즘 속에서 각각의 특수한 위상과 역할이 규명될 때 의의를 지닌다. 그리고 이것이 작품의 독특한 개성

---

28 조시 부라사, 앞의 책, 159쪽.

29 위의 책, 217~218쪽. "디스쿠르의 시니피앙스와 시니피앙 전체를 조직하는 과정에서 심지어 리듬은 디스쿠르에서 의미의 조직이기도 하다. 그리고 의미가 발화행위 주체의 활동성이라면 리듬은 자신의 디스쿠르 속에서, 그리고 자신의 디스쿠르에 의해서 디스쿠르를 이루는 주체의 조직인 것이다."

과 미적 자질의 특수성을 구성한다. 우리는 엘리어트가 말한 "시 하나하나에 독특한 내면적 통일"[30]에 대해 숙고할 필요가 있다.

이는 소월 시의 분석에도 동일하게 적용된다. 기존의 율격론은, 선험적이고 추상적인 율격을 가정하고 그것을 실제 작품에 직접 대입함으로써 작품들의 의미작용의 메커니즘을 보지 못한다. 중요한 것은 소월 시에서 소위 7·5조 3음보라는 민요조의 율격을 적출하는 데에 있지 않고, 시의 구성요소인 소리와 형태와 의미가 "시 하나하나에 독특한 내면적 통일"을 이루는 메커니즘을 분석하는 데에 있다. 소월 시에 나타난 압운의 양상과 구문론적 특징의 분석도 마찬가지이다. 우리는 시적 담론이 다의성과 복수성으로 구성된다는 점, 그리고 시적 리듬이 시를 의미-형식의 단일체로 구성하는 조직화의 원리라는 두 가지 사실을 견지함으로써, 소월 시의 리듬이 지닌 특수성에 한 발 더 다가설 수 있을 것이다.

3. 시적 리듬의 분석 장치와 지표

내적 조직화의 원리로서의 리듬, 의미-형식의 통합체로서의 리듬이라는 개념을 한국 현대시의 분석에 적용하는 것은 지난한 일이다. 이는 기존의 율격론이 견지해 온 분석틀과 방법론을 지양하고, 현대시의 자

---

30 "자유시는 죽은 형식에 대한 반역이었고, 새로운 형식을 위한 또는 낡은 형식의 신생을 위한 준비였던 것입니다. 그것은 전형적인 외면적 통일에 반대해서 시 하나하나에 독특한 내면적 통일을 준비하는 것입니다." 벤야민 흐루소브스키, 「현대시의 자유율」, 박인기 편역, 『현대시의 이론』, 118쪽에서 재인용.

유로운 리듬에 적합한 분석틀과 방법론을 새롭게 정초하는 일이기 때문이다. 여기에는 시적 리듬이 음운론적 · 통사론적 · 의미론적 차원으로 분화되는 지점들에 대한 탐색, 그리고 각 차원들이 상호 매개되어 시적 리듬이라는 하나의 작동기능으로 통합되는 지점들에 대한 탐색이 요청된다. 새로운 리듬론을 위한 지표들을 마련하는 일은 바로 이 매개 지점에 대한 분석을 통해 가능해진다. 그렇다면 의미작용을 조직화하는 원리로서 시적 리듬은 개별 텍스트에서 어떻게 구체화되는가?

> 의미의 요소뿐만 아니라 가령, 통사적 관계의 요소가 리듬형성에 관여하는 한, 우리는 이들을 씌여진(이하 원문 그대로－인용자) 시 속에 존재하는 실질적인 구조요소들로 기술해야만 한다. 만일 리듬형식과 리듬효과가 일반적 기질이나 어조의 느낌에 의해 영향 받는다면, 우리는 단어의 선택, 통사유형, 그리고 이 유형을 형성하는 주제 요소를 찾아낼 수 있다. 게다가 구조, 의미, 그리고 모든 층위상의 또 모든 층위들 사이의 기능에는 서로 상관관계가 있는 것이다. 구조는 이러한 조건들 밑에서만 존속하고 있다.[31]

시적 리듬의 구체적인 작동기능을 살펴보기 위해서는 “시 속에 존재하는 실질적인 구조요소들”을 기술해야 한다. 시의 “모든 층위들”에서 현상하는 이 요소들은 시적 리듬의 변별적 지표들로 기능한다. 일찍이 러시아 형식주의는 이러한 지표들에 대한 매우 정치한 탐색들을 보여줌으로써 시적 리듬론의 수립에 있어 중요한 역할을 담당해 왔다. 그들은 현대시에서 자유율(free rhythm)의 존재 방식과 양상들을 탐구함으로써 시적 리듬의 핵심적 지표들을 확립해 온 것이다. 그렇다면 그 구체적인 지점들은 어디인가?

---

31 벤야민 흐루소브스키, 「현대시의 자유율」, 박인기 편역, 『현대시의 이론』, 지식산업사, 1989, 123쪽.

율격적 연속체와 이것의 이상적 규범에서 일탈하는 것; 단어 경계 및 이것과 음보 경계에 대한 관계; 통사군과 휴지, 그리고 이것들과 율격군(시행, 중간휴지 등과 같은)의 관계; 통사적 관계, 어순, 통사적 긴장; 소리, 의미요소 등의 반복과 병치 등. 이 외에도 속도(tempo), 어조(tone), 억양(intonation).[32]

'휴지', '어순', '긴장', '반복', '병치', '속도', '어조', '억양' 등은 시적 리듬을 구성하는 "실질적인 구성요소"들이다. 이러한 다양한 요소들은 그 단위의 양상에 따라 크게 세 가지 그룹으로 분류할 수 있다. 즉 '운(韻, rhyme)'과 '율(律, meter)'과 '선율(旋律, melody)' 차원으로 나눌 수 있는 것이다. 우리는 각각의 차원에서 중심적 기능을 수행하는 지표를 분별할 수 있는데, 그것이 바로 '프로조디(prosodie)', '호흡률', '억양'이다. 이 세 가지 중심 지표는 시적 리듬의 작동 기능이 무엇인지를 밝혀주는 핵심적 장치들이다.

우선 '운(韻, rhyme)'의 차원에서 시적 리듬의 핵심적 장치로 간주될 수 있는 것은 '프로조디(prosodie)'이다. 전통적인 의미에서 '프로조디'는 운율론 또는 작시법(versification) 일반을 의미한다.[33] 그러나 여기서 우리가 다루고 있는 '프로조디' 개념은 이런 전통적 의미와는 다르다.

디스쿠르의 시적 조직은 특히 시구에서 모든 프로조디적 형상들, 그리고 하나의 동일한 모음적 · 자음적 요소에 의한 디스쿠르의 상이한 지점들을 계열체로 만드는 작업에 의해서, 구어(parlé)에서는 오로지 구어의 상황에만 속했던 것을 디스쿠르의 리듬으로 체계화한다.[34]

---

32 위의 책, 123쪽.

33 W. K. Wimsatt(eds), *Versification Major Language Types*, New York, New York Univ Press, 1972, p.1.

34 조지 부라사, 앞의 책, 170~171쪽.

앙리 메쇼닉이 말하는 '프로조디'는 운율론 또는 작시법이라는 전통적 의미와는 달리 "언어의 자음적 · 모음적 조직"과 그것의 계열체를 지시하는 말이다. 이것은 언어에 장식적으로 첨가되는 운율이나 가락과 구분되어야 한다. 또한 시니피앙의 상징적 특성과도 구분되어야 하는데, 어휘적인 차원에만 한정하는 시니피앙의 상징성은 시니피앙에 내재하는 기원적 의미를 가정함으로써 담론 전체의 의미작용의 가변성과 특수성을 소거하기 때문이다. 오히려 '프로조디'는 담론 전체의 작동기능 속에서 의미작용을 조직화하는 음소(phoneme)적 조직으로 이해된다. 그것은 의미작용을 통해 작품의 체계 안에서 의미-형식의 계열체로 조직화된다. 따라서 '프로조디' 분석은 작품의 체계를 형성하는 자음과 모음의 반복되는 계열체가 어떻게 음성적 · 의미론적 통합 관계를 이루는지를 고찰한다. 그것은 '프로조디'적 연쇄들이 이루는 계열체의 빈도수와 위치 그리고 분포를 분석할 뿐만 아니라, 그것이 시의 의미작용에서 어떻게 조직화되는지를 분석한다.

앙리 메쇼닉의 '프로조디' 개념을 적용함에 있어 문제가 되는 것은 '강세'의 처리이다. 앙리 메쇼닉에 따르면 '강세화(accentuation)'는 시적 리듬의 일차적 표식이다. 일반적으로 프랑스 시의 율격(meter)은 음절 율격으로 이해되어 왔다. 시행의 율격을 결정하는 기저 단위가 음절의 장단, 강약, 고저 등의 자질이 아니라 음절의 수에 있다는 것이다. 그러나 이러한 전통적 이해는 실험음성학파의 연구 결과에 의해 의문시되는데, 메쇼닉의 '강세화' 이론은 바로 이런 실험음성학파의 결과물들을 토대로 하고 있다.[35] 그에게 강세는 작시법의 경우처럼 규칙

---

35 실험음성학파의 한 구성원인 앙드레 스피르(A. Spire)는 프랑스어에서 강세화 현상을 분석하면서 리듬에 대한 기존의 전통적 해석을 부정한다. 그는 "프랑스 시구(Vers)에서 근본적인 것은 음절의 숫자도, 휴지기도, 각운도, 그 어떤 것도 아니라 바로 리듬이다. 한편 리듬이 형성되는 것은 강세 내에서이다"라고 주장한다. 이에 대해서는 A. Spire, 「프랑스 시구의 기술에 관하여*Sur la technique du vers français*」, Mer-

적으로 반복하는 운율 자질만으로 한정되지 않는다. 오히려 강세는 시의 조직화 과정, 즉 의미작용의 과정으로 이해되고 있다. 따라서 중요한 것은 단어의 차원에서 강세 현상의 배열과 규칙성을 확인하는 것이 아니라, 담론의 조직화 과정에서 통사 그룹의 강세화가 어떻게 이루어지는가를 파악하는 것이다. 이것은 강세가 단어에 본질적으로 내재하는 불변적 속성이 아니라 담론의 각 통사그룹에서 결정되는 가변적인 현상임을 의미한다. 그렇다면 시에서 강세의 위치를 결정하는 것은 무엇인가? 그것은 시의 의미작용에 의존한다. 강세는 담론의 주체가 가장 극명하게 드러나는 지점으로, 이를 통해 시적 리듬은 의미-형식의 통합체가 되는 것이다.

그러나 우리의 경우 강세를 시적 리듬의 주요 지표로 단정하기에는 무리가 따른다. 왜냐하면 한국어의 변별적 운율 자질이 무엇인가라는 언어학적 검토가 선행되어야 하기 때문이다.[36] 더욱 문제가 되는 것은 우리 시가의 전통에서 강세가 작시법의 원리로서 기능한 적이 단 한 번도 없다는 사실이다. 이러한 언어학적 · 시사적(詩史的) 차원의 문제 때문에, 강세를 시적 리듬의 핵심 장치로 간주하는 태도는 유보될 수밖에 없다.

한국 시가의 경우 강세의 적용이 곤란하다는 사실에도 불구하고, 앙리 메쇼닉의 '프로조디' 개념은 현대 자유시에서 불규칙으로 산포(散布)하는 음운의 기능과 의미를 분석하는 데 있어 매우 유용하다. 주지하다시피 현대 자유시에서 '압운'이라는 규칙적이고 정형적인 음운의 반복 개념은 점차적으로 그 존재 기반을 상실해 가고 있다. 이는

---

cure de France, 1912, p.500. 앙리 메쇼닉, 조재룡 역, 『시학을 위하여 1』, 새물결, 2004, 80쪽 참조.

36 이에 대해서는 다음의 글을 참조할 것. 김현기, 「한국 현대시 운율 연구」, 『인문논총』, 전북대, 1992; 이호영, 『국어운율론』, 한국연구원, 1997, 32쪽 이하.

현대시에서 음운의 반복이 규칙성과 정형성에서 불규칙성과 비정형성으로 이행하고 있음을 보여준다. 따라서 기존의 압운(rhyme) 개념으로는 다양하게 나타나는 현대시의 음운의 존재 양상들을 포괄할 수 없게 된다. 이에 비해 '프로조디'는 현대시에서 불규칙적이고 비정형적인 음운의 반복을 탐색하는 데 매우 유용한 분석적 도구로 쓰일 수 있다. 왜냐하면 그것은 의미와의 긴밀한 연관 관계 속에서 음운의 반복을 규제하는 작용 원리를 현시하기 때문이다. 규칙적 반복으로서의 압운(rhyme) 개념을 지양할 가능성도 여기에서 출현한다.

'율(律, meter)'의 측면에서 시적 리듬의 핵심적 장치로서 기능하는 것은 '호흡률'이다. '호흡률'은 한국 근대시가 성립하는 과정에서 중요한 역할과 기능을 담당했던 말이다. 그것은 시의 음악성의 요체를 지시하는 동시에 근대 자유시의 자유율을 지시하는 최초의 말이었다. 그러나 이 말은 명확한 개념 규정 없이 불투명하게 사용되어 불필요한 오해를 초래한 말이기도 하다. 따라서 우리는 이에 대한 명확한 개념 규정에서 출발해야 한다.

일반적으로 호흡률은 들숨과 날숨의 교대라는 인간의 생리학적 원리에 토대를 둔다. 시적 리듬의 원리가 들숨과 날숨이라는 이원적 대립항의 등가적 반복에 입각하여 설명되는 것이다. 따라서 호흡률은 특정한 호흡 단위의 반복에 의해 형성되는 시적 리듬이라고 말할 수 있다. 여기서 중요한 것은 호흡의 단위, 즉 호흡의 경계를 설정하는 것이다. 호흡률로 현상하는 시적 리듬의 특수성은 호흡의 경계 단위에 의해 결정되기 때문이다. 다시 말해 들숨과 날숨의 교대라는 추상적인 원리는 호흡의 경계와 마디의 차이에 따라 구체적이고 특수한 호흡률로 실현되는 것이다.

다시 말해 억양과 호흡 발산은 서로를 균형 잡아 준다. 억양이 우세하면 단절되지 않는 호흡 발산의 흐름이 있고, 단어와 단어, 구문 단어, 문장의 의미상 분절들 사이의 모든 경계선을 소멸시키려는 지배적인 경향이 나타난다. 반면에 호흡 발산이 우세해지면, 그 경계선들을 강화하려 하며 호흡 발산의 흐름을 분절시켜서 분할하려고 한다.[37]

호흡률과 관련해 무엇보다도 중요한 것은 호흡 발산이 단어 경계, 구문 경계, 의미 경계를 분절하는 '분할'의 원리임을 파악하는 것이다. 그것은 시의 연속적 흐름을 특정한 경계로 분할하여 호흡상의 특정한 패턴을 창출한다. 이러한 패턴은 해당 시에 고유한 것이다. 따라서 호흡률의 경계와 마디들은 시적 리듬 차원에서 시인과 시의 독특한 개성을 분절한다고 말할 수 있다.

이러한 점에서 호흡률은 음보(foot) 개념과 구분된다. 서양식 작시법에 따르면 음보는 특정한 운율 자질(강약, 장단, 고저)의 반복에서 최소의 대립쌍을 지시한다.[38] 호흡률이 시의 개성 및 특수성과 관련된 내재적 원리하고 한다면, 음보는 시의 정형 및 보편성과 관련된 외재적 원리라고 할 수 있다. 즉 후자는 하나의 규칙으로서만 존재하는 것이다. 더군다나 한국시의 경우 특정한 운율 자질이 언어학적으로나 시사적으로 작시법의 원리로서 기능한 적이 없다. 그럼에도 불구하고 우리의 음보 개념은 호흡률, 그것도 가장 단순하고 극단적인 형태의 호흡률과 기묘하게 착종되어 왔다. 강약, 장단, 고저와 같은 구체적인 운율 자질 대신에 기식(氣息, aspiration)이라는 추상적 자질로 구성된 음보 개념은 이렇게 해서

---

37 얀 무카르조프스끼, 「시어란 무엇인가」, 조주관 편역, 『시의 이해와 분석』, 열린책들, 1994, 80쪽.

38 예를 들어 시에서 각 시행(line)의 모음의 운율 자질이 '약강약강약강약강'의 패턴을 보여준다면 우리는 이를 '약강'이 네 번 반복한 것으로 인식할 수 있다. 이때 '약강'이 '기저 단위(base class)'로서 하나의 음보를 이루는 것이다. 따라서 위의 행은 약강 4보격(iambic tetrameter)이라고 말할 수 있다.

탄생한다. 특히 음보의 개념을 율격적 휴지(休止)에 의한 호흡의 등장성으로 설명하는 조동일·김석연·예창해의 견해는 여기에 해당한다.[39] 이러한 기형적 형태의 음보 개념은 일본 시가의 전통 율격을 8기절(氣節, breath-unit)로 분석한 도이고우찌(土居光知)[40]의 견해와 동궤를 이룬다.

기식(氣息)에 근거한 호흡률과 서양식 음보 개념의 기이한 착종. 우리가 여기에서 벗어나기 위해서는 각각의 개념을 원래 있던 자리로 되돌려 놓을 필요가 있다. 호흡률과 음보 개념은 애초부터 결합할 수 없는 모순적 개념이다. 전자는 개성적 차원의 호흡인 자유율을 지시하는 개념인데 비해, 후자는 정형적 차원의 율격인 정형률을 나타내는 개념이기 때문이다. 따라서 호흡률은 음보율과 명확히 구별되어야 한다. 이렇게 될 때, 호흡률은 율격적 정형성의 굴레에서 벗어나 호흡률의 본래적 양태인 휴지(休止)와 템포(tempo)로 귀환할 가능성을 획득하게 된다.

'선율(旋律, melody)'의 차원에서 시적 리듬을 구현하는 중심 장치는 억양(intonation)이다. 앞서 본 '호흡률'이 주로 양적(quantitive) 차원의 리듬이라고 한다면, 억양은 질적(qualitative) 차원의 리듬이라고 할 수 있다. 시적 리듬에서 억양 분석의 의미와 의의는 이미 얀 무카로브스키에 의해 다음과 같이 확증되었다.

> 마지막으로 우리는 억양과 시적 리듬의 관계에 대해 언급해야 한다. 전통적인 운율론이 이런 관계에 별로 관심을 두지 않는다 할지라고, 이것은 본질적인 관계이다. 만일 시에 다른 지배적인 작시법 요소가 없다면, 억양은 자동적으로 이러한 기능 자체를 떠맡는다(현대 체코 시의 〈가장 자유스

---

39 얀 무카로브스키의 '호흡발산력'을 시적 리듬의 주요한 지표로서 보는 송희복의 논의도 근본적으로 이러한 한계에서 벗어나지 못하고 있다. 그는 우리 "시어의 음절적 구성과 관련"해 그것의 중요성을 강조하면서도, 그것을 "음보단위를 결정짓는" 요소로 한정하는 오류를 보이고 있다. 송희복, 『김소월 연구』, 태학사, 1994, 129쪽.

40 土居光知, 『文學序說』, 동경, 岩波書店, 1969.

러운〉 형태 속에서 그러하듯이). 그러나 강세와 같은 다른 음성 요소가 주도적인 운율 요소라고 한다면, 억양은 율격 체계를 드러내는 배경의 역할을 계속하고자 한다. 시행은 문장과도 유사하다. 문장처럼 시행은 억양 조직의 통일성에 의해 성격이 규정되며, 이 〈운문〉의 억양은 시행의 전개 과정에서 구문적 억양과 일치하거나 교차한다. 그러므로 억양은 운문 리듬에서 기본 단위의 범위를 정하게 되고, 이 단위 없이는 가장 규칙적인 리듬 신호의 연속조차 〈운문〉이라는 인상을 만들어 내지 못한다. 여기에 시적 리듬에 대한 억양의 근본적인 중요성이 있다. 더욱이 억양은 리듬의 변별성을 용이하게 만드는데, 특히 통사적 억양과 끊임없이 잠재적으로 충돌하는 데에 그렇다. 이 충돌은 다양한 유형의 〈앙장브망*enjambment*(월행)〉 형태로 탈자동화될 수 있다.[41]

억양 분석에서 위의 인용문은 중요한 의미들을 함축하고 있으므로 각별히 주의할 필요가 있다. 우선 주목할 것은 "만일 시에 다른 지배적인 작시법 요소가 없다면, 억양은 자동적으로 이러한 기능 자체를 떠맡는다"는 구절이다. 여기서 "작시법 요소"가 운율 자질들을 의미한다고 할 때, 위의 구절은 특별한 운율 자질이 변별적인 기능을 수행하지 못하는 언어에서 시적 리듬의 존재 방식에 대한 매우 중요한 사실을 암시한다. 즉 위의 구절은 언어학적 차원에서 운율 자질의 존재와 텍스트의 차원에서 시적 리듬의 존재가 서로 양립하는 별개의 사건임을 보여주는 것이다. 따라서 언어학적 차원에서 변별적 운율 자질의 부재를 한국 시가에서의 시적 리듬의 부재로 해석할 필요가 없다. 억양의 존재는 바로 이러한 사실을 확증하는 유력한 증거이다. 그것은 시적 선율의 중심부에서 실제적이고 실효적인 지배를 통해 현대시의

41 얀 무카로브스키, 「시어란 무엇인가」, 조주관 편역, 『시의 이해와 분석』, 열린책들, 1994, 79쪽.

자유율의 실질적인 토대를 제공한다.

"문장처럼 시행은 억양 조직의 통일성에 의해 성격이 규정되며, 이 '운문'의 억양은 시행의 전개 과정에서 구문적 억양과 일치하거나 교차한다"라는 구절 역시 매우 중요하다. 우선 여기에서 알 수 있는 것은, 억양은 그것이 주도적이든 잠재적이든 문장을 하나의 시행으로 통일하는 기능을 수행한다는 사실이다. 이것은 문장 단위의 억양과 시행 단위의 억양이 분별됨을 암시한다. 즉 억양은 문장의 의미구조에 종속된 '구문적(통사적) 억양'과 시행의 리듬구조에 종속된 '리듬적(시적) 억양'으로 분할되는 것이다. 여기서 양자는 일치하거나 일치하지 않을 수 있는데, 후자의 경우 연접 · 이접 · 평행(parallelism) 등의 다양한 관계들로 현상한다. 이는 '구문적(통사적) 억양'과 '리듬적(시적) 억양'이 관계 맺는 양상이 문장의 통사 구조와 시행의 문장 구조 사이의 결합을 예시한다는 사실을 보여준다. 따라서 억양 분석은 시적 리듬 차원에서 문장의 반복 · 평행 · 병렬되는 양상과 그것이 일탈 · 변형되는 정도와 긴밀히 연관될 수밖에 없다.

끝으로 "이 충돌은 다양한 유형의 〈앙장브망*enjambment*(월행)〉 형태로 탈자동화될 수 있다"는 구절은, 억양 분석의 핵심 지점이 어디인가를 보여준다는 점에서 간과할 수 없는 중요성을 지닌다. 일반적으로 구문론적 차원에서 문장의 종류에 따라 다양한 형태의 억양 구조가 실현된다. 이때 그 억양 구조를 지배하는 것이 서술어가 종결되는 방식이다. 우리가 흔히 어조(tune)라고 말하는 것도 이것과 밀접하게 연관된다. 한마디로 말해 시행에서 억양의 일탈과 변형이 가장 현저히 드러나는 곳이 '종결율조(cadence)'인 것이다. '앙장브망*enjambment*'은 이 '종결율조' 상에서 구문론적 억양과 리듬적 억양이 충돌하는 지점이라고 할 수 있다. 따라서 '앙장브망'의 구체적 양태를 분석함으로써 시적 억양의 실재에 보다 가까이 다가갈 수 있을 것이다.

제2장
『진달내쏫』의 '운(韻, rhyme)'의 구조

1. 규칙적 형태의 반복 : 압운의 가능성과 존재 양상

김소월 시의 압운의 존재 양상과 특징을 자세히 검토하기 전에, 먼저 한국시에서의 압운의 가능성에 대해 고찰할 필요가 있다. 왜냐하면 한국어의 언어적 특질 때문에 한국시의 압운, 특히 각운(end rhyme)의 존재 가능성에 회의를 품고 있는 견해가 있기 때문이다.

논의의 촉발은 김대행이 "한국 시가에는 압운의 개념에 맞고 또 압운으로서의 기능을 보이는 압운 형태가 없었다"[1]고 주장함으로써 이루어진다. 그는 한국 시에서 압운이 부재했던 원인으로 언어체계상 · 시가형태상 · 시가음영방법상의 이유를 들고 있는데, 이중 가장 중요한 것은 언어체계상의 이유이다.

---

1 김대행, 「압운론」, 『한국시가구조연구』, 삼영사, 1976, 56쪽. 이하 모든 인용문은 '원문 그대로' 인용함을 미리 밝혀둔다.

言語體系上의 理由로 押韻이 不可能했음은 앞에서 이미 지적한 바와 같이 韓國語가 接尾辭를 帶同하는 附着語라는 점 때문이다. 그렇기 때문에 音聲上의 同一은 考慮하기 이전에 形態의 同一이 초래되었고, 그 결과, 보다 下位概念인 音聲上의 同一性은 度外視될 可能性이 컸던 점을 지적했다.[2]

김대행은 압운의 개념을 음운 차원의 "音聲上의 同一"로 한정하고, 어휘 차원이나 구문 차원의 "形態의 同一"과 구분한다. 즉 압운은 형태소(morpheme) 차원의 반복이 아니라 음소(phoneme) 차원의 반복이라는 것이다. 예를 들어 압운은 한시의 운처럼 상이한 어휘들의 음성상의 동일성에 있는 것이지, 김소월의 「꿈길」에서처럼 "길"이나 "숩"과 같은 어휘들의 형태상의 동일성에 있지 않다고 한다. 한마디로 그의 생각은 "압운론의 차원에서 논의되는 동음반복은 반드시 상이한 단어에서 이루어져야 하는 것"[3]에 압축적으로 표현되어 있다. 이러한 생각은 성기옥의 경우도 그대로 공유하고 있다.

이런 사실은 또한 말소리의 음운적 자질이 한국시의 음악적 화음 조성에 그리 큰 영향을 지니지 못하는 현상과도 관련된다. 우선 우리 시에서는, 행과 행의 응집성 조성에 중요한 기능을 수행하는 각운이 율격적으로 별다른 의의를 지니지 못한다. 김대행 교수의 지적과 같이, 한국어는 문장의 끝에 서술어가 오고 어말에 문법적 기능의 접사(조사와 어미)가 첨가되는 교착어이기 때문에 우리말의 구조상 각운이 발달하기가 어렵다. 각운의 효과는 특히 말음절의 음운적 다양성이 용인되는 언어에서 보장받을 수 있으나, 어말에 붙는 접사의 활용이 일정하게 제한되어 있는 한국어로서는 그러한 요건의 충족이 현실적으로 거의 불가능하기 때문이다. 한시의 압

2 위의 책, 37쪽.

3 김대행, 『우리 시의 틀』, 문학과비평사, 1989, 47쪽.

운 기능에 그토록 민감했던 선인들이 정작 국문시의 창작에서는 압운의 효과에 철저히 무관심했던 까닭, 근대 이후의 각운 실험이 운맞춤이라기보다 음절맞춤으로 흐른 까닭이 이에 기인된 것이라 할 수 있다.[4]

"교착어(膠着語)"라는 한국어의 언어적 특질이 한국시의 각운을 불가능하게 만드는 궁극적 요인으로 간주되고 있다. 그렇다면 이들 논자들의 주장처럼 우리 시에서 각운은 불가능한 것인가? 이에 대한 대답은 단순하고 분명하다.

押韻의 可能性을 歷史的으로 보여주는 현저한 증거는 同語反覆에 있다. 그것의 大部分의 位置는 句尾에 있는데, 音韻上의 要素가 詩句의 位置와 結合되는 關聯性이 있음을 聯想케 하는 것인즉, 句尾에서 同語反覆을 흔히 볼 수 있음은 脚韻에의 意圖인 것을 알 수 있다. 그런데 이 同語反覆의 必要性은 樂曲에 맞추어서 頌咏하던 關係로 해서 생겨난 것인 듯한데, 無意味한 音의 되풀이가 아니라 古詩歌에서는 音樂的 美感을 돋구어주는 하나의 重要한 表現形式이었던 것이 사실이다.[5](강조는 필자)

교착어라는 언어체계상의 특질에도 불구하고, 시에서 동일 음운, 음절, 단어 심지어 구의 반복은 압운을 형성하는 요인으로 기능할 수 있다. 왜 그런가? 우리는 "音韻上의 要素가 詩句의 位置와 結合되는 關聯性이 있음"을, 즉 동일 어휘의 반복에서 음성상의 동일과 형태상의 동일을 구분할 수 없기 때문이다. 예를 들어 「꿈길」에서 "길"과 "숨"의 반복을 인식할 때, 우리는 음성적 차원과 형태적 차원의 반복을 동시

4 성기옥, 「한국 현대시의 음악성과 음악성 이해의 방향」, 『현대시』, 1995.3, 67쪽.
5 김석연, 「한국시가의 압운연구」, 『교양과정부 논문집(인문사회과학편)』 10집, 서울대, 1964, 140쪽.

에 인식한다. 그리고 이것은 의미론적 차원에서 해당 어휘의 의미를 식별하는 데 있어 매우 효과적인 기능을 수행한다. 따라서 본질적인 문제는 압운의 음성적 차원과 형태적 차원을 분리하는 데 있지 않고, 양자가 동시적으로 '의미-형식*forme-sens*'의 통합체로 조직화되는 과정과 구조를 파악하는 데 있다.

> 형태소적, 어휘적 차원의 순환 사이에 있는 어미변화적, 어근적 압운들은 직접 의미론의 영역을 포함한다. 표현의 차원에서 성분들을 동시에 같은 공간을 차지하며 의미는 변별적 특징이 되기 때문에 내용과 구조의 관련이 드러난다.[6]

유리 로트만의 논의는 압운에서 시의 "내용과 구조"가 어떻게 매개되는지에 대한 훌륭한 참조틀을 제공한다. 그것은 소리의 위치상의 반복인 압운이 시의 의미와 불가분의 관계임을 예증한다. 압운되는 요소들이 의미론적 유사성과 차이성에 의해 비교 · 대조될 때, 우리는 동어반복적 압운이 산출하는 미적 효과를 탐색해야 한다. 이 미적 효과는 소리와 의미가 하나의 통합적 체계로 굳건하게 결합할 때 가장 효과적으로 증폭되고 반향된다.

> 따라서 우리는 그 다양한 측면이 압운의 음성적 측면과 의미론적 측면에 있어서의 다양한 명료도와 함께 표현되는 비교와 대립의 과정이 그 자체로 압운의 본질을 구성한다고 말할 수 있을 것이다. 차이점들을 모으고 유사성 속에서 차이점을 드러내는 것은 압운의 본질 속에 있다. 압운은 본질적으로 변증법적이다.[7]

---

6 유리 로트만, 유재천 역, 『시 텍스트의 분석 : 시의 구조』, 가나, 1987, 111쪽.
7 위의 책, 190쪽.

압운을 구성하는 요소들의 내용과 구조가 불가분의 결합관계를 맺는다는 사실이 압운의 상대적 차이를 무화시키는 것은 아니다. 다시 말해 음운론적 · 의미론적 차원에서의 비교와 대립은 압운으로 규정되는 요소들에 따라 다양하게 출현하는 것이다. 시에서 단어의 반복이 "자동적인 개념의 중복이라기보다는 차라리 그 내용의 또 하나의 새로운 복잡화를 함축한다"[8]는 주장에 대해 숙고할 필요가 있다. 이러한 "복잡화"가 산출하는 다양성은 동어반복적 압운과 동음이의어적 압운의 차이로 현상하는데, 유리 로트만은 이를 압운의 음악성, 즉 압운이 산출하는 음성적 효과의 차이로 설명하고 있다.

> 이것은 모두 들림새라는 바로 그 개념이 절대적이 아니며 물질적(혹은 물질적-리듬적)일 뿐만 아니라 본질적으로 상대적이고 기능적이라는 것을 보여 준다. 그것은 압운 속에 포함되어 있는 정보, 즉 그 의미에 의해 결정된다. 첫 번째 청자는 압운 「Bulju-Bulju」를 동음이의라고 지각하며 두 번째 청자는 동어반복적이라고 지각한다. 첫 번째 청자에게 있어서 그것은 풍부하지만 두번째 청자에게 있어서는 빈약하다.[9]

유리 로트만은 압운의 음성적 효과를 "본질적으로 상대적이고 기능적"인 것으로 인식하고 있다. 동어반복적 압운과 동음이의어적 압운의 차이도 '빈약함'과 '풍부함'이라는 상대적 차이로 규정되고 있다. 이러한 인식은 양자를 이분법적으로 분리하는 태도가 문제가 있음을 암시한다. 왜냐하면 이러한 태도는 궁극적으로 시의 압운을 음운론적 차원으로 한정하고 그것을 다시 형태론적 · 의미론적 차원과 단절시키는 결과를 초래하기 때문이다. 따라서 우리는 압운 개념을 동음이

8 유리 로트만, 유재천 역, 『예술 텍스트의 구조』, 고려원, 1991, 193쪽.
9 위의 책, 187쪽.

의어적 압운으로만 한정하는 김대행 · 성기옥식 개념을 지양할 필요가 있다. 압운은 동음이의어적 압운뿐만 아니라 동어반복적 압운을 포괄하는 개념으로 사용되어야 한다. 즉 하나의 음운에서부터 단어에 이르기까지 반복을 총칭하는 개념으로 사용되어야 하는 것이다.[10] 이렇게 되면 시행 말미에 존재하는 어미나 단어의 동어반복은 수사법적 차원뿐만 아니라 리듬론적 차원에서 존재 가치를 갖게 될 것이다.

소월 시의 압운 분석에서도 이러한 분석틀을 견지해야 한다.

> 소월시에도 사정은 마찬가지여서 운에 대한 배려는 동어 반복을 중심으로 실현되었다. 그것은 국어의 특질과 연관되는 문제이면서 동일 위치에서의 음성적 반복은 그것이 단어이건 음소이건 같이 취급해 온 운율상의 관행에도 그 원인이 있다. 어떻든 소월시의 운에 관해서는 시인 자신이 그것을 압운으로 의도했고 당시의 문학적 풍토가 이를 압운으로 수용했고 국어의 특질에 의한 한국 시가의 구체적 표현의 자료가 이를 나타내고 있으므로 적어도 음절상의 동음 반복까지는 압운으로 보아야 한다는 것이다.[11]

소월 시에서 압운이 "동어 반복을 중심으로 실현되었다"는 주장은 우리가 나아갈 방향을 암시한다. 이제 이 동어 반복을 포함한 소월 시의 압운이 구체적으로 어떠한 양상으로 존재하고 있는지를 탐구할 차례이다.

---

10 이러한 개념의 예는 일찍이 1960년대에 이미 김정숙이 제출한 바가 있다. "押韻이란 音色的 美感을 자아낼 수 있는 一切의 效果的 作用일진댄, 그 音色的 效果를 지닌 單語 혹은 音節 · 音韻의 位置가 一句中 혹은 一聯中 初 · 中 · 尾의 어디에 있거나 다 押韻이라 할 것이다." 김정숙, 「한국시가의 율적연구」, 『국어국문학』 25권, 1962.6, 2쪽.

11 조창환, 『한국 현대시의 운율론적 연구』, 일지사, 1988, 89쪽.

2. 『진달내쏫』의 압운의 실제

김소월의 경우 정형화된 율격 의식을 반영하는 압운이 존재하는가? 단도직입적으로 말하자면, 김소월은 압운을 의식하고 있었으며, 그것을 시적 장치의 하나로 적극적으로 활용한 시인이기도 하다.[12]

물구슬의봄새벽 아득한길
하늘이며 들사이에 널븐숩̆
저즌香氣 붉읏한닙우의길
실그물의 바람비처 저즌숩̆
나는 거러가노라 이러한길
밤저녁의그늘진 그대의꿈̃
흔들니는 다리우 무지개길
바람조차 가을봄 거츠는꿈̃

— 「꿈길」(#116)[13] 전문

이 시의 압운을 형성하는 중심 지점은 1, 3, 5, 7행 "길"이다. 여기서 압운은 일정한 간격, 즉 홀수행이라는 규칙적 단위에서 반복되고 있다. 이러한 규칙적 반복은 이 시의 정형성과 주기성을 산출하는 하나의 요인

---

12 이는 김소월 자신이 '압운'이란 용어를 사용하고 있다는 점에서도 확인할 수 있다. 「서로미듬(押韻)」(『동아일보』, 1924.7.22)에는 '압운'이란 용어가 제목 옆에 부기되어 있다. 「서로미듬(押韻)」의 압운 양상에 대해서는 다음의 글을 참조할 것. 고형진, 「소월 시의 운에 대한 연구」, 『외국문학연구』 16호, 2004.2, 12~13쪽.

13 괄호 안의 작품번호('#'로 표시)는 논의의 편의를 위해 김종욱의 『원본 소월 전집』(홍성사, 1982)에서 따온 것이다. 이하 김소월 시의 인용은 모두 위 책의 표기와 체계를 따른다.

으로 작용하면서, 이 시에서 균제(symmetry)의 미를 창출하는 효과를 낳는다. 게다가 "길"이라는 주저음(主低音)의 반복은 짝수행의 변이음들의 반복에 의해 더욱 강화되고 있다. 2, 4행의 "숩̆"의 반복, 6, 8행의 "숨̃"의 반복이 그것들이다. 이러한 반복이 보여주는 것은 명확하다. 김소월은 압운이 산출하는 음악적 효과에 대해 명확히 의식하고 있었던 것이다.

이러한 면에서, 그는 한국시의 압운 가능성을 새롭게 모색한 대표적인 시인이다.

> 韓國의 詩에 脚韻을 밟는다는 것은 國語의 특질상 (單語를 이루는 音素中 子音이 母音보다 월등히 많은 英語나 독일어 같지 않아 음향의 효과가 미약하다던가, 엑센트가 없다던가, 文章 構造上 虛事가 末尾에 가게 된다는 등) 불가능한 듯이 생각 되어온 旣存觀念을 素月은 고운 토운을 빌어 諸押韻詩를 씀으로써 씻어주고 있는 것이다.[14]

김소월의 "諸押韻詩"는 한국어의 일반적 특질과 김소월의 독특한 언어 감각이 만나는 곳이다. 이곳은 김소월 시가 지닌 압운의 특수성이 존재하는 곳이다. 그리고 우리가 압운의 구체적 존재 양상에 대해 논의하고자 할 때 항상 입각해야 하는 곳이기도 하다.

1) 두운과 요운

주지하다시피 시에서 리듬은 운(韻, rhyme)과 율(律, meter)의 결합인 운율로 이해되어 왔다.[15] 이중 압운(押韻)으로 불리기도 하는 운(韻)은

---

14 김석연, 「소월시의 운 · 율분석」, 『교양과정부 논문집(인문사회과학편)』 1집, 서울대, 1969, 131쪽.

일반적으로 "상이한 지점에서 서로 다른 의미론적 단위들이 맺는 음성적 상관관계"[16]를 의미한다. 전통적으로 작시법의 체계 내에서 압운은 규칙적이고 주기적으로 반복하는 현상을 의미한다. 즉 압운은 정형화된 율격 의식의 일환으로 간주되어 온 것이다. 그러나 이러한 개념 규정은 기준 단위의 설정이라는 선결문제가 해결되지 않는 한 문제적이다. 압운되는 위치는 그 기준점의 설정에 따라 앞이 될 수도, 중간이 될 수도 있기 때문이다. 일반적으로 각운의 경우 그 기준 단위는 행(line)으로 일원화된다. 그러나 두운의 경우 기준 단위는 행과 단어(혹은 어절)로 이원화된다. 즉 두운은 "시행의 첫머리 단어의 첫 부분에 있는 것만이 아니라, 시행 내에서의 여러 단어들의 어두음이 같은 음소로 되풀이되는 현상"[17] 모두에 적용되는 것이다. 여기에 문제의 소지가 있다. 만약 두운이란 개념에 행과 단어라는 두 가지 척도를 적용한다면, 각운이나 요운 등 다른 운들에도 두 가지 척도를 똑같이 적용해야 한다. 반대로 행이라는 하나의 잣대만을 사용하고자 한다면, 두운에도 이를 엄격히 적용해야 한다. 이것이 불필요한 혼란과 논쟁을 피하는 방법이다. 본고에서는 후자의 방식, 즉 행을 압운의 기준 단위로 채택함으로써 이론적 무원칙성이 양산하는 모순을 지양하고자 한다.

위와 같은 기준을 따를 때 『진달내꼿』에서 매우 특징적인 것은 두운이나 요운이 매우 드물다는 사실이다. 두운이나 요운의 경우 특징

---

15 ① "그러나 일반적으로 시의 리듬은 운율, 곧 운(rhyme)과 율(meter)울 지칭하는 개념이다." 김준오, 『시론』, 삼지원, 1997, 135쪽. ② "韻律을 별도로 가락이라고 말하기도 한다. 외래어로는 리듬이라는 말을 쓰는 수도 있다." 김용직, 『現代詩原論』, 학연사, 1991, 205쪽.

16 A. Preminger, *The New Princeton Encyclopedia of Poetry and Poetics*, Princeton Univ. Press, 1993, 1053쪽. "More broadly, however, we must say that rhyme is the phonological correlation of differing semantic units at distinctive points in verse."

17 문덕수, 『시론』, 시문학사, 2002, 126쪽.

적인 반복의 요소를 찾기 어려우며, 설사 그것이 발견된다 하더라도 매우 부분적인 경우가 태반이다.

> 흰모래 모래빗긴船倉ᄭᅡ에는
> 한가한배노래가 멀니자즈며
> 날점을고 안개는 깁피덥펴서
> 흐터지는물ᄭᅩᆺᄲᅮᆫ 안득입니다

— 「山우헤」(#4) 2연

1, 2, 4행의 첫 부분은 모두 'ㅎ'음으로 시작하고 있다. 우리가 이 부분만 놓고 본다면 행 단위의 두운이 실현되고 있는 것처럼 볼 수 있다. 그러나 시 전체로 놓고 보면 2연 1, 2, 4행의 'ㅎ'음의 반복은 매우 부분적이고 우연적이라고 말할 수 있다. 왜냐하면 전체 20행 가운데 위의 1, 2, 4행을 제외하고 시행의 첫 부분에 'ㅎ'음이 나오는 행은 17행("흔들어ᄭᅢ우치는 물노래에는") 한곳에 불과하기 때문이다. 잣대를 넓혀 두운의 범위를 단어(혹은 어절) 단위의 첫소리의 반복으로 확장하더라도 결과는 마찬가지이다. 위 시에서 단어의 첫소리에 'ㅎ'음이 출현하는 경우는 "하눌가치"(1연), "하나둘, 한바다"(3연), "혼자"(4연), "흔들어"(5연)로 매우 한정되어 있기 때문이다. 그렇다고 이 시가 'ㅎ'음이라는 특징적인 음색을 적극적으로 활용하고 있지 않다는 것은 아니다. 오히려 사정은 정반대이다. 이 시는 후음의 음상을 매우 적극적으로 활용하고 있는데, 이러한 사실은 우리가 두운이라는 한정된 틀에서 벗어날 때 분명히 인지된다. 즉 "山우헤, 숢하눌"(1연), "한가한"(2연), "아츰해 붉은볏헤"(4연), "山우헤, 고히"(5연)의 'ㅎ'음은 우리가 특정한 위치의 반복이라는 인식틀에서 벗어날 때 비로소 그 가치가 드러난다. 이것이 예증하는 것은, 뒤에서 보겠지만 시에서 운의 반복이 다양한 형태

로 나타난다는 사실이다. 때로는 규칙적으로 때로는 불규칙적으로 존재하는 이러한 운의 양상에 대해 우리는 보다 객관적인 시선을 견지할 필요가 있다.

소월 시에는 규칙적인 형태의 두운이나 요운이 드물게 발견되는 현상은 김억과의 연관성 속에서 실마리를 찾을 수 있다.[18]

> 그리고 前에 말한 頭韻(Alliteration)과 脚韻(Rhyme)이 잇습니다, 頭韻은 대단히 듬을고 普通 脚韻만은 밟습니다. 脚韻은 對照的 美感을 주는데 重大한 힘이잇서 一行을 꿰여서 갓音綴과 聲音을 줍니다.[19]

인용문은 김억이 「작시법」에서 서양시의 운의 종류에 대해서 언급한 부분이다. 인상적인 것은 서양시가 "頭韻은 대단히 듬을고 普通 脚韻만은 밟"는다는 주장이다. 문제는 이러한 주장의 근거와 출처가 명확하지 않다는 것이다. 김억이 서양시의 압운의 종류와 분포에 대해 실증적으로 조사했을 것이라는 추측은 정황상 불가능해 보인다. 영시 자료의 한계와 더불어 안서의 영어 실력에 대한 고려 때문이다.[20] 그렇다면 이러한 주장의 출처와 기원은 어디인가? 이에 대해 확증적 단언을 내리는 것은 불가능하지만, 서양시의 수용 과정에서 일본이라는 전신자(傳信者)에 의한 어떤 영향관계를 추정해 볼 수 있을 것이다. 즉

18 천이두의 다음과 같은 진술을 좋은 참조가 된다. "우리 나라에서 이 압운을 처음으로 도입 시험한 사람은 金岸曙라고 생각되는데, 素月은 그 스승의 영향을 받은 때문일 것이다." 천이두, 「임의 미학, 김소월」, 『종합에의 의지』, 일지사, 1974, 43쪽.

19 김억, 「작시법(2)」(『조선문단』 8호, 1925.5), 박경수 편, 『안서김억전집』 5권, 한국문화사, 1987, 295쪽.

20 "岸曙의 지식 정도는 博學한 편은 아니고 多識에 이르러 있었다고 할까, 영어 실력은 中上으로 보였으며 에스페란토를 하는 것이 특색이었다.(柳光烈씨의 증언) 또한 日語 및 漢文에 능숙했던 점은 그의 많은 漢詩 및 日語詩 번역 활동이 증명한다." 자료조사연구실, 「새 자료로 본 두 시인의 생애」, 『문학사상』 8호, 1973, 305쪽.

서양시의 번역 과정에서 압운은 두운보다는 각운으로 수렴되어 수용되었을 가능성 말이다. 여기에는 언어적 요인과 문화적 요인이 복합적으로 작용한 것으로 보인다. 우선 교착어(膠着語)라는 한국어와 일본어의 언어적 유사성은 두운보다는 각운에서 운의 반복을 찾게 했을 것이다. 여기에 안서의 서양시 번역이 일어 번역본의 중역(重譯) 과정을 거쳤을 가능성을 고려할 수 있다. 당시의 문화적 영향 관계 속에서 일본이라는 전신자(傳信者)의 영향은 부정할 수 없는 것처럼 보인다.

이러한 외래적 요인과 함께 동양적 전통에서 한시에 의한 영향을 간과할 수 없다. 주지하다시피 한시에서 운(韻)은 행 끝에 동일한 음이 반복되는 각운으로 존재한다. 이러한 한시의 압운은 근대시의 성립 과정에서 매우 중요한 작용을 한 것으로 보인다. 소위 한시의 형식을 차용한 국문시인 '언문풍월'의 출현과 창작은 당시에 한시의 영향력이 어느 정도였는지를 짐작하게 한다. 즉 근대시 성립 과정에서 언문풍월은 "근대시 형식을 모색하는 과정에서 한시의 전통을 국문시에 도식적으로 적용한 실험적인 시도"[21]로서 역할을 수행했던 것이다. 따라서 한시와 일종의 친연관계가 있었던 김억의 경우[22] 압운과 각운을 등가적으로 판단하는 일은 매우 자연스러웠을 것으로 추정된다.

그러므로 김소월의 압운 의식은 대내외적인 기원에 의해 복합적으로 형성되었다고 말할 수 있다.[23] 서양시의 압운 개념과 한시의 압운

---

21 심선옥, 「김소월시의 근대적 성격 연구」, 성대 박사, 2002, 107쪽.

22 이러한 친연성은 김억의 한시 번역과 이것이 창작시에 끼친 영향 관계를 통해 확인할 수 있다. 이에 대한 논의는 다음의 글을 참고할 것. 노춘기, 「안서와 소월의 한시 번역과 창작시 연구」, 『한국시학연구』, 2005.

23 김소월의 압운 의식의 기원에 대해서 정한모는 다음과 같이 말하고 있다. "素月의 각운의식은 어디에서 연유하고 있는 것일까. 혹은 스승 岸曙의 남다른 운율의식의 영향에서라고 생각될 수도 있고, 자신의 漢詩나 英詩에 대한 소양과 그 詩들이 지니고 있는 견고한 운율구조에 접한 경험에서 우러나온 것으로도 볼 수 있다. 그러나 이러한 요인 중 어느 하나에 국한하여 상도할 수는 없다." 정한모, 「〈金잔듸〉론」, 김

개념이 그것인데, 양자는 전신자인 일본의 매개에 의해 굴절된 채, 김억에 의해 수용 · 전파되는 과정을 밟은 것이다. 김소월은 이러한 매개 작용의 수신자로서, 그에 의해 각운은 일종의 시적 장치로서 작시법상의 한 축을 담당하게 된다. 따라서 우리는 김소월의 『진달내꼿』에 나타난 각운의 존재 양상을 구체적으로 검토함으로써 이러한 매개 작용이 어떻게 나타나는지 살필 필요가 있다.

2) 각운

『진달내꼿』에서 각운의 존재 양상은 빈도수나 선명도에 있어 매우 인상적이다. 그런데 여기서 특징적인 것은 각운이 행 이상의 단위에서 반복적으로 출현한다는 것이다. 이 중 가장 기본적인 형태는 다음의 시가 보여준다.

> 짱우헤 쌔하얏케 오시는눈. ⓐ
> 기다리는날에는 오시는눈. ⓐ
> 오늘도 저안온날 오시는눈. ⓐ
> 저녁불 켤째마다 오시는눈. ⓐ
>
> ─「오시는눈」(#56) 전문

이 시의 각운은 각 행 말미의 "오시는눈"에 의해 형성되고 있다. 여기서 반복의 단위인 "오시는눈"은 매 행 아무런 변화가 없어 단조롭고 지루한 인상을 준다. 게다가 반복은 어절이라는 비교적 큰 단위에 의

열규 · 신동욱 편, 『김소월 연구』, 새문사, 1996, I－93쪽.

해 수행됨으로써 그것이 주는 질량감은 상당히 크게 느껴진다. 그러나 각 행이 아무런 변화 없이 동일한 단위로 반복되는 이러한 양상은 『진달내쏫』 전체에서 극히 일부분을 차지한다. 기껏해야 「失題」(#7)의 2연, 「女子의냄새」(#43)의 1, 3연, 「서울밤」(#46) 1연 등에서 확인할 수 있을 뿐이다.

이에 비해 다음과 같이 특정한 변화를 수반한 형태는 자주 발견된다.

①

새하얀흰눈, 가븨얍게밟을눈, ⓐ
재갓타서 날닐듯써질듯한눈, ⓐ
바람엔 흣터저도 불씰에야 녹을눈. ⓐ
게집의마음. 님의마음. ⓑ

—「눈」(#60) 전문

②

홀로잠들기가 참말 외롭아요 ⓐ
맘에는 사뭇차도록 그립어와요 ⓐ
이리도무던이 ⓑ
아주 얼골조차 니칠듯해요. ⓐ

—「밤」(#12)의 1연

①의 각운은 1~3행의 명사 "눈"(ⓐ)에 의해서, ②의 각운은 1, 2, 4행의 어미 "—요"(ⓐ)에 의해서 형성되고 있다. 그러나 여기서의 각운은 「오시는눈」(#56)의 경우와는 달리 특정 형태의 변화의 요소를 포함하고 있다. ①의 4행 "마음"(ⓑ)과 ②의 3행 "—이"(ⓑ)가 그것들인데, 이들은 정형적 형태의 반복에 변화를 줌으로써 운(韻)의 다양성이라는 효

과를 창출하는 데 이바지하고 있다. 즉 전자는 1행에서 3행까지의 반복에 새로운 요소를 추가함으로써, 후자는 하나의 통사론적 단위를 두 개의 행으로 분절함으로써 이러한 효과를 창출하고 있는 것이다.[24] 다음 시를 보자.

동무들 보십시오 해가집니다　　ⓐ
해지고 오늘날은 가노랍니다　　ⓐ
웃옷을 잽시빨니 닙으십시오　　ⓑ
우리도 山마루로 올나갑시다　　ⓐ

동무들 보십시오 해가집니다　　ⓐ
세상의모든것은 빗치납니다　　ⓐ
인저는 주춤주춤 어둡습니다　　ⓐ
에서더 즈믄때를 밤이랍니다　　ⓐ

동무들 보십시오 밤이옵니다　　ⓐ
박쥐가 발쑤리에 니러납니다　　ⓐ
두눈을 인제구만 감우십시오　　ⓑ
우리도 골짝이로 나려갑시다　　ⓐ

―「失題」(#7) 전문

전체적으로 이 시에서 각운은 "―ㅂ니다", "―ㅂ시다"의 "―다"가 형성하고 있다. 전체 12행 가운데 총 10행이 이러한 형태의 각운을 형성

24 (가)와 같은 형태의 각운은 「失題」(#7) 1, 3연, 「朔州龜城」(#106)의 4연 등이 있고, (나)와 같은 형태의 각운은 「꿈꾼그옛날」(#13)의 1행, 「산유화」(#111), 「닭은꼬꾸요」(#127)의 1연 등이 있다.

하고 있으며, 특히 2연은 연 전체가 동일한 형태를 취하고 있다. 이렇듯 비교적 단조로운 형태의 각운은 이 시의 규칙성과 정형성을 강화하는 역할을 하는 것으로 보인다. 그러나 우리는 1연 3행의 "넙으십시오"와 3연 3행의 "감우십시오"가 수행하는 역할을 간과해서는 안 된다. 이것들은 "－다"로 끝나는 이 시의 각운에 변화를 주어 다소간 정형성의 틀에서 벗어나게 해주기 때문이다. 즉 1연과 3연의 3행은 이 시의 기계적이고 규칙적인 박절감에 변화를 주어 이 시에 다양성과 새로움을 부여하고 있는 것이다.

여기서 주목할 것은 1연과 3연의 각운 구조(ⓐⓐⓑⓐ)가 한시의 압운 구조와 유사성을 보이고 있다는 점이다. 주지하다시피 한시에서 각운은 5언 절구의 경우 2, 4행의 끝에, 7언 절구의 경우 1, 2, 4행의 끝에 차운(次韻)한다. 율시의 경우도 6행과 8행에 압운한다는 부가적 사항만 제외한다면 절구의 경우와 대동소이하다. 따라서 한시의 각운은 절구의 1행을 예외로 한다면 우수행(偶數行)을 중심으로 전개된다고 말할 수 있다. 이는 한시에서 우수행이 반복의 자리이고 기수행(奇數行)이 변화의 자리라는 것을 암시한다. 다시 말해 한시의 우수행은 동일성이 실현되는 자리인 반면, 기수행은 비동일성이 실현되는 자리인 것이다. 「失題」(#7) 1, 3연의 각운 구조(ⓐⓐⓑⓐ)는 바로 7언 절구의 그것과 공통된 기반을 공유하고 있었던 것이다.

이러한 형태의 각운 구조가 중요한 것은, 그것이 소월의 작시상의 중요 원리를 예시한다는 점에 있다. 즉 김소월은 균제미를 확보하기 위해 정형적 형태의 압운 구조를 채택한 경우라도 항상 변이를 통해 다양성을 모색하고 있었던 것이다. 이는 반복과 변화의 통합 원리가 소월시의 압운을 구성하는 한 축으로 기능하고 있음을 의미한다. 반복과 변화의 교차, 동일성과 비동일성의 길항 관계는 다음의 작품에서 보다 구체적으로 드러난다.

한때는 만흔날을 당신생각에 ⓐ ┐
밤까지 새운일도 업지안치만 ⓑ ┘ Ⓐ
아직도 때마다는 당신생각에 ⓐ ┐
축업은 벼개까의꿈은 잇지만 ⓑ ┘ Ⓐ

―「님에게」(#9) 1연

위 시의 각운은 1행과 3행, 2행과 4행이 서로 반복되는 교차운(交叉韻)의 구조를 띠고 있다.[25] 여기서 교차운을 이루는 반복의 단위는 상이하다. 즉 전자는 어절("당신생각에")이 그 기본 단위를 구성하지만, 후자는 음절("―만")이 반복의 단위를 이루는 것이다. 이러한 차이에도 불구하고 양자가 반복과 변화의 교차라는 두 가지 규제적 원리를 따르고 있다는 사실에는 변함이 없다. 즉 1행의 "당신생각에"는 3행에서 다시 한 번 반복됨으로써 각운을 형성하는 동시에, 2행의 "―만"에 의해서 변주됨으로써 다양성을 창출하는 것이다. 이는 2행의 "―만"의 입장에서도 동일한 양상을 띤다. 2행의 "―만"은 3행의 "당신생각에"에 의해 변별되지만 4행의 또 다른 "―만"에 의해 반복되는 것이다. 이러한 반복과 변화의 교차는 보다 상위 차원의 구조적 등가성을 기반으로 하고 있는 것처럼 보인다. 다시 말해 1·2행을 하나의 통사론적 의미 단락으로 본다면, 3·4행은 1·2행의 통사론적 구조가 반복되는 것으로 볼 수 있다는 말이다. 따라서 이 경우는 행을 기준으로 이중적 압운 구조가 작동하고 있는 것으로 볼 수 있다. 우선 행 단위의 압운 구조는 앞서 보았듯 반복(ⓐ)과 변화(ⓑ)라는 이중적 계기가 동시에 작용하는 것으로 보이지만, 행을 초과하는 단위에서의 압운 구조는 반복(Ⓐ)이라는 하나의 계기만 작용하는 것으로 볼 수 있다. 그러므로 이

25 이러한 형태의 각운 구조를 보여주는 작품으로는, 「옛니야기」(#5)의 4연, 「꿈으로 오는한사람」(#14)의 1~4행, 「꿈길」(#116), 「金잔듸」(#122)의 6~10행 등이 있다.

시는 전체적으로 반복의 계기가 승한 구조라고 볼 수 있다.

그러나 다음과 같은 형태는 상이한 구조를 보여주고 있다.

물고흔 紫朱구름,　　　ⓐ
하늘은 개여오네.　　　ⓑ
밤중에 몰래 온눈　　　ⓒ
솔숩페 숫픠엿네.　　　ⓑ

―「紫朱구름」(#16) 1연

이 시의 각운은 우수행을 중심으로 형성되고 있다. 2행과 4행의 "―네"의 반복이 이 시의 각운을 형성하는 중심 지점인 것이다. 한편 각운이 형성하는 동일성은 1행의 "구름"과 3행의 "눈"에 의해서 변주됨으로써 시적 리듬의 다양성을 조성하고 있다. 그런데 1행의 "구름"과 3행의 "눈" 사이에는 그 어떤 동질성도 성립하지 않기 때문에 행 단위를 초과하는 단위에서의 구조적 유사성을 확인할 수 없다. 즉 위 시의 각운 구조는 ⓐⓑⓒⓑ라는 단 하나의 형태가 전체를 지배하는 구조[26]로서, 「님에게」(#9)의 1연과 같은 통사론적 의미 단락의 반복을 볼 수 없다는 것이다.

논의를 운의 반복이라는 차원으로 한정한다면, 이러한 각운 구조는 한시의 압운 구조와 매우 유사하다고 말할 수 있다. 이는 소월 시의 각운이 두 가지 중심 원리, 즉 동일성과 비동일성이라는 두 가지 규제적 원리에 의해 작동한다는 사실을 보여준다. 이때 동일성은 주로 우수행을 통해 성립하고, 비동일성은 주로 기수행을 통해 성립한다는 사실은 앞에서 본 대로이다. 이러한 각운 구조의 형성은 소월의 작시

26　이러한 형태의 각운 구조를 보여주는 작품으로는, 「풀싸기」(#2)의 4연, 「옛니야기」(#5)의 2연, 「물마름」(#80)의 1, 2, 5, 6연 등이 있다.

법 상의 또 다른 측면인 연(stanza) 구성의 원리와 밀접한 연관 관계를 맺고 있다. 소월 시의 각운 구조를 심층적으로 논구하기에 앞서, 잠시 동안 이것에 대해 살펴보도록 하자.

『진달내꼿』의 연 구성의 양상과 종류는 성기옥에 의해 실증적으로 조사된 바가 있다. 그에 따르면 1연 4행 구성은 "가장 빈도수가 높은 시행"[27]으로, 『진달내꼿』 전체의 38%를 차지할 정도로 그 비율이 높다. 특히 논의를 연이 구분된 시로 한정할 경우, 그 비율은 49%로 전체의 절반에 해당할 정도로 매우 높아진다. 따라서 우리는 1연 4행 구성 방식을 소월 시의 연 구조의 기본적인 형태로 가정할 수 있다.[28] 이러한 형태가 문제가 되는 것은 우리의 전통적 시가의 구성 방식과 상이하기 때문이다. 다시 말해 전통적 시가의 대표적 장르인 시조의 경우 3장 6구의 단일한 형태가 작품 전체를 지배하는 것과 비교한다면, 1연 4행의 구성 방식은 상당히 이질적인 것으로 볼 수 있다는 것이다. 그렇다면 1연 4행 구성 방식의 출처가 어디인지 묻지 않을 수 없다.

우선 이러한 연 구성 방식이 한시의 그것과 매우 유사하다는 사실은 한시에 의한 영향 관계를 고려하지 않을 수 없게 한다. 주지하다시피 한시의 절구(絶句)는 4행으로 이루어진 시를, 율시(律詩)는 4행을 하나의 의미 단락으로 하는 구조가 중첩된 시를 일컫는 말이다. 한국과 중국의 역사적 · 문화적 영향 관계를 고려했을 때, 한시의 이러한 구조가 소월 시의 1연 4행 구성 방식에 지대한 영향력을 끼쳤음은 자명해 보인다. 그러나 여기에는 또 다른 요인이 개입하고 있음을 간과해서는 안 된다. 소월에 대한 김억의 영향력[29]이 그것으로, 그는 외국시

---

27 성기옥, 앞의 책, 359쪽.

28 이것은 통사론적 차원의 기본 구조와도 긴밀한 관계를 형성한다. 이에 대한 논의는 4장 2절에서 통사론적 의미 단락의 기본 유형를 다룰 때, 다시 한 번 거론될 것이다.

29 이러한 사실은 김동인의 진술에서 구체적으로 확인할 수 있다. "素月은 본시 岸曙(金億)의 제자였다. 岸曙의 문하에서 詩道를 닦을 적에는 그 시풍은 물론이요, 원고

의 번역과 소개를 통해 근대적이고 서양적인 작시법의 성립에 지대한 영향력을 행사한 것으로 보인다.[30] 우리는 행 배열과 연 구성에 대한 김억의 인식을 그의 최초의 번역 시집 『오뇌의 무도』와 개인 시집 『해파리의 노래』를 통해 간접적으로 확인할 수 있다. 즉 1연 4행 구성의 방식이 전체 시집에서 차지하는 비율을 통해 그것을 확인할 수 있는 것이다.[31] 이러한 사실은 소네트라는 서구의 양식이 한국 근대시의 성립에 있어 많은 영향을 끼쳤다는 사실을 암시한다. 특히 연 구성과 관련해 그것의 영향은 상당히 큰 것으로 볼 수 있다. 따라서 우리는 소월 시의 1연 4행 구성 방식[32]이 이중적 영향 관계, 즉 한시와 서양시의 구조 하에서 형성되었다고 말할 수 있을 것이다.

그렇다면 소월이 이러한 구조를 선호한 이유는 무엇인가? 그것은 1연 4행 구조가 주는 미적 효과와 관련하는 것으로 보인다. 한시나 소네트에서 보는 것처럼, 일차적으로 1연 4행 구조는 시의 내용과 형식에 구조적 안정감을 부여한다. 구조적 안정성은 시의 의미를 명확하게 전달할 뿐만 아니라 시의 서정성을 단아하게 표현하는 데 효과적

용지의 모양 형식까지도 스승 岸曙를 본따므로 우리는 그의 장래성을 아주 무시하였는데, (…하략…)", 김동인, 「문단삼십년사」, 김동인, 『김동인 전집』 8권, 홍자출판사, 1964, 416쪽.

30 ① "그의 譯詩集 「懊惱의 舞蹈」는 譯詩集的 價値를 띤 것이 아니었고 오히려 말하면 「詩敎科書」的 存在이었던 것" 이은상, 「岸曙와 新詩壇」, 『동아일보』, 1929.1.16. ② "岸曙의 新詩 建設에 對한 功績은 이 「懊惱의 舞蹈」 1卷으로 하여 磨滅할 수 없을 것이라고 믿는다." 이광수, 「文藝瑣談」, 『이광수전집』 16권, 118쪽.

31 번역 시집 『오뇌의 무도』의 한 부분을 구성하고 있는 '뻬르렌詩抄'에서, 1연 4행 구성을 보여주는 시편은 전체 21편 가운데 14편으로 그 비율이 거의 70%에 달한다. 이러한 사실은 '꾸르몬의詩', '싸멘의詩', '쏘드레르의詩', '이엣츠의詩' 등도 마찬가지이다. 창작 시집 『해파리의 노래』도 이러한 틀에서 크게 벗어나지 않는다.

32 소월 시의 1연 4행 구성 방식은 후대의 시인들에게 상당한 영향력을 행사한 것으로 보인다. 특히 김영랑의 경우는 매우 특징적인데, 이에 대해서는 다음의 글들을 참조할 것. 심혜영, 「김소월과 김영랑의 시 고찰」, 『나랏말씀』, 1989.11; 양병호, 「김영랑 시의 리듬 연구」, 『한국언어문학』 28집, 1990; 고형진, 「현대시 운율의 개척과 맥락」, 『현대시』, 2000.9; 조창환, 「김영랑 초기시의 율격과 형태」, 『한국시학연구』 10호, 2004.

으로 기여한다. 그러나 이러한 안정성은 다양한 변이와 변화를 모색하지 않는다면 자칫 기계적이고 단조로운 도식성으로 전락할 우려가 있다. 1연 4행의 구조가 갖는 장점은 바로 이러한 변이와 변화의 가능성을 내부적으로 포함하고 있다는 것에 있다. 그것은 기승전결의 형태뿐만 아니라 대구와 대조, 수미상관[33] 등 다양한 형태의 것들로 분화할 수 있다. 따라서 1연 4행의 구성 방식은 동일성과 비동일성의 길항 관계를 예시하는 데 있어 매우 효율적인 구조라고 할 수 있다.[34]

이러한 구조 위에서 김소월 시의 압운, 특히 ⓐⓑⓒⓑ 형태의 압운이 성립한다. 여기에서 중요한 것은, 중층화된 형태로 존재하는 반복과 변화의 계기를 파악하는 것이다. 즉 행 단위에서의 반복과 변화와 함께, 행을 초과하는 단위에서의 반복과 변화의 구조를 보는 것이다.

눈들이 비단안개에 둘니울때, ⓐ
그때는 참아 닛지못할때러라. ⓑ
맛나서 울든때도 그런날이오, ⓒ
그리워 밋친날도 그런때러라. ⓑ

눈들이 비단안개에 둘니울때, ⓐ
그때는 홀목숨은 못살때러라. ⓑ
눈플니는가지에 당치마귀로 ⓒ′
젊은게집목매고 달닐때러라. ⓑ

33 소월 시의 구조에서 수미상관이 갖는 위상과 역할에 대해서는 다음의 글을 참조할 것. 이영광, 「김소월시의 수미상관과 전통의 창조적 계승」, 『어문논집』 36호, 고려대, 1997.

34 이러한 점에서 윤석산은 1연 4행의 '네 도막 형식'을 "모든 예술의 보편전인 전개양식(展開樣式)인 동시에 구성원리(構成原理)"로까지 상찬하고 있다. 윤석산, 『소월 시 연구』, 태학사, 1992, 116~118쪽 참조.

눈들이 비단안개에 둘니울ᄯᅢ, ⓐ
그ᄯᅢ는 죵달새 소슬ᄯᅢ러라. ⓑ
들에랴, 바다에랴, 하늘에서랴, ⓒ″
아지못할무엇에 醉할ᄯᅢ러라. ⓑ

눈들이 비단안개에 둘니울ᄯᅢ, ⓐ
그ᄯᅢ는 참아 닛지못할ᄯᅢ러라. ⓑ
첫사랑잇든ᄯᅢ도 그런날이오 ⓒ
영리별잇든날도 그런ᄯᅢ러라. ⓑ

—「비단안개」(#38) 전문

위 시의 1연을 보자. 1연에서 각운은 짝수행의 "ᄯᅢ러라"의 반복에 의해서 형성되고 있다. 1연의 홀수행은 이러한 반복에서 이탈함으로써 변화와 다양성을 산출하고 있다. 여기서 문제는 이러한 반복이 일회적 사건으로 종결되지 않는다는 점이다. 즉 1연에서 보았던 각운의 양상이 이 시의 나머지 연들에 공통적으로 나타나고 있는 것이다. 우수행을 중심으로 형성된 반복 구조가 이 시 전체의 각운을 지배하는 원리가 되는 셈이다. 물론 기수행은 변화를 통해 다양성을 산출하는 중심 지점이 된다. 이러한 이해는 이 시의 압운 구조를 한시의 압운 규칙으로 환원하는 것처럼 보일지도 모르겠다. 그러나 우리는 소월의 압운 의식의 또 다른 측면을 간과해서는 안 된다. 만약 우리가 시야를 넓혀 전체적 구조에 도달할 수 있다면, 소월 시에서 각운은 행 단위뿐만 아니라 연 단위에서도 존재하고 있음을 확인할 수 있다. 다시 말해 김소월은 연과 연의 관계에서도 반복과 변화를 도모하고 있었던 것이다. 이러한 사실은 비동일성이 실현되는 지점, 즉 기수행으로 시선을 돌려 보면 확인할 수 있다.

1연 1행은 연 단위 내에서 변화가 실현되는 장소이다. 그것은 2, 4행의 각운에 대해 이질적인 요소로서 작용하고 있는 것이다. 그러나 이러한 단정은 시선을 넓혀 연과 연 사이의 구조를 의식하는 순간 달라지는데, 이렇게 되면 1연 1행은 반복의 지점, 연 단위의 반복("눈들이비단안개에 둘니울때")이 실현되는 장소가 된다. 연 단위를 기준으로 경계 내적인 것과 외적인 것이 일으키는 이중적 규제는 소월 시의 중요 특질 가운데 하나이다. 이러한 사실은 각 연의 셋째 행을 고찰하는 순간 더욱 확연하게 드러난다. 각 연의 셋째 행은 "그런날이오", "당치마귀로", "하늘에서랴", "그런날이오"로 종결된다. 우리는 이미 이 셋째 행들이 각 연에서 변화를 동반한 비동일성의 자리임을 확인했다. 중요한 것은 이러한 변화의 양상이 연 단위의 경계를 넘어서까지 확장되고 있다는 사실이다. 셋째 행의 마지막 음절 "－오", "－로", "－랴", "－오"의 변화 양상에 주목해 보자. 위의 음절을 음운의 이질성의 정도에 따라 구분한다면 우리는 "－오" < "－로" < "－랴"의 순서로 그 추이를 나타낼 수 있다. 이것은 3연의 셋째 행의 "랴"가 이질성의 정도가 가장 심하다는 것을 의미한다. 혹은 반대로 1, 2, 4연의 "－오", "－로", "－오" 사이에 동질성이 성립하고 있다는 것을 의미한다. 어떤 동질성인가? 그것은 모음 "ㅗ"의 동질성이다. 이러한 동질성은 1연과 4연의 수미상관이 갖는 일대일식의 동질성과 2연의 "－로"가 갖는 부분적 동질성 양자를 포함한다. 이것이 각 연 1행의 반복과의 차이이다. 우리는 이러한 동질성을, 변화를 내포한 동질성으로 불러도 무방하다. 그렇다면 위 시의 각 연 셋째 행은 중층적인 층위를 갖는 것으로 볼 수 있다. 즉 행 단위 차원에서의 이질성, 연 단위 차원에서의 부분적 동질성과 이질성. 이러한 다층적인 층위가 교직하면서 짜는 결(texture)을 무엇으로 불러야 하는가? 우리는 아직 이에 대한 합당한 이름을 갖고 있지 못하다. 그러나 분명한 사실은, 김소월의 시에서 각운

은 음운의 차원에서 이 다층화된 층위가 교차하는 지점이라는 사실이다. 또 다른 시를 보자.

우리집뒷 山에는 풀이푸르고　　ⓐ
숩사이의시냇물, 모래바닥은
파알한풀그림자, 떠서흘너요.　　ⓑ

그립은 우리님은 어듸게신고.　　ⓐ
날마다 퓌여나는 우리님생각.
날마다 뒷山에 홀로안자서　　ⓒ
날마다 풀을따서 물에던져요.　　ⓑ

흘러가는시내의 물에흘너서　　ⓒ
내여던진풀닙픈 엿게떠갈제
물쌀이 해적해적 품을헤쳐요.　　ⓑ

그립은우리님은 어듸게신고.　　ⓐ
가엽는이내속을 둘곳업섯서.　　ⓒ
날마다 풀을따서 물에던지고　　ⓐ
흘너가는닙피나 맘해보아요.　　ⓑ

—「풀따기」(#2) 전문

이 시의 각운은 연 내부의 각 행들 사이에서 성립하고 있지 않다. 오히려 연을 기준 단위로 연과 연 사이에서 일정한 반복이 발견되고 있다. 이러한 반복의 기준이자 모태가 되는 형식은 1연에 있다. 1행의 마지막 어미 "－고"(ⓐ)와 3행의 마지막 어미 "－요"(ⓑ)는 이후 반복과 변주의 기본 주저음(主低音)이 된다. 특히 ⓑ는 모든 연의 마지막을 동일한 음조로 종결함으로써 동일성을 부여하는 중심 지점으로 기능한다. 이에 비해 ⓐ는 동일성 속에서도 변화의 계기를 포함한다. 앞서 지적한 것처럼 그것의 자리는 3연이라는 홀수와 관련이 있다. 1연의 1행 "풀이푸르고"와 2연의 1행 "어듸게신고"에서 단일하게 이어지던 "－고"(ⓐ)는 3연의 1행 "물에흘너서"에 와서 "－서"(ⓒ)로 새롭게 변주된다. 이러한 변화는 이미 2연의 3행 "홀로안자서"에서 암시되었지만, 그것의 존재가 제대로 지각되는 것은 이 3연의 "물에흘너서"의 변화가 감지된 이후이다. 즉 2연의 "홀로안자서"는 3연의 "물에흘너서"에 의해 사후(事後)적으로 결정된 것이다. 우리는 여기서 동일성 속에서 내재하는 비동일성, 즉 중층적 차원의 변화와 다양성을 확인할 수 있다. 4연은 바로 이 양립하는, 두 가지 규제적 원리를 하나로 통합하는 기능을 수행한다. 4연의 1행에서 확인하는 것은 ⓐ의 복귀인데, 이것은 3연의 변이에 대한 기본 주저음의 회귀(4연 1행 "어듸게신고")이자 강화(4연 3행 "물에던지고")로 볼 수 있다. 만약 이 시가 이것으로 종결되었다면 우리는 이 시의 각운이 중층화된 교점의 역할을 수행한다고 말할 수 없었을 것이다. 4연 2행 "둘곳업섯서"(ⓒ)가 중요하게 되는 것은 바로 이 순간이다. 압운의 차원에서 변화와 다양성을 표상하는 ⓒ는 마지막까지 스스로의 존재를 철회하지 않는다. 비록 그것은 3연에서 차지했던 자리를 ⓐ에게 양보했지만, 그렇다고 자신의 존재를 무화시킨 것은 아니다. 그것은 ⓐ의 틈바구니에서 양자의 간극을 벌리고 그 사이로 얼굴을 드러냄으로써 자신의 존재를 증명한다. 이 시의 긴장 관계는 바로 이 완고한 지속성에서 비롯한다.

우리는 이 다층적인 층위가 일으키는 팽팽한 긴장 관계를 정형적 틀이라는 허울의 형태로 이완시켜서는 안 된다. 왜냐하면 김소월의 압운에는 동일성과 정형성으로 포괄할 수 없는 이질적인 요소가 있기 때문이다. 이를테면,

이슥한밤, 밤귀운 서늘할제 ⓐ
홀로 窓턱에거러안자, 두다리느리우고,
첫머구리소래를 드러라. ⓑ
애처롭게도, 그대는먼첨 혼자서잠드누나. ⓑ

내몸은 생각에잠잠할때. 희미한수플로서
村家의厄맥이祭지나는 불빗츤 새여오며,
이윽고, 비난수도머구리소리와함께 자자저라. ⓑ
가득키차오는 내心靈은……하늘과땅사이에. ⓐ

나는 무심히 니러거러 그대의잠든몸우헤 기대여라 ⓑ
움직임 다시업시, 萬籟는 俱寂한데, ⓐ
照耀히 나려빗추는 별빗들이
내몸을 잇그러라, 無限히 더갓갑게. ⓐ

―「默念」(#89) 전문

이 시에 각운이 존재하는가? 겉으로 보기에 이 시에는 분명하고 확증적인 형태의 각운이 존재하지 않는 것처럼 보인다. 연 단위 내부에서도 그렇고 연과 연 사이의 관계에서도 그렇다. 그러나 이 시에는 규칙적이고 정형적이지 않지만 어떤 특정한 차원의 음운이 반복하고 있다. 논의의 편의상 우선 1연의 3행부터 보도록 하자. 여기서 "드러라"의 "-라"는 2연에서는 동일한 위치(3행)에서 반복되지만, 3연에서는 다른 위치(1행)에서 반복되고 있다. 이러한 변화는 규칙과 불규칙이 혼재된 형태로 볼 수 있다. 이것은 동일성 속에서의 비동일성과는 그 존재 양상이 다르다. 이는 우리가 이 "-라"의 반복을 동일성과 비동일성 어느 한 쪽으로 규정지을 수 없다는 것을 의미한다. 이러한 사실은 또 다른 반복의 양상을 반영하고 있는 "서늘할제"가 명시하고 있다.

1행의 "서늘할제"에서 "제"는 시간을 나타내는 의존명사로 표준어의 "때"에 해당하는 것이다. 후자의 용례는 이미 2연 1행의 "생각에잠잠할때"에서 확인할 수 있다. 그렇다면 소월은 왜 "때"를 안 쓰고 "제"를 쓴 것일까? 이것은 한낱 자의성의 산물에 불과한가? 문제는 『진달내꼿』 시집 전체에서 "때"의 쓰임은 매우 빈번한데 비해,[35] "제"가 쓰인 곳은 매우 드물어 이곳을 제외하면 단 두 곳[36]에 불과하다는 점이다. 이것은 소월이 "때" 대신에 "제"를 사용할 때, 무언가를 강하게 의식하고 있었음을 암시한다. 잠시 "제"가 쓰인 또 다른 작품을 보자.

닭은 꼬꾸요, 꼬꾸요 울제, ⓐ
헛잡으니 두팔은 밀녀낫네. ⓐ
애도타리만치 기나긴밤은……
꿈깨친뒤엔 감도록 잠아니오네. ⓐ

(…2연 생략…)

아모리 보아도
밝은燈불, 어스렷한데. ⓐ
감으면 눈속엔 흰모래밧,

35 "때"의 용례가 보이는 곳은 다음과 같다. #7의 8행, #9의 1,3행, #15의 9행, #17의 3행, #18의 3,4행, #22의 7행, #23의 3행, #26의 2행, #34의 1행, #36의 3행, #38 전체, #39의 7,12,15행, #41의 10행, #47의 4,14행, #62의 2행, #68의 1행, #70의 6행, #75의 7행, #76의 11행, #78의 14,26,37,45행, #79의 13, 22행, #80의 2,4,16행, #82의 12행, #83의 7행, #84의 8행, #86의 4행, #87의 10행, #99의 6행, #105의 2,11행, #114의 8,9행, #118의 18행, #119의 2,6행, #120의 10행, #125의 7,9행.

36 「풀따기」(#2)의 9행과 「닭은꼬꾸요」(#127)의 1행이 여기에 해당한다.

모래에 얼인안개는 물우헤 슬제　　ⓐ

大同江뱃나루에 해도다오네.　　ⓐ

—「닭은꼬꾸요」(#127)

이 시에서 "제"는 1연 1행 "울제"와 3연 4행 "슬제"에 두 번 나타난다. 이 시에는 소월이 일반적 용법의 "째" 대신에 "제"를 사용한 이유가 비교적 명확히 드러난다. 그것은 'ㅔ' 모음에 의한 압운을 의식했기 때문이다. 1연 2행과 4행의 "—네", 3연 2행의 "—데", 4연 1행의 "—네"는 모두 각운에 대한 그의 뚜렷한 의식을 보여준다. 특히 서술형 어미 '—네'의 반복은 이 시에서 "어조의 통일성 내지는 어조의 강조에 기여하는 효과적인 장치"[37]로서 기능하고 있다. '—네'의 반복이 이러한 기능을 수행할 수 있는 것은 '—네'가 지닌 음성적 자질, 즉 비교적 높은 수위의 공명도(sonoority)를 지녔기 때문이다.[38] 이러한 'ㅔ' 모음에 의한 각운은 「산유화」(#111)의 1, 2, 4연에 그대로 반영되어 있다. 특히 2연에서 "산에"의 반복은 그가 '—에' 모음에 의한 각운을 매우 분명하게 의식하고 있었다는 사실을 여실히 보여준다. 이러한 사실은 그의 시의 개작 과정에도 반영되어 있다. 「부헝새」(#28)의 개작 과정은 그가 각운의 미묘한 차이에 대해 얼마나 주의를 기울이고 있었는가를 보여준다. 개작전의 「부헝새」와 달리 개작후의 그것은 'ㅔ' 모음에 의한 각운을 선명하게 드러낸다.[39]

---

37 김병선, 「'山有花'의 시형식 연구」, 『국어국문』, 전북대 국어국문학회, 1986.9, 208쪽.

38 공명도의 상대적 차이는 Selkirk에 의해 1단계부터 6단계까지 정식화되었다. 이중모음은 가장 높은 단계인 6단계에 해당하고, 자음 중에서 비음인 [ㄴ]은 3단계에 해당한다. 앤드류 스펜서, 김경란 역, 『음운론』, 한신문화사, 1999, 121쪽 참조.

39 개작 전·후의 「부헝새」는 다음과 같다. (가) "간밤에 부헝새가한마리, / 뒷門밧게 와서울더니, / 오늘은 바다우에도 구름이 캄캄, / 해못본날하로도 어느덧 저믈어가

이러한 사실들을 통해 우리는 「默念」(#89)의 "제"가 특별한 기능을 수행하고 있음을 추론할 수 있다. 그것은 이미 얘기된 바대로 'ㅔ' 모음에 의한 압운이다. 그렇다면 이 "제"와 각운을 형성하는 것은 어디에 있는가? "하늘과짱사이에"[40] 그리고 "俱寂한데"와 "더갓갑게", 이것들의 위치를 보라. "서늘할제"의 'ㅔ'는 1연 1행에 있었다. 그러나 "하늘과짱사이에"의 'ㅔ'는 2연 4행에, "俱寂한데"와 "더갓갑게"의 'ㅔ'는 각각 3연의 2행과 4행에 있다. 우리는 이것들을 동일한 위치의 규칙적인 반복으로 볼 수 있을까? 우리는 이러한 현상을 정형적 형식과 비정형적 형식의 혼효로 볼 수 있다. 이것은 시사(詩史)적 차원에서 볼 때, 정형시에서 자유시로 이행하는 과도기적 징후를 나타낸다. 소월 시의 각운은 동일한 위치에서의 규칙적인 반복이 비(非)규칙적인 반복으로 전이해 가는 과정을 보여주는 것이다. 이것은 본질적으로 동일성과 비동일성이라는 소월 시의 두 규제적 원리의 중층적 길항 관계를 반영한다. 이제 우리는 이 부유하는 음운의 산포(散布)에 대해 살펴봄으로써, 소월 시의 규제적 원리인 비동일성의 구체적 양상을 파악할 수 있을 것이다.

네." (『개벽』 19호, 1922.1, 36쪽) (나) "간밤에 / 뒷窓박게 / 부헝새가와서 울더니, / 하로를 바다우헤 구름이캄캄. / 오늘도 해못보고 날이저므네." (밑줄은 인용자)

40 부사격 조사 '-에'가 행 끝에 오는 경우는 다음과 같다. #3(5행), #6(7행), #9(1,3,5행), #11(1,2행), #28(1행), #34(7행), #36(1행), #40(10행), #47(17행), #52(1행), #67(3행), #70(10행), #71(3행), #73(7행), #75(2행), #76(1행), #78(29행), #79(3,18행), #80(17,27행), #82(4,9행), #84(2,8행), #85(7,12행), #87(1행), #88(4행), #89(8행), #90(4행), #91(3행), #93(2행), #98(2,13,16행), #99(6,10행), #102(11,13행), #108(2행), #109(5행), #110(3,5행), #111(5,6행), #113(4행), #117(10행), #118(13행), #119(11행), #122(7,9행), #123(1행), #124(1,2,7행), #125(11행)

3. 『진달내꽃』의 '프로조디(prosodie)' 분석

1) '프로조디' : 음운의 불규칙적 산포

김소월 시의 리듬과 그것의 미적 효과에 대한 분석은 기존 압운론의 범위와 능력을 초과하는 것으로 보인다. 기존의 압운론은, '운(韻)'을 한시와 영시에서처럼 특정한 위치에 규칙적으로 반복되는 소리의 차원으로 이해함으로써 시적 리듬에 대한 오해를 양산해 왔다. 우리가 특정한 위치에 반복하는 '압운'만을 사고하고, 그것의 부재를 시적 리듬의 결여로 오인한다면 사태는 더욱 치명적인 것이 된다. 문제는 "두운이냐 각운이냐"가 아니다.[41] 핵심은 특정 음운의 반복이 음운론·형태론·의미론적 차원에서 어떠한 미적 효과를 산출하는가를 논구하는 데 있다.

이것은 본질적으로 시가 의미와 형식의 통합체이고, 시의 분석은 양자가 결속하는 매개지점에 대한 탐색이라는 사고를 반영한다. "운(韻)은 의미를 지니고 있으며 따라서 한 편의 시의 전반적인 특성에 깊이 관련돼 있다"[42]는 르네 웰렉의 말처럼, 시에서 음운의 배치와 조직은 시의 음성적 실현과 관련될 뿐만 아니라 시의 의미적 실현과 밀접한 관련을 맺는다. 그렇다면 시에서 음운은 어떠한 방식으로 의미와 결합하여 하나의 단일한 '의미-형식'의 통합체로 조직화되는가?

새로운 리듬론은 전통적 이론과는 달리 '운'의 규칙적인 반복에만 주목하지 않는다. 왜냐하면 시에서 소리의 반복은 대개의 경우 불규

41 김석연은 「소월시의 운·율분석」에서 두운을 "韓國詩韻의 代表格"(125쪽)으로 칭하면서, 소월시의 경우도 "頭韻이 압도적으로 韻的 効果를 크게 거두고 있는"(127쪽) 것으로 파악한다. 김석연, 「소월시의 운·율분석」, 앞의 책, 125~127쪽.

42 르네 웰렉·오스틴 워렌, 『문학이론』, 문예출판사, 1988, 228쪽.

칙적이고 비주기적인 양상으로 존재하기 때문이다. 특히 자유시와 산문시가 주종을 이루는 현대시에서 소리의 반복은 매우 불규칙적으로 혼재되어 있는 것처럼 보인다. 문제는 이 불규칙적으로 산포하는 음운들이, 시의 의미 전체를 관통하면서 특정한 음운들의 조직체로 계열화한다는 사실이다. 이 계열체가 중요한 것은 비(非)음악, 아니 반(反)음악적인 것으로 규정되는 현대 자유시에서 새로운 음악성을 확립할 가능성을 타진하기 때문이다. 소위 현대시의 내재율에 구체적 내용을 채워 그것을 하나의 실체로서 확립하는 것은 이렇게 해서 가능해진다.

앙리 메쇼닉의 '프로조디(prosodie) 분석'은, 시의 의미체계와 길항하면서 시 전체에 불규칙적으로 산포되어 있는 음운 계열체를 분석하는 데 있어 중요한 참조점으로 기능한다. 서론에서 보았듯 '프로조디'는 기존의 운율학 또는 작시법으로 번역되는 전통적 의미와는 달리 "언어의 자음적 · 모음적 조직"과 그것의 계열체를 지시하는 말이다. 구체적으로 말해서 '프로조디'는 담론 전체의 작동기능 속에서 의미작용을 조직화하는 음소(phoneme)적 조직체로서, 시의 소리의 층위와 의미의 층위를 하나의 '의미-형식*forme-sens*'의 통합체로 조직하는 원리인 것이다.[43] 따라서 '프로조디' 분석은 불규칙적으로 산포되어 있는 음운 계열체들의 존재 양상과 작동기능을 탐구함으로써 어떻게 시가 음성적 · 의미론적으로 통합되는지를 고찰한다. 비유컨대 문제의 핵심은 구슬이 아니라 구슬을 꿰는 것에 있다.

---

43 "리듬은 전체의 조직(배치, 지형도)이다. 만약 리듬이 언어활동 속에, 그리고 어떤 디스쿠르 속에 존재한다면, 리듬은 디스쿠르의 조직(배치, 배열, 지형도)을 의미할 것이다. 디스쿠르가 자신의 의미와 떨어질 수 없는 것과 마찬가지로 리듬 역시 이러한 디스쿠르의 의미와 떨어질 수 없다. 리듬은 디스쿠르에서 의미의 조직이다. 만약 리듬이 의미의 조직이라면, 더 이상 리듬은 구별되고 중첩된 어떤 수준을 의미하지는 않는다." 앙리 메쇼닉, 『리듬 비평, 언어활동의 역사적 인류학』, 조시 부라사, 앞의 책, 159쪽에서 재인용.

2) 『진달내꼿』의 '프로조디' 분석의 실제

리듬론은 두운이나 각운과 구별되는 불규칙적으로 산포되어 있는 음운의 존재 양상에 주목한다. 앞서 언급했듯이 김소월에게는 한시의 영향으로 보이는 각운이 존재한다. 그러나 그것이 김소월 시의 매력과 시적 리듬의 요체를 결정하는 것은 아니다. 만약 전자로서 후자를 대체한다면 우리가 얻는 것은 열등하고 보잘 것 없는 '압운시'의 작가로서 김소월에 지나지 않을 것이다.[44] 이러한 오류는 김소월 시에서 불규칙적 음운의 반복이 기능하는 작동방식을 탐구함으로써 정당히 극복될 수 있을 것이다. 한 번 더 「꿈길」을 인용해 보자.

물구슬의봄새벽 아득한길
하늘이며 들사이에 널븐숩
저즌香氣 붉읏한닙우의길
실그물의 바람비처 저즌숩
나는 거러가노라 이러한길
밤저녁의그늘진 그대의꿈
흔들니는 다리우 무지개길
바람조차 가을봄 거츠는꿈

— 「꿈길」(#116) 전문(이하 모든 강조는 인용자)

소리의 규칙적 반복이라는 현상에 주목했을 때, 일차적으로 이 시에서 눈에 띄는 것은 각운이다. 1·3·5·7행의 "길", 2·4행의 "숩",

44 "소월시는 그 운율에 있어 압운과 율동을 모두 의식적으로 시험하고 있으나 우리의 전통적 시가들에서와 같이 압운의 성과는 보잘 것이 없다." 김수업, 「소월시의 율적 파악」, 『상산 이재수박사 환력기념논문집』, 경북인쇄소, 1973, 159쪽.

6 · 8행의 "꿈"의 반복은 시인의 의도적인 산물로서, 그는 이러한 반복을 통해 균제미(symmetry), 즉 비례와 균형에서 오는 시각적 · 청각적 안정감을 실현하고 있는 것처럼 보인다. 이러한 효과는 심리적 차원에서 동일한 소리의 규칙적 반복에 대한 기대(anticipation)와 그것이 충족되었을 때 느끼는 만족감에서 비롯한다. 그러나 우리는 이것들을 이 시의 미적 효과의 전부인 것으로 오해해서는 안 된다. 왜냐하면 소리의 반복이라는 측면에서 각운이 야기하는 미적 효과와는 다른 차원의 음조미(音調美)가 존재하기 때문이다. 만약 우리가 시야를 넓혀 동일한 음운의 불규칙적 산포, 즉 '프로조디'에 주목한다면 상황은 달라지게 된다.

"길"에서부터 시작하자. "길"은 이 시의 여러 이미지들을 하나로 수렴하는 중심 이미지이다. 그것은 시 전체에 산개한 여러 이미지들을 수렴하여 단일한 의미로 통합하는 '지배소(the dominant)'[45]로 기능하고 있다. 주지하다시피 좋은 시는 이미지와 의미가 상호 긴밀히 호응하면서 시 전체의 유기적 통일성에 기여하는 시다. 이때 시의 리듬이라는 음성적 차원은 양자를 매개하고 통합하는 기능을 수행한다. 이것은 우리가 시적 리듬과 이미지와 의미를 분리불가능한 단일한 통합체로 사고해야 한다는 것을 예시한다.[46] 「꿈길」에서 이러한 기능을 수행하는 것이 바로 "길"의 'ㄹ'음이다. 이 'ㄹ'음은 소리와 이미지를 결합하는 촉매제의 기능을 수행하면서, "물̆구슬̆, 하늘̆, 들̆, 실̆그물̆, 바람̆,

45 '지배소(the dominant)'는 시의 구성요소들 가운데 최상위의 위계에 있는 구성요소를 일컫는 말이다. 이에 대해서는 다음을 참조할 것. J. Mukařovský, "Standard Language and Poetic Language", Paul L. Garvin(edited), *A Prague school reader on esthetics, literary structure, and style*, Washington, Georgetown University Press, p.20.

46 옥타비오 빠스, 김현창 역, 『옥타비오 빠스－시와 산문』, 민음사, 1991, 187쪽. "리듬은 구절로부터 분리되지 않는다. 그것은 풀어 놓은 말들로 이루어진 것이 아니며 음절 측정이나 음절 수, 악센트, 숨쉬기도 아니며 이미지와 의미인 것이다. 리듬, 이미지와 의미는 하나의 분리될 수 없는 밀집단위인 시구, 운문 속에서 동시에 주어진다."

그늘, 가을" 등의 이미지들과 하나의 계열체를 형성한다. 이러한 계열체의 외연은 사물의 이미지 차원에만 국한되는 것은 아니다. "널븐, 붉읏한, 이러한, 흔들니는, 거러가노라"에서 보는 것처럼 'ㄹ'음 계열체는 사물의 성질과 상태, 그리고 주체의 행위로까지 확장되고 있다. 소리와 이미지의 통합으로서 'ㄹ' 계열체는 의미론적 차원에서도 '지배소(the dominant)'의 기능을 수행하는 중심 의미로 볼 수 있다. 이를 알기 위해서는 「꼿燭불 켜는밤」[47]을 구성하는 다른 작품들과의 관련을 살펴보아야 한다. 「꼿燭불 켜는밤」의 다른 작품들에 비한다면 「숢길」의 율격과 형태는 매우 이채롭다. 대부분의 작품들이 불규칙적 율격, 산문체의 문장, 자유로운 행 구성의 형식을 취하고 있는 데 비해, 「숢길」은 규칙적 율격, 명사형의 문장종결, 단일한 행 구성의 형식을 취하고 있다. 한마디로 말해 전자는 자유율의 형식을, 후자는 정형률의 형식을 보여주고 있는 것이다. 그렇다면 거의 상반되는 두 가지 유형의 작품들이 하나의 계열로 묶인 까닭은 무엇인가?

이에 대한 해답은 의미상의 유사성에서 찾을 수 있다. 「꼿燭불 켜는밤」을 구성하는 다른 작품들은, 후회와 자책(「나는 세상 모르고 사랏노라」)의 어조로 인생의 비애와 슬픔(「꼿燭불 켜는밤」)을 노래하거나, 인생의 무상함(「富貴功名」, 「追悔」)을 표현하거나, 심지어 죽음(「사노라면 사람은 죽는것을」, 「하다못해 죽어달내가올나」)을 암시하는 내용으로 되어 있다. 「숢길」의 의미도 이것에서 벗어나지 않는다. 이것은 화자가 처한 "길"이 낭만적인 길이 아니라 비극적인 길임을 뜻한다. 다시 말해 화자가 걸어가는 "길"은 슬픔과 고난의 길로서, 매우 험하고 "거츠는"[48] 길인

---

47 「꼿燭불켜는밤」은 시집 『진달내꼿』의 14번째 소제목으로, 여기에는 「꼿燭불 켜는밤」(#112)부터 「나는 세상 모르고 사랏노라」(#121)까지 총 10편의 작품이 속해 있다.

48 "거츠는숢"에서 "거츠는"은 '거칠다'의 의미로 해석한다. 왜냐하면 『진달내꼿』 전체에서 이러한 용례가 나타나는 곳은 「不運에우는그대여」(#69)의 "거츠른바위"와 「無心」(#103)의 "거츤벌난벌" 두 곳 뿐으로, 이때의 의미는 '거칠다'로 해석하는 것이 타

것이다. 이러한 해석은 이 시와 상황과 정조가 흡사한 「希望」(#119)의 3연과 「展望」(#120)이 예시하고 있다. 여기서 중요한 것은 이러한 "숨길"의 애상성과 비극성이 음성적으로 'ㄹ'에 매개되고 있다는 사실이다. 보다 구체적으로 말하자면, "길"은 풍경과 전망으로서의 길이 아니라 "나는 거러가노라"가 암시하는 것처럼 인생의 여정으로서의 길이다. 이 실제적이며 동시에 비유적인 "길"은 다른 'ㄹ' 계열체들에 의해서 보다 구체적이고 명시적인 의미를 획득한다. "그늘진", "흔들니는[흔들리는]", "다리우"의 'ㄹ' 계열체는 "길"의 속성이 어둡고 위태로운 비극적인 성격의 것임을 보여준다. "실그물의 바람비"[49]와 "가을"의 'ㄹ'도 을씨년스런 분위기를 형성함으로써 비극성을 강화한다고 말할 수 있다.

비록 단편적이긴 하지만 이상의 분석으로 통해 확인할 수 있는 것은, 운의 측면에서 이 시를 지배하는 것이 각운과 같은 규칙적인 반복이 아니라, 시 전반에 걸쳐 불규칙적으로 산포되어 있는 음운의 반복이라는 사실이다. 그리고 바로 이곳이 자유율 또는 내재율[50]이 자신의 모습을 드러내는 곳이다. 그렇다면 마치 순수한 우연인 것처럼 보이는 이러한 현상의 기원과 메커니즘은 무엇인가? 이러한 현상의 기원을 설명하는 것은 매우 지난한 일임에 틀림없으나, 비교적 명확한 것은 'ㄹ'음 계열체가 각운에서처럼 의식적이고 의도적인 조율을 거친

당하기 때문이다. 따라서 숭문사 판 『진달래꽃』의 해석인 "걷히는 꿈"은 잘못된 것으로 볼 수 있다.

49 여기서 "실그물"을 '비'의 비유적 표현으로 본다면, "바람비처"는 "바람비"와 "처"가 결합한 말로 볼 수 있다. 이때의 "처"는 '비가 들이치다' 정도의 의미로 해석할 수 있다. 이러한 해석은 "저즌향기"와 "저즌숩"과의 의미적 연관성에 대한 고려 때문이다.

50 내재율, 그리고 이것과 대립쌍을 이루는 외재율이란 말은 매우 조심스럽게 사용되어야 한다. '안'과 '밖'의 이분법에 의존하는 이러한 용어들은 '밖과 구분되는 안' 또는 '안과 구분되는 밖'이란 도식을 요청하기 때문이다. 실제로 문학 작품에서, 특히 시에서 '밖과 구분되는 안'을 찾는 것은 어쩌면 불가능한 일일지도 모른다. 그 역도 마찬가지이다.

것으로 보이지 않는다는 점이다. 오히려 'ㄹ'음이 형성하는 이 활음조(滑音調 euphony) 현상은 언어 내적 차원에서 현상하는 "다양한 정동들의 무대화"[51]일 가능성이 높다. 이에 대한 논의는 본고의 범위를 초과하는 일이므로, 여기서는 다만 프로조디 분석이 시적 리듬을 통해 발현되는 주체의 무의식적 정동의 분석과 맞닿아 있음을 지적하는 것으로 갈음한다.

특정한 음운 계열체들의 구조 분석은 본고가 주되게 착목하고 있는 부분이다. 그것은 음운 계열체들의 구조 분석이 시의 소리와 형태와 의미의 상호 관계, 즉 음운론적 · 통사론적 · 의미론적 층위의 결합 관계를 분석하는 것과 맞닿아 있기 때문이다. 따라서 음운 계열체들의 존재 양상을 고찰하는 일은 개별적인 시가 지닌 독특한 미적 구조를 해명하는 일이 된다. 다시 말하면 하나의 작품에 지배적으로 존재하는 특정 음운의 반복 양상은, 해당 작품의 특수한 의미 구조를 나타내는 동시에 해당 시인의 언어 사용의 특수성을 보여준다고 할 수 있다. 바로 이것이 본고가 『진달내쏫』의 프로조디 분석을 통해 궁극적으로 도모하는 바이다. 즉 음운 계열체들의 구체적인 존재 양상의 분석을 통해 해당 작품의 미적 특수성, 나아가 해당 시인의 문체의 특수성으로 나아가는 것. 이것은 다음과 같이 도식화될 수 있다. ① 음운 계열체의 분석 → ② 음운론 · 통사론 · 의미론적 통합 관계의 확인 → ③ 해당 작품의 미적 구조의 규명 → ④ 해당 시인의 문체적 특수성의 해명. 이것은 현대 자유시와 산문시에서 새로운 리듬론의 확립을 위한 시론으로서의 의의를 갖는다.

---

51 줄리아 크리스테바, 김인환 역, 『검은 태양』, 동문선, 2004, 226쪽. 시적 리듬으로 발현되는 주체의 정동(情動)의 구체적 지점을 탐색하는 일은 매우 어려운 일이다. 그것은 본고의 범위와 한계를 초과할 뿐만 아니라 필자의 능력을 넘어서는 일이기도 하다. 따라서 이에 대한 논의는 별도의 지면을 기대하고 여기서는 다만 그것의 구조에 대한 탐색으로 논의를 한정하기로 한다.

(가) 소통과 단절의 미학 ① : 'ㅁ'과 'ㄹ'의 대립 양상

말니지못할만치 몸부림하며
마치 千里萬里나 가고도십픈
맘이라고나 하여볼까.
한줄기쏜살갓치 버든이길로
줄곳 치다라 올나가면
불붓는山의, 불붓는山의
煙氣는 한두줄기 피여올나라.

－「千里萬里」(#64) 전문

우선 1행~3행까지의 [ㅁ]음의 반복에 주목하여 보자. 1행의 "말", 2행의 "마", 3행의 "맘"은 [ㅁ]음을 근간으로 두운을 형성하는 것처럼 보인다.[52] 이 [ㅁ]음은 1~3행의 두음에 규칙적으로 반복됨으로써 일차적으로 균등화되고 균제화된 음성적 효과를 산출하는 것처럼 보인다. 그러나 두운이 산출하는 이러한 음성적 효과의 이면에는 불규칙적인 산포된 [ㅁ]음의 반복과 그것이 야기하는 독특한 음성적 효과가 존재한다.[53] 그리고 이것이 1~3행의 두운의 음성적 효과를 성립시키는 기저의 토대가 된다. 즉 1~3행의 두운의 음성적 효과는 1행의 "말니지못할만치 몸부림하며"에서 불규칙적으로 반복되는 [ㅁ]음이 이루는 음

52 두운(alliteration)은 한 행(line)을 기준으로 첫 음절에 동일한 음운이 반복되는 현상을 가리키는 말로 한정한다. 여기서 논의의 초점은 '자음 계열체'의 분석에 있기 때문에, 양성모음[ㅏ]의 반복에 대한 분석은 생략하기로 한다.

53 김대규는 「千里萬里」 1~3행에 나타나고 있는 이러한 현상을 다음과 같이 말하고 있다. "이 시에서는 〈말 · 마 · 맘〉의 頭韻도 보이지만, ㅁ소리의 연속인 〈말 · 못 · 만 · 몸 · 림 · 며 · 마 · 만 · 맘〉으로 〈어려운 말〉을 급히하는 말놀이를 연상시킨다." (「Anima의 시학」, 『연세어문학』 4호, 1973, 53쪽) 그러나 'ㅁ'음의 불규칙적 반복 현상을 소월의 유아기적 유약성을 보여주는 '말놀이'로 간주할 수 있을지는 의문이다.

성적 효과의 한 특수한 경우로서 성립하고 있는 것이다. 이것은 2행의 "마치"와 "萬里"로, 3행의 "맘"으로 계기적으로 연속된다. 따라서 이 시의 1~3행은 [ㅁ]음을 주조(主調)로 하는 계열체가 지배적이라고 말할 수 있다.

그렇다면 이 [ㅁ]음 계열체는 어떤 의미론적 기능을 수행하는가? 결론적으로 말해, 1~3행의 [ㅁ]음 계열체는 가고 싶지만 갈 수 없는 화자의 상황과 애절한 심리를 형상화하는 데 효과적으로 기여한다고 말할 수 있다. 이러한 상황과 심리를 압축적으로 표현하고 있는 단어가 "몸부림"이다. "몸부림"은 억압과 금지의 상황과 그러한 한계를 넘어서려는 감정적 에너지(말하자면 그리움) 사이의 격렬한 대립을 나타낸다. [ㅁ]음은 이 억압의 상황("말니지")과 그것의 위반("못할")에서 오는 대립의 양태("만치")를 음성적 차원의 동일성으로 매개하고 있는 것이다. 이것이 2행의 "萬里"에 오면 공간적 거리감으로 극대화되어 표현된다. 따라서 음성적 차원에서 [ㅁ]음 계열체는 화자의 현재의 심리상태와 그것의 구체적 갈등 양상을 종합한다고 말할 수 있다.

이는 [ㅁ]음이 "흥겹게 노래하는 聽覺映像을 지니기" 때문에, "몸부림치며 떠나고 싶은 마음과는 그 內包된 情緖로서의 거리가 먼 것"[54]으로 보는 견해가 잘못됐음을 입증한다. 우리는 [ㅁ]음을 시의 내용과 무관한 별도의 상징적 의미로 해석할 필요가 없다. [ㅁ]음이 "흥겹게 노래하는 聽覺映像"을 지니는 것은 시의 문맥과 관련한 것이지, 문맥을 초월한 어떤 상징적 의미를 지니기 때문이 아니다. 「千里萬里」의 문맥에서 [ㅁ]음은 '말니다'와 '못하다'에서 오는 금지와 억압의 의미 내용으로 구성된다. 이러한 금지와 억압은 "몸부림"에서 '몸'의 미묘한 떨림과 호응하고, 최종적으로 "맘"에서 화자의 심리적 동요 양상과 자

54 김대행, 「압운론」, 『한국시가구조연구』, 삼영사, 1976, 50쪽.

연스럽게 호응한다. 따라서 이 시에서 [ㅁ]음은 "자연스러운 중간운의 효과"[55]를 야기하는 것으로 봐야 한다.

[ㅁ]음의 이러한 효과는 파찰음, 특히 [ㅊ]음의 음성적 효과에 의해 배가되는 것으로 보인다. "못할만치, 마치, 千里, 같이[가치], 치달아"에서 실현되고 있는 [ㅊ]음은 [ㅁ]음이 주는 절망의 미묘한 떨림과 호응한다.[56] 이것은 의미론적 차원의 문제와 관련된다. 환언하면 "千里萬里"에서 [ㅊ]과 [ㅁ]은 의미론적으로 동일한 기능, 즉 시적 화자가 궁극적으로 지향하는 공간과 현재적 공간 사이의 거리와 단절감을 표현한다고 볼 수 있다. 따라서 비음 [ㅁ]과 파찰음 [ㅊ]의 관계는 대립적 관계라기보다는 상보적 관계로 파악해야 한다. 이러한 점에서 송희복의 다음과 같은 주장, 즉 「千里萬里」가 "유포니와 카코포니, 공명음과 장애음, 대표적으로는 'ㅁ'과 'ㅊ'이 절묘하게 배음을 이루면서 완벽한 조화의 극치를 보여주고 있다"[57]는 주장은 재론의 여지가 있다. 일단 송희복이 「千里萬里」의 우수성을 "유포니(euphony)와 카코포니(cacophony), 공명음(sonorants)과 장애음(obstruents)"의 대립과 조화에서 파악하는 것은 탁견으로 볼 수 있다. 왜냐하면 공명도(sonority)의 차이[58]는 자유율 혹은

---

55 조창환, 『한국현대시의 운율론적 연구』, 일지사, 1988, 91쪽. 동일한 자음의 불규칙적 산포를 '중간운'으로 한정할 필요는 없다. 이것은 현대시에서 일정한 위치에 동일한 음운이 반복되는 현상인 압운이 더 이상 유효하지 않음을 의미한다. 동일한 음운의 반복을 지배하는 원리와 동력은 정형과 규범에 대한 강박 의식에서 나오지 않는다. 그것은 시의 소리와 의미를 하나의 단일한 차원으로 통합하는 내적 조직화의 원리에서 비롯한다.

56 이러한 점에서 "말니지못할만치"와 "말리지못할만큼"의 음성적 효과는 상이하다. 만약 우리가 전자를 후자로 대치한다면, 파찰음 [ㅊ]의 떨림 현상은 사라지게 될 것이다. 그리고 이는 시적 화자의 신체적("몸부림")·심리적("맘") 떨림과의 호응관계도 사라지는 결과를 초래할 것이다.

57 송희복, 『김소월 연구』, 태학사, 1994, 150쪽.

58 일반적으로 공명성(sonority)의 정도는, 모음(저>중>고>)>탄설>측음>비음>마찰음>파찰음>파열음의 순서를 지닌 것으로 분석된다. 이에 대해서는 다음을 참조할 것. 앤드류 스펜서, 김경란 역, 『음운론』, 한신문화사, 1999, 121쪽.

내재율의 주요 지표로 기능하기 때문이다. 그러나 그가 [ㅁ]과 [ㅊ]을 「千里萬里」의 공명도의 차이를 지배하는 두 주조음으로 설정한 것은 잘못된 것이다. 왜냐하면 의미론적 차원에서 이 시를 지배하는 두 주조음은 [ㅁ]과 [ㅊ]이 아니라 [ㅁ]과 제3의 음, 즉 [ㄹ]이기 때문이다. 따라서 이 시의 기층구조를 형성하는 음운 계열체의 대립 양상은 [ㅁ－ㅊ] ↔[ㄹ]으로 도식화될 수 있다.

우리는 지금까지 "말니지못할만치"에서 "몸부림"을 경유해 "맘"으로 이어지는 [ㅁ] 계열체, 그리고 "못할만치̃"에서 "千̃里"를 경유해 "치̃달아"로 이어지는 [ㅊ] 계열체가 의미론적 차원에서 상보적 관계를 형성하고 있다는 것을 살펴보았다. 이 [ㅁ－ㅊ] 계열체는 이 시의 또 다른 주조음인 [ㄹ]음 계열체와 대립하는데, 이는 음성적 차원의 대립이 시의 의미론적 차원의 대립과 어떻게 호응하는지를 예시한다는 점에서 중요한 의미를 지닌다. 4~7행을 지배하는 [ㄹ]음은 두운이나 각운 같은 규칙적인 압운으로 존재하지 않는다. 그것은 4~7행에 불규칙적으로 산포되어 하나의 계열체를 형성하여 독특한 음악적 효과를 산출한다. 4행의 "한줄̆기쏜살̆갓치 버든이길̆로̆"에서 시작한 [ㄹ]음 계열체는, 5행 "줄̆곳 치다라̆ 올̆나̆[올래]가면"과 6행 "불̆"을 거쳐 7행의 "한두줄̆기 피여올̆나̆라̆[올라래]"로 이어진다. 유성음 [ㄹ]의 반복이 주는 음성적 효과는 4~7행의 활음조 현상의 중심축으로 기능하는 것으로 보인다. 이러한 음성적 차원의 효과는 의미론적 차원의 효과와 긴밀한 연관관계를 맺고 있다. 우선 [ㄹ]음 계열체의 정점을 이루는 4행의 "길"에 주목해 보자. "길"은 시적 화자가 지향하는 공간과 시적 화자를 연결하는 일종의 매개체로 볼 수 있다. 그런데 이 "길"은 "한줄̆기쏜살̆"로 비유됨으로써 양자 사이의 거리를 증대시키고 있다. 따라서 "길"은 시적 화자와 화자가 지향하는 공간 사이의 거리감과 단절감을 표현하는 것으로 볼 수 있다. "줄̆곳"은 바로 이러한 거리감의 강조된 표현으로 볼 수 있는데, 이미 2행의 "千里萬里[철리말리]"에서 강조되었던 것이다. 여기서 중요한 것은 5행의 "올나[올라]"의 의미와 그것의 기능이다. "올나"는 시적 화자가 지향하는 공간의 실제적 모습을 암시한다. 즉 "올나"는 그곳이 시적 화자가 수평적 이동을 통해 도달할 수 있는 곳이 아니라, 수직적 이동을 통해서 도달할 수 있는 곳임을 암시한다. 말하자면 그곳은 하늘의 공간이며 죽음의 세계인 것이다.[59] 이러한 세계에 도달할 수 있는 유일한 방법은 스스로를 무화(無化)시키는 자기 소멸의 방법뿐이다. "불"과 "煙氣"가 암시하는 것은 바로 이러한 희생제의를 통한 죽음의 세계로의 동참이다. 5행 "올나가면"에서 7행 "피여올나라"로의 변이는 질료적인 것이 비질료적인 것이 되는 승화의 과정으로 볼 수 있다. 이때 "올나"는 양자의 촉매제로 작용하여 승화가 제대로 완료될 수 있도록 돕는다. "올나"가 이러한 기능을 수행할 수 있는 것은 유음(流音) [ㄹ]이 지닌 풍부한 유동성(流動性) 때문이다.[60]

1~3행의 [ㅁ] 계열체와 4~7행의 [ㄹ] 계열체의 대립은 각각의 음운 계열체가 상호작용을 통해 긴밀히 구조화된다는 사실을 예시한다. 형태적 배치 차원에서 [ㅁ] 계열체가 앞부분에, [ㄹ] 계열체가 뒷부분에 위치한다는 사실은, 음절 배치 면에서 [ㅁ]음이 주로 초성에, [ㄹ]음이 주로 종성에 위치한다는 사실과 대위적 관계를 이루고 있다. 또한 시각적 형태 차원에서 [ㅁ]의 격자 모양은 주체의 "몸부림"을, [ㄹ]의 형태와 모양은 "길"과 "불"의 유동성을 형상화하는 데 기여하는 것처럼

59 수직적 · 초월적 공간으로서 죽음의 세계에 대한 소월의 지향성에 관해서는 다음의 글을 참조할 것. 김수복, 「김소월 시의 정신사적 의미」, 『현대문학』, 1987.10.

60 우리말에서 'ㄹ'은 유일한 유음(流音)이다. 이호영의 『국어음성학』(태학사, 1996)에 따르면, 유음은 "청각적으로 흐르는 듯한 느낌을 주는 소리"(46쪽)를 의미한다. 유음 'ㄹ'이 지닌 이와 같은 음성적 자질은 'ㄹ' 계열체의 유동성을 실현하는 일차적 자질이 된다. 따라서 "올나[올라]"처럼 유음 'ㄹ'이 연속하는 경우는 매우 풍부한 유동성을 실현하는 경우로 볼 수 있다.

보인다. 이러한 형태적 · 시각적 구조화에서 중심축을 형성하는 것이 음운 계열체의 의미론적 대립이다.

의미론적 차원에서 [ㅁ] 계열체는 가고 싶다는 화자의 욕망과 갈 수 없다는 객관적 상황의 대립과 갈등을 형상화한다. "몸부림"은 감정적 에너지의 분출과 그것을 억압하는 한계상황 사이의 극렬한("말니지못할만치") 대립을 표현한다. 여기서 갈등과 대립의 정도는 "萬里"를 통해 공간적 거리감으로 변형된다. 이 "萬里"는 화자와 그가 욕망하는 대상과의 거리가 현실적으로 도달 불가능한 거리에 있음을 암시한다. 이러한 [ㅁ] 계열체의 폐쇄성은 4~7행의 [ㄹ] 계열체와 의미론적으로 대립관계에 놓인다. [ㄹ] 계열체는 [ㅁ] 계열체의 금지와 억압의 의미와는 달리, 개방과 분출의 의미를 띠고 있다. "한줄기", "쏜살", "길로"에 나타난 지속과 개방의 의미는 화자의 능동적이고 폭발적인 행위("출곳 치다라 올나가면")로까지 이어지고 있다. 이러한 주체의 행위는 6~7행의 "불"과 "피여올나라"로 이어지면서, 화자가 지향하는 공간이 수직적 이동을 통해서만 도달할 수 있는 곳임을 암시한다. 말하자면 그곳은 하늘의 공간이며 죽음의 세계로서, 주체가 그곳에 도달할 수 있는 유일한 방법은 자기 소멸의 방법뿐임을 보여준다. 결국 [ㅁ] 계열체와 [ㄹ] 계열체의 대립은, 의미론적 차원에서 금지 · 억압 · 폐쇄에서 오는 절망감과 비약 · 상승 · 개방에서 오는 자기소멸에의 의지 사이의 대립을 반영한다고 할 수 있다. 이러한 사실은, 음운 계열체의 지형과 배치가 시의 음운론적 · 형태론적 · 의미론적 대립관계를 구조화하는 핵심 장치 가운데 하나라는 것을 확인시켜 준다.

(나) 소통과 단절의 미학 ② : 'ㄹ'과 'ㄱ'의 대립 양상

그립다
말을할까
하니 그리워

그냥 갈까
그래도
다시 더한番……

저山에도 가마귀, 들에 가마귀,
西山에는 해진다고
지저귑니다

압江물, 뒷江물,
흐르는물은
어서 따라오라고 따라가쟈고
흘너도 년다라 흐릅듸다려

—「가는길」(#100) 전문

「千里萬里」를 비롯해 『진달내쏫』의 여러 시편들이 보여주는 것처럼, 김소월은 유성음 [ㄹ]이 산출하는 음성적 · 형태적 효과를 잘 활용한 시인이다. 「가는길」이 예증하고 있는 것도 바로 김소월의 빼어난 언어 감각이다. 1연의 "말을할까, 그리워", 2연의 "갈까. 그래도", 3연의 "들", 4연의 "江물, 흐르는물, 따라오라고, 흘너[흘러]도, 년다라, 흐릅듸다려"가 예시하는 것처럼, 이 시 전체를 아우르는 것은 [ㄹ]음 계열체이

다. 특히 4연의 [ㄹ]음의 반복은 음성적 차원에서 강물의 유동성을 잘 형상화하는 것으로 판단된다.[61] 여기서 강물의 유동성은 음운·음절·단어 차원의 반복과 대구를 통해 "넌다라" 흘러감이라는 의미를 잘 보여준다. 다시 말해 "압江물, 뒷江물", "따라오라고 따라가쟈고", "흘너도~흐릅듸다려"에서 보는 것처럼, 'ㄹ'과 'ㄱ' 음의 교체, 음절과 단어의 반복, 유사한 문장구조의 반복을 통해 강물이 연속적으로 흐르는 모양을 잘 형상화하고 있는 것이다. 이것은 "물"이라는 단어 자체가 지닌 언어학적 자질과도 긴밀히 연관된다.[62] 이때 중요한 것은 1연의 "말"과 4연의 "물"이 지닌 음성적 유사성이다. [ㄹ]음을 매개로 한 "말"과 "물"의 음성적 유사성은 양자의 의미적 등가성을 강화시키는 작용을 한다. "말"을 하는 것과 "물"이 흐르는 것이 유비적 관계를 형성하는 것이다. 따라서 우리는 "말"과 음운론적·의미론적 유사성을 갖는 "물"이라는 단어를 "시간의 흐름과 화자의 마음까지 이입시킨 공감각적 이미지로 완벽하게 결합된 시어"[63]라고 말할 수 있다.

그러나 "따라오라고 따라가쟈고" 속살거리는 강물의 상태와는 달리, 시적 화자의 현재적 모습은 "말을할까" 하는 망설임으로 인해 심각한 심리적 갈등 상태에 있는 것으로 보인다.[64] 그렇다면 [ㄹ] 계열체가 표현하는 강물의 유동성과 대립하여 시적 화자의 심리적 망설임과

---

61 이러한 사실은 소월 시에서 "물"과 "흐르다"와 관련된 어휘의 사용 빈도를 통해서 구체적으로 확인할 수 있다. 허형만, 「김소월 시에 나타난 〈물〉의 심상과 의식연구」, 『한남어문학』 13집, 1987.6, 488~494쪽 참조.

62 김현자의 다음과 같은 진술은 좋은 참조가 된다. "물이라는 단어 자체가 3개의 음소 모두 물[m.u.l]의 유성음으로 이루어져 있어서 흐르는 느낌인 데다 앞 강물, 뒷 강물, 흐르는 물이 반복되어 나타남으로써 물은 이 시의 흐르는 느낌을 강조하는 데 가장 큰 몫을 하고 있는 것이다." 김현자, 『시와 상상력의 구조』, 문학과지성사, 1982, 24쪽.

63 송명희, 「소월시의 운율과 의미」, 정한모 편, 『김소월연구』, 새문사, 1996, I-65쪽.

64 「가는길」 2연은 "망설이는, 그러면서 아니할 수 없는 微妙한 心緖의 一端"을 효과적으로 표현한다. 김춘수, 『한국 현대시 형태론』, 해동문화사, 1958, 46쪽.

갈등 상태를 대표하는 음운 계열체는 무엇인가? 빈도수나 주제의 측면에서 1연과 2연을 지배하는 음운 계열체는 [ㄱ]이라고 말할 수 있다. "그립다"와 "그리워"에서 보는 것처럼 [ㄱ]음은 시적 화자의 심리적 정서를 반영하는데, 이 순백의 정서는 어떤 상황과 조건 때문에 원활하게 소통되지 못함으로써 시적 화자의 갈등을 야기하고 있다. 여기서 갈등의 내용을 구성하는 것은 일차적으로 "말을할까"와 "그냥 갈까" 사이의 대립이다. 그렇다면 무엇이 시적 화자로 하여금 말문을 막고 그냥 가도록 만드는가? 김소월이라는 한 인간을 대리 표상하고 있는 시적 화자의 소극성? 그러나 우리는 「가는길」 어디에서도 시적 화자의 소극성을 추론할 수 없다. 문제를 해결하기 위해서는 1연과 2연 사이의 간극에 주목할 필요가 있다. 다시 말해 1연의 3행 "하니 그리워"와 2연의 1행 "그냥 갈까"의 사이에 성립하는 인과성에 주목해야 하는 것이다. 이는 "그냥 갈까"의 원인이 고백 이후의 그리움에 있음을 의미한다. 여기서 1연 1행의 그리움과 1연 3행의 그리움을 구분할 필요가 생긴다. 전자가 어떤 대상에 대한 일반적 의미의 그리움을 표현한다면, 후자는 고백이란 행위 이후에도 잔존하는 잉여의 그리움을 표현한다. 이때 "말을할까"와 "그냥 갈까" 사이의 대립의 실질적인 내용을 구성하는 것은 이 잉여의 그리움에 대한 처리 문제이다. 이것은 첫번째 그리움과 그것의 고백에 일종의 결여가 있음을 암시한다. "그래도 / 다시 더한番……"이라는 반복성은 바로 이곳에서 출현하며, 음성적 차원에서 [ㄱ] 계열체의 반복이라는 형식으로 반향된다. 이는 다음과 같은 두 가지 차원으로 구체화되고 있다.

첫째, 3연 "가마귀"가 보여주는 것처럼 하나의 단어 내에 존재하는 [ㄱ]음의 병렬이다. 김소월이 "열十字한복판"에서 만난 '기러기'도 이런 형상을 하고 있다. 한 단어에서 첫 음절과 끝 음절에 출현하는 [ㄱ]음의 병렬은 독특한 음성적 효과를 산출하는 것으로 보인다. 주지하다시피 [ㄱ]음은 연구개 파열음(plosive), 즉 폐에서 나오는 날숨이 일시적으로 막혔다가 터지면서 나는 소리이다. 이것은 음성학적으로 파열음 [ㄱ]이 폐쇄와 개방에서 오는 긴장과 이완의 메커니즘을 따른다는 것을 의미한다. 특히 파열음이 하나의 단어에 연속적으로 등장할 때, 폐쇄에서 오는 긴장도는 극대화된다. 따라서 "가마귀"에서 [ㄱ]음의 반복은 주체의 심리적 갈등과 그것에서 오는 불안감을 표현하기에 적합한 것으로 보인다. 이에 대한 분명한 사례가 「길」(#98)의 "가마귀 가악가악 울며새였소"이다. 여기서 음성상징어 "가악가악"은, 불안과 공포라는 "가마귀"의 이미지와 어울려, 주체의 강박적 반복성을 효과적으로 표현하고 있다. 이때 [ㄱ]음의 병렬은 시의 소리와 이미지와 의미를 매개하는 기능을 수행한다.

둘째, 1연 "할까"와 2연 "갈까"가 예시하는 것처럼 [ㄱ]음이 중첩되어 된소리로 발음되는 경우이다. 여기서 된소리 [ㄲ]은 [ㄱ]의 병렬에서처럼 시적 화자의 심리적 갈등을 증폭시키는 음성적 장치로 기능한다. 그것은 마치 청진기처럼 심리적 갈등으로 불안해하는 시적 화자의 박동 소리를 더 잘 듣게 한다. 강물의 의도적 분할로 보이는 4연의 "압江[압깡]"과 "뒷江[뒤깡]"의 [ㄲ]도 이런 기능을 수행한다고 볼 수 있다. 재미있는 것은 주체의 심리적 갈등과 반복을 반향하는 [ㄲ]이 4연에서 [ㄸ]으로 변주된다는 것이다. 이것은 2연 "다시 더한番"에서 [ㄷ]의 병렬과 호응 관계를 형성한다.[65]

따라서 「가는길」은 시적 화자의 심리적 갈등과 불안 의식을 강물의 유동성과 대비해서 표출한 시로 볼 수 있다. 이러한 주제의식을 표상하는 것이 음성적 차원에서 [ㄹ] 계열체와 [ㄱ－ㄲ] 계열체의 병존과 대립이다. 그것은 유동과 고정, 소통과 단절, 개방과 폐쇄라는 김소월

65 [ㄷ] 계열체의 구조와 기능에 대해서는 "라. 주체의 죽음 : 'ㅈ' 계열체의 존재 양상" 항목에서 자세히 설명될 것이다.

의 시 정신을 지배하는 두 중심축의 길항관계를 반영한다. '길'이란 단어 자체가 이미 [ㄱ]과 [ㄹ]의 병존과 대립으로 구성되어 있지 않은가? 「길」(#98)의 마지막 연은, 시의 음성적 차원이 의미적 차원과 잘 섞였을 때 어떤 일이 벌어지는가를 보여주는 좋은 예이다.

갈내갈내 갈닌길
길이라도
내게 바이갈길은 하나없소.

— 「길」(#98) 8연

"갈내갈내 갈닌길"이 보여주는 것은, 유음 [ㄹ]을 주조로 형성된 유성음의 유장한 흐름과 그것을 차단하고 있는 [ㄱ]음의 단절과 폐쇄성, 이 양자의 대위법적 구조이다. 우선 [ㄹ]음의 유동성은 이웃한 비음 [ㄴ]을 순행 완전 자음동화를 통해 유음화시킴으로써 스스로를 배가하고 확장한다. 이때 풍부한 유성음의 흘러넘침을 차단하는 역할을 수행하는 것이 바로 연구개음 [ㄱ]이다. [ㄱ]음은 유성음 [ㄹ－ㄴ]과 모음의 계속되는 흐름을, [ㄱ] 앞의 휴지를 통해 분지하고 차단한다. 따라서 [ㄱ]음이 지닌 폐쇄성은 [ㄹ]음이 지닌 개방성[66]과 짝을 이뤄 정

66 [ㄹ]음이 지닌 개방성은, 유음 'ㄹ'이 지닌 음성적 자질과 'ㄹ+ㄹ'이라는 연속된 음운구조에서 기인한다. 여기서 앞의 'ㄹ'과 뒤의 'ㄹ'은 동일음이 아니다. 국어음성학에 따르자면 유음 'ㄹ'은 두 가지 변이음으로 구분되는데, 하나는 "혀끝을 올려 윗잇몸에 대고 혀의 양 옆은 내려 혀의 양 옆으로 기류를 통과시켜 조음하는" 설측음(lateral)이고, 다른 하나는 "혀끝을 윗잇몸에 가볍게 댔다가 튀기듯이 떼면서 조음하는" 탄설음(flap)이다.(이호영, 앞의 책, 46쪽) 따라서 "갈내갈내 갈닌[갈래갈래 갈린]"은 'ㄹ(설측음)+ㄹ(탄설음)'의 구조가 3회 중첩된 경우로 볼 수 있다. 여기서 설측음 'ㄹ'은 탄설음 'ㄹ'로 연장 혹은 개방되었다고 말할 수 있다.
[ㄱ]음이 지닌 폐쇄성은 파열음(plosive) 'ㄱ'이 지닌 음성적 자질에서 비롯한다. 주지하다시피 파열음은 폐에서 나오는 날숨이 일시적으로 막혔다가 터지면서 나는 소리이다. 즉 파열음 'ㄱ'은 폐쇄에서 오는 긴장도의 증가를 1차적인 조음 원리로 하는

(停)과 동(動)이라는 최소의 대립쌍을 형성한다고 말할 수 있다. 이러한 대립쌍은 시각적 차원에서 "갈넌길"의 이미지와 효과적으로 대응하는 것처럼 보인다. 또한 의미론적 차원에서도 "갈내갈내" 찢긴 시적 화자의 심리 상태를 효과적으로 표현하고 있는 것처럼 보인다. 이처럼 이미지적 · 의미론적 차원과 호응하는 음성적 대립쌍은 1행에서만 4차례나 반복된다. 즉 1행은 음운론적으로 [갈래 / 갈래 / 갈린 / 길]의 구조를 갖는다. 여기서 넷째 항인 "길"의 [ㄹ]이 [ㄱ]에 의해 종결되지 않고 지속된다는 사실에 주목해 보자. 1행에서 [ㄱ]과 [ㄹ]의 마지막 대립쌍인 "길"은 2행의 "길이라도"의 출현 이전까지 지속됨으로써 자신의 유동성을 연장하는 것이다. 이것이 1행의 여운을 형성하는 주된 계기이다. 이러한 사실들이 의미하는 바는 무엇인가? 그것은 음운 계열체가 행(line)과 같은 시적 장치와 만났을 때 특정한 미적 기능을 수행한다는 것을 암시한다. 환언하면 분행(分行)은 음운 계열체와 같은 언어학적 요소와 밀접한 연관관계를 지닌다고 할 수 있다.

(다) 주체의 애상과 탄식 : 'ㅅ' 계열체의 존재 양상

『진달내꼿』에서 [ㅅ] 계열체의 역할은 중요하다. [ㅅ] 계열체는 유동과 고정, 소통과 단절, 개방과 폐쇄라는 두 중심축에서, 폐쇄의 축과 그것에 대한 주체의 반응을 표상하기 때문이다. 이러한 사실은 「山」(#104)이 예증하고 있다.

것이다. 따라서 'ㄱ'의 조음시 'ㄱ' 앞에는 일정한 휴지가 수반된다. 이는 'ㄱ'의 조음에서 오는 에너지를 보상하기 위한 것으로 보인다. 특히 "갈내갈내 갈닌[갈래갈래 갈린]"처럼 모음과 유음이 중첩된 구조에서, 파열음 'ㄱ'이 지닌 폐쇄성은 더욱 대조적으로 부각된다고 할 수 있다.

山새도 오리나무
우헤서 운다
山새는 왜우노, 시메山골
嶺넘어 갈나고 그래서 울지.

눈은나리네, 와서덥피네.
오늘도 하룻길
七八十里
도라섯서 六十里는 가기도햇소.

不歸, 不歸, 다시不歸,
三水甲山에 다시不歸.
사나희속이라 니즈련만,
十五年정분을 못닛겟네

산에는 오는눈, 들에는 녹는눈.
山새도 오리나무
우헤서 운다.
三水甲山가는길은 고개의 길.

— 「山」(#104) 전문

이 시에서 "山"의 이미지는 '님'과의 소통불가능성을 표상한다. 그것은 시적 화자가 지향하는 공간과의 연결을 차단하는 역할을 함으로써 시적 화자의 슬픔을 야기하는 기능을 한다. "山"의 이러한 의미론적 기능은 음운론적 차원에서 [ㅅ]음의 반복을 통해 실현된다.[67] 「山」의 1연에서 [ㅅ]음 계열체들은 시의 소리가 의미와 어떻게 결합하는지, 그

작용방식에 대한 훌륭한 해법을 제시하고 있다. 우리가 주목하는 것은 "山"과 "새"의 결속이다. 시각적 차원에서 날아가는 새는 비상과 자유의 이미지로 볼 수 있다. 이때의 새는 단절과 폐쇄를 극복하고 소통과 개방을 구현하는 존재인 것이다. 그러나 청각적 차원에서 새는 시각적 차원의 그것과는 다소 상이한 기능을 수행한다. 그것은 폐쇄된 공간 속에 갇혀 울음을 우는 존재, 즉 슬픔과 애상의 대리 표상[68]이 된다. 「山」의 "새"는 바로 이러한 방식으로 존재한다. "山"과 "새"가 [ㅅ] 계열체로 묶일 가능성은 여기에서 비롯한다. "山"의 폐쇄성이 "새"의 애상성으로 결과하는 과정에서 [ㅅ]음이 매개적 역할을 수행하는 것이다. [ㅅ]음이 이러한 기능을 수행할 수 있는 것은 [ㅅ] 자체가 갖고 있는 음성적 특질, 즉 마찰음이라는 성질이 새의 울음이 지닌 미묘한 떨림을 표현하는 데 효과적으로 기여하기 때문이다.

"山"과 "새"의 등가성은, 3연에 이르면 시적 화자의 감정적 차원으로 확산되는 양상을 보인다. 물론 이러한 확산은 [ㅅ]음이 지닌 음가적 등가 관계에 의해 성립한다. "三水甲山"과 "사나희속"은 이러한 등가 관계를 확립하는 중심적인 기능어들이다. 우선 "三水甲山"은 1연에 출현한 단절과 폐쇄로서의 "山"의 강화된 형태로 볼 수 있다. 이것은 [삼수]에서의 [ㅅ]음의 반복적 사용과 더불어 [갑싼]에서의 된소리의 출현을 통해 확인할 수 있다.[69] "三水甲山"은 단절과 폐쇄성이 극대화된

67 [ㅅ]음의 이러한 기능은 「朔州龜城」(#106)의 1연에 잘 나타나 있다. 1행에서의 "사흘"의 반복, 2~3행의 "三千里"의 반복은 4행의 "朔州龜城"과 "山"으로 집약되고 있다.

68 슬픔과 애상의 대리 표상으로서 새는 시적 화자의 처지를 그대로 반영한다. 이러한 사실은 「朔州龜城」(#106)의 2연("물마자 함빡히저즌 제비도/가다가 비에걸녀 오노랍니다")의 '제비'가 명시적으로 보여주고 있다.

69 [ㅅ]음의 병렬과 중첩은, 앞의 2장에서 본 [ㄱ]음의 병렬과 중첩과 호응관계를 이룬다. [ㅅ]음과 [ㄱ]음의 호응관계는 이 시의 4연, "三水甲山가는길은 고개의 길"에서 확인할 수 있다. 마찰음 [ㅅ]과 파열음 [ㄱ]이 이중적으로 산출하는 리듬은, 길의 팍팍함과 주체의 먹먹함을 표현하기에 매우 효과적인 것으로 보인다. 이러한 효과는

공간인 것이다. 게다가 "다시"의 2회 반복 사용은 "三水甲山"의 폐쇄성을 더욱 공고히 하는 역할을 수행하고 있다. 바로 이 극한의 공간이 "사나희속"이다. 전자가 현실의 차원에서 존재하는 외재화된 극한의 공간이라면, 후자는 주체의 차원에서 존재하는 내재화된 극한의 공간이라고 말할 수 있다.

[ㅅ]음이 지닌 시적 화자의 정서와의 동일시 기능은 「招魂」(#94)에서도 확인할 수 있다.[70] 「招魂」의 1연 "산산히 부서진이름이어!"와 2연 "사랑하든 그사람이어!"는 시적 화자의 절망적인 절규를 표현한다. 여기서 [ㅅ]음은 "사랑"과 "사람"을 매개하는 역할을 수행할 뿐만 아니라, 시각적 이미지의 차원에서 연인의 죽음("산산히 부서진")을 매우 효과적으로 표현하고 있다. 연인의 죽음과 주체의 절규는 3연에 이르면 "西山"과 "사슴"으로 외재화되면서 확장된다. 이때 [ㅅ] 계열체는 내면과 외면, 주체와 세계를 단일하게 묶어주는 매듭과 같은 구실을 한다. 이러한 과정을 통과하면서 [ㅅ] 계열체는 4연의 "서름에 겹도록" "부르는 소리"로 극대화되고, 최종적으로 5연에서 '님'과의 거리감과 단절감("사이")을 강화하는 방향으로 종결된다. 따라서 「招魂」의 [ㅅ] 계열체는, 조창환의 말대로, "감정적 호소력을 높이고 격앙된 자아표현의 어조를 강화하는 좋은 예"[71]가 되는 것이다.

이 단계에서 시적 화자의 정서가 전이되는 방식을 자세히 살펴보는

「가시나무」(#228)의 1행, "산에도 가시나무 가시덤불은"에서도 확인할 수 있다.

70 이에 대한 김승희의 다음과 같은 진술은 시사하는 바가 많다. "1연(산산히)에서 나타나 2연(심중에, 사랑하든, 사랑하든)으로 흐르고 3연(사슴이의)에도 나타났다가 4연(서름에, 서름에)에도 나타났던 ㅅ의 두운이 역시 5연에도 '선채로, 사랑하든, 사랑하든'으로 계속 흐르고 있다. 풍부한 소리연쇄는 이 시의 소리의 풍부한 교향성에 기여하면서 '사랑'(4번 반복), '서름'(2번 반복)을 막연히 연결시켜 그들 사이의 상징적 관계를 암시하는 듯도 하다." 김승희, 「언어의 주술이 깨뜨린 죽음의 벽」, 『문학사상』 153호, 1985.7, 318~319쪽.

71 조창환, 앞의 책, 96쪽.

것은 매우 유의미한 일이다. 왜냐하면 이를 통해 [ㅅ] 계열체와 등가적 관계를 이루는 또 다른 자음 계열체를 확인할 수 있기 때문이다. 전술한 대로 "사나희속"에 담긴 시적 화자의 정서는 감정의 토로라는 직접적 방식이 아니라, "새"라는 객관적 상관물을 통해 우회적 방식으로 표출되었다. 이때 "山"과 "새"와 "사나희"의 의미론적 등가성을 보장해 주는 것은 [ㅅ] 계열체라는 음운론적 등가성이었다. 따라서 다음과 같이 말할 수 있다, 시적 화자는 새의 목소리로 우는 존재라고. 여기서 우리가 목격하는 것은 "오리나무, 우헤서, 운다, 왜우노, 嶺넘어, 울지"에서 반복되는 [ㅇ]음 계열체이다. 그러므로 1연의 음운 계열체는 다음과 같이 재분석될 수 있다.

> 山새도 오리나무
> 우헤서 운다
> 山새는 왜우노, 시메山골
> 嶺넘어 갈나고 그래서 울지.

[ㅅ] 계열체가 [ㅇ] 계열체로 변이되는 과정의 자연스러움을 목격하는 것은 흥미로운 일이다. 1행의 "山새"에서 "오리"로, 3행의 "山새"에서 "왜우"로, 4행의 "시메山골"[72]에서 "嶺넘어"로 이어지는 [ㅅ→ㅇ]으로의 전이. 특히 2행의 "우헤서 운다"와 4행의 "그래서 울지"의 교체는 너무 교묘해서 그것의 존재마저 놓치기 십상이다. 이것은 1연과 수미상관의 구조를 이루는 4연에도 동일하게 적용된다. [ㅅ→ㅇ]으로의 전이의 자연스러움은 음성적으로 [ㅇ]음의 음가(音價)가 부재하다는 것과 관련된다. [ㅇ]음의 음가적 부재성은 "山새"와 "사나희속"의 공소성

---

72 "시메山골"은 '두메산골'의 뜻이다. 이기문, 「소월시의 언어에 대하여」, 김학동 편, 『김소월』, 서강대 출판부, 1998, 173쪽.

(空疎性)을 낳는 주요 계기로 기능하는 것으로 보인다. 다시 말하면 "山̆새̆"가 우는 공간인 "오̊리나무 우̊헤"는 실재적 공간이 아니라 추상적 공간, 즉 시적 화자의 심리적 공간을 표상하는 것이다. 따라서 [ㅇ]음은 시적 화자의 내밀한 공간에서 "山̆새̆"가 우는 울음으로 볼 수 있다.

[ㅇ] 계열체가 시적 화자의 슬픔의 표출이라는 사실은 시 「三水甲山」(#212)에서 재확인할 수 있다. 이 시는 말년의 비극적 삶과 절망적 상황을 애상적인 정조로 실어 표백하고 있는 김소월의 대표작 가운데 하나이다. 이 시에서 시적 화자의 정서는 주로 "아하, 아하하, 오호"[73] 라는 감탄사의 반복을 통해 표출된다. 여기서 두 음운 [ㅇ]과 [ㅎ]은 모두 시적 화자의 내밀한 정서를 표출하는 기능을 수행하는데, 이중 후자는 김소월의 독특한 언어 사용법을 보여준다는 점에서 주목할 만하다. 이미 조창환이 지적했듯이 「부헝새」(#28)와 「萬里城」(#29)의 [ㅎ]음은 "좀더 깊은 탄식과 한숨의 뉘앙스"[74]를 표현하는 데 적합하다. 이것은 [ㅇ]음이 음가적 부재성 때문에 정서 표출의 정도가 약한 반면, [ㅎ]음의 경우 목청소리로서의 음가적 실재성 때문에 보다 애상적이고 비애적인 정서를 표출할 수 있기 때문이다.[75]

지금까지 우리는 특정 자음 계열체가 계기적으로 연속됨으로써 다른 자음 계열체로 전이되는 현상을 살펴보았다. 「山」의 경우 지배적

73 이 시에서 "아하"와 "아하하"는 2, 4, 6, 8, 10행에 걸쳐 각각 5회씩 반복되고 있다. 이에 비해 "오호"는 10행에 단 한번 출현하고 있다.

74 조창환, 앞의 책, 95쪽. 여기에서 조창환은 김소월의 [ㅎ]음 애용의 이유를 "평북 방언의 음운적인 특질"에서 찾고 있다.

75 이에 대한 최동호의 진술은 좋은 참조가 된다. "이 詩(「三水甲山」 — 인용자)의 문면을 다시 검토해보면 각 聯의 끝 행 처음에 반복되는 두 음절이 〈아하〉라는 감탄사의 후음 〈ㅎ〉은 폐쇄된 세계에서의 강렬한 절망의 울림을 목구멍소리의 청각적 심상을 통하여 느끼게 한다. 특히 5聯의 〈야속ㅎ다〉 다음에 〈아하〉의 울림은 상당한 점층적 공감을 가지고 갇혀있는 자아를 잘 형상화하고 있음을 주목할 필요가 있을 것이다." 최동호, 「혼의 좁힘과 상승의 시학」, 『현대문학』, 1979.1, 349쪽.

인 음운은 [ㅅ] 계열체인데, 이 [ㅅ] 계열체는 안과 밖, 내면과 외면, 주체와 세계를 등가적으로 연결한다. "山"과 "새"와 "사나희속"의 등가성이 확립된 것이다. 그런데 이 등가성은 새의 울음이라는 반환점을 돌아 주체의 정서의 표출이라는 궤도를 그린다. [ㅅ→ㅆ→ㅇ→ㅎ]으로의 전이가 보여주는 것이 바로 이것이다. 이러한 사실들은 시에서 소리와 의미가 하나의 단일한 통합체임을 분명하게 예시한다. 옥타비오 파스의 말대로, 시적 리듬은 "하나의 태도이며 의미이고 세계에 대한 상이하고 독특한 하나의 이미지"[76]인 것이다.

(라) 주체의 죽음 : 'ㅈ' 계열체의 존재 양상

김동리가 "기적적 완벽성"이라고 극찬한 이래, 「산유화」는 김소월 시에 대한 논의에서 그 중심적 지위를 상실한 적이 없다. 이러한 지위에 걸맞게 「산유화」의 시정신은 동양적 자연사상을 넘어 우주의 순환 원리를 구현하는 것으로까지 격상되어 왔다. 그러나 이러한 논의는 주로 시의 내용과 시인의 사상에 대한 인식론적 · 존재론적 탐구에 그침으로써, 시의 소리와 의미가 맺는 유기적 체계에 대해서는 설명하지 못하는 한계를 노정해 왔다. 문제는 김동리가 "기적적 완벽성"이라고 했을 때, 그것이 "그 형식적 구성, 특히 그 음률적 구성"[77]에 있음을 아는 것이다.

山에는 쏫피네
쏫치̃픠네
갈 봄 녀름업시
쏫치̃픠네

76 옥타비오 빠스, 『활과 리라』, 솔, 1998, 76~77쪽.
77 김동리, 「청산과의 거리」, 『문학과 인간』, 민음사, 1997, 40쪽.

山에
山에
픠는꼿츤
저만치 혼자서 픠여잇네

山에서우는 적은새요
꼿치죠와
山에서
사노라네

山에는 꼿지네
꼿치지네
갈 봄 녀름업시
꼿치지네

— 「山有花」(#111)[78] 전문

"저만치"에서 논의를 시작해 보자. "저만치"가 보여주는 것은 파찰음 [ㅈ] 계열체가 죽음과 매우 밀접한 관계를 맺고 있다는 점이다. 여기서 죽음은 4연에서 "지네"의 방식으로 현상하고 있다. 흥미로운 것은 "저만치"와 "지네" 사이에 있는 "혼자서", "적은새", "꼿치죠와"가 존재하는 방식이다. 이것들은 동일한 [ㅈ] 계열체를 이루며 마치 징검다리처럼 "저만치"와 "지네" 사이를 매개하고 있다. 이것이 암시하는 것은 꽃과 새의 거리가 매우 가깝다는 사실, 즉 양자가 동질적 위상에

78 이 시에 나타나는 'ㄴ'음의 규칙적 반복 양상에 대한 분석은 다음의 글을 참조할 것. 이필영, 「김소월의 '산유화'에 관하여」, 『문학과 언어의 만남』, 1996, 신구문화사. 482쪽 이하.

존재한다는 사실이다. 더욱 흥미로운 것은 "저만치"에서 [ㅊ]이 '꽃'의 [ㅊ]과 음가적으로 동일하다는 점이다. 이것은 "저만치"를 둘러싼 기존의 논의, 즉 "저만치"를 "청산과 자기와의 거리"[79]로 볼 것인지, 아니면 "상태 내지 정황"[80]으로 볼 것인지에 대한 하나의 해명이 될 수 있다는 점에서 중요한 의미를 지닌다. 이렇게 볼 때 "저만치"의 파찰음 [ㅈ－ㅊ] 계열체는 음운론적 차원뿐만 아니라 의미론적 차원에서도 핵심적인 기능을 수행한다고 말할 수 있다.

[ㅈ] 계열체가 음운론·의미론적으로 죽음을 암시한다는 사실은 「접동새」(#109)에서도 확인할 수 있다.

접동
접동
아우래비접동

津頭江가람까에 살든누나는
津頭江압마을에
와서웁니다

옛날, 우리나라
먼 뒤쪽의
津頭江가람까에 살든누나는
의붓어미싀샘에 죽엇습니다

누나라고 불너보랴

79 김동리, 앞의 책, 45쪽.
80 김용직, 「소월시와 앰비귀이티」, 신동욱 편, 『김소월』, 문학과지성사, 1981, 98쪽.

오오 불설워
쉬새웁에 몸이죽은 우리누나는
죽어서 접동새가 되엿습니다

아웁이나 남아되는 오랩동생을
죽어서도 못니저 참아못니저
夜三更 남다자는 밤이깁프면
이山 저山 올마가며 슬피웁니다

—「접동새」(#109) 전문

접동새의 울음소리를 모방한 "접동"은 [ㅈ]음과 [ㄷ]음의 결합으로 이해될 수 있다. 1연의 풍부한 음성적 효과는 바로 이 "접동"이라는 의성어의 3회 반복에 의해 산출되는 것으로 보인다. 주지하다시피 [ㅈ]은 파찰음이고 [ㄷ]은 파열음이다. 양자는 폐쇄된 조음기관을 갑자기 개방해서 내는 소리로서의 공통점을 가지고 있다. 이것은 일종의 탄식 혹은 탄성과 같은 억압된 정서의 분출로 볼 수 있다. 일차적으로 1연의 "접동"이라는 울음소리가 주는 애상성은 여기에서 기인한다. 그러나 [ㅈ]음과 [ㄷ]음의 기능은 단지 전설과 민담의 소재인 접동새의 울음소리를 상징하는 것으로 그치지 않는다. 이 시에서 [ㅈ]음과 [ㄷ]음은 하나의 독자적 계열체를 형성함으로써 독특한 미적 효과를 산출하는 것으로 분석된다.

2연과 3연의 "津頭江"은 그러한 계열체의 존재를 입증하는 하나의 증거이다.[81] 그것이 실제의 지명이든 아니든,[82] 진두강은 2연과 3연에

81 ① "또한 '진두'의 두 두음 'ㅈ'과 'ㄷ'이 '접동'의 그것과 서로 어울리면서 압운적인 효과를 만들어내고도 있다." 강홍기, 「'접동새' 考」, 『개신어문연구』 16집, 1999, 243쪽. ② "이 작품에서, '접동'과 '진두'의 연음은 새의 울음과 처소의 이름이 융합되는 소리

걸쳐 3회 반복되고 있다. 이러한 사실은 "津頭江"이 그저 전설의 공간적 배경을 설명하기 위해 차용된 용어가 아니라는 점을 암시한다. 만약 "津頭江"이 시인의 개인적 상징으로 쓰이지 않았다면, 이 단어의 중심 기능은 음성학적 효과에서 찾아져야 한다. 즉 "접동"의 [ㅈ], [ㄷ]음과 동일한 계열체를 형성함으로써 음성학적으로 독특한 미적 효과를 산출하는 것이다. 이러한 판단의 또 다른 근거는 3연 "뒤쪽"에서 찾을 수 있다. 『배재』 2호(1923.3)에서 이 "뒤쪽"은 "뒷족"으로 되어 있다.[83] 이러한 사실은 김소월이 파찰음 [ㅈ]과 파열음 [ㄷ]을 하나의 단일한 계열체로 인식하고 있었음을 보여 준다. 「금잔듸」(#122)에서 "잔듸"라는 단어가 4회 반복되는 것도 이러한 맥락과 동궤를 이룬다.

[ㅈ]음과 [ㄷ]음 계열체가 의미론적으로 어떠한 기능을 수행하는지는 4연과 5연에서 확인할 수 있다. 무엇보다도 4연 4행 "죽어서 접동새가 되엿습니다"는 접동새가 죽음과 연결된다는 사실을 여실히 보여준다. 죽은 누이의 화신으로서 접동새는 "접동"이라는 자신의 울음으로써 억울한 죽음을 알리고 있었던 것이다. 3연의 "죽엇습니다", 4연의 "몸이 죽은", 5연의 "죽어서도"의 반복은 누이의 억울한 죽음을 더욱 공고히 하는 역할을 한다. "접동새"에 투영된 죽음의식은 이 시의 주제의식과 긴밀히 연결될 가능성을 획득한다. 그것은 5연 2행 "죽어서도 못니저 참아못니저"에서 확인할 수 있다. "죽어서도"와 "못니저"를 계기적으로 이어주는 [ㅈ]음은, 이 시의 주제인 "오랩동생"에 대한 그리움과 사랑(혹은 그 역으로서 죽은 누이에 대한 동생들의 사랑)을 암시한다. 우리는 여기서

의 시적 장치이면서, 슬픔과 고난을 승화시키려는 음성상징으로 유의의한 것임을 알 수 있다." 신동욱, 「김소월 시에 관한 연구」, 『인문과학』 63집, 연세대 인문과학연구소, 1990.6, 11쪽.

82 계희영에 따르면 진두강은 평안북도 박천에 있는 강 이름이다. 계희영, 『약산 진달래는 우련 붉어라』, 문학세계사, 1982, 73쪽.

83 김종옥 편, 『원본 소월 전집』 상권, 홍성사, 1982, 549쪽.

[ㅈ]음에 의해 호명된, 죽어서도 잊을 수 없는 대상으로 설정된 "오랩동생"의 [ㄷ]에 주목할 필요가 있다. 이것은 [ㅈ]과 [ㄷ]이 하나의 단일한 계열체를 형성하고 있음을 보여주는 유력한 증거이기 때문이다.

퍼르스럿한달은, 성황당의
데군데군허러진 담모도리에
욱둑키걸니웟고, 바위우의
가마귀한쌍, 바람에 나래를펴라.

엉귀한무덤들은 들먹거리며,
눈녹아 黃土드러난 멧기슭의,
여귀라, 거리불빗도 써러저나와,
집짓고 드럿노라, 오오 가슴이어

세상은 무덤보다도 다시멀고
눈물은 물보다 더덥음이 없서라.
오오 가슴이어, 모닥불피여오르는
내한세상, 마당까의가을도 갓서라.

그러나 나는 오히려 나는
소래를 드러라, 눈석이물이 씩어리는,
쌍우헤누엇서, 밤마다 누어,
담모도리에 걸닌달을 내가 쏘봄으로.

— 「찬저녁」(#93) 전문

이 시의 [ㄷ]음이 주는 음성적 효과는 1연에 압축적으로 표현되어 있다. "퍼르스럿한달̆, 성황당̆, 데̆군데̆군, 담̆모도̆리, 욱둑̆키"로 이어지는 [ㄷ] 계열체가 생산하는 분위기는 음산함 그 자체이다. 이러한 분위기는 2연의 "무덤̆들̆"로 수렴되면서 죽음을 환기하는데, 무덤의 색깔을 지시하는 "黃土̃[황토]"라는 단어와 무덤의 공간적 위치를 지시하는 "ᄯᅥ̃러저나와"라는 단어에 의해 구체적으로 표현되고 있다. 3연은 화자의 죽음에 대한 태도를 보여준다는 점에서 의미심장하다. "세상은 무덤̆보다̆도̆ 다̆시멀고"는 역으로 말한다면 무덤이 세상보다 가깝다는 뜻, 즉 죽음이 삶보다 가깝다는 뜻으로 해석할 수 있다. 이것은 시적 화자가 있는 공간이 무덤 옆 "ᄶᅡᆼ̃우헤"임을 암시한다. 즉 시적 화자는 지금 무덤에 누워서 달과 지상의 풍경을 바라보고 있는 것이다. 시적 화자의 현재적 위치는, 이 시의 시상전개 방식이 시선의 이동에 따라 이루어진다는 것과 유관하다. 이 시는 1연 천상에서 시작해 성황당의 담과 바위를 거쳐 2연의 무덤과 황토로 하강하다가, 3연의 모닥불을 기점으로 다시 천상의 달로 상승하는 구조로 되어 있는 것이다.

이런 을씨년스러운 분위기는 "붉으스럼한언덕, 여귀저귀 / 돌무덕이도 음즉이며, 달빗헤,"로 묘사된 「무덤」(#91)의 분위기와 닮아 있다. 이런 음산한 분위기는 2연 4행 "집짓고 드̆럿노라"와 4연 2행 "소래를 드̆러라"에 오면 그 괴기성이 최대치로 고양된다. 여기서 핵심은 밤마다 시적 화자가 듣는 소리의 정체를 밝히는 것이다. 이에 대한 해답은 「무덤」을 참조함으로써 얻을 수 있다. 「무덤」에서는 그 소리를 "그누가 나를헤내는 부르는 소리" 혹은 "내넉슬 잡아끄러헤내는 부르는소리"로 명시하고 있다. 다시 말해 그 소리는 화자를 죽음으로 인도하는 망자의 소리인 것이다. 여기서 우리는 "접̊동̆새"의 울음소리로 돌아갈 필요가 있다. 이것은 "접̊동̆새"의 울음소리가 죽은 누이의 원한의 목소리라는 것을 확인하기 위해서가 아니다. 그것이 무덤가에서 누군가의 넋을 "잡아끄러헤내는 부르는소리"일 가능성을 지적하기 위해서이다.

결국 「접동새」(#109)의 [ㅈ]과 [ㄷ] 계열체는, 이 시의 중심 제재인 "접동새"와 "津頭江"에서 출발해, 누이의 죽음이라는 중심 사건을 거쳐, 동생들에 대한 그리움과 자신의 죽음에 대한 원망이라는 주제의식을 하나로 통합하는 기능을 수행한다고 할 수 있다. 이는 시에서 음운론적 · 통사론적 · 의미론적 계기들이 서로 길항하면서 하나의 단일한 '의미-형식의 통일체'로 구조화되는 과정을 예시한다는 점에서 매우 중요하다. 음운론적 차원에서의 소리의 불규칙적 반복이 주는 이러한 미적 효과 때문에, 김소월의 시는 "내용과 형식간의 통일, 정서와 리듬의 조화의 모범"[84]으로 간주될 수 있는 것이다.

지금까지 우리는 김소월 시에 드러난 프로조디의 양상, 즉 불규칙적으로 산포된 자음 계열체의 존재 양상과 메커니즘을 분석했다. 김소월 시에서 음운의 반복은 두운(alliteration), 요운(internal reim), 각운(end rhyme)과 같은 주기적이고 규칙적인 시적 장치로 환원되지 않는다. 오히려 그것은 불규칙적이고 비주기적인 반복 양상을 보이고, 자체의 메커니즘에 따라 특정한 계열체들은 형성하며, 나아가 계열체들 상호간에 병렬 · 전이 · 대립되는 양상을 보여준다. [ㄹ] 계열체와 [ㅁ－ㅊ]의 대립, [ㄹ] 계열체와 [ㄱ－ㄲ] 계열체의 대립, [ㅅ－ㅆ] 계열체의 [ㅇ－ㅎ] 계열체로의 전이, [ㅈ] 계열체의 [ㄷ] 계열체로의 전이 등은 이러한 사실을 예증한다. 이것은 의미론적 차원에서 소월의 시 정신을 지배하는 두 중심축(즉 동일성과 비동일성, 유동성과 고정성, 소통성과 단절성, 개방성과 폐쇄성)의 길항관계를 반영한다.

김소월 시가 지닌 미적 특질의 독특성은 바로 이곳에 있다. 음성적 자질과 의미적 자질이 만나는 곳. 김소월의 많은 시편들이 예증하는

84 엄호석, 『김소월론』, 조선작가동맹출판사, 1958, 153쪽.

것은, 시의 소리와 형태와 의미가 서로 밀접하게 결합하여 '의미-형식 *forme-sens*'의 통합체를 형성한다는 사실이다. 궁극적으로 그의 시는 시적 리듬을 음성적 차원으로 한정하여 형태론적 · 의미론적 차원과 분리하여 사고하는 의미 / 형식의 이원론에 대한 극복의 시도이며, 동시에 현대시의 자유율의 가능성을 타진하기 위한 시도로 간주될 수 있다. 하나의 빈 틀로서만 존재했던 자유율에 구체적이고 실증적인 내용을 채우는 일은 소월에서부터 출발해야 한다. 왜냐하면 소월이야말로 진정 "내재적 운률의 충분한 조성으로 훌륭한 시를 쓰면서 자유시 형식에 대하여 아무 불편도 느끼지 않는"[85] 대표적인 시인이기 때문이다.

85 위의 책, 149쪽.

제3장
『진달내쏫』의 '율(律, meter)'의 구조

1. 『진달내쏫』의 율격의 위상

서론에서 밝힌 것처럼 김소월은 "전근대와 근대라는 시간적 축, 토속과 외래라는 공간적 축이 상호 교차하는" 중심지점에 위치한다. 이곳은 개인이라는 근대적 주체의 성립을 둘러싸고 다양한 힘들이 서로 각축을 벌이던 투쟁의 장이다. 한 마디로 그는 외래와 전통, 모더니즘과 전통주의가 갈등하고 투쟁하는 한복판에 서 있었던 것이다. 따라서 그의 시가 이러한 긴장 관계를 반영하고 있다는 것은 부정할 수 없는 사실이다. 여기서 핵심은 그 매개 지점을 사유하는 것, 즉 내용적 · 형식적 차원에서 "갈내갈내 갈닌길"의 중심지점을 파악하는 것에 있다.

시적 형식의 측면에서 본다면, 전근대와 근대, 토속과 외래가 교차하는 매개지점에 대한 탐색은 시적 리듬에 관한 논의로 수렴된다. 특히 율격(律格, meter)의 존재 양상을 판가름하는 일은 이 모든 것들의 무게중심을 이룬다.[1] 왜냐하면 한국 근대시의 성립 과정에서 율격은 시적 리듬의 한 양상으로서가 아니라 시적 리듬 자체, 나아가 시적 형식의 본질로 간주되었기 때문이다. 이러한 잘못된 인식은 시적 리듬에 대한 기존의 편향된 사유방식에서 기인한다. 전통적으로 시적 리듬은 운(韻, rhyme)과 율(律, meter)의 결합인 운율로 이해되어 왔는데, 여기서 율(律)은 소리의 높이(pitch), 길이(duration), 크기(loudness)와 같은 음운 자질이 반복되는 현상을 일컫는 말이었다.[2] 이 율(律)이 정형화되고 규격화되어 하나의 규범화된 양식 체계로 존재할 때, 우리는 율격(律格, meter)이란 말은 쓴다. 전통적 이론이 산문(散文)과 운문(韻文)을 나누고 후자를 율문(律文)이라 지칭했을 때 그것의 기준이 되는 것이 바로 이 율(律) 또는 율격(律格)의 존재 여부였다.

김소월의 '민요조(民謠調)'에 대한 기존 논의는 바로 이러한 율격 인식을 토대로 한다. 율격이 시적 리듬과 형식을 대체하는 와중(渦中), 이 소용돌이 속에 전통적 율격론이 자리하고 있는 것이다. 그들은 소월 시의 리듬을 음수율이나 음보율과 같은 정형적 율격의 반복으로 규정함으로써 '민요조'에 대한 오해를 양산해 왔다. 자의적이든 타의적이든 그들은 소월의 '민요조'를 율격론의 이론적 정당성을 설파하기 위한 하나의 도구로서 이용하고 있는 것처럼 보인다. 비유컨대 김소월은 "한번은 敬禮를 하고 지나가야"[3] 하는 '파수병'의 기능을 수행함

---

1 정한모의 다음과 같은 진술은 좋은 참조가 된다. "소월시의 율격, 그리고 흔하게는 볼 수 없지만 거의 완벽한 운율구조를 갖춘 소월의 시가 안서나 소월 자신이 수용한 외국시의 운율에 대한 지식에 영향입은 운율의식의 소산인지, 아니면 전통적인 운율(삽입구 생략-인용자)에 대한 올바르고 깊은 인식과 자각에 의한 운율의식의 소산인지 더욱 세밀한 고찰이 필요할 때이다." 정한모, 「우리에게 있어 전통시란 무엇인가」, 『심상』 4권 10호, 1976, 56쪽.

2 "율은 일반적 의미에서 리듬 즉 율동을 말하며 그것은 반드시 반복적인 활동을 하게 된다. 이때 반복적인 활동을 하게 되는 율은 일정한 규격과 짜임을 갖게 되는데 이것을 일반적으로 律格이라 한다." 이기철, 『詩學』, 일지사, 1993, 92쪽.

으로써, 율격론의 안정된 지배 영역을 표시하는 한편 그 바깥의 공간을 배제함으로써 미지의 영역에 대해 불침번을 서 왔던 것이다. 말하자면 율격론은 김소월이라는 '파수병'을 반환점으로 돌아 시조나 민요 같은 과거의 영역으로 귀환해 온 것이다. 그 출발선상에서 우리는 1920년대 민요시론을 만난다.

> 民謠詩는 그렇지 아니하고 從來의 傳統的 詩形(形式上 條件)을 밟는 것입니다. 이 詩形을 밟지 아니하면 民謠詩는 民謠詩다운 點이 없는 듯 합니다. (…중략…) 單純性의 그윽한 속에 또는 文字를 音調 고르게 排列한 속에 限 없는 다사롭고도 아릿아릿한 무드가 숨어 있는 것이 民謠詩입니다.[4]

김억은 민요시의 요체를 "從來의 傳統的 詩形(形式上 條件)"으로 파악하고 있다. 민요시를 민요시답게 하는 것, 즉 민요시의 본질이 "從來의 傳統的 詩形"에 있다는 것이다. 민요시에 대한 이러한 이해 방식은 매우 형식론적인 것으로, 나중에 "朝鮮詩文"에 가장 "適合한 것을 發見"[5]하라는 격조시론의 요청으로 이어진다. 이는 민요시론과 격조시론이 동일한 토대를 갖고 있다는 사실을 반증한다. 환언하면 그가 보여준 '자유시형 → 민요시형 → 격조시형'으로의 변모는, 본질적 차원의 변화가 아니라 '개인적 → 전통적 → 조선적 형식'이라는 양상 차원의 변화로 볼 수 있다는 것이다. 이것은 그가 시적 형식을 시의 음악성의 요체이자 본질적 계기로서 인식했기 때문에 가능한 일이었다. 그는 시적 리듬을 음수율이라는 율격으로 환원함으로써 시의 음악성과 형식 사이에 가교를 놓았던 것이다.[6] 따라서 김억이 김소월에 대해

---

3 김춘수, 「김소월론을 위한 각서」, 『현대문학』 16호, 1956.4, 59쪽.

4 김억, 「'잃어버린 진주' 서문」, 김용직 편, 『해파리의 노래(외)』, 범우, 2004, 206~208쪽.

5 김억, 「詩型의 韻律과 呼吸」, 박경수 편, 『김억 전집』 5권, 한국문화사, 1927, 35쪽.

"亦是그는어데까지든지 民謠形에 남보다 類다른솜씨를 보여주든것"[7] 이라고 언명했을 때, 이는 '民謠形'이라는 전통적 형식의 틀 안에서, 음수율이라는 율격이 김소월 시의 미적 특질의 요체로서 자리매김되었다는 사실을 보여준다.

'민요시인'으로서의 김소월의 의장은 여기에서 그 원형적 형태를 취한다. 이후 김소월에 대한 평가는 주로 내용 · 주제적 차원에서 정한론으로, 형식 · 구조적 차원에서 민요조로 수렴되는 양상을 보여주는데, 양자는 전통이란 명목으로 굳건히 결합한다. 이러한 결속력의 배후에는 전통의 창조적 계승이라는 시대적 과제가 자리하고 있음은 물론이다. 식민사관과 전통 단절론을 극복할 필요성은 전통의 재확립이라는 문제를 제기했고, 그 와중에 김소월이 있었던 것이다. 이후의 논의들은 대개가 이러한 맥락 주위를 맴돌고 있다.

(가) 이 시(「산」:인용자)에 나타나는 것은 무엇보다도 조선 재래의 민요(혹은 동요)적 리듬과 그 부드러운 시골 정조(情操)이다. 그 이외의 아무것도 없다.

(나) 民謠風의 哀調를 띠운 詩는 實로 朝鮮에 있어 民謠詩나 童謠의 魁이며 模範도 되었으므로 지금까지도 生命을 잃지 않는다.

(다) 민요시인 素月(金廷湜)의 출현은 온 문단의 驚異였다.

(라) 民謠詩人은 新文學 後로는 우리 나라에 두 사람 뿐이다. 岸曙 金億과 素月 金廷湜이다.

---

6 졸고, 「1920년대 시적 리듬 개념의 형성 과정」, 『한국시학연구』 24호, 한국시학회, 2009.

7 "素月이自身은 어떤理由인지 몰으거니와, 民謠詩人과 自己불으는것을 그는 실혀하야 詩人이면 詩人이라 불너주기를 바래든것이외다. 그러나 事實은 亦是그는어데까지든지 民謠形에 類다른솜씨를 보여주든것이외다 그러고 그것이가장自然스러웟습니다." 김억, 「요절한 박행시인 김소월에 대한 추억(4)」(『조선중앙일보』, 1935.1.25), 박경수 편, 앞의 책, 618쪽.

(마) 그는 뚜렷하게 우리 나라에 처음 나타났던 제일신(第一信)의 민요 시인이라고 볼 수 있는 것이다.

(바) 수많은 民謠的인 作品을 發表하여 그 傳統的인 抒情과 律調로 因하여 文壇의 注目을 끌었다.[8]

이러한 논의들이 보여주는 것은 '민요시인'으로서의 김소월의 위상이 전통의 계승이라는 문제와 불가분의 관계를 맺고 있다는 사실이다. 전통은 "傳統的인 抒情"인 '情恨'이라는 내용적 측면과 "傳統的인 律調"인 "민요적인 가락"이라는 형식적 측면의 결합으로 이해된다. 여기서 관건은 전통의 내용과 형식을 구성하는 '정한'과 '민요조'의 실제적 내용을 확증하는 것이다. 특히 전통의 형식적 측면을 구성하는 민요조의 구체적 내용을 검토 · 평가하는 일은 매우 중요하다. 민요조리듬에 대한 이해는, 근대 초기 자유시라는 새로운 형식에 대한 사유뿐만 아니라 시의 본질에 대한 근원적 이해를 결정짓는 아르키메데스의 점으로 기능하기 때문이다.

그렇다면 김소월의 민요조를 실제적으로 구성하고 있는 것은 무엇인가?

가장 전통적이며 일반적인 이해 방식은 소월 시의 민요조를 음수율로 파악하는 것이다. 이러한 견해는 김억에서 출발해 김춘수에게 이르러 한 정점을 이룬다.

---

8 (가) 김기진, 「현 시단의 시인」(『개벽』 57~58호, 1925.3~4), 홍정선 편, 『金八峯文學全集』 1권, 문학과지성사, 1988, 232쪽. (나) 이광수, 「조선의 문학」(『삼천리』 5권 3호, 1933.3), 『이광수 전집』 16권, 삼중당, 1963, 200쪽. (다) 김동인, 「문단삼십년사」, 『김동인 전집』 8권, 홍자출판사, 1964, 416쪽. (라) 정태용, 「현대시인연구」, 『현대문학』, 1957.6, 240쪽. (마) 박종화, 「소월과 나」, 『신문예』, 1959.8, 37쪽. (바) 조연현, 『한국현대문학사』, 성문각, 6판, 1982, 438쪽.

(가) 韓國의 傳統詩의 形態는 音數律에 있다. (…중략…) 韓 詩歌의 古典的 形態美는 素月에 와서 한 極을 이룬 感이다.

(나) 自由詩 乃至 散文詩의 方向으로 發展해갈 수 밖에는 없는 듯이 보인 大勢에 있어 素月은 홀로 傳統的 定型律로 定型詩를 썼다.[9]

소월 시의 민요조에 대한 김춘수의 분석은 '전통적 형식 → 정형률 → 민요조 → 음수율'이라는 궤적을 그린다. 이는 음수율론의 일반적 궤적을 반영하는 것으로 볼 수 있다. 따라서 만약 우리가 김소월을 '민요시인' 내지 '전통시인'으로 규정한다면, 소월 시의 리듬 또한 '민요조' 내지 '전통적 율격'을 따르는 것으로 간주해야 하는 것이다. 이때 문제가 되는 것은 소월 시의 7·5조이다. 그동안 7·5조는 소월 시의 대표적 율격으로서 간주되어 왔을 뿐만 아니라,[10] 우리 전통시의 음조미를 형성하는 모체이자 기반으로 취급되어 왔다.[11] 그러나 7·5조를 우리의 "傳統的 定型律"로 보는 것에는 많은 무리가 따른다. 왜냐하면 소월 시의 기반을 이루는 7·5조는 전통적 율격이 아니라 외래의 율격에 직접적 기원을 두고 있기 때문이다.

이러한 사실은 우리나라 최초의 창가 「경부철도가」를 지은 최남선이 분명히 예증하고 있다. "내가 日本留學時 日本서 汽車開通에 對한 唱歌가 많이 流行되어 있음을 보았기 때문"[12]이라는 그의 진술은 7·5

---

9 (가) 김춘수, 「김소월론을 위한 각서」, 『현대문학』 16호, 1956.4, 56~57쪽. (나) 김춘수, 『한국현대시형태론』, 해동문화사, 1958, 44쪽.

10 "素月의 詩가 定型詩로서 自處할 수 있는 것은 이 七五調의 完成에 있었다고 해도 過言은 아닐 것이다." 조동민, 「소월의 칠오조재고」, 『문호』, 건국대, 1964.5, 118쪽.

11 '7·5조=전통적 율격'이란 등식의 성립은 일종의 오해에 의한 왜곡화 과정을 포함한다. 이러한 과정에 대한 구체적인 탐색은 아래의 글들을 참조할 것. 장도준, 「1920년대 민요조 서정시인들의 민요의식과 7·5조 율조에 대하여」, 『논문집』 56집, 대구효성카톨릭대, 1997.12; 윤여탁, 『시의 논리와 서정시의 역사』, 태학사, 1995, 107~131쪽 참조.

조가 재래의 율격이 아니라 외래의 율격임을 명시적으로 표현한다. 7·5조 율격을 일본에서 건너온 박래품으로 보는 태도는 비단 최남선에게만 한정되는 것은 아니다. 이광수는 물론이고, 주요한·김동환·김억 등 1920년대 대표적 논자들도 이러한 견해를 공유하고 있다.[13] 7·5조가 일본에서 도입된 외래의 율격이란 사실은 4·4조(3·4조와 4·3조 등의 변조를 포함하여)가 우리의 전통적 율격이라는 사실과 짝을 이룬다. 4·4조는 전통적 시가 양식인 시조와 가사는 물론이고 개화기 시가 양식인 개화가사 등에서 상용된 지배적 율격이다. 따라서 최남선이 「경부철도가」를 통해 일본식 율격을 도입한 후, "7·5조나 8·6조가 그것도 여러 작품에 지배적으로 쓰"[14]이기 시작한 일은 4·4조가 상용되던 당시의 상황에 비춰보면 매우 이례적인 일이었을 것이다. 이러한 맥락에서 외래의 율격인 7·5가 4·4조라는 재래의 율격을 대신하게 되었다는 것은 매우 획기적인 변화, 즉 율격의 세대교체 또는 리듬 의식의 변화를 의미한다고 볼 수 있다.[15]

따라서 만약 우리가 7·5조를 외래의 율격으로 승인한다면, 김소월의 '민요조'는 재래의 율격이 아니라 외래의 율격에 토대를 두고 있다

12 "光武八年(西紀一九○四年)에 京釜線鐵道가 開通되었는데, 이것을 보고 京釜線鐵道唱歌를 짓고 싶었다. 그것은 내가 日本留學時 日本서 汽車開通에 對한 唱歌가 많이 流行되어 있음을 보았기 때문이었다. 그래서 그 첫 句節이 '우렁차게 통하는 기적 소리에'라고 되어 있는 約三十節에 達하는 京釜線鐵道唱歌를 지어, 이것을 出版하여 全國에 펼쳤다. 이 唱歌는 七·五調로 된 最初의 唱歌인데, 이 後로부터 四·四調의 唱歌는 漸漸 그 姿態를 감추고, 七·五調, 六·五調 내지 八·五調의 唱歌가 그것을 대신하게 되었다." 조연현, 앞의 책, 45~46쪽.

13 장도준, 앞의 글, 35~43쪽.

14 김용직, 『한국현대시사(상)』, 학연사, 2008, 79쪽.

15 "근대에 일본의 신체시를 모방한 것이 꽤 유행한다. 아마 그 시조가 된 것은 최남선(崔南善)군일 것이다. 군이 『소년』 잡지를 창간한 것이 지금부터 십 六 년 전이라고 기억하거니와, 그때부터 군은, 혹은 七五조의 노래를, 혹은 신체시를 거의 매호에 썼다. 이것이 조선 신체시의 시조가 된 후로 여러 사람이 신체시를 짓기 시작하였다." 이광수, 「민요소고」, 『조선문단』 3호, 1924.12, 앞의 책, 85쪽.

는 모순된 결론을 얻게 된다. 이것은 '전통적 형식→정형률→민요조→음수율→7·5조'라는 도식에 근본적인 문제가 있음을 암시한다. 화살표로 표시되고 있는, '전통적 형식'에서 '7·5조'로 이어지는 연결 고리들의 진리치가 검증되어야 하는 것이다. 과연 우리의 전통적 시가의 형식들은 정형률의 리듬을 갖는가? 만약 그렇다면 그것은 어떠한 형태의 리듬인가? 정형률에서 민요조의 관계에 대해서도 동일한 질문이 가능하다. 율격적 차원에서 민요의 리듬을 분별하고 유형화할 수 있는가? 이러한 의문들은 7·5조의 기원을 둘러싼 지금의 논의와 관련해, '음수율→7·5조'라는 마지막 고리에 대한 검증으로 수렴되는 것처럼 보인다. 이것은 단지 7·5조와 4·4조 사이의 양자택일의 문제가 아니다. 여기에는 전근대와 근대라는 시간적 축, 토속과 외래라는 공간적 축이 상호 교차하는 순간에 발생한 근대시의 출현이라는 보다 거시적 차원의 문제틀이 내재해 있다. 소월 시를 포함하여 민요조로 대표되는 전통적 시가의 율격은 근대시의 출현이라는 현상과 함께 비로소 탄생하는 것이다.

음보론은 음수율이 지닌 근본적 문제를 자각하고 있는 것처럼 보인다.[16] 음보론의 해결 방식은 수정된 도식에 일종의 우회로를 파는 방식으로 이루어진다. 즉 '전통적 형식→정형률→민요조→음수율≠7·5조←외래의 율격'에서 '민요조'와 '음수율' 사이에 '음보율'이라는 새로운 항목을 추가하는 것이다. 음보율의 출현은 김소월 시의 민요조 리듬을 새로운 차원으로 볼 가능성을 제시한다. 이제 우리는 '전통적 형식→정형률→민요조→음보율'이라는 새로운 도식을 얻

16 "만일 한국의 7·5조 율동이 일본 율조의 수용임에 틀림이 없다면, 문제는 운율론적 쟁점으로 간단히 끝날 성질의 것이 아니다. 그것은 민족적 감정의 차원으로 확대되어 한국의 근대시와 민족적 자존심에 심각한 충격을 던질 수 있다." 성기옥, 『한국 시가율격의 이론』, 새문사, 1986, 256쪽.

는다. 이런 방식은 '외래'를 이미 '전통' 속에 내재하는 것으로 간주함으로써, 7·5조 율격이 제기한 '외래'와 '전통'의 이율배반이라는 문제를 비껴가는 것처럼 보인다.

> 그러나 우리의 七五調가 漢詩나 日本의 短歌처럼 엄격히 음절수를 지킴으로써 얻는 音數律의 범주를 벗어나고 있음은 素月의 많은 七五調詩가 증명해주고 있다. 素月의 모든 詩 가운데서도 가장 널리 애송되고 훌륭한 詩로 기림을 받는 「진달래 꽃」은 七五調를 바탕으로 하면서도 7과 5의 음절수를 嚴守하고 있지는 않다. 그러면서도 우리는 「진달래 꽃」 전체를 감돌고 있는 一定한 律의 定型을 보는데, 이것 역시 時調의 등시성으로 읽은 것과 같은 呼吸的 單位律로 읊기 때문이라 하겠다.[17]

김석연은 『진달내쏫』에 대한 실증적·과학적 분석을 토대로, 소월시의 율격이 "七五調를 바탕으로 하면서도 7과 5의 음절수를 嚴守하고 있지는 않다"고 결론짓는다. 이러한 결론은 그가 한국 시가의 율격체계를 고저율(高低律)을 기저자질로 하는 음보율로 파악하는 것에서 비롯한다. 여기서 간과하지 말아야 할 것은 음보율의 분석이 지닌 미묘한 문제의식이다. 앞서 우리는 7·5조와 관련하여 음수율이 처한 '외래'와 '전통'의 이율배반적 상황에 대해 언급했다. 이런 상황 속에서 음보론은 7·5조를 포함한 음수율을 외래의 율격으로, 3음보와 4음보 등의 음보율을 전통적 율격으로 분류함으로써 이 문제를 비껴가려 하는 것이다.

이때 음보론은 다음과 같은 두 가지 새로운 문제를 야기한다.

첫째, "모방성을 벗어나지 못한 혐이 있다 하더라도 어느 틈에 한국적 민요적 가락으로서 定着性"[18]을 얻었다는 진술이 암시하는 바대로,

17 김석연, 「素月詩의 韻·律分析」, 앞의 책, 133쪽.
18 위의 책, 133쪽.

전통에 대한 강박의식이다. 이것이 문제가 되는 것은, 외래의 율격의 유입이라는 역사적 사실이 전통적 율격의 확립이라는 당위에 의해 왜곡되기 때문이다. 중요한 것은 외래의 율조인 7 · 5조가 "이 시기의 어떤 사정과 관계가 있음을 입증하는 것"[19]이다. 이것은 7 · 5조가 정착되고 양식화되는 수용 과정에 대한 고찰로서, 정치 · 경제 · 역사 · 문화적 조건들과 연계된 광범위한 문제를 제기한다. 전통 시가에서 3음보 율격의 존재 여부와 그것이 7 · 5조의 수용과 정착에 끼친 영향관계는 이러한 조건들의 한 차원으로 논의될 때 정당성을 획득할 수 있다. 따라서 우리는 조창환의 지적대로 7 · 5조 율격의 기원과 그것이 수용되는 계기를 분리하여 사고할 필요가 있다.

> ③7 · 5조가 일본 시가 율격의 수입 · 정착임을 부인할 수는 없지만 전통의 문화적 토양과 우리 감각에 어울리는 요소를 지니고 있었기 때문에 그처럼 한 시대를 풍미하고 이후 계속되는 생명력을 지닐 수 있었다.
>
> ④7언시와 5언시로 대표되는 한시의 영향은 7음절과 5음절의 관습적 친화감을 배경으로 지니고 있었다. 개화기 國文7字詩 같은 것은 그 흔적이다.[20]

조창환은 7 · 5조의 유입이 일본의 전통적 율격에서 비롯함을 인정하면서도 그것의 토착화는 "전통의 문화적 토양"이라는 전통적 율격의식에서 비롯한다고 주장함으로써, 7 · 5조의 유입과 수용이라는 양 계기를 분리하여 사고한다. 그는 7 · 5조 수용의 한 계기를 구성하는 "7음절과 5음절의 관습적 친화감"을 한시의 영향 관계에 의한 것[21]으

19 김대행, 『우리 시의 틀』, 문학과비평사, 1989, 183쪽.

20 조창환, 앞의 책, 25쪽.

21 이런 설명은 이미 김석연에 의해서 제출된 바가 있다. "말할 것도 없이 七五調를 이룬 7이나 5라는 숫자의 음절수는 漢詩의 七言詩나 五言詩에서 그 音綴數를 따온 것이고, 이 7 내지 5음절을 配合한 短歌的 性格으로 完成시킨 것은 日本의 短歌(和歌 · 俳句)

로 보고, 방증의 사례로 "개화기 國文7字詩"를 들고 있다. 여기서 "개화기 國文7字詩"는 소위 '언문풍월'을 의미하는데, 이것은 한시의 형식을 차용하여 우리말로 쓴 시가를 일컫는 말이다.[22] 이러한 주장은 7 · 5조의 기원을 다루는 우리의 논의에 대륙을 통한 길이라는 또 다른 경로를 도입한다. "한시의 영향력은 모범적인 절구형에서만이 아니라 한글로 된, 김삿갓의 시와 유사한 언문풍월과 같은 시형을 통해서도 나타났다"[23]는 진술은 이에 대한 좋은 참조가 된다.

따라서 7 · 5조라는 외래의 율격이 수입된 경로는 크게 두 가지로 볼 수 있다. 바다의 길과 육지의 길. 주지하다시피 전자는 '니뽄의 배'를 통한 길이다. 일본의 화가(和歌)와 배구(俳句)에서 차용된 율조가 일본식 창가를 통해 국내로 유입되고, 대중 매체와 교육제도를 통해 전파됨으로써 7 · 5조가 대중적으로 확산된 것이다.[24] 육로를 통한 수입은 중국을 매개로 해서 이루어진다. 이것은 조창환의 지적대로 '한시'의 영향으로 볼 수 있는데, 한시의 오언과 칠언이라는 정형적 틀이 7 · 5조의 수용과 정착에 많은 영향을 끼쳤던 것으로 보인다. 그러나 우리는 이 길이 중첩된 길임을 간과해서는 안 된다. 즉 바다의 길과 육지의 길 양자는 서양의 문화와 종교가 유입된 길이기도 한 것이다. 기독교의 전파 경로가 곧 서양식 종교와 문화와 '노래'의 유입 경로와 일치한다는 것을 상기할 때, 찬송가라는 서양식 악곡의 유입과 전파는 7 · 5조와 같은 새로운 율격을 확산시킨 또 다른 매체로 볼 수 있을 것이다.[25]

에서 본따온 것임에 틀림없다." 김석연, 「素月詩의 韻 · 律分析」, 앞의 책, 133쪽.

22 이에 대해서는 다음의 글을 참고할 것. 홍신선, 「국문풍월에 대하여」, 『기전어문학』 3집, 1988; 김영철, 「언문풍월의 장르적 특성과 창작양상」, 『한중인문과학연구』 13집, 2004.

23 홍정선, 「근대시 형성과정에 있어서의 독자층의 역할 연구」, 서울대 박사, 1992, 129쪽.

24 윤장근, 「개화기시가의 율성에 관한 분석적 고찰」, 『아세아연구』 13집 4호, 1970.9.

25 이에 대한 자세한 논의는 다음을 참조할 것. 김영철, 「개화기 시가사상에 있어서의 초기 한국 찬송가의 위치」, 『아세아연구』, 1971.6; 김병철, 『한국 근대서양문학 이입

둘째, 음보율의 해결 방식은 일종의 정형성에 대한 강박의식으로 볼 수 있다. 그것은 음수율의 엄격성을 완화하면서도 "一定한 律의 定型"을 견지하려는 정형성에 대한 강박의식이다. 그런데 문제는 강박의식의 대상인 정형성이란 개념 자체가 매우 애매하다는 것이다. 이것은 근본적으로 '음보(foot)' 개념의 모호성과 관계한다. '음보(foot)' 개념은 논자들에 따라 '호흡의 단위'(조동일), '음량(mora)의 단위'(성기옥), '마디(colon)의 단위'(조창환)[26] 등으로 제각기 사용되는데, 이러한 개념적 모호성이 실제 작품의 음보 분석에 있어 자의성과 추상성을 낳는 일차적 요인으로 작동한다. 게다가 이러한 강박의식은 시대적 차원의 정형적 율격이라는 거대 담론으로 확장될 위험성을 내포하고 있다. 실제로 조동일은 고려속요 및 경기체가의 3음보격과 시조 및 가사의 4음보격을 전통적 율격의 기본 형태로 보고, 김소월 시의 민요조 리듬을 3음보격이라는 고려시대 율격의 한 형태로 자리매김한다.[27] 이렇게 되면 개별 작품의 고유한 미적 특질과 그것이 구현되는 메커니즘은 사라지고, 일종의 정형화된 외적 형식과 추상적인 규범체계만 남게 된다. 이러한 오해는 근본적으로 율격을 포함한 시적 리듬이 개별화의 원리, 즉 시적 조직화의 원리라는 사실을 망각한 데서 비롯한다.

사 연구』 上, 을유문화사, 1980; 정한모, 『한국현대시문학사』, 일지사, 1982; 권오만, 『개화기시가연구』, 새문사, 1989; 김병선, 「한국 개화기의 창가 연구」, 전남대 박사, 1990; 홍정선, 「근대시 형성과정에 있어서의 독자층의 역할 연구」, 서울대 박사, 1992. 특히 홍정선은 20세기 초 전통적인 시가의식의 동요 양상과 원인을 세 가지(① 한글문체의 확립과정에 따른 문체의 동요, ② 창가와 찬송가들이 지닌, 우리전통시가들과는 다른 운율의 체계의 도입에 의한 동요, ③ 번역시들에서 나타나기 시작한 새로운 시적 형태와 산문적인 리듬)로 요약 · 제시하고 있어 주목할 필요가 있다. 그는 이러한 체계적 분석을 통해 전통시가에서 자유시로의 이행이 "일련의 연속성과 이질성이 함께하고"(87쪽) 있음을 보여준다.

26 조창환의 '마디' 개념은 롯츠의 "응집력 있는(cohesive) 단어 그룹(어절)"을 뜻하는 'colon'에서 비롯한다. J. Lotz, "Metric Typology", *Style in language,* M.I.T Press, 1960, p.139.

27 조동일, 『한국 시가의 전통과 율격』, 한길사, 1984, 132~133쪽.

음보론이 노정하는 전통과 정형에 대한 강박 의식은 성기옥에 이르러 하나의 이론적 체계로 정립되는 듯이 보인다.

> 이상의 분석을 통해 살펴본 소월시의 율격적 양상은 일반적으로 그 성향이
> (1) 규칙(정형) 지향성을 띠고 있으며
> (2) 4연, 4행, 3보격을 자신의 중심 율격 장치로 하고 있고
> (3) 이들 장치가 우리 전통시가와 당대에 가장 널리 유행되던 율격양식이라는 사실에서 특수한 율격적 개성을 보이기보다는 일반적 성향 속의 개성을 보이려는 경향을 보여준다.[28]

성기옥은 소월 시의 율격을 "4연, 4행, 3보격", 보다 엄밀히 말해 동일하지 않은 음량이 반복되는 '층량 3보격'으로 규정한다. 그는 이 '층량 3보격'을 "麗代 이래의 기나긴 역사적 배경을 전통으로 하여 생성된" 율격양식이며, 동시에 "육당 이후 1920년대에 이르기까지 가장 널리 유행되는 율격양식"으로 간주한다.[29] 그러니까 그는 7 · 5조라는 음수율을 '층량 3보격'으로 대체함으로써, 외래의 율격을 전통적 율격 속에 통합하려는 것이다. 여기가 바로 전통과 정형, 즉 김소월의 '민요조'와 창가의 7 · 5조가 만나는 곳이다. 이러한 생각은 소월 시를 "일반적 성향 속의 개성을 보이려는 경향"을 보여주는 "규칙(정형) 지향성"의 시로 보도록 강제한다. 이러한 강제는 말 그대로 전통과 정형에 대한 강박의식에서 비롯한다. 처음에 음보론은 음수율의 이율배반에 대한 곤혹스러운 해결책인 것처럼 보였다. 그러나 그 속에서 우리가 최종적으로 확인하는 것은 스스로를 내파하는 미묘한 균열들일 뿐이다.

소월 시의 율격이 "규칙(정형) 지향성"을 띠는지 아니면 "율격적 개

28 성기옥, 앞의 책, 361쪽.
29 위의 책, 385쪽.

성"을 띠는지를 판별하는 일은 매우 까다로운 일임에 틀림없다. 여기에는 앞서 본 대로 기존의 율격론이 노정해 온 미묘하고 복잡한 문제들이 연루되어 있기 때문이다. 특히 '음보'와 '등시성'의 개념과 관련한 음보론의 논의들은 매우 문제적인 것처럼 보인다. 그럼에도 불구하고 우리는 소월 시의 리듬이 율격적 정형성을 띠는지를 따져 묻지 않을 수 없다. 왜냐하면 소월 시의 율격의 존재양상을 탐구하는 일은 소월 개인의 차원을 넘어 근대 자유시에서의 율격의 가능성을 타진하는 일이기 때문이다. 동시에 이것은 소월 시가 지닌 "불역의 매혹을 확인하는 일이며, 한국 근대 자유시라는 양식적 체계를 검증하는 일이기도 하다. 이를 통해 "육당이나 안서와는 유가 다른 것"[30]으로서 소월 시의 미적 특질이 무엇인지 밝힐 수 있기를 기대해 본다.

2. 『진달내꼿』의 율격의 실제

김소월 시의 율격적 양상을 구체적으로 살펴보기 전에 논의되어야 할 것이 있는데, 그것은 율격적 정형성을 판단하는 단위와 기준에 관한 것이다.

원칙적으로 특별한 변별적 운율 자질이 없는 말에서 율격적 단위를 결정하는 것은 음절의 수이다. 하나의 행을 구성하는 음절수의 차이가 율격의 판별 기준이 되는 것이다. 일반적으로 율격 유형은 롯츠(J. Lotz)의 분류에 따라 단순율격과 복합율격으로 구분된다. 여기서 전자

30 김대행, 앞의 책, 195쪽.

는 특별한 운율 자질 없이 음절이 율격 단위를 구성하는 '순수 음절 율격(pure-syllabic meter)'을 말하고, 후자는 음절의 수와 함께 운율 자질이 율격의 단위를 형성하는 '음절-운율 율격(syllabic-prosodic meter)'을 말한다. '음절-운율 율격'은 운율 자질의 양상(장단, 강약, 고저)에 따라 다시 장단율(durational 혹은 quantitative), 강약율(dynamic), 고저율(tonal)로 세분된다.[31] 이러한 분류 기준에 따른다면 우리말은 특별한 운율 자질이 변별적 기능을 수행하지 못하는 언어이므로 '순수 음절 율격'에 해당한다고 말할 수 있다.

그러나 이러한 언어학적 자질이 곧바로 시작(詩作)의 원리로 기능하는 것은 아니다. 다시 말해 우리말을 '순수 음절 율격'으로 분류하는 것과 우리 시가의 리듬을 음수율로 분류하는 것은 전혀 별개의 문제인 것이다. 여기서 중요한 것은 음수율이 작시법으로서의 기능을 수행하고 있는지를 판단하는 것이다. 즉 시작(詩作)에 있어 음수율을 맞추는 것이 일종의 규칙이나 규범으로서 존재하고 있었는지의 여부이다. 이러한 측면에서, 향가에서 시조에 이르는 우리의 전통 시가 양식은 음수율과 같은 율격적 원리를 따르고 있지 않다고 볼 수 있다. 이는 다음과 같은 세 가지 이유 때문이다. 첫째 전통 시가는 대부분 악곡에 수반되어 가창되었다. 이것은 전통 시가를 규제하는 원리가 음악이라는 외부적 장치에 의존하고 있었음을 의미한다. 둘째 설령 작시상의 규칙이 존재했었더라도 그것은 매우 느슨한 형식의 것이었다. 이는 시조의 경우도 마찬가지여서, 초장 · 중장 · 종장이라는 3장의 형식과 종장의 첫 음절수가 3음절이라는 것 이외에는 별다른 규칙이 없었던 것이다.[32] 셋째 엄격한 작시술의 원칙을 따르는 시가는 외래시

---

31 J. Lotz, "Metric Typology", *Style in language,* M.I.T Press, 1960, p.142.

32 ① "이처럼 우리 시가에 있어 음절적 요소는 매우 중요하지만, 우리 시가 운율은 일본의 시처럼 음수의 정확한 배치 자체가 시가의 건축적 구성미를 형성하는 것이 아니다."

에 국한되었다는 사실. 한시의 경우 글자 수의 제한과 같은 엄격한 율격적 규칙이 존재했으나 이것을 우리의 전통 시가로 보기에는 무리가 있다. 따라서 우리 전통 시가는 음수율과 같은 율격적 규칙을 따르지 않는다고 말할 수 있다.

그렇다면 우리 시가에서 음수율과 같은 작시법 상의 규칙이 도입된 것은 언제인가? 그 시기를 정확히 말할 수는 없지만, 서양식 찬송가와 일본식 창가가 도입 · 소개될 때와 밀접히 연관된다는 것은 분명하다. 곡조에 의한 노랫말의 제한이 시가의 음절수에 대한 율격적 인식으로 착종될 가능성이 있는 것이다. 그러나 이것은 어디까지나 노랫말로서의 시가의 제약에 관한 것으로, 본격적인 근대시의 작시법으로 보기에는 여전히 무리가 있다. 우리가 고려해야 할 것은 노랫말에서의 율조가 아니라 근대 자유시에서의 율격의 존재 양상이기 때문이다. 이에 1920년대 시의 운율에 관한 논의들을 적극적으로 고려하지 않을 수 없다.

> ① 우리 조선시의 형식운율은, 음수율에 준거될 것이라고 나는 생각합니다. 그러면 조선시 음수율의 기조될 것은 무엇이냐? (…중략…) 앞에도 말한 바와 같이 조선시는 그 기원이 거의 일본시의 모방에 있음으로, 음수율도 역시 일본시의 5 · 7, 7 · 5조가 많이 있습니다.

> ② 조선 말은 엄격한 의미에서 리듬이 없는 말이다. 다만 그 음악적 효과를 얻고자 할 때에는 자수 — 서양어로 말하면 실라블 수 — 로 조자(調子)를 맞추는 것이 가장 중요한 방법일 것이다.[33]

한수영, 「근대시와 7 · 5조: 육당과 소월의 거리」, 『한국시학연구』, 2001, 244쪽. ② "時調갓튼것으로 보아도 初章과中章에 싸닭스럽은詩形의必要條件이업슴에쌀아 終章첫머리의 三字만 직혓스면 그만이니, 이것이다른것과比하야 自由롭은것이 아니고 무엇이겟슴닛가." 김억, 「작시법(4)」(『조선문단』 10호, 1925.7), 김경수 편, 앞의 책, 303쪽.

33 ① 양주동, 「시와 운율」(『금성』 3호, 1924.5), 양주동전집 간행위원회 편, 『양주동 전

양주동과 김기진의 논의는 근대 자유시에서 시적 리듬의 존재 양상을 매우 분명하고 구체적으로 보여주고 있다. 이들의 논의는 음수율이라는 율격이 작시법의 원리로서 정립되는 과정을 현시한다는 점에서 대단히 유의미하다. ①이 조선시의 음수율의 기원을 "일본시의 5·7, 7·5조"에서 찾고 있는 것, ②가 서양식 "조자(調子)를 맞추는 것"에 이론적으로 의탁하고 있는 것 등은 재론의 여지가 있다. 그러나 분명한 사실은 이들의 논의가 1920년대 음수율의 일반적 지형도를 보여준다는 것이다. 이것은 김억의 경우도 마찬가지이다.

> 그러나 아직은 그러한 定形이 업습니다. 이에는 朝鮮語의 本質과 朝鮮現代의 思想과 感情 그것을 根本 잡아 그 音節數를 定해 노흘밧게 업는 일이외다.[34]

김억에게 있어 "音節數를 定"하는 것은 "朝鮮語의 本質과 朝鮮 現代의 思想과 感情"에 적합한 조선적 시형(詩形)을 창출하려는 과제와 연관된다. 이는 음수율이라는 작시상의 원리에 의해 창출된 시형이 근대적인 차원은 물론 민족적 차원과도 매개되었음을 의미한다. 즉 그에게 음수율이라는 율격의 창출은 근대적이고 민족적인 성격의 새로운 시형을 정립하는 것과 동궤를 이루는 것이다. '격조시형'이라는 정형적 율격을 정립하기 위한 다양한 시험과 모색들도 이런 맥락에서 설명될 수 있다.[35] 특히 7·5조 율격을 "가장抒情形에 갓갑은보드랍고맥근한

집』 11권, 동국대출판부, 1998, 24쪽. ② 김기진, 「시가의 음악적 방면」(『조선문단』 11호, 1925.8), 홍정선 편, 『김팔봉문학전집』 1권, 문학과지성사, 1988, 45쪽.

34 김억, 「'조선시형에 관하야'를 듯고서」(『조선일보』, 1929.10.18), 박경수 편, 앞의 책, 378쪽.

35 "格調詩에도 이러한散文답은詩가 얼마든지 잇슬는지몰르겟습니다 만은 自由詩와 根本的으로 다른것은 어대까지든지 定形을가젓기때문에 音律美가 잇지아니할수업다는点에 잇는것이외다 또그러고 散文形에 쓸어너허도 音節數의制限이 잇는것만

律動을가진形"[36]으로 규정함으로써, 근대시에서 음수율에 대한 매우 분명한 인식을 보여주고 있다.

이러한 사실들을 통해 우리는 음수율이라는 율격에 대한 의식이 1920년대 근대시의 성립과정에서 정식화되었음을 알 수 있다. 따라서 7·5조를 포함한 음수율은 "율격적 현상에 잘못 접근하였기 때문에 생긴 허상이 아니라 실지로 존재하였던 실체"[37]로 볼 수 있다. 특히 7·5조 율격에 대한 김억의 인식은 소월의 리듬 의식은 물론, 초기 시의 리듬 그 자체에도 상당한 영향을 끼친 것으로 보인다. 이러한 사실은 「먼후일」(#1), 「풀짜기」(#2), 「바다」(#3), 「바람과봄」(#59)과 같은 그의 초기 시의 개작 과정에서 나타난 율격 의식의 대두에서 확인할 수 있다.[38] 게다가 개작의 과정에서 안서의 가필이 공공연하게 행해지고 있었다는 사실 또한 간과할 수 없는 점이다.[39] 이것은 소월 시의 율격 의식이 어디에서 비롯하는지를 보여주는 하나의 사례로서 기능한다.

큼 散文化시킬수가 업는줄압니다." 김억, 「격조시형론 소고」(『동아일보』, 1930.1.16~26, 26~30), 박경수 편, 앞의 책, 423쪽.

36 위의 책, 429쪽.

37 조창환, 앞의 책, 25쪽.

38 윤주은, 「김소월 시의 변모과정 연구」, 윤주은 편, 『김소월 시 전집』, 학문사, 1994, 296~309쪽 참조.

39 이러한 사실은 장만영의 진술이 입증하고 있다. "岸曙선생은 소월이 보내온 그의 작품에다가 마구 加筆을 하는 것이 아닌가. 물론 선생 마음에 드시지 않아서였겠으나, 나로 보면 그저 놀랍기만 한 일이었다. 이렇게 가필을 해도 괜찮은 것일까. // 의아한 눈으로 보고 있는 내 앞에서 선생은 고치고 또 고치셨다. 그러면서 詩는 推敲를 거듭할수록 좋다고 말하시는 것이었다. // 선생의 손이 갈만큼 간 素月의 시는 그 뒤 선생을 통해서 어딘가에 발표되었겠지만, 이렇게 많이 손질을 한 그 작품들을 놓고 素月의 것이라 해서 좋을지 어떨지는 지금 생각해도 의문스럽다." 장만영, 「소월시를 빛낸 안서 김억 선생」, 『신동아』, 1971.5, 253쪽. 이런 점에서 문덕수는 소월의 시를 "개인창작을 넘어선 '共同創作'"으로 본다. 문덕수, 「신소월문학론」, 『사상계』, 1968.5, 321쪽. 안서의 개작에 대한 의구심은 김종욱의 다음과 같은 진술에서도 발견된다. "우선 『개벽』에 발표한 作品이 가장 素月의 입김에 가깝다고 보아야 하리라는 생각은 스승 岸曙의 개작 여부가 의문점으로 남기 때문이다." 김종욱, 「서로 다른 소월의 시들」, 『문학사상』, 1976.12, 283쪽.

즉 소월 시의 율격 의식의 근간을 이루는 동일성과 정형성에 대한 사유가 어디에서 기원하는지를 여실히 보여주고 있는 것이다.

그러므로 우리는 김소월이 음수율과 같은 율격에 대해 분명하게 인식하고 있었다고 추론할 수 있다.[40] 무엇보다도 그는 작품 속에서 7 · 5조 율격에 대한 다양한 시도들을 보여줌으로써, 근대 자유시에서 시적 리듬의 구체적인 존재 양상을 예시하고 있는 것이다. 그러나 절대 간과하지 말아야 할 것은, 이러한 시도들이 '격조시형'과 같은 규격화되고 규범화된 율격 체계의 확립을 도모하지 않는다는 사실이다. 오히려 사정은 정반대인데, 그는 추상적 율격의 구체적 변용을 통해 개별적인 시들의 독특한 음조미를 직접적으로 겨냥하고 있었던 것이다. 이제 그 구체적인 과정을 살펴보도록 하자.

1) 음수율적 정형시의 경우

『진달내꼿』에 수록된 127편 가운데 7 · 5조를 포함, 엄격한 음수율적 정형성을 보이는 작품은 총 28편으로 전체의 22%에 해당한다.[41] 적지 않은, 그러나 그렇게 많다고도 할 수 없는 분량이 음수율적 정형시로 분류될 수 있는 것이다. 우선 『진달내꼿』의 첫 작품부터 여기에 해당한다.

---

40 이러한 사실은 개작 과정에 나타난 음절수의 인식에서도 확인할 수 있다. 이에 대해서는 다음의 글을 참조할 것. 윤석산, 「소월의 리듬 의식」, 『제주대 논문집』 26집, 1988.7, 90～97쪽 참조.

41 여기에 해당하는 작품은 #1~10, 15, 16, 20, 38, 39, 47, 50, 55~57, 61, 65, 66, 78~80, 116, 126이다. 이러한 수치는 송명희에게서도 확인된다. 송명희, 「소월시에의 반성」, 『세계의 문학』 4권 4호, 1979 겨울, 65쪽 참조.

먼훗날 당신이 차즈시면
그때에 내말이 『니젓노라』

당신이 속으로나무리면
『뭇척그리다가 니젓노라』

그래도 당신이 나무리면
『밋기지안아서 니젓노라』

오늘도어제도 아니닛고
먼훗날 그때에 『니젓노라』

—「먼後日」(#1) 전문

음절수 자체만으로 따지자만 이 시의 율격은 6 · 4조의 단일한 규칙성을 띤다고 말할 수 있다. 좀 더 구체적으로 말해서, 2연 2행 "뭇척그리다가 니젓노라"의 2 · 4 · 4의 음수율을 제외한 나머지 행들은 모두 3 · 3 · 4조의 형태를 취하고 있는 것이다. 이러한 규칙성은 음수율에 대한 투철한 인식 없이는 불가능한 것으로, 이 시가 음수율에 대한 철저한 자각과 고려 하에서 쓰여졌음을 보여준다. 개작 과정에 나타난 음절수의 변화 양상은 이 점을 분명하게 예시하고 있다. 최조의 판본인 『학생계』 2호(1920.7)가 보여주는 엄격한 음수율적 형태는 『개벽』 26호(1922.8)에 오면 비교적 완화된 형태의 음수율로 변모한다. 2연과 3연에 첨가된 "그때에 내말이"라는 구절이 율격적 변이의 진앙지이다. 그러나 이러한 변화는 세 번째 판본인 『진달내쏫』에 오면 다시 엄격한 형태의 음수율로 복귀한다. 그는 율격적 변이의 진앙지인 "그때에 내말이"라는 구절을 생략함으로써 음수율적 등가성을 확보하는 것이다. 그렇다면 동일한 작품을 음수율의 측면에서 두 번에 걸쳐 개작한 셈이 되는데, 이는 율격에 대한 그의 인식이 자의성의 산물이 아니라 의식적 노력의 결과임을 예시한다.

7 · 5조의 시편들은 음수율에 대한 보다 철저한 인식을 보여준다. 음수율적 정형시 가운데 가장 큰 비중을 차지하는 것도 바로 이 7 · 5조 음수율의 시들이다.[42]

> 동무들 보십시오 해가집니다
> 해지고 오늘날은 가노랍니다
> 웃옷을 잽시빨니 닙으십시오
> 우리도 山마루로 올나갑시다
>
> —「失題」(#7) 1연

이 시는 7 · 5조(혹은 3 · 4 · 5조)의 음수율이 시 전체를 지배하는 있어 극히 단조로운 구조적 형태를 취하고 있다. 인용된 부분은 전체 3연 가운데 1연에 해당하는 부분으로, 율격적 동일성을 유지하기 위해 그가 어떠한 노력을 기울였는지를 확인할 수 있다. 2행과 3행의 밑줄 친 부분은 의미론적으로 중복된 표현이다. 2행의 "오늘"과 "날", 3행의 "잽시"와 "빨니"는 의미가 중첩되는 부분들로, 둘 중 하나를 생략하는 것이 오히려 자연스럽게 느껴진다. 그렇다면 이처럼 부자연스러운 중복은 어디에서 기인하는가? 그것은 행 단위로 반복되는 음절수의 등가성에 대한 고려 때문으로 볼 수 있다. 즉 7 · 5조(혹은 3 · 4 · 5조)의 율격적 규칙성을 맞추기 위해 의미론적으로 중복되는 부분을 첨가한 것이다.

여기서 흥미로운 것은 이런 율격적 정형성이 1장에서 말한 압운 의식과

42 여기에 속하는 작품들은 다음과 같다. #19, 28, 32, 33, 37, 42~44, 51, 68, 70, 73, 83, 91, 93~97, 127.

겹쳐진다는 사실이다. 즉 율격적 차원의 정형성은 압운적 차원의 그것과 병행하고 있는 것이다. 작품 1~10, 20, 39, 47, 61, 78, 79, 80은 양자가 포개지는 교집합에 해당되는 작품들이다.[43] 여기서 특징적인 것은 『진달내꼿』의 특정 부분에 이러한 작품들이 집중되어 있다는 사실이다. 「님에게」의 전편(#1~10)과 「녀름의달밤」의 전편(#78~80)이 이에 속한다. 이것은 『진달내꼿』의 체계가 내용적 · 주제적 요소에 따라 구성되었을 뿐만 아니라 형식적 · 리듬적 요소에 따라서도 구성되었음을 보여준다.

따라서 우리는 그가 이런 정형적 형태로 형식적 · 리듬적 차원의 미적 효과의 산출을 도모했다고 추론할 수 있다. 그것은 무엇인가? 균제미(symmetry), 즉 동일한 형태의 음수율적 반복이 산출하는 것은 균일감과 정제감에서 오는 미적 효과이다. 율격은 이에 복무한다. 그것은 마치 메트로놈처럼 규칙적인 박자의 연속에 의해 심리적 안정감을 부여한다. 김소월은 자신의 시에서 정형적 형태가 산출하는 이런 미적 효과에 대해 다양한 시험들을 보여주는데, 이는 그가 정형미와 균제미에 대한 지향성을 갖고 있었다는 사실을 보여준다. 달리 말하면 정형성에 대한 시험들은 그의 시 정신을 지배하는 규제적 원리로서 동일성에 대한 지향성을 보여주는 것이다. 김억이 "素月이는 純情의사람은 아니외다, 어디까지든지 理智가 感情보다勝한 聰明한사람이외다"[44]라고 말했을 때의 "理智", 이것은 니체가 『비극의 탄생』에서 말한 아폴로적 정신의 현현과 동궤를 이룬다.[45]

---

43 앞의 41번 각주에서 본 대로, 음수율적 정형성이 나타나는 작품들(A)은 다음과 같다. #1~10, 15, 16, 20, 38, 39, 47, 50, 55~57, 61, 65, 66, 78~80, 116, 126. 그리고 압운이 나타나는 작품들(B)은 다음과 같다. #1~10, 11~14, 17, 18, 20, 22, 29, 39, 42, 43, 44, 46, 47, 60, 61, 67, 73, 78, 79, 80, 82, 84, 86, 88, 89, 94, 97, 98, 102, 105~112, 118, 121, 122, 124, 117. 따라서 양자의 교집합(A∩B)은 #1~10, 20, 39, 47, 61, 78, 79, 80이 된다.

44 김억, 「요절한 박행시인 김소월에 대한 추억」, 박경수 편, 앞의 책, 617쪽.

45 프리드리히 니체, 김대경 역, 『비극의 탄생』, 청하, 1982.

정형적 율격이 산출하는 미적 효과는 음성적 차원에만 국한되지 않는다. 그것은 시각적 효과, 즉 도상성(圖像性, iconocity)의 산출에도 상당한 영향을 끼치는 것으로 보인다. 시각적 차원의 효과와 관련할 때 정형미와 균제미는 구조적 균형감과 안정감으로 현상한다. 특히 연 단위의 구성이 산출하는 도상적 효과는 매우 큰 것이어서, 김소월도 이에 대해 분명하게 자각하고 있었던 것으로 보인다. 이미 2장에서 얘기한 대로, 『진달내꼿』에서 1연 4행 구성은 "가장 빈도수가 높은 시행"으로, 전체의 38%를 차지할 정도로 그 비율이 높았다. 이러한 연 구성의 패턴화가 도상적 차원에서 구조적 균형감과 안정감을 불러일으키는 것은 너무도 당연한 일이다.

그러나 이런 정형적 형태가 산출하는 미적 효과는 매우 단조로워 여러 가지 폐단을 낳을 수도 있다. 우선 시인의 입장에서 그것은 형식적 구속이라는 최악의 사태를 유발할 수 있다. 형식이 시인의 감정과 생각을 잘 표현하는 것이 아니라 오히려 표현을 제약하고 억압하는 사태가 벌어질 수 있는 것이다. 독자의 입장에서 볼 때, 단조로움은 쉽게 지루함과 무관심으로 전환될 수 있다. 작품에 대한 관심과 흥미를 떨어뜨려 작품 자체의 전달을 방해하게 되는 것이다. 정형적이고 규격화된 율격이 의사소통을 방해할 때, 시는 "다양한 변조와 개성적 새로움"[46]을 요청한다. 이는 소월 시의 경우도 마찬가지이다. 이제 우리는 소월 시에서 비동일성의 지점, 즉 율격적 정형성으로부터의 변이와 이탈의 장소로 육박해 들어가야 한다.

---

46 조창환, 앞의 책, 25쪽.

2) 음수율적 변이형의 경우

지금부터 우리는 소월 시에서 변이형, 즉 음수율의 차원에서 변이와 이탈의 지점들을 살펴볼 것이다. 그런데 변이와 이탈의 지점들이 매우 넓은 지역에 광범위하게 분포하고 있어, 그것을 단 한 번의 시선으로 조망하기에는 어려움이 따른다. 실제로 『진달내꼿』에서 변이형이라는 범주에 해당하는 작품들은 총 59편으로 전체의 47%를 차지하고 있다.[47] 게다가 거기에는 규칙적인 형태에서부터 불규칙적인 형태의 것까지 다양한 스펙트럼이 존재한다. 소위 '분행시'도 이 변이형의 한 양상으로 볼 수 있다. 따라서 본고에서는 논의의 편의를 위해 변이형의 한 부분을 구성하는 '분행시'를 별도로 취급하여 다루도록 하고, 여기서는 다만 '규칙적 변이형'과 '불규칙적 변이형'에 대해서만 살펴보고자 한다.

(가) 규칙적 변이형의 경우

> 못니저 생각이 나겟지요,
> 그런대로 한세상지내시구려,
> 사노라면 니칠날잇스리다.
>
> 못니저 생각이 나겟지죠,
> 그런대로 세월만 가라시구려,
> 못니저도 더러는 니치오리다.

---

47 음수율적 '변이형'에 해당하는 시편들은 총 59편으로 이에 해당하는 작품들은 다음과 같다. #19, 23, 28, 31~33, 37, 42~45, 48, 51, 58, 59, 62, 64, 68, 70, 73~75, 77, 90, 91, 93~97, 113, 114, 117~125, 127(이상 42편). 여기서 '분행시' 17편(#25, 29, 30, 98~111)은 별도로 취급한다.

그러나 ᄯᅩ한긋 이럿치요,
「그립어살틀히 못닛는데,
어째면 생각이 ᄯᅥ지나요?」

— 「못니저」(#19) 전문

이 시의 율격은 하나의 단일한 형태의 음수율로 분석되지 않는다. 최소한 3개 이상의 상이한 음수율이 이 시를 구성하고 있는 것으로 보인다.[48] 우선 빈도수의 측면에서 가장 눈에 띄는 것은 1, 4, 7, 8, 9행의 6 · 4조이다. 여기에 2, 5, 6행의 7 · 5조와 3행의 7 · 4 조가 동반되고 있다. 따라서 이 시는 하나의 단일한 율격적 질서가 지배하는 것이 아니라, 여러 개의 율격이 혼합되어 있는 형태를 취하고 있다고 말할 수 있다. 그러나 이 시의 율격적 다양성은 율격적 정형성을 파괴하는 데까지는 이르지 못하고 있다. 즉 이 시는 율격적 다양성에도 불구하고 구조적 정형성을 유지하고 있는 것이다. 이것은 6 · 4조에서 7 · 5조에 이르는 이 시의 율격적 변조의 폭이 그렇게 크지 못하기 때문이다. 이와 같이 율격적 변이와 이탈은 드러나지만 그 변화의 폭이 크지 않아, 특정한 율격적 질서로 수렴되는 작품들이 바로 규칙적 변이형의 시들이다.[49]

저기저구름을 잡아타면
붉게도 피로물든 저구름을,

48 여기서 말하는 "최소한 3개 이상"은 띄어쓰기에 의한 차이를 고려한 말이다. 즉 띄어쓰기의 차이에 따라 율격이 달라진다는 말이다. 예를 들어 「못니저」의 1행과 8행, 2행과 4행은 각각 서로 다른 율격적 구조를 갖는다. 그러나 여기서는 잠정적으로 이러한 차이를 고려하지 않기로 한다. 이에 대한 자세한 논의는 3장 3절 '자율율과 호흡률'에서 다루어질 것이다.

49 여기에 해당하는 작품은 총 27편으로 다음과 같다. #19, 23, 31, 32, 33, 37, 44, 51, 58, 59, 62, 64, 68, 70, 73, 77, 90, 94, 95, 97, 113, 114, 117, 118, 123, 124, 125.

밤이면 색캄한저구름을.
잡아타고 내몸은 저멀니로
九萬里 긴하눌을 날나건너
그대잠든품속에 안기렷더니,
애스러라, 그리는 못한대서,
그대여, 드르라 비가되여
저구름이 그대한테로 나리거든,
생각하라, 밤저녁, 내눈물을.

―「구름」(#77) 전문

유사한 형태의 또 다른 시이다. 이 시는 크게 두 가지 유형의 음수율이 전체 율격을 지배하고 있다. 1, 3, 8행의 6 · 4조와 2, 4, 5, 7, 9행의 7 · 4조가 그것이다. 여기에 6행의 7 · 5조와 9행의 9 · 4조가 부가적으로 사용되고 있다. 앞서 보았듯 6 · 4조에서 7 · 5조에 이르는 변이의 폭은 그리 크지 않아 율격적 정형성을 파괴하지는 못한다. 따라서 이 시는 7 · 4조를 기본 율조로 하는 '규칙적 변이형'의 시로 볼 수 있다. 그러나 9행의 9 · 4조는 이와는 다른 측면을 지니고 있는데, 그것은 양적 측면에서 변이의 진폭이 다른 것들보다 크기 때문이다. 물론 이런 상대적 차이는 매우 사소하고 우연적인 것이어서 특별한 의미를 지니지 않는 것으로 볼 수도 있다. 대부분의 율격론자들, 특히 음보론자들에게 한두 음절의 차이쯤은 무시해도 될 하찮은 것에 불과한 것처럼 보인다. 그러나 만약 이 한두 음절의 차이가 율격적 정형성을 내파하는 원인이 될 수 있다면 어쩌겠는가? 우리가 9행 "저구름이 그대한테로 나리거든"에 주목하는 것은 바로 이러한 이유에서이다. 그것은 이 시의 율격적 정형성에 난 균열의 지점을 표시하는 흔적과 같은 역할, 즉 율격적 정형성의 내부적 균열을 봉합하는 역할을 수행하고 있다. 『신천지』 9호(1923.8)에 실린 판본을 보라. 거기에서 우리는 이 시의 9행이 원래 어떤 형태를 하고 있었는지를 분명히 볼 수 있을 것이다.[50]

「招魂」(#94)의 경우는 율격적 규칙성 여부를 확증하기 더욱 어렵게 만든다. 음수율의 측면에서 「초혼」의 시행은 9음절(7, 8, 19, 20행)부터 13음절(9, 13행)까지 그 편차가 다양한데, 이러한 편차가 음수율 차원의 지배적 율격을 확증하기 어렵게 만든다. 특히 7, 8, 19, 20행의 변격들("사랑하든 그사람이어!")은 주제 의식과 긴밀히 연관되어 의미론적으로 강조됨으로써,[51] 율격적 변이의 폭과 깊이를 더욱 심화시키는 기능을 한다. 이는 시적 리듬이 시의 의미론적 요소와 분리 불가능한 결합 관계에 있음을 암시한다. 결국 변격들이 지닌 의미론적 초점화로 말미암아 「초혼」은 정형적 율격의 지배성에서 일탈하게 되는 것이다.

물론 규칙적 변이형의 시들은 율격적 변이와 일탈의 편차가 심하지 않다. 대개의 경우 기본 율격을 중심으로 적은 진동폭을 보이며 고르게 분포하고 있다. 그러나 그 변이와 일탈이 율격적 정형성에 균열을 야기하는 진앙지임을 간과해서는 안 된다. 이제 이 균열에 대해 보다 명시적으로 이야기해 보자.

(나) 불규칙적 변이형의 경우.

성기옥의 단정과는 달리 『진달내꽃』은 "규칙(정형) 지향성"으로 환원되지 않는 요소를 지니고 있다. 『진달내꽃』에는 매우 다양한 형태의 불규칙성이 폭넓게 분포하고 있는 것이다. 우리는 불규칙적 변이

---

50 해당 부분은 "저내구룸, 소스락 비가되여 / 그대한테로 나리거던,"으로 되어 있다.

51 "이 작품에서 전경화의 최대치에 해당되는 우성소는 유독 변화하지 않고 네 번씩이나 반복되는 '사랑하든 그사람이어'이다." 정효구, 「'招魂'의 구조시학적 분석」, 『국어국문학』 95호, 1985.5, 459쪽.

형의 시들을 검토함으로써 이러한 사실을 확증할 수 있다. 그리고 이를 통해 소월 시의 율격적 불규칙성이 "일반적 성향 속의 개성"이 아니라 "다양한 변조와 개성적 새로움"이라는 것을 보게 될 것이다.

물은 희고길구나, 하늘보다고.
구름은 붉구나 해보다도.
서럽다, 놉파가는 긴들쯧테
나는 떠돌며울며 생각한다 그대를.

그늘깁퍼 오르는발압프로
쯧업시 나아가는길은 압프로.
키놉픈나무아래로, 물마을은
성긋한가지가지 새로떠올은다.

그누가 온다고한 言約도 업것마는!
기다려볼사람도 업것마는!
나는 오히려 못물싸을 싸고떠돈다.
그못물로는 놀이 자즐때.

—「가을저녁에」(#48) 전문

규칙적 변이형의 시들과는 달리 이 시의 율격적 변이의 폭은 상당히 넓다. 1연 4행과 3연 1, 3, 4행은 율격적 변이의 진앙지로 볼 수 있다. 이 시의 기본 율격을 7·4조나 7·5조로 확정한다고 하더라도 사정은 마찬가지이다. 율격적 변이의 폭이 크지 않은 2연은 정형적 성격이 강하지만, 3연의 경우 율격적 변이의 폭이 크기 때문에 전체적인 율격을 확증하기 어렵게 만든다. 과연 우리는 이 변이의 진동폭을 확증할 수 있는가? 불규칙적 변이형에 속하는 작품들은 대체로 이와 유사한 형태를 취하고 있다.[52] 「부헝새」(#28)의 1, 2, 3행, 「夫婦」(#74)의 1, 2, 9, 10행, 「무덤」(#91)의 7, 8, 10, 11행, 「希望」(#119)의 1, 3, 8, 10, 12행, 「나는세상모르고사랏노라」(#121)의 1, 3, 7, 13행 등을 보라. 이 시들에서 드러나는 율격적 변이는 단일한 하나의 음수율적 정형성으로 환원되지 않는다.

잔듸,
잔듸,
금잔듸,
深深山川에 붓는 불은
가신님 무덤ᄶᅡ엣 금잔듸.
봄이 왓네 봄빗치 왓네.
버드나무긋터도실가지에.
봄빗치 왓네, 봄날이 왓네,
深深山川에도 금잔듸에.

— 「金잔듸」(#122) 전문

김소월의 대표작 가운데 하나인 이 작품에서 율격적 정형성을 확인하기는 어렵다. 4 · 5조에서 7 · 5조에 이르는 4행~9행의 율격적 변이만을 보면 그 변동폭은 크지 않다고 말할 수 있다. 그러나 1~3행의 율격적 변이의 폭은 매우 큰데, 이것이 이 시를 불규칙적 변이형의 시로 규정하게 만든다. 이 1~3행의 기능을 부수적인 것으로 치부해서는 안 된다. 왜냐하면 이 1~3행은 시에서 소리의 차원이 의미의 차원

52 여기에 해당하는 작품은 총 15편이다. #28, 42, 43, 45, 48, 74, 75, 91, 93, 96, 119, 120, 121, 122, 127.

과 어떻게 결합하는지를 표시하는 기능을 수행하기 때문이다. 다시 말해 이 1~3행에 드러난 율격적 변이는 '님의 죽음'이라는 이 시의 주제적 요소를 강조하는 기능을 수행하는 것이다. 이러한 사실은 원시의 1~3행(이하 ㉮)을 "잔듸, 잔듸, 금잔듸,"(이하 ㉯)와 같이 하나의 행으로 치환했을 때 어떤 부정적 효과가 발생하는지를 대조해 본다면 금방 확인될 수 있다. 우선 ㉮와 ㉯의 차이는 분행에 의한 음성적 효과의 차이라고 말할 수 있다. 이러한 차이는 분행이 휴지(休止)의 길이와 템포의 완급의 차이를 유발하기 때문에 발생한다. ㉮의 경우 휴지의 연장과 템포의 이완은 '-듸'의 울림을 위한 충분한 공간을 확보함으로써, ㉯보다 더욱 강력한 음성적 효과(여운과 반향)를 가져다 준다. 이러한 '돋들림(prominence)' 현상은 「접동새」(#109)의 "접동 / 접동 / 아우래비접동"의 효과와 동궤를 이룬다. 그리고 ㉮와 ㉯의 각운의 차이는 ㉮의 음성적 효과를 더욱 효과적으로 증폭시키고 있는 것으로 볼 수 있다. ㉮의 경우 "잔듸"에 의한 각운은, 행말에 2회 반복되는 ㉯의 경우와는 달리 총 4회 반복됨으로써 더욱 풍부한 음성적 효과를 산출할 뿐만 아니라, 6~9행의 '-에' 각운과 구조적 상동성을 이룬다. 이것은 이 시 전체의 형태와 구조에 도상성(iconocity)이라는 부가적 효과를 유발하는 요인이 되고 있다. 음성적 · 시각적 차원의 이러한 효과들은 이 시의 의미와 주제를 강조하는 데 효과적으로 복무하고 있는 것으로 볼 수 있다. 분행에 의한 휴지와 템포의 변화, 이로 인한 울림성과 시각성의 강화가 이 시의 의미를 점층적으로 강화시키는 역할을 하고 있는 것이다. 그러므로 1~3행의 율격적 변이는, 이 시의 중심 의미인 "가신님 무덤까엣 금잔듸"의 출현을 지연시키면서 동시에 그것을 강조하는 기능을 수행하는 핵심 장치라고 말할 수 있을 것이다.

율격적 변이가 시의 의미와 긴밀하게 연결된다는 사실은 시적 리듬에 대한 하나의 중요한 사실을 암시한다. 그것은 시적 리듬을 확증하는 일이 규칙과 규범에 따라 정형화된 척도(measure)를 적용하는 절대적 차원의 문제가 아니라, 시의 의미와 내재적 호흡에 길항하는 상대적 차원의 문제라는 것이다. 이때 우리에게 필요한 건 프로크로테스의 침대가 아니다. 변이형의 시들은, 7 · 5조나 3음보와 같은 추상적 율격으로 재단할 수 있는 잉여나 결핍으로 간주되어서는 안 된다. 요점은 변이형의 시들을 규칙적 정형시나 불규칙적 자유시로 환원하는 것에 있지 않고, 각자의 고유한 리듬을 지닌 독립적인 시로 간주하여 그 자체의 독특한 미적 특질을 파악하는 것에 있다. 우리는 성급하게 추상적 잣대를 들이대서는 안 된다. 추상적 잣대는 시적 리듬의 고유한 특질을 해명하기보다 은폐하기 때문이다.

3) 분행시의 경우

『진달내쏫』에서 '분행시(分行詩)'[53]로 간주할 수 있는 시는 총 17편이다. '분행시'는 비율적으로 전체 127편 가운데 15%에도 못 미치지만, 김소월 시의 요체이자 정수로 간주되어 왔다. 분행시는 율격 분석의 기본 단위라는 율격론의 핵심 문제를 건드리고 있다는 점에서 중요하다. 분행시의 문제는 김소월 시의 율격 지향성 여부를 확인하기 위해 우리가 통과해야 하는 두 번째 관문이다.

주지하다시피 「진달내쏫」(#105)은 7 · 5조 3음보라는 정형적 율격을 지닌 대표적 시로 간주되어 왔다. 이러한 판단에 일조하는 것은, 각 연 3행의 단정한 형태에서 오는 구조적 안정감과 3, 6, 9, 12행에 나타

---

53 '분행시'는 하나의 율격 단위로 간주될 수 있는 시행을, 둘 혹은 그 이상으로 행갈이를 한 시를 의미한다. 이러한 시에 대한 정확한 개념적 합의가 없으므로, 잠정적으로 '분행시'라 칭하기로 한다. 『진달내쏫』에서 이런 형태의 시가 총 17편(#25, 29, 30, 98~111)이 있다.

난 율격적 규칙성 때문이다. 여기서 문제는 각 연의 1～2행을 7·5조 3음보의 변형으로 볼 수 있는가 하는 점이다. 대부분의 율격론자들은 이에 대해 별다른 이의를 제기하지 않는 것처럼 보인다. 성기옥의 율격분석은 이러한 판단의 한 전범으로 간주되어 왔다.

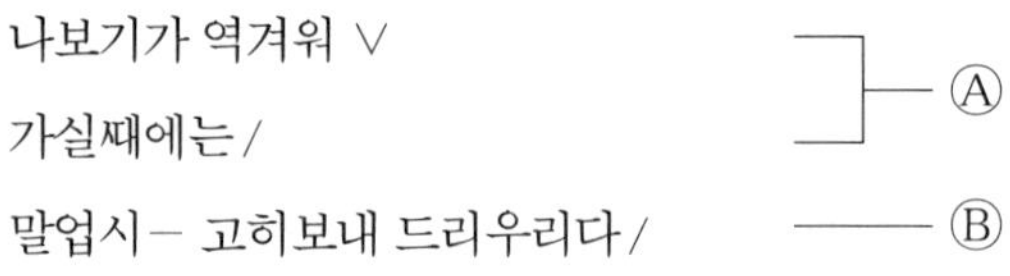

나보기가 역겨워 ∨
가실ᄯᅢ에는 /
말업시— 고히보내 드리우리다 /
Ⓐ
Ⓑ

寧邊에— 藥—山 ∨
진달내ᄭᅩᆺ ∨/
아름ᄯᅡ다 가실길에 ᄲᅮ리우리다 / [54]

여기서 기호 '∨'는 율격적 휴지(休止)를, 기호 '—'는 장음(長音)을, 기호 '/'는 율독(scansion)의 단위를 의미한다. 성기옥은 각 연의 1, 2행(Ⓐ 부분)을 하나의 율격 단위로 분석하여 Ⓑ와 동일한 율격적 질서를 갖는 것으로 가정한다. 마치 현대시조의 '구별배행'처럼 Ⓐ를 Ⓑ의 펼친 형태로 인식하여, 양자를 동일한 율격으로 간주하는 것이다. 그러나 이것이 가능하기 위해서는 행 단위를 넘어서는 율독상의 규칙이 전제되어야 한다. 즉 행(行) 단위를 초월하여 율격을 적용할 수 있는 초행(超行)적 차원의 율독 규칙이 필요한 것이다. 이러한 율독 규칙이 충족되지 않는다면, 그 율격 분석은 자의성으로 인해 논리적 정당성을 잃기 때문이다. 그런데 문제는 율격론자들이 이러한 초행(超行)적 차원의 율독 규칙에 대해 어떠한 이론적 설명도 하고 있지 않다는 것이다.

---

54 성기옥, 앞의 책, 376쪽.

특히 성기옥은 이론적 차원에서 견지해오던 행 단위의 기준을 실제적 차원에서 무화시킴으로써 스스로를 위험에 노출시키는 것처럼 보인다. 그는 "율격 자체의 적용 범위는 한 시행이 중심이 된다"[55]고 기본 원칙을 확립하면서도, 율격 분석에 있어서는 이러한 원칙을 위반함으로써 자가당착에 빠지고 마는 것이다. 게다가 율격 분석 단위 설정의 자의성은 율격적 휴지(休止)와 장음(長音) 설정의 자의성을 강제하고 있어 더 큰 문제를 야기하고 있다. "역겨워∨"와 "藥－山∨"에 율격적 휴지가 온다면 "고히보내"와 "가실길에"도 와야 한다. 이것은 "가실때에는"과 "진달내쏫∨"의 경우도 마찬가지이다. "말업시－"와 "寧邊에－"와 "藥－山"에 설정된 장음(長音)의 위치도 납득하기 어렵다. "寧邊에－"의 "에－"에는 장음이 오고, "가실길에"의 "에"에는 장음이 오지 않는 이유가 무엇인가?[56] 이러한 분석은 의도적이든 의도적이지 않든 원문을 훼손함으로써 자신의 주장의 정당성을 보완하는 것처럼 보인다. "고히 / 보내드리우리다"와 "고히보내 / 드리우리다"는 시적 리듬 차원에서 근본적으로 다르다. 전자를 후자로 치환함으로써 얻는 것은 기껏해야 선험적 율격이라는 도식에 불과하다. 그것은 작품의 고유한 미적 특질[57]을 희생할 만큼 중요한 것은 아니다.

율격 분석에 있어서의 이러한 불철저성과 자의성은 율격론의 고질

---

55 위의 책, 360쪽.

56 이러한 자의성이 발생하는 근본적인 이유는 그의 음보 개념 때문이다. 성기옥은 음보의 등장성이 음절이 갖는 'mora'라는 '音持續量'에 따른다고 주장하는데, 여기서 음지속량은 필수 구성자질인 음절의 음량과 수의적 구성자질인 장음(長音)과 정음(停音)의 음량으로 구성된다. 문제는 그가 이 '음 지속량'을 객관적으로 검증하는 장치들에 대해 침묵하고 있다는 사실이다. 이런 점에서 장음(長音)과 정음(停音)은 주관적이고 자의적인 성격을 면하기 어렵다.

57 분행이 작품의 중심적 의미와 결속하여 작품의 고유한 미적 특질로 나타난다는 사실은 다음과 같은 진술이 잘 보여주고 있다. "행의 분단과 연속의 변화는 운율상으로 이완과 긴장을 대립시켜 이별에 처한 화자의 이성적 절제와 감정적 동요의 갈등을 나타내고 있다." 송명희, 「소월시의 운율과 의미」, 『김소월 연구』, 새문사, 199, I－62쪽.

적인 병폐인 것처럼 보인다. 조동일의 「산유화」(#111) 분석은 전형적인 사례를 제공한다.

산에는 ᄭᅩᆺ피네
ᄭᅩᆺ치픠네
갈 봄 녀름없이 — Ⓐ
ᄭᅩᆺ치픠네

山에
山에 — Ⓑ
픠는ᄭᅩᆺ츤
저만치 혼자서 픠어잇네 — Ⓒ

山에서우는 적은새요 — Ⓒ
ᄭᅩᆺ치죠와
山에서 — Ⓑ
사로라네

山에는 ᄭᅩᆺ지네
ᄭᅩᆺ치지네
갈 봄 녀름업시
ᄭᅩᆺ치지네

— 「산유화」(#111) 전문

조동일은 「산유화」의 율격 분석에서 행 단위의 경계를 무시하고 2행 혹은 3행을 하나의 율격적 단위로 대체한다. 그는 Ⓐ와 Ⓑ를 하나의 행으로 변형시켜 소위 Ⓒ와 같은 "정상적인 3음보격"[58]으로 환원한다. 이러한 태도는 Ⓐ와 Ⓑ와 Ⓒ가 동일한 율격적 질서를 갖는다는 대전제 하에서 성립하는 것으로 볼 수 있다. 즉 Ⓐ와 Ⓑ와 Ⓒ는 외형상으로는 서로 상이한 율격적 질서를 갖지만, 내적으로는 3음보격이라는 하나의 동일한 율격적 질서를 따른다고 간주하는 것이다. 이것은 Ⓐ와 Ⓑ와 Ⓒ가 동일한 방식으로 율독된다는 가정을 요청한다. 즉 외형상 시행(詩行)의 차이에도 불구하고 율행(律行)의 측면에서 동일한 질서를 갖는 것으로 가정되는 것이다. 그러나 "단위 율격 모델이 실현된 관념적인 행"[59]을 의미하는 '율행'이라는 세련된 용어는 사태의 본질적 해결에는 미치지 못하는 것으로 보인다. 왜냐하면 율행은 시인이 설정한 행 구분의 의도와 그것이 산출하는 미적 효과를 제대로 설명하지 못하기 때문이다. 여기서 설명되어야 할 것은, Ⓐ와 Ⓑ와 Ⓒ가 동일한 율격적 질서를 갖는다고 할 때, 초행적 차원의 율격적 원칙이 무엇인가라는 것이다. 그러나 율격론자들은 이러한 원칙에 대한 설명을 음보의 등장성(等張性, isochronism)으로 대체함으로써 문제의 핵심을 은폐한다.

음보의 등장성(等張性, isochronism) 이론은 음보 개념을 구성하는 중요한 자리이다. 이 등장성 개념은 "한국 시가의 율격적 정체를 해명하기 위한 마지막 관문"[60]으로 간주될 정도로 율격론에서 핵심적인 위치를 점유한다. 율격론자들에게 음보를 구성하는 음절수의 차이는 고질적인 문제였다. 이때 등장성 개념이 출현하여 음절수의 실제적 차이를 무화시키는 도깨비 방망이 역할을 수행하게 된다. 율격론이 음보의 등장성이라는 원리에 음절수의 차이를 통합하는 방식은 크게 두

58 조동일, 『한국시가의 전통과 율격』, 한길사, 1982, 150쪽.
59 조창환, 앞의 책, 38쪽.
60 성기옥, 앞의 책, 63쪽.

가지로 대별될 수 있다. 하나는 율독(scansion)의 차원에서 발생하는 율격적 호흡과 휴지(休止)에 의해 음절수의 차이를 상쇄하는 방법이다.

> 〈잔들고 혼자안자〉에서 〈잔들고〉는 〈혼자안자〉보다 늘여서 읽고, 〈혼자안자〉는 〈잔들고〉보다 줄여서 읽기 때문에 이 두 토막이 호흡에서는 대등한 길이를 가지게 된다는 말이다. 〈우음도아녀도〉와 같이 자수가 많은 토막은 특히 줄여서 빠르게 읽어야 한 것 같은데, 이 대목이 지닌 문제점은 앞으로의 논의에서 자세하게 검토할 예정이다.[61]

조동일의 주장은 호흡에서의 등장성이 읽기의 속도에 따라 조절되어야 한다는 것이다. 그러나 앞서 보았듯 율독은 낭독자의 심리적 상태, 낭독 상황의 객관적 환경, 그리고 시의 의미론적 자질 등이 복합적으로 작용한 결과로 보아야 한다. 규범과 실제 간의 괴리, 즉 음보의 등장성이라는 추상적 원리와 음보를 구성하는 실제적 음절수의 차이를 절충하기 위해, '뒤가 무거운 / 가벼운 3음보', '동량(同量) / 층량(層量) 3보격', '등장(等長) / 후장(後長) / 후단(後短) 3음보'[62]라는 개념들을 요청한다고 해서 사태가 달라지지는 않는다. 이것들은 발음의 개인적 차이로 말미암은 음 길이의 가변성의 문제와 음의 실제적 측량의 객관성 문제, 그리고 대립적 음운 자질이 소거된 음보 개념의 타당성 문제를 해결하지 못한다. 자의적인 음보 분할을 토대로 한 음보율의 개념은, 시의 음운론적 · 통사론적 · 의미론적 단위들을 분리함으로써 시적 리듬을 형해화시킬 뿐이다.

또 다른 방법은 율독의 차원이 아니라 언어의 차원에서 일정한 '음지속량(mora)'을 가정함으로써 음절수의 차이를 보상하는 방법이다.

---

61 조동일, 앞의 책, 54쪽.
62 각각 조동일, 성기옥, 오세영이 사용한 용어들이다.

'장음(長音)'과 '정음(停音)'이라는 언어학적 자질은 이곳에서 출현한다.

> 우리 시가 율격의 기층단위를 구성하는 원리는 음절이나 장음, 정음 자체가 아니라 그들이 갖는 音持續量에 의한다는 사실이다. 기층단위(음보)의 개성, 음보들 사이의 시차성은 이 음지속량에 따라 결정되는 것이다. 그리하여 한 개의 음절, 한 개의 장음, 한 개의 정음은 각각 1모라*mora*의 음지속량을 가진다.[63]

성기옥은 음보의 등장성이 음절이 갖는 '모라(mora)', 즉 '音持續量'에 따른다는 논지를 펼치고 있다. 음지속량이 필수 구성자질인 음절의 차원에만 있는 것이 아니라 수의적 구성자질인 장음(長音)과 정음(停音)에도 있다는 주장에 주목해 보자. 여기서 장음과 정음은 실제적인 음량을 갖는 언어학적 자질로 간주된다. 따라서 "—(마이너스) 장음"의 크기를 갖는 정음은 실제적인 크기를 갖지 않는 율격 휴지와는 구분된다고 한다. 이렇게 실제적인 음량을 갖는 단위인 장음과 정음의 존재 때문에 음보의 등장성이 실현된다는 것이 성기옥의 논지이다. 장음과 정음으로 인해 음보를 구성하는 음절수의 차이가 보상됨으로써 '등가의 원리'가 실현된다는 것인데, 여기서 문제는 수의적 자질로 설정된 장음과 정음이 왜 요청되는가 하는 것이다.

> 그런데 때마침 장음이나 정음의 보상이 언어 원칙에 따라 수행될 수 있는 조건이라면 다행이지만, 그렇지 못한 경우는 언어 원칙보다 율격적 자존권을 유지하기 위한 등가의 원리가 더 선행되어, 언어 원칙을 어겨서라도 장음이나 정음의 실현을 통해 이를 보상해 내야 하는 것이다. // 이런 원

63 성기옥, 앞은 책, 97쪽.

> 리는 기저자질의 실현뿐만 아니라 율격양식의 형성에도 그대로 해당된다. 그럴만한 이유는 물론 율격이 하나의 음성적 질서 체계이며 관습적 현상이라는 사실에 근거한다. 균형이나 조화는 질서화의 기본 조건이고, 율격은 그러한 질서를 일상어의 수사적 표출이 의례화되어 나타나는 율격적 관습을 통해 보여준다고 할 수 있기 때문이다.[64]

성기옥은 율격체계의 기층단위로서 장음과 정음을 율독 차원의 휴지와는 달리 언어 자체의 내재적 자질로 설정한다. 그런데 문제는 '등가의 원리'를 실현하는 주된 장치로서의 이 장음과 정음이 언어학 내에서 차지하는 실제적 위상이다. 그것들은 율격론 내에서 마치 초(超)규범적 원리로 기능하는 것처럼 보인다. 즉 장음과 정음은, 등가의 원리가 언어 원칙과 상충될 때 "언어 원칙을 어겨서라도" 지켜야 할 '율격적 자존권'으로 간주되고 있는 것이다. 이러한 등가의 원리는 가정된 것, 특히 음보의 등장성을 설명하기 위해 고안된 것에 불과하다. 하나의 가정된 원리를 마치 언어 자체에 내재한 실재적 원리로 호도하는 것은 일종의 조삼모사인 것처럼 보인다. 언어의 차원에서 등가의 원리의 이론적 타당성이 논증되기 전까지는, 장음과 정음은 율격론의 이론적 곤궁을 보여주는 미봉책으로 간주될 수밖에 없다.

따라서 핵심은 율격적 정형성이 아니라 각각에 고유한 시적 리듬의 독자성에 있다. 앞의 Ⓐ와 Ⓑ와 Ⓒ를 3음보격이라는 정형적 율격으로 환원하는 것은 거기에서 발현되는 독특한 음악성을 무시하는 결과를 초래한다. 시적 리듬은 시의 고유한 음악성을 구현하는 내적 조직화의 원리의 규명으로 나아가야 한다. 이것은 형태론적 차원의 고유성을 넘어 음운론적이고 의미론적 차원의 변이와 고유성을 포괄한다.

---

64 위의 책, 100~101쪽.

이때 행(line)은 가정된 율격적 정량성을 넘어서 시적 리듬의 고유성을 실현하는 기본 단위가 된다.

> 그렇다면 리듬의 기본적인 단위는 음보(foot)가 아니라 한 행 전체인데, 이것은 러시아 인들이 포용하는 일방적인 형태(Gestalt) 이론에서 나온 결론이다. 음보는 어떤 독립적인 존재도 갖고 있지 못하다는 것이다. 그러니까 그것은 운문 전체에 대한 관계에서만 존재한다는 것이다.[65]

주지하다시피 러시아 형식주의 이후 시행(line)은 시의 기본 단위로 기능해 왔다. 엔터니 이스톱은 "시를 규정하는 특질, 즉, 지배소를 행 조직체라고 규정하게 된 데에는 러시아 형식주의자들의 공헌이 있었다"[66]고 천명함으로써, 시행이 창작상의 기본 단위일 뿐만 아니라 분석상의 기본 단위이기도 함을 명시하고 있다. 시의 율격 분석도 이 시행이라는 단위의 경계 내에서 이루어져야 한다. 율격 분석에 있어 시행의 경계를 넘는 것은, 그 근본 지점에 있어 시의 고유한 리듬을 해체하는 결과를 초래하는 일이기 때문이다. 따라서 정형적 율격 체계를 가정하고, 시인에 의해 분할된 행 단위의 경계를 자의적으로 설정하는 것은 대단히 위험한 일이 아닐 수 없다.

그렇다면 김소월에게 있어 이 시행 단위의 분할은 어떠한 기능과 의미를 갖는가?

---

65 르네 웰렉 & 오스틴 워렌, 이경수 역, 『문학이론』, 문예출판사, 1988, 245쪽.

66 엔터니 이스톱, 박인기 역, 『시와 담론』, 지식산업사, 1994. 이에 대한 박인기의 보충 설명은 논의를 선명히 하는 데 도움이 된다. "이러한 관점에서 시를 규정하는 자질, 즉 支配素인 행의 조직방식을 추상적인 율격모형에 의해 설명하려는 전통적인 설명 방식에 도전해서 시행을 리듬과 억양에 의해 규정해 보려고 한 것은 러시아 형식주의의 기여였다." 박인기, 「한국 현대시의 리듬 요인」, 『국문학논집』, 단국대, 1989.

그리고 될수잇는대로 音調그것에다 새롭은生命을주기위하야 假令 가튼 七五調라도 그것을 그대로쓰지아니하고 行을이럿케도 나호고 저럿케도 찍어서 그것에다 움직일수업는 音調美를 주든것이외다.[67]

김억은 소월의 시에 있어 분행(分行)이 그의 시에 "움직일수업는 音調美"를 부여한다고 진술한다. 이러한 진술은 김소월 시의 분행에 대한 매우 중요한 사실을 암시하고 있다. 그것은 분행이 단순히 형태적 차원의 문제가 아니라는 사실, 즉 시적 발화의 음조를 규제하는 의미 내용에 직접적으로 개입한다는 사실을 보여준다.[68]

설다해도
<u>웬만한,</u>
봄이안이어,
나무도 가지마다 눈을터서라!

—「樹芽」(#30) 전문

밑줄 친 2행 "웬만한"은 얼핏 보기에 3행의 "봄"을 수식하는 말로 보인다. 이 경우 2행과 3행은 봄의 새로움과 찬란함이 여느 때와 달리 특별하다는 의미로 해석된다. 이때 "웬만한"은 '보통' 정도의 의미로 해석될 수 있을 것이다. 그러나 이 시에는 이러한 해석을 주저하게 만

---

67 박경수 편, 앞의 책, 618쪽.

68 분행에 의한 휴지는 시의 의미와 시인의 호흡을 매개하는 기능을 수행함으로써 시적 발화의 어조적 측면을 직접적으로 겨냥한다. 이러한 사실은 「먼後日」의 개작 과정에서 그대로 드러나는데, 이에 대해서는 전정구의 표명을 참조할 필요가 있다. 그는 김소월의 띄어쓰기가 "리듬패턴을 규칙화 하려는 경향"이 있음을 인정하면서도, 다른 한편 "변화있고 다양한 그리하여 생동하는 리듬"을 창출한다는 점을 강조하고 있다. 전정구, 「김소월시의 언어시학적 특성 연구—개작과정을 중심으로」, 전남대 박사, 신아, 1990, 84~97쪽 참조.

드는 요소가 있다. 율독상의 휴지를 지시하는 "웬만한" 다음의 분행과 쉼표가 문제의 진앙지이다. 이 분행과 쉼표는 "웬만한"과 "봄" 사이의 인력을 약화시켜 양자의 거리를 증폭시키는 기능을 수행하는 것으로 볼 수 있다.[69] "웬만한"과 "봄" 사이에 벌어진 간극, 이것은 이질적이고 낯선 요소가 틈입하는 통로이다. "봄"에는 이질적인, 분행과 쉼표가 호명하는 그 낯선 요소의 정체를 밝히기 위해서는 『개벽』 19호(1922.1)에 실린 판본을 참조할 필요가 있다.

> 웬만한 설은봄은 아니여!
> 나무가지 가지마다 눈을텃서라,
> 내가슴에 봄이와서
> 只今 눈을 트랴고하여라.

"웬만한"과 "봄" 사이에 무엇이 있는가? 여느 때와 달리 특별히 찬란한 봄을 비집고 들어오는 것은 "설은"이라는 말이다. 그것은 시적 화자의 정서를 표현하는 말이다. 따라서 우리는 1행 "웬만한 설은봄은 아니여!"를 "웬만큼 서러운 봄은 아니여!"로 해석할 수 있다. 이러한 해석에 따르면 "웬만한"은 "설은"이라는 말을 수식하는 부사어가 된다. 그러므로 원시의 "웬만한"은 앞과 뒤에 이중적으로 걸리는 말로 볼 수 있다. 그것은 앞 행과 관련할 때 "설다해도"를 수식하는 부사어로, 뒤의 행과 관련할 때 "봄"을 수식하는 관형어가 되는 것이다. 이러한 이중적 기능에 대해 오하근의 설명을 참조해 보자.

---

69 여기서의 쉼표의 기능에 대해서는 다음의 글이 잘 예시하고 있다. "「樹芽」라는 이 짧은 시에 나오는 두 개의 쉼표가 힘 있게 얽어 짜내는 침묵 — 예기치 않았던 곡절과 얽힘을 풀어내지 못한다. 이 두 개의 쉼표가 시 안에 불연속성의 함정을 파 놓고, 메울 수 없는 그 함정이 시를 살아 움직이게 한다." 김인환, 「연극과 시 – 김소월론」, 『세계의 문학』, 1987 여름, 71쪽.

> 그러나 이 '웬만한'은 비록 쉼이 있다 해도 뒷말과 연결될 수밖에 없다. 이 때 봄은 '웬만한 봄'이 아닌 것이다. 이렇게 쉼과 성분 사이를 왔다갔다 하는 동안에 어느새 이 두 장벽을 뚫고 이 시구를 〈웬만큼 설다 해도 웬만한 봄이 아니어〉 하는 한탄과 찬탄의 목소리로 받아들이게 된다. 그리하여 '설움'과 '봄'은 서로 충돌하고 화합하여 상승 작용을 하게 된다.[70]

인용문은 "웬만한"이 1행의 "설다해도"와 3행의 "봄이안이어"를 이중적으로 수식하는 말임을 명시적으로 보여준다. 이렇게 되면 1~3행의 의미는 "웬만큼 설다 해도 웬만한 봄이 아니어" 정도로 해석될 수 있다. 여기서 중요한 것은 "웬만한" 다음의 분행과 쉼표가 의미의 파생에 미치는 영향력이다. 『개벽』에 실린 판본은 "웬만한"의 의미를 시적 화자의 정서의 정도를 표시하는 것으로 한정한다. 이때 화자의 강력한 슬픔("웬만한 설은")은 주체를 넘어 대상 세계로 확산 · 전이("설은봄")되게 된다. 대상세계와의 이러한 즉각적인 동일시는 주체의 정서를 표백하는 데는 효과적일지 모르지만, 상상적 차원에서 대상세계의 일방적 변형을 야기한다는 점에서 문제적일 수 있다. 그러나 원시의 경우 "웬만한"의 이중적 의미작용은 시적 화자의 슬픔('웬만큼 설다 해도')과 동시에 봄의 찬란함('웬만한 봄이 아니어')을 대조적으로 부각시킨다. 그것은 주체와 대상세계와의 대립을 표상함으로써 주체의 슬픔을 대조적으로 강조하고 있다. 대상세계와의 이러한 거리두기는 대상세계에 대한 객관적 승인이라는 점에서 대상세계와의 동일시와는 구분된다.

그렇다면 양자 가운데 어느 것이 더 효과적이고 타당한 방법인가? 우리는 이러한 질문에 손쉬운 대답을 내려서는 안 된다. 왜냐하면 양자는 각자의 의미론적 · 통사론적 · 음운론적 맥락에서 고유한 미적

---

70 오하근, 『김소월 시어법 연구』, 집문당, 1995, 310쪽.

특질을 지니고 있기 때문이다. 다만 한 가지 분명한 것은 후자의 방법(대조를 통한 거리두기)이 전자(동일시)에 비해 더 많은 긴장 관계를 함축하고 있음을 분명하다. 긴장 관계의 강도는 단지 대조되는 대립항의 거리를 측량함으로써 알 수 있는 것은 아니다. 중요한 것은 대조되는 요소들을 하나의 틀에 담는 것, 즉 대립항들이 하나의 위상 속에 공존하도록 끈으로 묶어두는 것이다. 그 틀과 끈이 긴장관계의 강도를 규정한다. 위의 시에서 화자의 슬픔과 봄의 찬란함의 대조가 강력한 자장을 형성하는 것은 바로 "웬만한"의 존재 때문이다. "웬만한"은 후속하는 분행과 쉼표에 의해 주체와 세계의 긴장 관계를 표현하고 있는 것이다. 그것의 기능은 「빼앗긴 들에도 봄은 오는가」의 "푸른웃슴 푸른설음이 어우러진사이"에서 "푸른"의 기능과 본질적으로 다르지 않다. 따라서 우리는 다음과 같이 말할 수 있다. 1920년대 시적 사유의 지형도에서 김소월은 분행이라는 매우 특이한 방식으로 주체와 세계의 긴장 관계를 현시하고 있다고.

분행이 의미의 분절화에 행사하는 강력한 영향력은 수식어와 피수식어 사이에서만 발생하는 것은 아니다. 그것은 서술어의 종결어미 차원에서도 발생하는데, 이러한 사실은 다음의 시가 명시적으로 보여주고 있다.

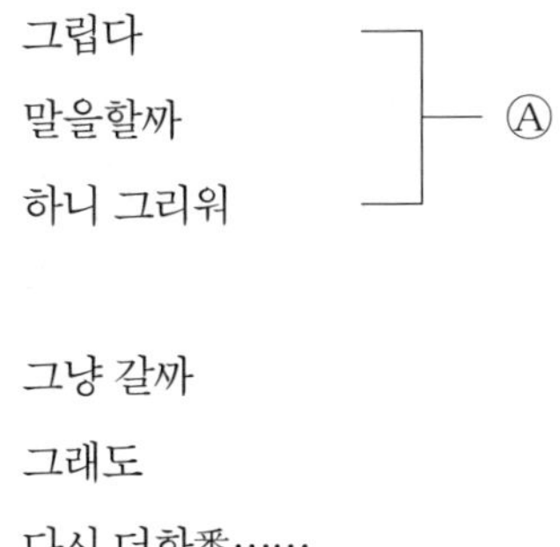

그립다
말을할까
하니 그리워
Ⓐ
그냥 갈까
그래도
다시 더한番……

저山에도 가마귀, 들에 가마귀,
西山에는 해진다고
지저귑니다

압江물, 뒷江물,
흐르는물은
어서 따라오라고 따라가쟈고
흘너도 년다라 흐릅듸다려.

— 「가는길」(#100) 전문

「가는길」은 분행이 자유시의 호흡에 얼마나 간섭하는지를 알려주는 좋은 예이다. 1연에 주목해 보자. 율격론자들의 주장과는 달리, 1연 "그립다 / 말을할까 / 하니 그리워"(Ⓐ)는 "그립다 말을할까 / 하니 그리워"(㉠)나 "그립다 / 말을할까하니 그리워"(㉡), 혹은 "그립다 말을할까하니 그리워"(㉢)와 동일한 율격적 질서를 갖지 않는다. 우선 ㉠은 "그립다(고) 말을할까"의 의미로 해석된다. 이 경우 "그립다"는 통사론적으로나 의미론적으로 "말을할까"에 구속된다. 즉 "그립다"가 독립적으로 분절되지 않는다는 것이다. 그러나 원시처럼 "그립다"와 "말을할까"를 분행하게 되면, 통사론적으로나 의미론적으로 "그립다"의 분절성은 강화된다. 이렇게 되면 "그립다"는 ㉠의 서술적 어조와는 달리 영탄과 탄식의 어조로 읽히게 된다. 즉 ㉠이 심리적 갈등의 상태를 비교적 중립적으로 기술하고 있다면, 원시의 Ⓐ는 심리적 갈등의 원인이 되는 그리움의 정서를 표백함으로써 화자의 강력한 심정을 표출하고 있는 것이다. 이러한 현상은 음운론적 차원에서 "그립다"의 강세화 현상과 밀접한 관련이 있다. 원시의 "그립다"에서 강세는 '－다'에 위치한다. 이는 "그립다"가 [그립따]로 경음화되는 현상에서 기인한다.

이러한 경음화의 효과는 원시의 2행 "말을할까"와 맺는 압운 관계 때문에 더욱 강화된다. 따라서 원시의 Ⓐ는 ⓛ과도 구분된다. "말을할까하니"는 말하고자 하는 의도성을 강조한다. 이에 비해 원시의 "말을할까"는 갈등의 상태를 강조한다. 즉 분행에 의해 독립적으로 분절됨으로써 심리적 갈등 상황이 전경화(foregrounding)[71]되는 것이다. 이것은 1행의 "그립다"와 계기적 연속 관계를 이루는 것으로 볼 수 있다. 따라서 원시의 "하니"도 ⓛ의 "－하니"와 구분된다. 통사론적으로 분절된 "하니"는 ⓛ의 '하고자 함(欲)'이라는 의도의 의미뿐만 아니라, 부가적으로 '하다(爲)'라는 행위의 의미를 지니게 된다.[72] 즉 "하니"는 "말하니" 혹은 "말하니까"라는 추가적 의미를 지닌 것으로 해석될 수 있는 것이다. 이렇게 되면 3행의 "그리워"의 원인은 ⓛ에서처럼 심리적 차원의 의도성에만 있지 않고, 실제 고백이라는 행위의 차원에도 있게 된다. 이처럼 "하니"가 보여주는 의미적 확산은, 행의 분절이 통사적 규칙의 준수 여부를 떠나 시의 의미론적 차원과 강력한 영향관계를 형성한다는 사실을 예증한다.

김소월의 "천부적인 운율 감각"[73]은 여기에서 출발한다. 그는 분행시를 통해 시의 소리와 형태와 의미가 어떻게 하나의 단일한 체계로 통합되는지를 보여줌으로써 현대시의 자유율의 성립에 대한 하나의

---

71 '전경화(foregrounding)'는 '자동화(automatization)'에 대응하는 말이다. 얀 무카로브스키에 따르면 전경화는 시적 발화의 핵심적 기능이다. 그것은 행위를 '탈자동화(deautomatization)' 하고 사건의 도식화를 파괴한다. J. Mukařovský, "Standard Language and Poetic Language", Paul L. Garvin(edited), *A Prague school reader on esthetics, literary structure, and style*, Washington, Georgetown University Press, p.19.

72 이러한 해석은 조창환의 경우에도 발견된다. 조창환, 앞의 책, 64쪽 참조.

73 허기추, 「소월시의 형식주의적 특성」, 『청람어문학』, 한국교원대, 1988, 163쪽. "素月은 音調를 살리기 위하여 애를 쓴 흔적이 작품에 투영되어 있다. 행을 가르는데 있어서도 아무렇게나 가르지 않고, 그 作品의 내용에 합당한 音調의 의미를 염두에 두고, 거기에 따라서 행을 가르고 있다. 이것은 그의 천부적인 운율 감각이라고 할 수 있다."

가능성을 열어놓는다. 비로소 우리는 그를 통해 자유율이라는 현대시의 리듬과 대면할 수 있게 된 것이다. 왜냐하면 그의 분행시는, 김춘수의 지적대로 "自由詩의 呼吸이 充分히 適用"[74]된 시이기 때문이다.

> 소월은 연 구성과 행 배치의 변화를 의미의 차원과 묘하게 결합시켜 성공을 거둠으로써 단조로움에서 벗어났다. 이러한 변화는 그의 시를 정형시의 고정된 틀이 아닌 자유시의 현대적 감각을 갖게 한 중요한 요인이라고 생각한다. 그가 스스로 민요시인이기를 거부했다는 것은 충분히 의미있는 일이며, 민요가 변화보다는 반복을 그 보편적 특징으로 가지는 것이라 할 때에 더욱 수긍할 수 있는 점이다.[75]

소월이 "행 배치의 변화를 의미의 차원과 묘하게 결합시"켰다는 진술은, 그의 시형이 "리듬과 의미에 밀착돼 있다"[76]는 진술과 일맥상통한다. 이것은 소월의 시가 정형과 반복이라는 규범적 율격 의식에서 벗어났음을 의미한다. 그리고 이때가 바로 그가 "정형에 매달려 싸워서 이기는 때"[77]이다. 그는 작품마다에 독특한 '배행의 묘'를 살려, 기존의 율격적 질서에 개성과 자유라는 새로운 요소를 도입한다. 이는 "작품마다에 가장 적합한 새로운 시형의 창조"[78]라는 자유시의 요구와 맞닿아 있다. 그의 '분행시'는 바로 이러한 요구에 대한 하나의 응답인 것이다. 그는 '분행시'를 매우 성공적으로 통과함으로써 근대시의 자유율로 진입할 수 있었던 것이다.[79]

---

74 김춘수, 『한국현대시형태론』, 해동문화사, 1958, 47쪽.
75 송명희, 「소월시의 운율과 의미」, 김열규 · 신동욱 편, 『김소월 연구』, I－70쪽.
76 김춘수, 「소월 시의 행과 연」, 『현대문학』 72호, 1960.12, 24쪽.
77 국정효, 「한국 현대시의 형태론(하)」, 『사상계』, 1967.4, 62쪽.
78 강홍기, 「'접동새'고」, 『개신어문연구』, 1999.12, 239쪽.
79 이러한 추이의 원인을 밝혀내는 것은 지난한 일이다. 다만 소월 시에 나타난 형태와

3. 자유율과 호흡률 : 개성적 리듬

시집 『진달내쏫』에는 율격적 불규칙성이 드러나는 작품이 상당수 존재한다. 전체 127편 가운데 약 31%를 차지하는 40편이 여기에 해당한다.[80]

실버드나무의 검으스렷한머리결인 낡은가지에
제비의 넓은깃나래의 紺色치마에
술집의窓넙페, 보아라, 봄이 안잣지안는가.
소리도업시 바람은불며, 울며, 한숨지워라
아무런줄도업시 설고 그립은색캄한 봄밤
보드랍은濕氣는 써돌며 쌍을덥퍼라.

— 「봄밤」(#11) 전문

이 시는 음수율이나 음보율과 같은 율격적 질서를 따르고 있지 않다. 매 행은 정형화되고 규범화된 율격에서 완전히 이탈하고 있는 것으로 볼 수 있는데, 그것들은 율격과는 다른 질서에 의해 규제되고 조직화되는 것처럼 보인다. 가장 눈에 띄는 것은 각운의 존재이다. 1행과 2행의 '—에'의 반복, 3행~6행의 'ㅏ'의 반복이 그것이다. 물론 이

리듬의 변이가 소월의 실제 삶과 심리의 굴곡을 반영하고 있다는 점은 비교적 명확해 보인다. 이에 대한 탐색은 그의 삶 전반에 대한 포괄적 탐색을 요구하는 일이므로 후속 연구를 통해 보다 자세히 규명되어야 할 것으로 보인다.

80 여기에 해당하는 작품은 다음과 같다. #11~14, 17, 18, 21, 22, 24, 26, 27, 34~36, 40, 41, 46, 49, 52~54, 60, 63, 67, 69, 71, 72, 76, 81~89, 92, 112, 115(총 40편). 김소월의 시집 전체에서 1/3 가량이 자유시에 해당한다는 사실은 김수업이 실증적으로 확인한 바 있다. "도표에서 알 수 있듯이 일정한 패턴을 지니는 정형율을 밟지 않은 산문시와 자유율의 시가 분량으로 보아 전체의 3분의 1에 거의 이르고 있다." 김수업, 앞의 책, 163쪽.

시의 리듬을 규제하는 원리는 각운과 같은 정형적인 차원의 정형율로 한정되는 것은 아니다. 여기에는 앞서 본 프로조디 이외에도, 호흡, 어조(tune), 종결율조(cadence), 앙장브망(enjambement) 등과 같은 다양한 요소들이 개입한다. 이러한 요소들 가운데 현재의 논의와 직접적인 관련이 있는 것은 호흡이다. 그것은 호흡이, 낭독이든 묵독이든 상관없이 율독의 질서를 지배하는 기본 원리이기 때문이다. 특히 율격이 사라진 현대시의 자유율의 경우, 호흡은 시의 통합체적 질서를 지배하는 원리로서 시적 리듬의 전면에 부상한다.

근대시의 성립과정에서 자유율은 시인의 호흡과 등가적인 것으로 인식되었다. 이에 대한 최초의 표명은 김억에 의해 이루어지는 것으로 보인다.

> 웨스웬트가 〈poetry is breath〉라고 하엿슴니다. 더단히 조흔 말이어요. 呼吸이지요. 詩人의 呼吸을 刹那에 表現한 것은 詩歌이지요.[81]

김억의 표명은 호흡률에 대한 최초의 언명인 것처럼 보인다. 그는 "詩人의 呼吸"을 시가의 본질로 규정함으로써, 근대 자유시에서 호흡률의 위상을 새롭게 정립시킨다. 그러나 이러한 규정이 자유율을 추상적인 차원으로 변용시킨 한 원인으로 작동했음 또한 간과할 수 없다. 그는 호흡을 시인의 주관적 차원으로 한정함으로써 그것이 시적 리듬으로 조직화되는 방식에 대해 눈감아 버린다. 즉 호흡이 시적 리듬에서 의미와 형태와 소리를 분절시키는 원리임을 보지 못하는 것이

---

81 김억, 「시형의 음률과 호흡」, 박경수 편, 앞의 책, 34쪽. 김기림의 다음과 같은 언급도 좋은 참조가 된다. "自由詩는 다만 定型詩에 있어서의 韻律의 구속을 깨뜨리고 自由로운 呼吸에 맞는 自由로운 韻律을 創造하려고 하였을 따름이다. 韻律의 本質에 더 가까워 간 점에 있어서는 自由詩는 차라리 定型詩보다도 더 충실한 운율의 봉사자였다.", 김기림, 『시론』, 백양당, 1949, 147쪽.

다. 이제 자유시에서 호흡에 대한 논의는 시인의 영혼이나 생명과 같은 신비적 차원의 논의로 소외되고 만다.

이에 비해 소월은 호흡률이 시의 분절화의 원리임을 인식하고 있었던 것으로 보인다. 그가 단어와 구절 그리고 문장의 경계들을 "분절시켜서 분할하"[82]는 지점들을 보면, 그곳이 대체적으로 호흡의 마디들과 일치하는 것을 알 수 있다. 이 분할의 지점들이 그의 시에서는 다양한 율격적 변이들로 표현된다. 이는 그가 시적 리듬을 "字數律로 생각하지 않고 호흡 기간과 밀접한 관계를 가진 것으로 파악"[83]하고 있었다는 사실을 드러낸다. 즉 그는 호흡의 마디들을 시인과 작품에 따라 상이하게 현상하는 시적 리듬의 구현체로 인식하고 있었던 것이다. 이 구체화 · 개별화의 지점에 대해 「詩魂」은 다음과 같이 말하고 있다.

> 그러나作品에는, 그詩想의範圍, 리듬의變化, 또는그情調의明暗에짜라, 비록가튼한사람의 詩作이라고는할지라고, 勿論異同은생기며 쏘는닑는사람에게는詩作各個의印象을주기도하며, 詩作自身도亦是어듸까지든지儼然한各個로存立될것입니다, 그것은쏘마치山色과水面과 月光星輝가도두다엇든한째의陰影에짜라그形狀을, 보는사람에게는달리보이도록함과갓습니다. 勿論그한째한째의光景만은亦是混同할수업는各個의光景으로存立하는것도, 詩作의그것과바로갓습니다.[84]

인용문은 김소월이 시의 개체적 특수성에 대해 얼마나 명확히 인식하고 있었는지를 명시적으로 보여준다.[85] 주목할 것을 그가 시의 개

82 야 무카로브스키, 앞의 책, 80쪽.
83 김윤식 · 김현, 『한국문학사』, 민음사, 1994, 145쪽.
84 김소월, 「시혼」, 김종옥 편, 『원본소월전집』 하, 991쪽.
85 물론 그는 시의 특수성과 함께 보편성에 대해서도 명확하게 인식하고 있었다. 음영(陰影)이 전자를 대표한다면, 시혼(詩魂)은 후자를 대표한다고 말할 수 있다. 그런

체적 특수성이 "그詩想의範圍, 리듬의變化, 또는그情調의明暗에따라" 결정된다고 언급하고 있는 부분이다. 여기서 그는 시의 구체성과 개별성을 결정하는 요인으로 "詩想"과 "리듬"과 "情調"를 들고 있다. 우선 "詩想의範圍"가 시의 주제를 구성하는 동기(motive)를 의미한다는 것은 비교적 명확해 보인다. 이것은 시의 특수성이 시의 의미 내용이나 주제적 요소와 직접적으로 관련된다는 사실을 보여준다. 둘째 "情調의明暗"은 시가 함유하는 정서적 밀도의 차이를 의미한다고 말할 수 있다. 일반적으로 정서적 밀도는 시의 내용에 의해 형성되지만 어조 등과 같은 표현 방법에 따라 달라지기도 한다. 이때 문제가 되는 것이 정서의 언어적 표현 방법이다. 소월은 정서가 표현되는 방법의 차이에 따라 그 밀도가 달라진다는 것을 인식하고 있었던 것이다. 이는 언어가 의미 이외에 '音響의 餘韻'과 같은 '音調'와 '文字美'를 지녀야 한다는 '岸曙式' 사고와도 맥이 통한다.[86] 셋째 "리듬의變化"는 시의 구체성과 개별성을 결정하는 주요 요인 가운데 하나이다. "리듬의變化"는 시에 고유한 "情調의明暗"을 산출함으로써 시의 특수성을 결정하기 때문이다. 따라서 소월이 말하는 리듬 개념은 율격과 같은 형식적 차원이 아니라 그것이 산출하는 정서적 효과를 의미한다고 볼 수 있다. 즉 그의 리듬 개념은 각각의 시에 고유한 호흡률을 지시하고

데 그에게 시혼은 "永遠의存在며不變의成形"(991쪽)으로, 음영과는 분리불가능한 결합관계를 맺고 있다. 즉 시혼은 "그陰影으로써顯現"되고, 그것의 가치는 "其顯現된程度及態度如何와形狀如何에따라創造되는各自特有한美的價値에依하여"(995쪽) 결정되는 것이다. 따라서 소월의 시론을 보편성과 특수성 어느 한 편으로 단정하는 태도는 지양될 필요가 있다. 이러한 점에서 "素月은 결국 永遠不變인 詩魂의 存在를 구실로 삼아 작품의 平價가 批評을 '거의' 거부하다시피"(『시학평전』, 일조각, 1963, 140쪽) 했다는 송욱의 '시혼' 비판은 소월 시론의 일면만을 강조한 측면이 짙다고 말할 수 있을 것이다.

86 '音調'와 '文字美'에 대해서는 김억의 「語義 · 音響 · 語美」(『조선일보』, 1929.12.18~19)를 참조할 것. 이와 함께 김억과 소월의 '情調'를 아더 시몬즈의 'mood'과 연결시켜 설명하고 있는 송욱의 「기분의 시학과 뉘앙스의 시학」(『문화비평』 1권1호, 1969.4)도 참조할 것.

있는 것이다. 이는 호흡률이 시의 내용과 정조가 긴밀히 통합됨으로써 산출되는 시적 리듬의 한 차원이라는 사실을 예시한다.

시의 고유성과 특수성에 대한 소월의 인식은, 같은 7·5조를 사용했으면서도 소월과 극명한 차이를 보여주는 김억과 대조해 보면 분명하게 드러난다. 김억의 경우 '격조시형'이라는 율격적 정형성에 지향이 있었고, 이것이 개별 작품의 조직화의 원리로 작용함으로써 시적 리듬의 단조로움과 경직성을 야기한다. 이에 비해 소월은 같은 7·5조를 사용했으면서도 그것의 단조로움과 경직성에 함몰되지 않고 "다양한 변조와 개성적 새로움"을 성취하고 있다. 이는 궁극적으로 "'칠오조(七五調)'라는 선험적이고 정형적인 율격에서 벗어나기 위해 자신의 호흡과 음성에 가급적 충실하게 시를 쓰려고 했던"[87] 그의 시작 태도에서 비롯하는 것으로 보인다.

소월 시의 율격적 층위는 시인의 정서적 층위와 매우 상관적이다. 특히 그의 시에 나타난 율격적 불규칙성은 시인의 강력한 정서적 충동과 긴밀한 연관관계가 있다. 그의 시는 "심층심리의 역동에 의해 정서가 무의식적 자연발생으로 의도를 초월하고 정신역동의 이행에 따라 표현이 자연스럽게 리듬화 내지 반복함으로써"[88] 성립한다고 볼 수 있다. 그러나 이러한 상관성이 발생하는 무의식적 메커니즘을 확증하는 것은 매우 어려워 보인다. 소월 개인의 심층심리의 역동이나 무의식적 정서를 확인하는 것 자체가 지난한 일일 뿐만 아니라, 양자 사이에는 일대일 식의 대응 관계가 성립하는 것도 아니기 때문이다. 따라서 이에 대한 자세한 논의는 추후의 작업으로 미뤄두고, 여기서는 다만 주체의 정서적 충동이 "자연스럽게 리듬화"되어 나타나는 시의 표층 차원으로 논의를 한정하기로 한다.

---

87 구인모, 「김소월 시로 본 근대시 율격 이론의 문제」, 『한국학보』, 2002, 174쪽.
88 박진환, 「정신분석적으로 본 김소월」, 『현대시학』, 1982.10, 159쪽.

나히차라지면서 가지게되엿노라
숨어잇든한사람이, 언제나 나의,
다시깁픈 잠속의 꿈으로 와라
붉으렷한 얼골에 가늣한 손가락의,
모르는듯한 擧動도 前날의모양대로
그는 야저시 나의팔우헤 누어라
그러나, 그래도 그러나!
말할 아무것이 다시업는가!
그냥 먹먹할뿐, 그대로
그는 니러라. 닭의 홰치는소래.
깨여서도 늘, 길꺼리엣사람을
밝은대낫에 빗보고는 하노라

―「꿈으로오는한사람」(#14) 전문

이 시는 내용적으로 크게 두 부분으로 나눌 수 있다. 꿈속에서 임과의 재회 과정을 서술하고 있는 1~6행과 꿈에서 깨어 화자의 고독감을 표현하고 있는 7~12행이 그것이다. 율격적 차원에서 비교적 안정된 형태를 취하고 있는 전반부와는 달리, 후반부에서는 율격의 급격한 변화를 보여준다. 이것은 시의 내용적 변화와 매우 상관적이다. 즉 7~9행의 강력한 영탄과 탄식은 율격의 차원에서 변화를 수반하는 것이다. 달리 말하면 강력한 정서적 표명이 형태적 규율에 균열을 낸 것이다. 따라서 이 시의 호흡률도 두 가지 양상으로 분별될 수 있다. 1~6행의 완만하고 연속적인 호흡과 7~12행의 강력하고 단절적인 호흡. 양자를 비교해 보면, 호흡의 강도와 지속성의 차이를 확인할 수 있다. 여기서 후반부의 느낌표는 주로 호흡발산력을, 쉼표는 호흡의 단절을 표시하는 기능을 수행한다. 이러한 기능은 호흡의 빠르기에도 유사한 변화를 수반한다. 이렇듯 시의 호흡률은 시의 정서적 내용과 불가분의 결합관계를 맺는다. 우리는 이러한 사실을 『진달내꼿』 전편, 특히 「바리운몸」을 구성하는 시편들에서 보다 분명히 확인할 수 있다.[89]

나는 꿈꾸엿노라, 동무들과내가 가즈란히
벌짜의하로일을 다맛추고
夕陽에 마을로 도라오는꿈을,
즐거히, 꿈가운데.

그러나 집일흔 내몸이어,
바라건대는 우리에게 우리의보섭대일짱이 잇섯드면!
이처럼 떠도르랴, 아츰에점을손에
새라새롭은歎息을 어드면서.

東이랴, 南北이랴,
내몸은 떠가나니, 볼지어다,
希望의반짝임은, 별빗치아득임은.
물결뿐 떠올나라, 가슴에 팔다리에.

그러나 엇지면 황송한이心情을! 날로 나날이 내압페는
자춧가느른길이 니어가라. 나는 나아가리라
한거름, 또한거름. 보이는山비탈엔
온새벽 동무들 저저혼자…… 山耕을 김매이는.

— 「바라건대는 우리에게 우리의보섭대일 짱이잇섯더면」(#85) 전문

---

89 「바리운몸」(#81～89)에 해당하는 작품들은 모두 음수율적 불규칙성을 띠고 있다.

우리가 자유시의 자유율을 말할 때, 그것은 율격적 불규칙성만을 지시하지는 않는다. 전자는 후자보다 상위의 개념이다. 즉 자유율은 음수율적 불규칙성 이외에도 프로조디, 호흡률, 억양과 같은 계기를 포함한다. 한마디로 그것은 시의 내용과 형식을 통합하는 내적 조직화의 원리로서 기능한다. 소월 시의 "다양한 변조와 개성적 새로움"은 여기에서 파생한다. 위의 시는 이러한 사실을 예증한다. 율격적 차원에서 쉼표와 마침표에 의한 호흡의 분절, 돈호와 느낌표에 호흡의 강력한 발산, 띄어쓰기에 의한 휴지의 지시 등은 모두 이 시의 자유율을 구성하는 요소들이다. 우리는 이러한 다양한 장치들이 시적 리듬에 의해 어떻게 조직화되는지를 탐구해야 한다. 왜냐하면 그것이 시적 리듬의 본령을 구성하는 것이기 때문이다.

소월 시를 '민요시'에 편입하는 것을 쉬운 일이다. 소월 시의 고유한 리듬을 '민요조'로 편입하는 것은 더 쉬운 일이다. 그러나 우리가 '민요시'와 '민요조'로서 음수율이나 음보율과 같은 정형적 형태의 율격을 염두해 두고 있다면, 이는 분명 소월 시에 차꼬를 채우고 칼을 씌우는 일이 될 것이다. 왜냐하면 소월 시의 리듬을 민요조 율격의 단순 반복으로 보는 것은 "그의 시적 성숙에 대한 하나의 무분별한 손상을 줄 뿐이며, 참되고 온당한 이해를 가로막는 일"[90]이기 때문이다. 따라서 소월 시의 율격이 "정형(규칙) 지향성"으로 환원된다고 말하는 것은 소월 시에 대한 일종의 오해에서 비롯한다. 우리는 소월이 '민요시인'이 되기를 거부했다는 점을 명심해야만 한다. 그것은 소월이 그 어떤 틀에도 갇히지 않겠다는 의지의 표명으로 봐야 한다.[91] 우리가 '민요

90 신동욱, 「김소월시의 연구와 평가」, 『김소월』, 문학과지성사, 1981, 43쪽.

91 오장환은 이에 대해 다음과 같이 말하고 있다. "일즉이 岸曙先生과의 私談에서 先生은 素月이 民謠詩人이란 말을 고런뜻(꺼린뜻—인용자)을 民謠라는것을 아즉賤한것으로 생각하고 한모양같다 하였으나 나는 그가 이처럼 얕은 감정에서보다는 詩의使命을 自我의表現이란데 重點을두어서 이런 말이 나오지 않았나 생각한다."

시인'으로서 소월에서 떠날 때, 비로소 우리는 자유시의 본령으로 귀환할 수 있는 것이다.

1) 휴지(休止, pause)

앞서 보았듯 자유율, 그것은 일차적으로 호흡의 차원에서 실현된다. 여기서 문제는 개성적 호흡, 즉 등장성으로 환원되지 않는 고유한 호흡이다. 이러한 호흡을 규정하는 일차적 요인은 당연히 시의 내용에서 온다. 이제 우리가 살펴볼 것은 이 내용적 요소가 시의 호흡률로 구체화되는 지점에 대한 탐색이다. 휴지(休止)와 빠르기(tempo)[92]는 호흡률을 구성하는 중요한 구성요소들이다. 이중 휴지는 시적 발화에서 '호흡률'이 분절되는 일차적인 계기를 구성한다.

(가) 행 단위 안에서의 휴지

산산히 부서진이름이어!
虛空中에 헤여진이름이어!
불너도 主人업는이름이어!
부르다가 내가 죽을이름이어!

心中에남아잇는 말한마듸는

오장환, 「소월시의 특성」, 『조선춘추』 1권 1호, 1947.12, 63쪽.

92 휴지(休止)와 빠르기(tempo)는 절대적이고 객관적인 개념이 아니라 상대적이고 주관적인 개념이다. 이것은 시적 시간 자체의 성격에서 기인한다. 즉 시에서 시간은 항상 과거의 소급적 현재화이며 동시에 미래의 예기적 현재화를 포함하는 심리적 시간인 것이다. 한스 마이어호프, 『문학 속의 시간』, 이종철 역, 문예출판사, 2003 참조.

끗끗내 마자하지 못하엿구나.
사랑하든 그사람이어!
사랑하든 그사람이어!

붉은해는 西山마루에 걸니웟다.
사슴이의무리도 슬피운다.
떠러저나가안즌 山우헤서
나는 그대의이름을 부르노라.

서름에겹도록 부르노라.
서름에겹도록 부르노라.
부르는소리가 빗겨가지만
하늘과땅사이가 넘우넓구나.

선채로 이자리에 돌이되여도
부르다가 내가 죽을이름이어!
사랑하든 그사람이어!
사랑하든 그사람이어!

—「招魂」(#94) 전문

「招魂」에는 통사론적 단위와 구분되는, 현행의 어절 단위의 띄어쓰기와는 다른 방식의 띄어쓰기가 존재한다. 이것은 흡사 어떤 원칙과 기준도 없는 난삽한 자의성의 산물인 것처럼 보인다. 그러나 1920년대는 아직 표기법의 원칙이 마련되지 못한 시기임을 감안할 때, 「招魂」의 띄어쓰기는 시의 표층에 구현된 시인의 독특한 호흡을 나타내는 것으로 볼 수 있다.[93] 왜냐하면 김소월은 띄어쓰기를 할 때 나름의 질서와 규칙을 따르고 있기 때문이다. 이러한 사실은 1연 4행 "부르다가 내가 죽을이름이어!"의 띄어쓰기에서 확인할 수 있다. 이 행이 지닌 띄어쓰기의 특수성은 1연의 나머지 행들과 비교하면 금방 드러난다. 1연 1~3행은 "이름이어!"와 그것의 수식어가 이어져 있는 반면, 4행에서는 "부르다가 내가 죽을이름이어!"와 같이 "내가"와 "죽을" 사이가 띄어져 있다. 낭독의 부드러움과 형태적 안정감을 고려한다면 "내가"와 "죽을"은 붙여 쓰는 것이 자연스럽다. 그렇다고 이것을 표기상의 오류로 볼 수도 없는데, 동일한 형태가 5연 2행에서 그대로 반복되기 때문이다.

이에 대한 해답은 3연 4행 "나는 그대의이름을 부르노라."를 참조함으로써 얻을 수 있다. 이 행의 문장 구조는 '주어+(수식어)+목적어+서술어'로 분석될 수 있는데, 수식어 "그대의"를 제외한다면 띄어쓰기 단위는 문장의 통사론적 구조와 일치한다고 볼 수 있다. 즉 "나는 그대의이름을 부르노라"는 문장의 주요 성분과 부속 성분의 차이를 고려한 띄어쓰기인 것이다. 이것은 주어와 서술어 같은 비교적 독립성이 강한 문장 구성 요소는 띄어 쓰고, 관형어와 같은 독립성이 약한 수식어구들은 뒷말에 붙여 쓴 결과로 볼 수 있다.[94] 이러한 사실은 2연 1행과 2행의 띄어쓰기와 모순되는 것처럼 보인다. 2연의 1행 "心中에"와 2행 "쑷

---

93 우리의 경우 띄어쓰기 원칙은 1933년 한글 맞춤법 통일안에 의해 정립된다. 따라서 그 이전의 띄어쓰기는 문법적 규칙으로 존재하는 것이 아니라, 각 개인의 개성적인 호흡률을 나타내는 것으로 볼 수 있다. 이러한 사실은 다음과 같은 진술에서 보다 구체적으로 확인할 수 있다. "한국시의 리듬을 이해하는 데 있어, 특히 소월 시의 경우 리듬은 띄어쓰기와 관련한다. 시어의 띄어쓰기는 호흡률과 함께 매우 중요한 의미를 지니고 있다. (…중략…) 한 편의 시에서 시의 행과 연을 어떻게 나누느냐에 따라 시를 읽는 데 있어서 호흡률이 결정되며, 시의 호흡률은 리듬을 결정하는 중요한 요인으로 작용하게 된다." 김경창, 「김소월 시의 리듬의식 연구」, 인제대 석사, 2002, 15쪽.

94 이에 대한 오하근의 설명은 다음과 같다. "김소월 시는 꼭 율격 단위로 띄어쓰기를 한 것이 아니다. 〈쎼를지어 좃니는바다는 어듸〉(「바다」)에서 보는 바와 같이 율격은 무시된다. 오히려 거의 철저하게 지켜지는 것은 관형어와 체언을 붙여 쓰는 습관이다." 오하근, 『김소월 시어법 연구』, 334쪽. 이처럼 관형어와 체언을 붙여 쓴 경우는 『진달내쏫』 전편에 걸쳐 분포한다.

쏫내"의 문장 성분은 모두 부사어로 동일하지만, 전자는 후자와 대조적으로 뒷말과 띄어 쓰는 차이를 노정하고 있기 때문이다. 그러나 이는 김소월의 띄어쓰기가 통사론적 구조뿐만 아니라 의미의 분절과 밀접한 연관관계가 있음을 반증한다. 구체적으로 말해 2연 1행 "心中에"가 수식하는 것은 연속되는 말인 "남아잇는"이지만, 2행 "쏫쏫내"가 수식하는 것은 후속하는 말 전체인 "마자하지 못하엿구나"이다. 결국 2행 "쏫쏫내"는 의미론적으로 1행과는 달리 "마자하지"보다는 "못하엿구나"과 연계된다고 말할 수 있다. 띄어쓰기에서 의미에 대한 고려는 1연 4행 "부르다가 내가 죽을이름이어!"에서도 확인할 수 있다.

> 이처럼 제4행에 띄움의 공간을 둔 것은 제4행을 문채로서 강조하고자 (변하지 않는 가운데서 변하는 것) 한 것이며 계속되는 반복 패턴의 단조로움을 피하고자 한 데 그 원인을 두고 있는 것이라 생각된다. 요컨대 제4행이 제1연에서 가장 강조된 문채로서 전경화의 도가 심한 부분이라는 사실은 제1연의 각 요소가 이 제4행을 향하여 수렴된다는 의미로 바꾸어볼 수도 있을 것인 바, 제1연의 의미는 사라진 대상이 결코 돌아올 수 없는 상황에서, 급기야는 대상에의 그리움이, 주체인 내가 죽음을 무서워하지 않을 정도로 격렬해졌음을 뜻하는 것이다.[95]

위의 논지는 반복과 변화, 그 속에서의 의미론적 강조로 요약될 수 있다. 즉 1연 4행의 띄어쓰기의 변화는, "대상에의 그리움"이라는 주체의 강렬한 정서를 표현하는 유효한 방법이 되는 것이다. 이것은 김소월의 띄어쓰기가 시의 의미에 따라 분절되는 "내부적 운율을 간섭"[96]한다는 사실을 보여준다. 따라서 우리는 시인의 개성적 호흡의

---

95 정효구, 「「招魂」의 구조주의적 분석」, 『현대문학』, 1987.3, 402쪽.

96 홍정선, 앞의 글, 100쪽. "그리하여 시각적으로 구분된 의미의 단락들이 오랫 동안

식으로 현상하는 개성적 리듬을 자의적으로 변형하여 정형적 율격으로 환원할 수 없다. 우리는 「招魂」의 1, 2, 3, 5, 10, 11, 13, 14, 15, 16행을 3음보가 아니라 2개의 호흡 단위로 분할하여 읽어야 한다. 이렇게 되면 각 행의 두 개의 호흡 단위는 결코 동일한 "음지속량"으로 율독할 수 없게 된다. 이것은 4행 "부르다가 / 내가 / 죽을이름이어!"와 "부르다가 / 내가 죽을 / 이름이어!"가 서로 같지 않음을 의미한다. 만약 우리가 '음보의 등장성'이라는 추상적인 율격도식에 의해 1연 4행을 후자와 같이 율독한다면, 우리는 김소월 시의 리듬이 지닌 미묘한 울림을 놓치게 된다. "부르다가"와 "내가" 사이에 존재하는 '-가' 음운의 반복적 울림, 그리고 "내가" 다음의 휴지가 파생시키는 고조된 억양과 여운 등은 그 대표적인 것들이다.

따라서 우리는 같은 음절수의 시행이라도 동일한 방식으로 율독할 수 없다.

고요하고 어듭은밤이오면은
어스리한灯불에 밤이오면은
외롭음에 압픔에 다만혼자서
하염업는눈물에 저는 웁니다

— 「옛니야기」(#5) 1연

이 시는 음수율론자들이 얘기하는 것처럼 7·5조로 율독되지 않는다. 각 행이 모두 12음절이라는 동일한 음절수로 구성되지만, 율독의 방식은 상이하기 때문이다. 왜 그런가? 행 단위 안에서의 휴지의 마디들은 보라. 1행은 "고요하고" 다음에, 2행은 "어스리한灯불에" 다음에

소리를 중심으로 정형시의 외형적인 운율에 지배받아왔던 우리 시의 내부적 운율을 간섭하게 된 것이다."

휴지가 온다. 이것은 1행이 4 · 7조로 율독되고, 2행이 7 · 5조로 율독되어야 함을 의미한다. 따라서 양자의 율조와 리듬은 상이하다. "밤이 오면은"이라는 요소 때문에 양자를 동일한 율조로 율독해서는 안 된다. 이러한 사실은 3행과 4행의 경우도 마찬가지이다. 3행의 4 · 3 · 5의 율조는 4행의 7 · 2 · 3조와 다르게 율독된다. "외롭음에"와 "압픔에" 사이의 휴지가 이러한 차이를 일으키는 직접적 원인이다. 양자 사이에 놓인 휴지는 음성적 차원에서 본다면 "－에"에 의한 반복을 부각시키는 기능을 수행한다. 이러한 음성적 효과는 각각의 요소를 강조적으로 율독하게 함으로써, "외롭음"과 "압픔"이라는 화자의 심리를 보다 선명하게 부각시킨다. 휴지에 의한 음성적 · 의미론적 강조 효과는, 2행의 "어스리한灯불에"와 4행의 "하염업는눈물에"와의 관련 속에서 더욱 강화되는 것으로 볼 수 있다. 이러한 맥락에서 4행 "저는 웁니다"의 휴지도 설명가능하다. 즉 "저는"과 "웁니다" 사이의 휴지는 각각의 요소를 특화시킴으로써 의미의 밀도를 심화시키는 기능을 수행하고 있는 것이다.

이처럼 『진달내꼿』에서 휴지는 표기와 형태상의 문제일 뿐만 아니라, "자신의 호흡과 음성에 귀를 기울"[97]이는 호흡률의 문제와 관련한다. 그것은 자유시에서 개성적인 리듬의 존재 양상과 관련된 중요한 문제를 제기하는 것이다.

①
저녁해는넘고어스러한물길
먼먼山엔어두워일허진구름.
맛내려는心思는웬셈일가요.

97 구인모, 앞의 책, 176쪽.

그사람이야올길좃차업는데,
누마중을발길을가잔말이냐.
달오르며하늘에우는갈매기.

—「맛내려는心思」 전문(『학생계』 2호, 1920.7)

②
저녁해는 지고서 어스름의길,
저먼山엔 어두워 일허진구름,
맛나려는심사는 웬셈일까요,
그사람이야 올길바이업는데,
발길은 누마중을 가쟌말이냐.
하눌엔 달오르며 우는기럭기.

—「맛나려는心思」(#50) 전문

위의 작품은 개작 과정에 나타나는, 띄어쓰기에 의한 시적 리듬의 변모 양상을 매우 특징적으로 보여준다. ①에서 ②로의 개작 과정에서 나타나는 변화는 다음과 같이 요약될 수 있다. 첫째, 어휘의 교체. 대표적인 것으로 "넘고 → 지고서", "먼먼山 → 저먼山", "좃차 → 바이", "갈매기 → 기럭기" 등이 있다. 둘째, 띄어쓰기의 도입. 여기서 특징적인 것은 구조적 대응으로, 1~2행의 띄어쓰기는 3~4행을 접점으로 5~6행과 구조적으로 대응관계를 이룬다. 다시 말해 1~2행의 '4-3-5'형태의 띄어쓰기는 5~6행의 '3-4-5'형태의 띄어쓰기와 상동관계를 형성하는데, 이때 3~4행은 '7-5'와 '5-7'형태의 띄어쓰기로 양자를 매개하는 것이다. 그러나 이러한 대응 관계는 내부 구성의 변화를 포함한다는 점에서 데칼코마니 식의 상동관계와는 구분된다. ②의 1~2행과 5~6행은 전체 12음절이라는 점에서 공통적이지만 음절수의 구성이 '4-3-5'와 '3-4

—5'라는 점에서 서로 구분되는 것이다. 이러한 차이는 3행과 4행 사이에도 해당한다. 따라서 ①에서 ②로의 개작 과정은 구조적 단일성에서 구조적 다양성으로의 변화[98]를 의미하며, 이때의 띄어쓰기는 ②의 구조적 다양을 산출하는 주요 계기로서 기능한다고 말할 수 있다.

더욱이 이런 변화가 시인의 의식적 노력의 창안물이라는 점은 매우 흥미롭다. 위의 시에서 "저녁해는넘고어스러한물길"이 "저녁해는 지고서 어스름의길,"로 개작된 것은 이러한 사실을 예증한다. "넘고 → 지고서"와 "물길 → 길"로의 글자수의 가감이 예시하는 것은 구조적 상동성에 대한 의식적 고려이다. 이것은 5~6행의 도치를 통해서도 확인할 수 있다. 5행 "누마중을발길을"이 "발길은 누마중을"으로 도치된 것, "달오르며하늘에"가 "하늘엔 달오르며"로 도치된 것은 변화를 포함한 구조적 다양성에 대한 의식적 고안이다. 김소월이 띄어쓰기를 자기 시의 구조적 다양성을 표출하기 위한 방법으로 활용했다는 사실은 다음 시에서 분명히 드러난다.

> 正月 대보름날 달마지
> <u>달마지 달마중을, 가쟈고!</u>
> 새라새옷은 가라닙고도
> 가슴엔 묵은설음 그대로,
> 달마지 달마중을, 가쟈고!
> <u>달마중가쟈고</u> 니웃집들!
> 山우헤水面에 달소슬때,
> 도라들가쟈고, 니웃집들!

98 이러한 변화의 면모는, 7 · 5조의 엄격한 정형률을 채택한 시에서도 공히 드러나고 있다. #1의 3행, #2의 10, 13행, #3의 5행, #4, #5 전체, #6의 1, 4, 7, 9, 13행, #7의 6행, #8의 2, 3, 4, 6, 12행, #9의 4, 11행, #10의 2, 4, 8행, #16의 3행을 보라.

모작별삼셩이 써러질때.
달마지 달마중을 가쟈고!
다니든옛동무 무덤싸에
正月대보름날 달마지!

— 「달마지」(#125) 전문

여기서 주목할 것은 2행, 6행, 10행의 표기법 상의 차이이다. 이 시행들은 모두 내용적으로 달맞이를 가자는 청유형의 문장으로 구성되어 있다. 그러나 그 각각은 띄어쓰기 상의 아주 미묘한 차이들을 내포하고 있다. "달마중을"과 "가쟈고" 사이의 띄어쓰기가 현상하는 방식은 2행과 6행, 10행이 모두 상이하다. 10행 "달마지 달마중을 가쟈고!"는 어절 단위로 띄어 쓴, 가장 일반적인 형태로 볼 수 있다. 이에 비해 2행 "달마지 달마중을, 가쟈고!"는 양자 사이를 띄어쓰기와 쉼표에 의해 이중적으로 분리하고 있는 반면, 6행 "달마즁가쟈고"는 양자 사이를 붙여쓰기와 조사 '—을'의 생략으로 이중적으로 연결시키고 있다. 이처럼 유사한 내용이 다양한 형태의 띄어쓰기로 분기하는 것은 우연적 현상으로 보이지 않는다. 더욱이 표기법에 관한 김소월의 강박적 집착[99]을 참조한다면 더더욱 그렇다.

그렇다면 이렇게 동일한 구성 요소를 서로 다른 방식으로 띄어 쓴

99 ① 김동인, 「내가본시인 김소월군을논함」, 『조선일보』, 1929.12.12. "五年前에내가 「靈臺」를編輯할때에素月은(그는꼭毛筆로서原稿를썻다)原稿와別便으로나에게편지를하엿다 그편지에는「句切點들을注意하여原稿와 틀림이업도록注意하여달라」는말이잇섯다" ② 김억, 김경수 편, 앞의 책, 618쪽. "그러고 詩稿의修正에 對하야 如干 苦心치 아니하든것이외다. 그야말로 휘덕 써버리지아니하고 어듸까지든지 細心의 注意를다하야 고첫다지엇다 지엇다고첫다하기를 여러번 하고하고 곱하든것이외다." ③ 백석, 「소월과 조선생」, 『조선일보』, 1929.5.1. "줄과줄 글자와글자를 분간하기 어렵게 지우고 고치고 내여박고 달이부치고한 이詩들은 全部가 故鄕, 술, 債務, 人情가튼것을 읇조린것인데"

까닭은 무엇인가? 소월의 문체에서 목적어와 서술어 사이는 띄어 쓰는 것이 일반적이다. 따라서 2행과 10행에서처럼 "달마중을"과 "가쟈고"를 띄어 쓴 것은 그의 일반적 표기법으로 볼 수 있다. 문제는 6행의 "달마중가쟈고"에서처럼 두 개를 붙여 써서 하나의 단위로 율독되는 경우이다. 통사론적 차원에서 6~7행의 구조는 8~9행의 그것과 대구를 이루는데, 이것은 율격적 차원에서 6·4조로 실현되고 있다. 따라서 우리는 "달마중가쟈고"의 붙여 쓰기가 7~9행과의 관계 속에서 통사론적·율격론적 동일성을 구현하기 위해서라고 말할 수 있다. 그런데 여기에서 또 다른 새로운 질문이 제기된다. 왜 소월은 6~9행의 통사론적·율격론적 동일성을 도모한 것인가? 결론적으로 말한다면 이러한 현상은 시적 화자의 주관적 정서의 반복적 표출과 관련된다. 다시 말해 5행의 "달마지 달마중을, 가쟈고!"의 존재는 6행의 "달마중을가쟈고"의 율격적 질서를 변화시킨 직접적 요인으로 볼 수 있다. 동일한 내용적 요소가 연속적으로 반복될 때 호흡에 변화가 일어나는 것은 당연한 일이다. 이러한 변화가 5행과 6행에서는 휴지의 차이로 현상하는 것이다. 이때 호흡의 강약과 완급의 차이는 화자가 처한 상황의 맥락에 따라 다양하게 현상한다. 위의 시에서 완만한 호흡이 급박한 호흡으로 바뀐 것도 이러한 맥락을 반영한다. 즉 시적 화자의 서두름이 급박한 어조로 나타나고 있는 것이다.

이러한 사실들은 행 단위 안에서의 휴지가 시적 화자의 정서의 밀도를 표출하는 유력한 수단임을 예시한다. 다시 말해 띄어쓰기를 통해 산출되는 정서적 효과는 시인의 의식적이고 의도적인 노력의 산물인 것이다.[100]

---

100 김소월의 띄어쓰기에 대한 권선아의 지적은 좋은 참조가 된다. "소월의 띄어쓰기는 의미와 긴밀히 연관되어 있어, 의미를 강조하거나, 시상을 고조시키고, 또 의도적으로 작가가 의도하는 쪽으로 율독을 지시함으로써, 규칙적 율독에서 오는 단순함을

(나) 구두점에 의한 휴지

시에서의 휴지는 쉼표, 마침표 등 구두점의 사용과 밀접히 연관된다. 구두점의 사용은 의미론적 · 통사론적 분지(分枝)를 표시하며, 이를 통해 시적 리듬의 특징적 양상을 예시하는 기능을 수행한다. 따라서 구두점은 띄어쓰기와 함께 시의 호흡률을 규정하는 핵심적 요소로 볼 수 있다. 일반적으로 쉼표는 하나의 문장 내부의 휴지를 표시하고, 마침표는 문장 단위의 종결 휴지를 표시한다. 그런데 소월 시에는 마침표보다 쉼표의 사용이 두드러지는데, 이는 소월이 호흡의 분절과 관련해 매우 의식적이었음을 암시한다. 왜냐하면 마침표는 의미론적 · 통사론적 단락의 일치로 인해 호흡의 분절이 관행화되는 데 비해, 쉼표는 의미론적 · 통사론적 단락의 혼효로 인해 호흡의 분절이 다양화되는 경향이 있기 때문이다. 따라서 한 시인과 시에 있어서 특징적인 호흡의 분절은 의도적이고 의식적인 조절과 제한 없이는 불가능하게 된다. 다시 말해 소월 시에서 쉼표는 호흡의 분절에 있어 매우 의식적이고 특징적인 기능을 수행하고 있는 것이다.

소월 시에서 쉼표의 기능은 크게 4가지로 구분될 수 있다. 그것은 동일한 내용이나 유사한 구문의 반복을 통해 문장에 구조적 탄력성을 부여하거나, 명사 상당어구의 제시를 통해 새로운 내용을 부가하거나, 영탄적인 어구를 사용함으로써 화자의 감정의 양태를 표시하는 기능을 수행한다. 이와 더불어 문장의 도치를 표시하는 기능도 소월 시에서 빼놓을 수 없는 주요 기능에 해당한다. 따라서 소월 시의 쉼표

극복하는 효과를 얻는다. 그럼으로써 관습적으로 율독하고자 하는 운율충동과 작가가 지시하는 의도적 율독이 서로 대립하게 한다. 이러한 율독상의 대립과 충돌은 시의 내용에 긴장감을 주고, 시의 리듬을 단조롭지 않은 수준으로 끌어올린다." 권선아, 『김소월시연구』, 성대 석사, 1993, 57쪽.

의 기능은 반복, 제시, 영탄 그리고 도치 네 가지로 요약될 수 있다.

우선 쉼표가 동일한 내용이나 유사한 구문의 반복을 표시하는 경우는 다음과 같다.

① 박게는 눈, 눈이 와라, —「꿈꾼그옛날」(#13)
② 다시금 또 보이는, / 다시금 또 보이는. —「두사람」(#17)
③ 그것이 사랑, 사랑이든줄이 아니도닛칩니다. —「자나깨나 안즈나서나」(#21)
④ 나는 꿈이그립어, 꿈이 그립어. —「꿈」(#23)
⑤ 들에랴, 바다에랴, 하늘에서랴, —「비단안개」(#38)
⑥ 환연한 거울속에, 봄구름잠긴곳에, —「愛慕」(#40)
⑦ 들니는듯, 마는듯, —「그를꿈꾼밤」(#42)
⑧ 밤에노는세사람, 밤의세사람 —「粉얼골」(#44)
⑨ 새하얀흰눈, 가븨얍게밟을눈, —「눈」(#60)
⑩ 불붓는山의, 불붓는산의 —「千里萬里」(#64)[101]

반복되는 부분은 단어에서 구(句)에 이르기까지 다양하게 분포되어 있다. ①과 ③의 경우처럼 단순히 단어 하나가 반복되는 것에서부터, ②와 ⑩처럼 수식어를 포함한 구가 반복되는 경우와 ⑧과 ⑨처럼 수식어를 제외한 부분만 반복되는 경우를 거쳐, ④처럼 문장이 반복되는 경우에 이르기까지 그 형태가 다양하다. 그런데 이러한 양상과는 별도로 구문론적 차원의 반복이 있어 주목을 요한다. ⑤, ⑥, ⑦의 예

101 쉼표가 반복의 기능을 표시하는 작품들과 해당 부분은 다음과 같다.「바다가變하야뽕나무밧된다고」(#70)의 12행,「나의집」(#75)의 10 · 13행,「바라건대는~」(#85)의 9 · 15행,「悅樂」(#90)의 12행,「무덤」의 10행,「비난수하는맘」의 16행,「가는길」의 7 · 10행,「山」(#104)의 5 · 9 · 13행,「春香과 李道令」의 7행,「追悔」(#114)의 8 · 9행,「金잔의」(#122)의 1 · 2 · 3행,「첫치마」(#124)의 1행,「닭은꼬꾸요」(#127)의 1행.

가 그것으로서, 이것들은 문법적 기능을 담당하는 구문론적 형태의 반복, 즉 대구로 볼 수 있다. 내용적 차원의 반복이든 구문론적 차원의 반복이든, 이러한 반복이 수행하는 의미상의 기능은 분명하다. 그것은 반복되는 요소를 강조함으로써 시적 화자의 강화된 의도를 전달하는 데 기여한다.

그렇다면 이러한 경우 시적 리듬상의 효과는 무엇인가? 단도직입적으로 말해 그것은 호흡상의 동질성과 등가성을 표시함으로써 시적 리듬의 균제미를 실현한다고 말할 수 있다. 이것이 가능한 것은 행 단위 내에서 쉼표가 내용적으로나 구문적으로 동량적인 단위로 분절되기 때문이다. 위의 예에서 보는 것처럼, 반복의 마디를 표시하는 쉼표가 호흡상의 분절과 거의 일치하고 있다. 이러한 현상은 반복과 대구의 쉼표가 시적 호흡의 동일성을 실현하는 하나의 장치로서 기능한다는 것을 암시한다. 그러나 쉼표가 제시, 영탄, 도치의 기능을 수행할 때는 상황이 다르다. 그것들은 호흡의 동질성과 등가성으로 환원되지 않는, 다양한 형태의 호흡의 분절들을 보여준다. 이제 그 각각의 경우들을 살펴보자.

쉼표가 제시와 열거의 표지로서 기능하는 경우는 다음과 같다.

① 숩사이의 시냇물, 모래바닥은 —「풀싸기」(#2)
② 이곳은 仁川에濟物浦, 이름난곳, —「밤」(#12)
③ 물고흔 紫朱구름, / 하눌은 개여오네. —「紫朱구름」(#16)
④ 허수한맘, 둘곳업는心事에 쓰라린가슴은 —「자나깨나 안즈나서나」(#21)
⑤ 봄날의한나절, 오늘하루도 —「개아미」(#26)
⑥ 금년에열네살, 아들딸이 잇섯서 —「어버이」(#33)
⑦ 落葉이우수수 써러질때, / 겨울의 기나긴 밤, —「父母」(#34)
⑧ 제이十年, 저혼자 더 살은오늘날에 와서야…… —「후살이」(#35)

⑨ 야밤중, 불빗치밝하게 / 어펌프시 보여라. —「그를꿈꾼밤」(#42)

⑩ 달아래 싀멋업시 섯든그女子, —「記憶」(#39)[102]

김소월의 시에서 가장 많은 빈도수를 차지하는 제시의 기능은, 위의 용례에서 보는 것처럼 조사가 생략된 명사 중심의 체언으로 구성되어 있는 경우가 대부분이다. 그것은 크게 제시어와 제시어를 보충 설명하는 후속하는 말로 구성되는데, 이때 제시어에는 의미상의 강조점이 찍힌다. 즉 제시어는 주의를 환기하여 독자의 관심과 흥미를 유발하는 역할을 수행하는 것이다. 이러한 환기의 기능은 제시어 다음에 오는 쉼표에 의해 반향된다. 그것은 호흡의 의도적 분절을 통해 문장의 통사론적 · 리듬론적 차원에 변화를 일으킨다. 문장의 의미적 다양성과 구조적 탄력성은 여기에서 비롯한다. 이런 점에서 제시의 기능은 앞에서 말한 반복의 기능과는 다르다. 반복의 쉼표가 시적 호흡의 동일성을 실현하는 장치라면, 제시의 쉼표는 시적 호흡의 비동일성을 실현하는 시적 장치인 것이다.

다음으로 쉼표가 시적 화자의 강렬한 정서를 표시하는 경우는 다음과 같다.

102 여기에 속하는 작품들과 해당 부분은 아래와 같다.「愛慕」(#40)의 2 · 7 · 8행,「몹쓸꿈」(#41)의 3 · 5행,「그를꿈꾼밤」(#42)의 1 · 8행,「粉얼골」(#44)의 1 · 2 · 3 · 7행,「맛나려는心事」(#50)의 1 · 2행,「님과벗」(#54)의 4행,「紙鳶」(#55)의 4행,「바람과봄」(#59)의 1 · 2 · 3행,「바다가變하야뽕나무밧된다고」(#70)의 1 · 2행,「黃燭불」(#71)의 1 · 3행,「새벽」(#76)의 7행,「우리집」(#81)의 4행,「저녁때」(#87)의 3 · 4 · 11행,「默念」의 1 · 7행,「무덤」의 2 · 8행,「찬저녁」(#93)의 1 · 4 · 12행,「旅愁」(#96)의 1행,「往十里」의 9행,「접동새」(#109)의 7행,「집생각」(#110)의 3 · 6행,「꼿燭불 켜는밤」(#112)의 1 · 2 · 3 · 5 · 6 · 7행,「追悔」(#114)의 1 · 7행,「사노라면 사람은죽는것을」(#117)의 6 · 9행,「展望」의 1 · 2 · 10 · 11행,「江村」(#123)의 7 · 10행,「달마지」(#125)의 2 · 4 · 5 · 7 · 8행,「엄마야 누나야」(#126)의 2행,「닭은꼬꾸요」(#127)의 5 · 10 · 11행.

① 오오, 나의愛人이엇든 당신이어. —「해가山마루에저므러도」(#22)
② 아아 내사랑의쏫티어, —「꿈」(#23)
③ 안이, 땀냄새, 때무든냄새, —「女子의냄새」(#43)
④ 서럽다, 놉파가는 긴들쏫테 —「가을저녁에」(#48)
⑤ 아, 겨울은 깁펏다, 내몸에는, —「半달」(#49)
⑥ 그대여, 말을마러라, 이後부터, —「옛낫」(#51)
⑦ 울쟈, 내사랑, 쏫지고 저므는봄. —「꿈」(#53)
⑧ 그대여, 부르라, 나는 마시리. —「님과벗」(#54)
⑨ 생각하는밤이어, 오오 오늘밤 —「月色」(#68)
⑩ 不運에우는그대여, 나는 아노라 —「不運에우는그대여」(#69)[103]

김소월 시에서 쉼표는 시적 화자의 감정을 표시하는 기능을 담당한다. 이때의 쉼표는 느낌표[104]의 기능을 대신하는 것으로 볼 수 있다. 이러한 기능은 크게 세 가지의 형태로 구별될 수 있다. 위의 ①, ②, ③, ⑤의 경우처럼 감탄사를 통해 직접적으로 정서를 표출하는 경우, ⑥, ⑧, ⑨, ⑩의 경우처럼 호격(呼格)의 의존 형태소를 사용해 주체의 정서를

103 쉼표가 정서 표출의 기능을 담당하는 작품들과 해당 부분들은 아래와 같다. 「바다가變하야뽕나무밧된다고」(#70)의 6 · 9행, 「맘에잇는말이라고다할까보냐」(#72)의 6 · 10 · 14 · 18행, 「훗길」(#73)의 4 · 6행, 「夫婦」(#74)의 1행, 「새벽」(#76)의 4 · 8행, 「새벽」(#76)의 8행, 「들도리」(#82)의 8행, 「바라건대는~」(#85)의 5행, 「밧고랑우헤서」(#86)의 7 · 15 · 16행, 「合掌」(#88)의 2 · 3 · 4행, 「비난수하는맘」의 1 · 5 · 9 · 13행, 「찬저녁」(#93)의 7 · 8 · 11행, 「旅愁」(#95)의 4행.

104 소월 시에서 느낌표는 시적 화자의 강렬한 정서를 매우 선명하게 표현하는 기능을 수행한다. 정서 표출의 강도라는 측면에서 본다면, 느낌표에 의한 것이 쉼표에 의한 것보다 더욱 크다고 말할 수 있다. 그러나 어느 것이 더 효율적이라고 말할 수는 없어 보인다. 왜냐하면 양자는 각자의 고유한 기능과 역할을 수행하기 때문이다. 따라서 소월 시에서 "감탄부호의 남용"이 발견되며, 이는 "여성적인 감정의 지배권"을 보여주는 "감정의 부도수표"로 볼 수 있다는 견해(김대규, 「Anima의 시학」, 『연세어문학』 4호, 1973, 56쪽)는 수긍하기 어렵다. 문제는 느낌표 자체의 출현 횟수가 아니라 그것의 기능과 역할이기 때문이다.

나타내는 경우, ④와 ⑦처럼 주로 용언과 같은 어휘를 사용해 주체의 감정을 표시하는 경우이다. 특히 마지막의 경우는 종결어미의 사용과 직접적 관련이 있는데, 김소월 시의 한 중심축을 형성하는 주요 특질을 이룬다. 뒤에서 다룰 종결율조(cadence)도 이것과 관련한다.[105]

소월 시에서 주체의 정서는 대개 영탄과 탄식과 같은 강렬한 감정적 형태를 취한다. 쉼표는 이렇게 고양된 정서를 표시하는 데 있어 매우 유용하다. 이는 쉼표에 의한 휴지가 시적 화자의 고조된 정서를 잘 반향하기 때문이다. 어조의 차원에서 본다면, 화자의 정서를 표시하는 어휘의 영탄성은 강세와 상승조의 억양 곡선에 반영된다고 할 수 있다. 바로 이 어조의 영탄성이 쉼표의 휴지에 반향되는 것이다. 다시 말해 휴지에 의한 여운이 정서적 영탄성이 실현될 충분한 시간적 · 공간적 여지를 만드는 것이다. 이러한 사실은, 겉으로는 의문문의 형태를 취하지만 속으로는 주체의 탄식과 영탄을 나타내는 설의형 문장의 경우에 더욱 분명히 드러난다.

① 술집의窓넙폐, 보아라, 봄이 안잣지안는가. —「봄밤」(#11)
② 내몸에야 꿈이나잇스랴, —「꿈」(#23)
③ 어찌설지안으랴, 집도업는몸이야! —「제비」(#27)
④ 그러치안으랴, 그사람떠나서 —「후살이」(#35)
⑤ 어쩨타 그대는 또왓는가, —「니젓든맘」(#36)

『진달내꽃』에서 설의형의 문장은 대부분이 쉼표와 연결되어 있다. 그리고 설의형의 문장이 내용적으로 주체의 강렬한 정서를 표현하는 경우가 태반이다. 이것은 시의 내용과 형식 사이의 긴밀한 연관성을

105 이에 대해서는 억양을 다루는 4장에서 재론할 것이다. 다만 한 가지 지적하고 넘어갈 것은, 명령형과 설의형의 문장이 화자의 강력한 정서를 표시한다는 점이다.

암시한다. 격앙된 정서의 표출은 일반적으로 짧은 순간의 토로를 그 특징으로 한다. 그러한 표출이 단기간에 강력하게 종결될 경우 우리는 느낌표를 통해 그 감정의 강도를 표현한다. 그러나 고양된 감정이 계기적으로 연속하여 출현하는 경우, 우리는 쉼표라는 구두점을 통해 일정정도의 휴지를 두기도 한다. 이때 쉼표는 어조의 영탄성을 반향하는데, 설의형 문장은 바로 이 연속적으로 계기하는 정서의 표출과 관련이 있다. 왜냐하면 구문론적 차원에서 본다면, 설의형 문장은 일반 문장이 부정 의문문의 형태로 연장된 경우로 볼 수 있기 때문이다. 바로 이런 점에서 소월 시의 설의형 문장은 구두점과 구문론과 의미론이 어떻게 결합하는지를 보여주는 하나의 사례라고 할 수 있다.

마지막으로 쉼표가 문장의 도치 관계를 표시하는 경우는 다음과 같다.

① 서럽다, 이 나의 가슴속에는! ―「봄비」(#37)
② 말드러라, 애틋한 이女子야, 사람의때문에는 ―「몹쓸꿈」(#41)
③ 물은 희고길구나, 하늘보다도. ―「가을저녁에」(#48)
④ 희멀끔하여 떠돈다, 하늘우헤, ―「半달」(#49)
⑤ 뛰놀고십구나, 저붉은潮水와. ―「붉은潮水」(#62)
⑥ 나는 말하려노라, 아무러나, ―「夫婦」(#74)
⑦ 넓은바다의물까뒤에, / 나는 지으리, 나의집을, ―「나의집」(#75)
⑧ 생각하라, 잠저녁, 내눈물을. ―「구름」(#77)
⑨ 물별 쑨 떠올나라, 가슴에 팔다리에. ―「바라건대는~」(#85)
⑩ 온것을 아누니젓서라, 깁흔밤 예서함께 ―「저녁때」(#87)[106]

---

106 이 밖에도 쉼표가 문장의 도치를 표시하는 기능을 수행하는 작품에는, 「봄밤」(#11)의 3행, 「꿈으로오는한사람」(#14)의 2행, 「자나깨나 안즈나서나」(#21)의 6행, 「바다가變하야 뽕나무밧된다고」(#70) 9~12행, 「默念」의 12행, 「무덤」의 6행, 「찬저녁」(#93)의 14행, 「사노라면 사람은죽는것을」(#117)의 3·12행, 「첫치마」(#124)의 3·6·11행 등이 있다.

쉼표가 문장의 도치를 표시하는 것은 일반적인 사실이다. 그러나 김소월의 시에서 도치는 특별한 기능을 수행하는 것으로 보인다. 위의 예에서 ④를 제외한 나머지들은 모두 공통적인 자질을 공유한다. 그것은 주체의 정서 표출, 그것도 탄식과 영탄을 동반한 강렬한 정서의 표출이다. 김소월에게서 도치는 단순 도치와 앙장브망(enjambement)의 경우로 양분된다. 전자가 하나의 행 안에서 하나의 구문론적 단위와 관계한다면, 후자는 행과 행 사이에서 둘 이상의 구문론적 단위와 관계한다. 어떠한 형태이든 소월 시에서 도치와 관련된 쉼표는 영탄과 탄식이라는 주체의 격앙된 정서를 표출하고 있다는 것은 분명해 보인다. 설의형의 문장이 그랬듯이 구문론적 도치는 주체의 강력한 정서의 표현이라는 의미론적 자질과 긴밀한 연결 관계를 맺는 것이다. 이러한 사실은, 쉼표가 단 한 번도 사용되지 않은 작품들[107]과 대조했을 때 보다 선명히 부각된다.

①

동무들 보십시오 해가집니다
해지고 오늘날은 가노랍니다
웃옷을 잽시빨리 닙으십시오
우리도 山마루로 올나갑시다.

— 「失題」(#7) 전문

②

서늘하고 달밝은녀름밤이어

107 『진달내꼿』 127편 중, 쉼표가 단 한 번도 사용되지 않은 작품은 39편이다. 이에 해당하는 작품은 아래와 같다. #1, 3, 4, 5, 6, 7, 8, 9, 10, 15, 18, 20, 24, 25, 29, 31, 32, 46, 56, 57, 63, 66, 78, 79, 80, 83, 84, 94, 97, 98, 99, 102, 105, 106, 107, 111, 116, 119, 121.

구름조차 희미한녀름밤이어
그지업시 거룩한하늘로서는
졂음의붉은이슬 저저나려라.

—「녀름의달밤」(#78) 전문

①은 쉼표가 사용되지 않은 대표적인 경우이다. 이것을 쉼표가 많이 사용된 작품들, 예를 들면 「合掌」(#88), 「무덤」(#91) 등과 비교해 본다면, 몇 가지 점에서 차이를 발견할 수 있다. 우선 형태상의 차이, 그 중에서도 음절수의 차이가 가장 먼저 눈에 띤다. ①이 '3—4—5'의 규칙적인 음절수를 외적 특징으로 하는 것에 비해, 「合掌」 등의 작품은 정형적인 음절수를 갖지 않는다. 둘째 문장 구조상의 차이를 들 수 있다. ①이 단조로운 문장 형태의 반복적 사용을 보여주는 데 비해, 「合掌」 등의 작품은 다양한 형태의 문장 구조를 취한다. 이러한 차이는 내용상의 차이에서 기인하는 것으로 보인다. 즉 ①과 같은 형태가 주로 객관적 사실의 전달을 주된 내용으로 하는 것과는 달리, 「合掌」 등의 작품은 강렬한 주관적 정서의 표현을 주된 내용으로 삼는 것이다. 이러한 차이는 서술어의 종결어미의 차이에도 영향을 주어, 전자가 주로 '—다'형이나 '—오'형의 격식적 문체를 취하는 데 비해, 후자는 '—어라', '—서라'형의 비격식적 문체를 취하게 된다. 결국 김소월에게 쉼표의 사용은 주체의 정서의 영탄성을 보여주는 시적 장치 가운데 하나로 볼 수 있는 것이다.

이러한 사실은, 쉼표를 사용하지 않았을 때 감정의 영탄성을 표현하는 데 어떠한 장애가 초래되는지를 살펴봄으로써 반증할 수 있다. ②의 경우 1행과 2행의 호격, 그리고 4행의 종결 어미는 탄식과 영탄의 어조를 띠고 있다. 그러나 1행과 2행의 호격의 뒤, 4행의 제시어 "졂음의붉은이슬" 뒤에는 쉼표에 의한 호흡의 분절이 없다. 이러한 부재는 이 시의 탄식과 영탄의 강도를 약화시켜 다소 상투적이고 단조로운 영탄성으로 전락시키는 부정적 기능을 행사한다. 이를 동일한 형태의 다른 작품, 즉 「비난수하는맘」(#92)의 "쩌도러라, 비난수하는맘이어, 갈메기가치,"와 비교해 보라. 여기서 쉼표는 영탄과 탄식의 정서에 휴지의 공간을 마련함으로써 여운을 준다. 이는 역으로 휴지가 시적 화자의 정서에 강도를 부여한다고 사실을 말해준다. 이러한 차이가, 같은 ②의 "밤이어"와 「비난수하는맘」의 "맘이어,"의 차이를 가져온다.

선율의 차원에서 본다면 쉼표에 의한 휴지는 억양의 변화를 수반한다. 쉼표를 중심으로 앞 말에 놓이는 음성적·의미론적 강세는 상승조의 억양을 초래하는데, 이것이 쉼표를 사이에 두고 억양 구조를 이분하는 요인이 된다. 이러한 시적 억양 상의 이분화는 구문론적 차원의 억양과 상호 충돌하는 계기로 작용한다. 우리는 여기서 구문론적 억양과 시적 리듬의 억양 사이의 상호 대립과 긴장을 본다. 우리가 쉼표의 사용을 "시의 낭송에 변화를 주기 위한 소월의 배려"[108]로 볼 수 있는 것도, 이 억양의 대립과 긴장이 시의 낭송 구조의 변화를 초래하기 때문이다. 그러므로 쉼표에 의한 휴지는 억양 구조의 변화를 야기하는 하나의 요인인 것이다.

지금까지 살펴본 대로 소월 시에서 쉼표는 매우 의식적이고 의도적인 차원의 호흡의 분지를 보여준다. 그것은 의미론적·통사론적 단락이 리듬상의 호흡의 단락과의 매개 지점을 표시한다. 이중 반복의 쉼표가 시적 호흡의 동일성을 실현하는 장치로서 기능하는 것에 비해, 제시, 영탄, 그리고 도치의 쉼표는 시적 호흡의 비동일성을 실현하는 주된 장치로서 기능한다. 그것은 시적 호흡의 마디에 여유를 줌으로써 시적 화자의 영탄성을 강화하는 데 유효한 작용을 한다. 그러므로

108 전정구, 앞의 책, 93쪽.

쉼표에 의한 휴지는 자유율이라는 시적 리듬을 구현하는 장치 가운데 하나로 간주될 수 있을 것이다.

2) 템포(tempo)

(가) 휴지와 템포

시에서의 휴지는 시의 템포(tempo), 즉 빠르기를 결정하는 요소가 된다. 보다 엄밀히 말하자면, 휴지의 경계 설정이 시의 상대적인 빠르기를 결정하는 것이다. 우리는 여기서 빠르기의 두 차원을 구분해야만 한다. "개별적인 낭독에 있어서의, 자의적으로 발표되며 또 변화될 수 있는 말씨의 객관적인 속도"와 "텍스트에 내재하는 리듬의 특성들에 의해서 규제되며 또 리듬에 의해서 예정된, 리듬에 '고유한' 속도" 사이의 구분[109]이 그것이다. 간단히 말해, 전자가 낭송자의 개인적 발화 차원의 빠르기인데 비해, 후자는 텍스트의 언어적 요인들에 의해 규정되는 랑그 차원의 빠르기라 할 수 있다. 양자는 그 성격상 다음과 같은 차이가 있다. 즉 전자는 낭독자가 처한 개인적 · 상황적 차이 때문에 주관적 · 상대적 성격을 갖는 데 비해, 후자는 시 텍스트 자체에 내재한 성격으로 인해 비교적 객관적 · 절대적 성격을 갖는다.

그렇다면 우리가 시의 템포라는 말로써 함의하는 바는 무엇인가? 낭송의 빠르기는 개인에 따라 달라질 수 있으며, 또 개인 내에서도 상황과 조건에 따라 상대적으로 변한다. 이런 개인적 차이는 낭송 차원의 빠르기를 시의 리듬의 한 요소로 도입하는 것을 어렵게 만드는 요

109 로만 인가르덴, 이동승 역, 『문학예술작품』, 민음사, 1985, 70쪽.

인이다. 그러나 하나의 시 텍스트에는 템포를 규제하는 시 자체의 객관적인 요인들이 존재한다. 이것은 낭송의 개인적 차이를 보상하는 역할을 수행함으로써 템포의 객관성을 보장하고 템포를 시적 리듬의 한 차원으로 정립하게 만든다. 우리가 시의 템포를 이야기할 때 염두해 두는 것이 바로 이 시 자체에 내재하는 객관적 요소들이다. 어쩌면 우리는 "일정한 리듬은 음성들의 계속의 객관적 속도를 '예정'하며 요구한다"[110]고까지 말할 수 있을지도 모르겠다.

이러한 템포 개념은 장단율(Durational type)[111]이라는 운율 자질과 혼동될 우려가 있기 때문에 세심한 주의를 요한다. 장단율은 복합 율격 가운데 음의 길이(장단)에 따라 구분되는 율격을 의미한다.[112] 이것은 단어 자체에 내재한 고유한 운율 자질의 한 양상을 작시법의 원리로서 채택한 율격의 한 종류를 지시하는 말이다. 그런데 우리말은 몇몇 단어를 예외로 한다면 장단이라는 운율 자질이 변별적 기능을 수행하지 못하는 언어체계이다.[113] 게다가 우리의 시가에서 장단이라는 운율 자질이 작시법상의 원리로 기능한 적이 단 한 번도 없었다. 만약 우리가 시의 템포를 장단율과 같은 것으로 오인한다면, 시적 리듬에서 템포를 제거하는 우를 범하게 될 것이다. 템포와 장단율은 명확히 구분되어야 한다.

그렇다면 시 텍스트 안에서 템포의 객관성을 보장하는 요인들은 무엇인가?

---

110 위의 책, 70쪽.

111 엄밀하게 말해서 롯츠의 "Durational type"은 '지속율'로 번역될 수 있는 말이다. 그러나 율격 유형의 명칭이 운율 자질의 유형에 따라 명명되는 기존의 관례에 따라, "Durational type"을 '장단율'로 번역했다.

112 J. Lotz, "Metric Typology", *Style in language*. M.I.T Press, 1960, p.142.

113 이와는 반대로 정광은 우리말을 장단율로 규정하고 있다. 정광, 「한국시가 운율연구 시론」, 『응용언어학』 7권 2호, 서울대 어학연구소, 1975.

상이한 템포성격들Tempocharaktere의 등장은 어떤 문장에서나 문장 관련들에서 나타나는 단어들이 짧은 또는 긴 단어음을 지녔는가 아닌가, 내지는 형태특질에 따라 짧은 또는 긴 발음을 요청하는가 아닌가에 또한 의존된다. 마지막으로 템포는 문장들의 뜻과 문장들의 배열과도 관련을 맺고 있다. 그리하여 예를 들면 짧은 문장들은 보다 빠른 템포들을 수반한다. 다른 한편에서는 문장들의 뜻에 의해서 규정되는, 변화가 빠른 일련의 〈사태들Sachverhalten〉은 언어의 음성적 측면에 반영되며 언어의 음성적 측면에 의해서만 결정된 템포성격들을 수정한다.[114]

로만 인가르덴에 따르면, 시적 템포는 크게 세 가지의 차원으로 구분될 수 있다. 첫째 단어들의 발음과 관련해서 그것들이 "짧은 또는 긴 단어음을 지녔는가"의 여부, 둘째 문장의 길이 등의 "문장들의 배열"과 관련된 것, 셋째 "문장의 의미"이다. 우리는 이 세 가지를 각각 음운론적 요인, 통사론적 요인, 의미론적 요인으로 재구분할 수 있다.

음운론적 요인은 음운의 발음상의 길이의 차이를 말한다. 주지하다시피, 우리말의 경우 발음의 단위인 음절의 기본 구조는 '(C)+V+(C)', 즉 '(자음)+모음+(자음)'의 형태로 되어 있다. 여기서 괄호는 수의적 자질을 표시한다. 따라서 우리말은 종성의 받침의 유무와 초성의 음가(音價)의 여부에 의해 음량의 상대적 차이가 결정된다고 볼 수 있다. 예를 들어 '우리'라는 단어와 '한국'이라는 단어는, 음절 구조의 상이성으로 말미암아 발음상의 길이의 차이가 난다. 이것은 발음상의 난이도에 따른 차이에서 기인하는 것으로 보인다. 이러한 음운의 발음상의 길이의 차이는 언어 자체의 내재적 속성으로, 음절수의 차이에 따른 음수율과는 구분된다. 음수율은 하나의 음절을 절대적인 동량으로

114 로만 인가르덴, 앞의 책, 71쪽.

가정하고 음량을 계산하는데, 이는 음운의 발음상의 차이와 음절의 구조상의 차이를 무시하는 결과를 초래한다. 이러한 오류는 음운 자체의 내재적 속성을 고려함으로써 정당히 극복될 수 있는 것으로 보인다. 말하자면 시의 빠르기와 템포를 구성하는 일차적 요인으로, 단모음과 장모음의 차이, 초성과 종성의 존재 여부, 받침을 구성하는 자음의 차이 등을 적극적으로 고려할 필요가 있는 것이다.

통사론적 요인은 띄어쓰기와 구두점 등에 의한 휴지와 문장의 구문론적 일탈 정도에 따른 변화를 포괄한다. 우리는 앞에서 소월 시의 띄어쓰기와 쉼표가 그의 개인적 발화의 특수성을 반영하고 있음을 보았다. 소월 시에서 띄어쓰기는 호흡의 경계를 표시하는 기능을 수행한다. 그런데 이 띄어쓰기의 단위는 하나의 획일화된 방식으로 존재하지 않고 시행에 특수한 방식으로 존재함으로써, 통사론적 차원에서 다양한 형태의 리듬 구조로 실현된다. 이는 구두점, 특히 쉼표의 사용에서도 동일하게 드러난다. 앞서 보았듯 쉼표는 시적 호흡의 비동일성을 실현하고 화자의 영탄성을 강화하는, 시적 리듬의 핵심적 장치 가운데 하나였다. 특히 도치의 경우, 쉼표는 통사론적 차원의 구문론적 일탈 현상과 밀접한 관계를 맺고 있었다. 이러한 사실들은 소월 시에서 띄어쓰기와 쉼표에 의한 호흡의 분지가 구문론적 일탈이라는 통사론적 요인과 상관적임을 예시한다.

음운론적 · 통사론적 요인들은 시의 의미론적 차원으로 수렴된다. 음운과 어휘의 선택, 띄어쓰기와 구두점에 의한 호흡의 분지, 그리고 문장의 통사론적 유형 등은 의미론적 요인에 의해 결정된다고 말할 수 있다. 다시 말하면 시의 템포를 규정하는 일차적 요인은 의미론적 요인이고, 이것에 의해 음운론적 · 통사론적 단위들이 결정된다는 것이다. 이러한 사실은 그리움과 절망과 같은 강렬한 정서적 내용을 표현할 때와 그렇지 않았을 때의 음운론적 · 통사론적 차이들을 대조해 보면 확인할 수 있다. 여기서 핵심적인 것은, 낭송을 규제하는 시의 객관적 요소로서 템포가 어떤 "동일한 리듬구조"[115]의 반복을 특징으로 하는가의 판별이다. 통사론적 차원의 요인들에 대해서는 호흡의 단락, 즉 띄어쓰기와 쉼표의 분지를 논하는 자리에서 부분적이나마 살펴본 바가 있다. 이에 대한 보다 완결된 차원의 검토는 4장에서 재론될 것이므로,[116] 이 장에서는 음운론적 요인들에 대한 것으로 논의를 한정하기로 한다.

그렇다면 템포와 관련된 이 장의 질문은 다음과 같이 정식화될 것이다. 소월 시에서 템포의 특수성을 규제하는 음운론적 요인은 어떠한 형태로 분절되는가? 다소 도식적이긴 하지만, 이에 대한 대답은 다음과 같은 몇 단계의 논리적 추이 과정을 따른다. 음운론적 요인의 징후 포착 → 표기법의 특징적 양상들의 추출 → 템포의 완급에 미치는 영향 관계의 파악 → 정서적 내용의 차이 확인. 이러한 과정에서 핵심은 음운론적 요인의 징후로서 표기법의 구체적 양상들을 추출하는 것에 있다. 이는 다시 두 가지로 분화되는데, 하나는 연음과 절음 표기와 관련된 현상이고, 다른 하나는 장모음 표기와 관련된 현상이다.

소월 시의 표기법의 특징적 양상들을 규명하는 이유는, 그것이 소월 시의 작시법의 기본 전제를 확인시켜 주기 때문이다. 그 기본 전제란, 소월시의 표기가 실제 발음을 충실하게 반영한다는 단순하고도 명확한 사실이다.[117] 소월은 다양한 방면에서 발음과 표기의 동일성을 확보하기 위해 많은 노력을 기울인 시인이다. "시어의 선택과 그

115 유리 로트만, 유재천 역, 『시 텍스트의 구조 분석 ; 시의 구조』, 가나, 1987, 107쪽. "따라서 리듬-율격 구조는 독립된 체계, 내적 대립이 없는 강세가 붙여지고 안붙여진 음절의 분포를 위한 도식이 아니라 구조의 상이한 유형들 사이의 대립과 긴장이다."

116 여기에는 통사론적 기본 구조와 그것의 변이형에 대한 탐색이 포함된다.

117 이에 대해 전정구는 다음과 같이 말하고 있다. "소월은 개작시에서 동일 음소의 청각적 효과 뿐만 아니라, 그것의 시각적 효과까지를 배려하려는 노력을 보여주고 있다. 다시 말하면 소월은 시어의 소리 가치를 시간적 요인인 낭송과 공간적 요인인 표기에서 세심하게 배려하고 있다." 전정구, 앞의 책, 58쪽.

직조에 있어서 소월이 가장 중요하게 생각한 것은, 위에서도 잠시 암시했지만, 어감과 율조였다"[118]라는 이기문의 진술은 많은 것을 시사한다. 이는 일차적으로 소월이 순수 모국어의 취사선택에 있어 많은 노력을 기울였다는 사실을 보여줄 뿐만 아니라, 시의 호흡률에 맞는 표기를 위해서 얼마나 세심한 주의를 기울였는지를 보여준다. 「서울 밤」(#46)의 3연 15행 "머나먼밤하늘은 새캄합니다"와 16행 "머나먼밤하눌은 색캄합니다"의 차이는 이러한 사실을 예증하는 대표적인 경우이다. 양자의 차이는 의미론적 측면이나 통사론적 측면에 있지 않다. 그것의 차이는 음운론적 차이, 즉 어감의 차이를 반영하는 표기상의 차이에 있다. "하늘"과 "하눌", "새캄"과 "색캄"이라는 표기상 차이는 "강조의 의미가 내포된 의도성이 농후한 표기"[119]에 해당하는 것이다. 따라서 우리는 표기상의 미세한 차이들을 통해, '어감과 율조'에 반영된 의미론적 성분과 함량을 추출할 수 있을 것이다.

(나) 분철 표기법

교착어인 우리말의 경우 표기법에서 가장 문제가 되는 부분은 받침의 표기이다. 음운론에서 7종성(終聲)과 8종성에 관한 많은 논쟁들이 있었음은 주지의 사실이다. 특히 받침 뒤에 음가가 없는 조사나 어미 등이 올 경우, 이에 대한 표기는 연철(連綴), 분철(分綴), 혼철(混綴) 등으로 다양한 형태를 취할 수 있다. 표기법상의 차이는 궁극적으로 언어의 소리와 문자 사이의 간극 때문에 발생하는 현상이다. 역으로 말해, 소리와 문자의 간극을 메우고 보완하기 위해 표기법상의 규칙들이 생긴 것이다. 따라서 어떤 특정한 표기법을 따르고 있다는 것은 소리와

118 이기문, 「소월시의 언어에 대하여」, 김학동 편, 『김소월』, 서강대 출판부, 1998, 188쪽.
119 오하근, 『김소월 시어법 연구』, 집문당, 1995, 332쪽.

문자에 대한 특정한 원칙과 방향성을 공유하고 있음을 의미한다. 즉 연철과 같이 소리 나는 대로 적는 방법은 언어의 소리가 갖는 즉각성, 현전성 그리고 일회성 등을 중요시하는 표기법이라고 할 수 있다. 이에 비해 분철과 같이 원형을 밝혀 적은 방법은 언어의 문자가 갖는 지속성, 추상성 그리고 반복성을 중요시하는 표기법이라고 말할 수 있는 것이다. 그렇다면 소월 시는 어떤 표기법을 따르고 있는가?

전체적으로 보았을 때, 『진달내쏫』의 표기법은 절음(絶音)에 의한 분철 표기법을 따르고 있다고 말할 수 있다. 체언 뒤 음가가 없는 'ㅇ'이 오는 경우도 대체적으로 절음에 의한 분철 표기법을 따르고 있다. "속으로, 당신이"(#1), "하늘에"(#3), "내몸은"(#4), "집을"(#25), "웃옷을, 모든것은"(#3) 등은 그 대표적인 예들이다. 이는 체언이 자립성과 독립성이 강한 말이기 때문에 생기는 일반적 현상인 것처럼 보인다. 그러나 다음의 경우는 상황이 다르다. "쏫츤"(#37), "불빗츤"(#39), "쏫테는"(#51) 등은 분철이 아닌 혼철의 표기법을 따르고 있다. 이 경우 받침이 'ㄱ,ㄴ,ㄹ,ㅁ,ㅂ,ㅅ,ㅇ' 이외의 자음이라는 공통적인 특징이 있다. 음가가 없는 'ㅇ' 앞에 오는 체언의 받침이 'ㄷ,ㅈ,ㅊ,ㅋ,ㅌ,ㅍ,ㅎ'일 경우,[120] 'ㅅ'에 의한 혼철 표기가 매개되는 것이다. 이러한 형태의 표기는 받침의 표기에 관한 원칙이 아직 정립되지 못한 당시의 시대적 상황을 그대로 반영한다. 1933년 한글맞춤법 통일안이 나오기 이전의 시기에 받침의 표기는 '표음주의'적 원칙과 '형태주의'적 원칙이 혼재된 양상을 보여준다. 조선총독부가 제정 · 공포한 「보통학교용언문철자법」(1912), 「보통학교용언문철자법대요」(1923), 「언문철자법」(1930)에는 이러한 사실이 잘 반영되어 있다.

120 『진달내쏫』에서 체언 중에 받침이 'ㄷ', 'ㅈ', 'ㅋ', 'ㅎ'인 경우도 그 용례를 찾아볼 수 없다. "압프로"(#48)의 경우, 'ㅅ'에 의한 매개는 일어나지 않는다.

① 一○, 助辭이 · 을 · 에 · 으로는上에來하는語에依하야左의書法을取하야實際의發音을表記함.

② 八, 終成(받침)에關하야는 (…중략…) 要컨대甲乙兩說어느것이든지相當한理由가잇서서直時黑白을決하기困難한故로本教科書에 對하야는今後의決定을보기까지大體로從來의綴字法에從하야大略甲號에準據하기로함.

③ 一三, 終聲(바침)은從來使用되는ㄱㄴㄷㄹㅁㅂㅅㅇㄼㄻㄺ以外에ㄷㅌㅈㅊㅍㄲㄳㄵㄾㄿㄶ을可함. 쌀하서如下한것은甲號를準據하야씀.[121]

①에서 ③으로의 변화는 『한글맞춤법통일안』(1933)이 나오기까지의 받침 표기에 변화 양상을 보여준다. "實際의發音을表記"한다는 ①의 표음주의적 규정은, "大略甲號에準據"한다는 ②의 규정으로 완화되고, 결국 ③에 이르러 형태주의적 규정으로 변모한다. 체언 '꽃'과 조사 '-이'가 결합하는 경우를 예로 들면, ①은 '꼿치'의 형태를 원칙으로 삼고, ②는 '꼿치'의 형태에 준거하되 '꽃이'의 형태로 허용하고, ③의 경우는 '꽃이'의 형태를 원칙으로 삼는다는 것이다. 여기서 우리의 관심사는 ②의 시기이다. 왜냐하면 ②의 시기가 『진달내꼿』의 받침 표기와 밀접히 연관되어 있기 때문이다. 1920년대 중반은 '표음주의'적 표기법에서 '형태주의'적 표기법으로 이행하는 과도기라고 말할 수 있다. 그것은 기존의 표기법과 새로운 표기법이 혼재된 시기로서, 『진달내꼿』의 받침 표기는 바로 이러한 시대적 흐름을 반영하고 있는 것이다.

따라서 우리는 소월의 받침 표기와 관련해 다음과 같이 말할 수 있

121 각각 「보통학교용언문철자법」(1912), 「보통학교용언문철자법대요」(1923), 「언문철자법」(1930)의 받침 규정이다. 세 자료 모두 『역대한국문법대계』 3부 8책(박이정, 2008)에서 인용했음을 밝혀둔다.

을 것이다. 소월의 받침 표기는 소리를 중시하여 들리는 대로 표기하려는 의식과 의미를 중시하여 원형을 밝혀 표기하려는 의식이 동시적으로 작용하고 있다고. 이러한 특이한 표기법은 표기에 관한 이중적 의식의 발로로 볼 수 있다. 이러한 이중적 의식의 혼효 상태는 소월 시의 작시법의 기본 골격을 구성하는 두 가지 원리와 맥락을 같이 한다는 점에서 의미심장하다. 즉 정형과 규칙에 대한 규범적 인식과 비정형과 일탈에 대한 비규범적 인식, 한마디로 말해 동일성과 비동일성의 원리와 동궤를 이루는 것이다. 연철과 혼철 표기는 바로 이러한 동일성으로의 지향성과 비동일성으로의 지향성이 혼재되어 있는 특이한 표기법이라고 할 수 있다.

(다) 연철 표기법

연음 표기의 대부분은 용언의 표기와 관련된다. 용언의 표기는 체언의 분철 표기와는 달리 연음(連音)에 의한 연철(連綴) 표기가 주종을 이루고 있다. 이러한 표기 형태는 당시의 철자법 규정에 따르지 않는 특이한 현상으로 간주할 수 있다. 1912년 조선총독부가 제정한 「보통학교용언문철자법」 '6항'에 따르면, 용언의 "活用語尾는可及的語의本形과區別하야"[122] 쓰는 것이 원칙이었기 때문이다. 더군다나 소월이 '체언+조사'의 표기에서 대체적으로 분철에 의한 표기법을 따르고 있다는 점을 상기할 때, 용언의 연철 표기는 소월의 표기상의 특징을 반영하는 하나의 징후로 간주될 수 있다. 즉 그의 연철 표기는 소리 효과에 대한 의식적 고려의 산물로서, 이를 통해 그는 '어감과 율조'라는

122 조선총독부, 「보통학교용언문철자법」, 6항. 이 규정은 1921년 조선총독부가 제정한 「보통학교용언문철자법대요」 '9항'의 "活用語의活用語尾는可及的語幹과區別하야書함"으로 이어진다.

미적 효과를 도모하고 있는 것이다.

소월의 연철 표기는 결합하는 받침의 양상에 따라 몇 가지의 경우로 구분된다. 여기서 한 가지 주의할 것은, 연철 표기 중에는 당시의 철자법 규정에 의해 설명되는 것과 그렇지 않은 것이 있다는 점이다. 전자의 경우에 해당하는 것이 'ㅅ'과 'ㅈ'에 의한 연음 표기이다.

우선, 용언 가운에 'ㅅ'이 받침이 음가가 없는 'ㅇ'과 결합할 때 연음 표기하는 경우가 있다. 이 경우 '없이'를 연음 표기한 "업시"가 압도적으로 많은 비율을 차지하나, '듯이'가 연음화된 "드시"도 몇몇 작품에서 나타나고 있다.[123] "업시"의 표기는 겹자음 받침의 표기[124]와 밀접

---

123 전자에 해당하는 경우로는, "남김업시"(#6), "소리도업시, 아무런줄도업시"(#11), "봄가을업시"(#20), "업서지는불쏫, 나의하욤업시"(#31), "쓸데도업시"(#36), "싀멋업시"(#39), "소리도업시"(#44), "쏫업시 하염업시"(#47), "쏫업시"(#48), "뜻업시"(#71), "前에업시", "지향업시"(#79), "지나는사람업스니"(#81), "업서진것만도, 잇다가업서지는"(#92), "업서라"(#93, 95), "하나업소, 오라는곳이업서"(#98), "잠이업서"(#102), "소식업시"(#103), "말업시"(#105), "녀름업시"(#111), "업서진맘이라고, 알길이업서라"(#115), "더업서라"(#117), "업슬것을"(#118), "속업시"(#124)가 있다. 예외적인 것으로 "속없시"(#125)가 있다. 후자에 해당하는 경우는, "죽은드시, 숨을드시"(#32), "니저바렷던드시"(#61), "銀숫드시"(#78), "박은드시"(#87)가 있다. 이 밖에도 "소슬째러라"(#38), "어렴프시"(#42), "소사퍼지는"(#84), "헐버슨"(#90, 92), "달소슬째"(#125)의 용례가 있다.

124 『진달내쏫』에서 겹자음의 표기는 부분적 연음과 절음이 혼재된 형태를 취하고 있다. 우선 "업시"처럼 부분적 연음의 형태를 취하는 것은 다음과 같다. "박게는"(#11), "만흔"(#21, #43), "박게"(#28, #118, #126), "박그로"(#44), "내녁슬"(#91), "업서지는"(#92), "업서라"(#93), "묵거세운듯"(#95), "주저안자서"(#99), "업서진"(#115) 등이 여기에 속한다. 단, 예외적인 것으로 "속없시"(#125)가 있다. 다음으로, 겹받침 중에 분철의 형태를 띠고 있는 것은 다음과 같다. ㉠ 'ㄺ' 계열 : "붉은"(#3, #46, #54, #62, #70, #78, #118), "밝은"(#6, #22, #78), "붉은, 맑은"(#14), "밝하게"(#42), "붉으스러한"(#44), "늙음"(#49), "밝고"(#68), "붉으스레"(#76), "붉게"(#77), "붉읏한"(#116). ㉡ 'ㄼ' 계열 : "넓은"(#11, #75), "밟을"(#60), "밟고"(#76). ㉢ 'ㄻ' 계열 : "젊으나"(#45), "젊음"(#49, #78), "젊은이"(#61).
매우 특이한 경우로, "잇섯서"(#33), "생겻서라"(#73), "아랏스랴"(#80), "잇섯드면"(#85), "갓서라"(#86), "홀로섯서"(#87), "마주섯서"(#88), "누엇서"(#93), "생겨낫스면"(#97), "길잇섯서"(#98), "저젓서"(#101), "도라섯서"(#104), "가잇슬텐고"(#106), "놀나섯서"(#110), "하엿서라"(#114), "더업서라"(#117), "보앗스면, 사랏서, 자랏스니, 사랏다고, 잇슬진

한 관련이 있다. 1920년대 겹자음의 받침 표기는 연음표기와 절음표기가 혼재된 형태를 보여준다. 1920년대 겹자음 받침 표기는 '표음주의'적 원칙에 따라 소리 나는 대로 표기하는 것이 일반적이었다. 이것은 "從來의綴字法에從하"[125]는 표기방법으로 분철 표기와 연철 표기가 부분적으로 혼합된 경우로 볼 수 있다. 그러나 이에 대한 예외로 "속없시"(#124)가 사용된 경우도 있어 주의를 요한다.

둘째, 용언 가운데 'ㅈ' 받침이 음가가 없는 'ㅇ'과 결합할 때 연음 표기하는 경우이다. 예를 들어 "차즈시면"(#1)의 경우처럼 동사 어간 "찾―"에 어미 "―으시면"이 결합한 "찾으시면"을 연음 표기한 것이 이에 해당한다. 이 경우 동사는 그 빈도순으로 보았을 때, '닞다', '앉다', '젖다', '늦다'가 대부분을 차지하고 있다.[126] 이러한 표기는 "活用語의活用語尾는可及的語幹과區別하야書함"이라는 규정에 대한 예외적 현상으로 간주될 수 있다. 이러한 현상은 용언의 종성 받침 표기와 직접적으로 관련된다. 다시 말해 용언의 어간이 'ㅅ'으로 끝나는 단어의 경우 절음 표기의 예외로서 간주되었던 것이다.[127] 예를 들어 현대어 표기인 '찾는다'는 당시의 표기법에 따르면 '찻는다'로 용언의 어간이 'ㅅ'으로 표기되었는데, 이러한 어휘는 '―을'이라는 어미가 결합할 경우 '찾을'

대"(#118), "다왓서라"(#120), "잇섯스면, 사랏스면, 아랏스랴, 태왓스면"(#121)과 같은 형태도 있다.

125 조선총독부, 「보통학교용언문철자법대요」(1921) 8항의 부가설명.

126 '닞다', '앉다', '젖다', '늦다'가 사용된 경우는 다음과 같다. "니젓노라"(#1), "홀로안자서"(#2), "배우에안자"(#3), "저저잇서요"(#4), "또못니즐"(#8), "니저바린"(#9), "안잣지안는가"(#11), "저젓서라"(#13), "니젓든"(#15), "못니저"(#19), "안즈나서나"(#21), "니저바린"(#31), "둘이안자"(#34), "해느즈니"(#37), "주저안자"(#37), "四月의느저가는"(#39), "느즌봄의"(#43), "니즌소래에"(#47), "수러안자"(#57), "나가안즌"(#75), "저저나려라, 더욱자즐때"(#78), "안자우러라"(#79), "안저라"(#81), "안자서라"(#86), "아주니젓서라"(#87), "써러저나가안즌"(#94), "안자서"(#99), "촉촉히저젓서"(#101), "니즈련만"(#104), "함빡히저즌"(#106), "참아못니저"(#109), "저즌숩"(#116), "니즈리라"(#117), "느즌봄"(#123).

127 조선총독부, 「보통학교용언문철자법대요」 '9항' 예외 규정.

의 형태가 아니라 '차즐'의 형태로 표기되는 것이다. 이는 소월의 표기법과 당시의 일반적 표기법이 일치하는 경우로서, '표음주의'적 원칙에 입각한 표기라고 말할 수 있을 것이다. 이 밖에도, "넉마지로"(#8), "서리마즌"(#10), "자즐째"(#48), "니즘"(#52), "그대차자다리고"(#68), "자자저라"(#89), "이슬마즌"(#92), "달마지"(#125) 등과 같은 용례가 보인다.

용언의 받침 'ㅅ'과 'ㅈ'의 연음 표기는 "活用語尾는可及的語의本形과區別하야" 쓴다는 규정과 충돌하고 있지만, 예외 현상으로서라도 당시의 철자법 규정에 포함되어 있다는 점에서 매우 특이한 사례를 이룬다. 그러나 다음의 두 경우는 당시의 철자법 규정에도 포함되지 않은 경우로, 소월의 개성적인 표기법을 보여주는 사례로 간주될 수 있다.

첫째, 용언의 받침 'ㄹ'이 음가가 없는 'ㅇ'에 연음되어 표기되는 경우가 있다. 예를 들어 "마랏습니다"(#5)의 경우처럼, 동사 어간 "말－"에 어미 "－앗습니다"가 결합한 "말앗습니다"를 연음 표기한 경우이다. 이 경우 빈도수 면에서 가장 많은 용례를 보이는 용언은 '듣다', '돌다', '말다', '울다', '살다', '들다', '알다', '걷다', '떨어지다' 등이 있다.[128] 이 밖에도, "니러납니다"(#7), "다라날째"(#18), "저므러도"(#22), "나라다니는"(#27), "허럿다"(#29), "어러붓누나"(#47), "해가드럿다"(#55), "드려다

128 여기에 해당하는 경우는 다음과 같다. "드르면듯는대로, 닛고마라요"(#6), "누어드르면"(#12), "가고마랏느냐"(#13), "드러라"(#18), "도라오거든"(#27), "드러라, 써러질째", "뭇지도마라라"(#34), "봄은우러라"(#37), "우러새든째"(#39), "달저녁을우러라"(#43), "우러라"(#47), "말을마러라"(#51), "도라눕을째"(#61), "도라다보이는"(#63), "우러라"(#67), "손드러"(#73), "밋고사름이"(#74), "들짜에써러저"(#75), "드르라"(#77), "잠못드러라, 잠드러서라"(#78), "아랏스랴"(#80), "날라도라라, 사라잇서라, 거름은"(#82), "도라오는쑴을, 써도르랴, 한거름, 쏘한거름"(#85), "사라잇섯서, 드러갓서라"(#86), "도라들고, 깃드러라"(#87), "달드러라"(#88), "드러라, 써도러라"(#92), "써러저나와, 드럿노라, 소래를드러라"(#93), "써러나지지"(#97), "구뷔도라휘도라"(#103), "거러넘는"(#106), "사랏다지요"(#108), "써도라간다"(#110), "거울드러, 아랏던들"(#113), "거러가노라"(#116), "사랏노라"(#117), "사랏서"(#118), "써러진닙들은"(#119), "사랏노라, 도라서면, 아랏스랴"(#121).

보노라"(#71), "다라진이세상의"(#72), "니러섯다가"(#80), "니러나"(#83), "드려다보며"(#87), "니러거러"(#89), "푸러헷치고"(#90), "잡아쓰러"(#91), "데군데군허러진"(#93), "느러젓다네"(#101), "나라가는"(#106), "바람부러요", "느러진가지"(#107), "가라닙고도"(#125)와 같은 용례가 보인다. 용언의 명사형에도 이러한 용례가 보이는데, "조름, 서름"(#51), "서름"(#54), "서름의덩이"(#57), "어린버레도"(#78), "서름일너라"(#79), "버레들은"(#90)이 대표적인 경우이다. 특히 "서름"의 경우는 "설음"(#70)이라는 분철 표기가 있어 주목을 요한다. 표기상으로 보았을 때 "서름"은 연철의 표기법을, "설음"은 분철의 표기법을 따르고 있다. 이러한 차이는 단지 표기상의 차이에 그치는 것이 아니라 시의 템포상의 차이를 수반한다. 우리는 전자와 후자를 서로 다른 속도, 즉 후자보다 전자를 빠르게 발음한다. 이때 'ㄹ'음에는 음운상의 변화라는 질적인 변화가 발생한다. 전자는 설전음으로, 후자는 설측음으로 발음되는 것이다. 이는 표기법과 템포와 음가 사이에 긴밀한 연관관계가 있음을 보여준다.

『진달내쏫』에서 'ㄹ'이 연음되어 표기되는 경우는 다른 경우에 비해 그 빈도수가 높은 편이다. 이것은 'ㄹ' 음이 갖는 특성 때문에 기인하는 것으로 보인다. 'ㄹ' 음은 유성음 가운데에서도 유음(流音)으로 다른 자음들에 비해 그 울림의 정도가 강하고 길다. 따라서 뒤에 음가가 없는 'ㅇ'이 올 때, 자연스러운 호흡을 위해 연음이 되는 경우가 많다. 'ㄹ' 음의 연음화는 빠르기에도 변화를 야기하는데, 이때의 리듬은 보다 유연한 호흡, 즉 빠르면서도 부드러운 호흡을 특징으로 한다. 전정구는 이러한 효과를 "단속적으로 똑똑 끊어지는 스타카토(staccato)적인 효과"와 대비하여 "지속적으로 연결되는 유연하고 부드러운 레가토(legato)적인 효과"[129]로 규정한 바 있다.

둘째, 'ㄷ'이 후속하는 'ㅇ'에 연음 표기되는 경우이다.[130] 예를 들어

"도다나지만"(#8)에서 보듯 용언 '돋다'의 어간 '돋'과 보조적 연결어미 '–아'가 결합할 때, '돋아'로 표기하지 않고 "도다"로 표기하는 것이다. 간혹 'ㄷ'이 "구지닛지말라는"(#99)의 경우처럼 구개음화된 형태로 쓰이기도 한다. 이처럼 'ㄷ'이 후속하는 'ㅇ'에 연음될 때, 선행하는 말은 특별한 용언에 한정되지 않고 여러 용언에서 두루 쓰이고 있다. 이와 함께 종성음 'ㅌ'은 "가튼저녁"(#15), "기름가튼"(#78), "흐터진거믜줄의"(#92)에서처럼 앞말의 받침이 그대로 연음되어 표기되는 경우와, "하눌가치", "가랑닙가치"(#4), "물과가치"(#8), "갈메기가치"(#92)에서처럼 구개음화된 형태로 연음되는 경우로 구분된다. 여기서 소월 시어법의 특징적인 면모가 드러난다.

> 정주 방언에서는 〈가티〉로 발음되고 서울에서는 〈가치〉로 발음됨은 널리 알려진 사실이다. 그런데 소월은 이것을 〈갓치〉라고 표기하였다. 『진달내꼿』 전체를 훑어보면 소월이, 구개음화에 관한 한 거의 언제나 서울말을 따르고 있음을 볼 수 있다. 그가 많은 방언형을 사용하면서도 구개음화에는 매우 깊은 주의를 기울였음을 볼 수 있다.[131]

인용문은 김소월이 우리말의 표기법에 대해 얼마나 많은 주의를 기울이고 있었는지를 암시한다. 특히 "구개음화에 관한 한 거의 언제나 서울말을 따르고 있"다는 주장은 연음 표기에 관한 표명과 밀접히 연관된다. 왜냐하면 서울식으로 구개음화된 발음 "〈가치〉"는 곧 연음에 의한 표기법과 동일하기 때문이다. 그렇다면 소월은 연음 표기 가운

---

129 전정구, 앞의 책, 60쪽.

130 "도다나올째"(#61), "버든이길로"(#64), "구더진그대의"(#69), "쏘다저나리는"(#70), "福바다서라, 버더버더"(#78), "傷處바든맘이어"(#84), "어드면서"(#85), "쏘다쳐나리는"(#90), "도다나오고"(#99), "해돗고 달도다"(#108), "어들째"(#119), "해도다오네"(#127).

131 이기문, 앞의 책, 178쪽.

데 특정 받침과 관련해서는 서울식 문법 규칙을 따르고 있는 것이 된다. 당시가 표준어와 맞춤법이 아직 정립되지 못한 시기임을 감안할 때, 이러한 사실은 언어의 지역성에 관해 매우 유의미한 결과를 보여준다. 즉 그는 연음의 표기에서 지방어인 토속어와 서울말인 문학어를 혼용하여 표기하고 있는 것이다. 공시적 차원에서 지방어와 중심어의 혼용은, 재래의 것과 박래의 것의 혼재와 대위적 관계를 이룬다.[132] 따라서 소월 시의 연음 표기는 전통과 외래, 안과 밖, 중심과 주변이라는 대립쌍이 상호 교차하는 하나의 지점으로 볼 수 있다. 이것은 언어의 표기와 관련해 그를 어느 한쪽으로 규정하는 태도가 문제가 있음을 보여준다. 소위 '민요시인'이라는 한정된 틀로 그를 가두려는 경향도 마찬가지이다. 오히려 우리는 그의 시의 내재적 원리로서 기능하는 이원적 원리들의 구체적인 지점들을 검증하는 데에 역점을 두어야 한다.

이러한 내재적 원리가 보다 명징하게 드러나는 곳이 바로 혼철 표기이다. "그림자갓튼"(#21)과 "그림자갓치"(#22)는 그 대표적인 사례[133]로서, 양자는 연음 표기와 절음 표기가 겹쳐진 형태의 표기를 이룬다. 즉 [-가튼]과 [-가치]로 연음화된 표기에, 'ㅅ'에 의한 절음표기가 추

132 "한 시인의 언어 특징을 결정하는 것은 표준언어와 상투언어를 포함하는 타자의 언어이고, 과거의 언어와 미래의 언어를 포함하는 타자의 언어이다. 예를 들어 김소월의 시들은 정주방언과 서울말과 당시에 유행하던 문학언어의 대화이면서 동시에 시조의 언어와 徐廷柱의 언어와 金芝河의 언어의 대화이다." 김인환, 「연극과 시-김소월론」, 『세계의 문학』, 1987 여름, 49쪽.

133 이러한 형태의 혼절 표기가 사용된 용례들은 다음과 같다. "짓터가는"(#5), "그밋티야"(#10), "내세상의쯧티어"(#23), "쯧틀가누나!"(#25), "썰고잇는물밋튼"(#32), "흣터질째"(#41), "가주난아기갓치"(#47), "긴들쯧테"(#48), "생각의쯧테는"(#51), "재갓타서, 흣터저도"(#60), "붉갓튼저해를"(#62), "쏜살갓치"(#64), "갓튼말을"(#65), "붉은피갓치도"(#70), "한길갓치"(#73), "두던밋테는, 쯧티업서도, 여윈손쯧틀, 수플밋테"(#79), "世界의쯧튼, 갓튼짱우헤서"(#86), "풀밧테서"(#88), "분결갓튼"(#96), "쏫갓튼"(#110), "해달갓치"(#112), "물과갓치"(#115), "그와갓치"(#117), "갓튼말도"(#121), "버드나무쯧터도"(#122).

가됨으로써 혼철의 표기 형태를 이루는 것이다. 이 'ㅅ'의 매개는 소월 시의 혼철 표기에서 매우 특징적인 양상을 보여 준다. 그것은 용언의 표기에서 주종을 이루는 연음 표기에 절음 표기라는 이질적 요소를 매개한다. 이는 앞서 살펴 본 체언의 표기에서 절음 표기가 주종을 이루고 연음 표기가 부가되는 것과는 정반대의 현상이다. 이러한 차이에도 불구하고 양자가 보여주는 것은 명확하다. 그것은 소월 시를 규제하는 두 가지 구성 원리가 표기법의 측면에서도 그대로 나타난다는 사실이다.

(라) 혼철 표기법

소월의 혼철 표기는 '어감과 율조'에 대한 소월의 자각과 노력을 분명히 보여준다. 이제 혼철 표기의 다양한 양상들을 살펴봄으로써 김소월 시어법의 특징들을 고찰해 보도록 하자. 이를 통해 표기법의 차이가 자유율의 호흡의 실현과 어떤 함수 관계를 갖는지 알게 될 것이다.

첫 번째 사례는 'ㅋ'과 관련된 표기가 제공한다. 김소월은 '새캄하다'를 두 가지 방법으로 표기하고 있는데, 「서울밤」(#46)의 3연 15행 "새캄합니다"와 16행 "색캄합니다"가 그것이다. 우리는 양자의 비교를 통해, 음운의 표기상의 차이가 어감의 차이를 어떻게 결정짓는지를 볼 수 있다. 후자의 표기는 전자의 표기에 비해 더욱 강력한 정서적 효과를 산출하고 있는 것으로 볼 수 있다. 우리는 왜 전자보다 후자에서 강렬한 정서적 효과를 체험하는 것일까? 이에 대한 해답이 "색캄합니다"의 'ㄱ'에 있다는 것은 자명해 보인다. 후자의 혼철 표기에서 받침 'ㄱ'이 전자와의 차이를 발생시키는 주요 원인으로 작용하고 있는 것이다. 'ㄱ'이 이러한 기능을 수행할 수 있는 것은 'ㄱ'에 의한 발음상의 분절과 그로 인한 호흡의 휴지 때문이다. 즉 우리는 "색캄합니다"를

[색V캄합니다]로 발음하게 되는 것이다. 이때 'ㄱ'에 의한 분절과 휴지가 "색ㅡ"에 강세를 수반하게 되는데, 이것이 최종적으로 "색캄합니다"의 어감의 강조 효과를 유발한다.

『진달내쏫』에는 이러한 형태의 표기가 자주 등장한다. "그립은색캄한"(#11), "식키셔요"(#32), "식컴은"(#39), "우둑키"(#55), "색캄한"(#77), "식컴은머리채"(#90), "직켯스면"(#118) 등의 예들은 김소월이 정서적 강조를 위해 혼철 표기를 자주 사용하고 있음을 보여준다.[134] 이들은 모두 'ㄱ'에 의한 발음상의 분절과 호흡의 휴지로 인해 정서의 강조 효과를 산출하는 대표적인 예들이다. 따라서 우리는 소월 시의 혼철 표기가 음운론적 변동을 통해 의미론적 효과를 야기한다고 말할 수 있다.

이러한 사실을 보다 명시적으로 보여주는 예가 'ㅍ'과 관련된 소월의 표기법이다. 주로 '깊다'와 '높다' 등의 용언이 형식 형태소와 결합할 때, 소월은 이를 연음과 절음 표기를 혼합한 형태로 표기한다. 즉 '깊+이'의 경우 연음 표기인 '기픠' 또는 절음 표기인 '깊이'로 표기하지 않고, 양자의 혼합 형태인 '깁픠'로 표기하는 것이다. "깁픠"(#6), "짱을덥펴라"(#11), "놉픈구름"(#37) 등은 그 대표적인 경우이다. 이 밖에도 'ㅍ' 받침을 갖는 명사가 조사와 연결될 때 혼철 형태로 표기하는 경우도 있다. 예를 들어 '숲'이라는 명사가 조사 '을'과 결합할 때, 이는 '수플'이나 '숲을'로 표기하지 않고 '숩플'로 표기하는 것이다. "마른갈숩픠"(#10), "술집의窓녑페"(#11), "눈압플"(#12) 등은 이러한 사례로 볼 수 있다. 이처럼 무성 파열음 'ㅍ'을 'ㅂ+ㅍ'의 형태로 혼철 표기하는 경우는 『진달내쏫』에서 두루 발견된다.[135]

---

134 이와 함께 "門박게서"(#6, #13, #28, #44, #118, #127)처럼 'ㄱ+ㄱ'의 형태를 취하는 경우도 있어 주목을 요한다. 이러한 형태 중에서 다음과 같은 특이한 경우도 있다. "썩근셈이요"(#8), "흘늑길쑨이야요"(#12), "다격근줄을"(#80), "묵거가지고"(#92), "묵거세운듯"(#95), "각금각금",(#106, 108, 120), "색기치고"(#110), "억개우헤"(#120).

135 이러한 형태의 표기법이 사용된 예들은 다음과 같다. "깁픠덥펴서"(#4), "다시깁

이러한 표기법은 당시의 표기법에 비추어 본다면 매우 특이한 표기법으로 볼 수 있다. 1921년 조선총독부가 제정한 「보통학교용 언문철자법대요」 8항[136]에는, '깊다(深)'가 "깁흘"로 표기[137]되거나 "깊을"로 표기되어 있다. 즉 전자처럼 연음하여 표기하는 경우와 후자처럼 절음하여 표기하는 두 가지 용례만 나타나 있지, 'ㅂ+ㅍ'의 경우처럼 양자를 혼합하여 표기하는 경우는 나타나지 않는다. 따라서 우리는 'ㅂ+ㅍ'형태의 표기법을 소월 시의 특수한 표기법으로 간주할 수 있다. 그렇다면 그는 왜 이러한 특이한 형태의 표기법을 선호한 것인가?

'ㅂ+ㅍ'의 형태의 표기는 김소월이 '어감과 율조'에 얼마나 많은 관심을 기울였는지를 보여주는 대표적인 사례이다. 이는 그의 표기법이 개인의 정서, 즉 내면의 미묘한 정조를 표현한다는 것은 의미한다. "깁피"가 이러한 기능을 수행할 수 있는 것은 발음상의 분절과 그로 인한 호흡의 지연 때문이다. 이러한 효과 때문에 첫 음절의 받침 'ㅂ'의 음가는 연철의 경우와는 달리 온전히 실현되는 것이다. 즉 우리는 '깁'과 '피' 사이에 호흡의 휴지를 두고, 이를 [깁V피]로 온전히 발음함

픈"(#14), "솔숩페"(#15), "덥플째"(#17), "어물어물눈압페",(#31), "어듭은깁픈골의"(#32), "놉파가는, 그늘깁펴, 압프로, 키놉픈"(#48), "깁펏다"(#49), "깁피밋든心誠이"(#52), "압플지날째"(#61), "가고도십픈"(#64), "압페다"(#75), "놉픈"(#78), "깁픈근심이"(#79), "놉팟는데, 놉피쩌서라, 압프로"(#82), "압페는"(#85), 키놉피"(#86), "드놉픈나무, 더놉피"(#87), "막깁펴"(#88), "놉픈山"(#106), "밤이깁프면"(#109), "압플가리운다고"(#110), "깁픈골방에"(#112), "놉픈데서나"(#118), "香氣깁픈"(#119). 『진달내쏫』에서 단 하나의 예외가 발견되는 곳은 「저녁째」(#87)의 9행, "온것을 아주니젓서라, 깁흔밤 예서함께"(밑줄은 인용자)이다.

136 조선총독부, 「보통학교용 언문철자법대요」, 8항. 8항은 표기법의 원칙에 관한 매우 중요한 사실을 보여주고 있어 주목할 필요가 있다. 즉 8항은 종성 받침 표기에 있어 연음식 표기법이 점차로 절음식 표기법으로 바뀌는 과도기적 양상을 보여주고 있는 것이다. 이에 대한 보충 설명은 다음의 글을 참조할 것. 윤석민, 「일제시대 어문규범 정리과정에서 나타난 수용과 변천의 양상」, 『한국언어문학』 55집, 2005.

137 'ㅂ+ㅎ'형태의 표기는 「보통학교용 언문철자법대요」 12항에서 "가득히, 놉히, 깁히, 불상히" 등으로 나타나고 있다. 『진달내쏫』에는 「저녁째」(#87)의 9행, "온것을 아주니젓서라, 깁흔밤 예서함께"만이 이러한 형태의 표기를 따를 뿐이다.

으로써 양자 사이에 분절성을 강화하는 것이다. 이때 중요한 것은 분절성이 호흡발산력의 집중이라는 현상을 동반한다는 점이다. 다시 말해 "깁―" 뒤의 호흡의 단절은 "깁―"에 강력한 호흡력을 집중시킴으로써 강세를 산출하는 것이다. 이러한 이유 때문에, "깁피"의 혼철 표기는 연음 표기보다 강력한 정서적 효과를 유발할 수 있는 것이다. "압픔에"(#5)와 "더한압픔이"(#96)가 보여주는 것도 바로 이러한 어조의 강조 효과이다. "압픔"은 형태상으로 "깁피"와 동일한 형태를 취하지만, "압픔"의 'ㅍ'은 원래 어간의 일부였다는 점에서 구조적 차이를 보여준다. 이런 구조적 상이성에도 불구하고 김소월이 "압픔"을 "아픔"으로 표기하지 않았다는 것은, 의도적으로 'ㅂ'의 첨가로 인한 효과를 도모했다는 사실을 보여준다. 즉 'ㅂ'에 의한 발음의 분절과 호흡의 휴지, 그리고 호흡발산력의 집중을 통해 어조의 강조 효과를 꾀한 것이다. 이에 독자들은 더욱 강력한 시적 화자의 아픔을 체감할 수 있게 된다. 따라서 우리는 'ㅂ+ㅍ'의 형태의 혼철 표기가 'ㄱ+ㅋ'형태의 그것과 마찬가지로, 음운론적 변동을 통해 의미론적 효과를 산출한다고 말할 수 있을 것이다.

소월 시의 혼철 표기에서 매우 일반적인 현상 하나는 'ㅅ'의 사용과 관련된다. 앞서 본 "그림자갓튼"(#21)과 "그림자갓치"(#22)는 'ㅅ'을 사용하여 혼철 표기한 대표적인 경우로서, 이러한 형태의 표기는 "빗치납니다"(#7)와 "쏫치퓌고"(#26)와 같은 유형에서도 확인된다.[138] 전자의

---

138 이러한 형태의 표기법이 사용된 경우는 다음과 같다. "우는달빗치, 물싯치든"(#10), "달빗치"(#13), "봄쏫치"(#36), "쏫츤"(#37), "個灯불빗츤"(#39), "梅花쏫치"(#40), "불빗치밝하게"(#42), "먼거리의불빗츤"(#43), "달빗치"(#44), "푸른말빗치, 달빗츤"(#78), "들쏫츤"(#82), "별빗치아득임은"(#85), "쏫치필째"(#86), "물빗츨, 별빗치"(#87), "밤빗츤, 달빗츤"(#88), "불빗츤, 나려빗추는"(#89), "빗츈다"(#102), "픠는쏫츤, 물빗츤"(#103), "쏫치"(#111), "봄빗치"(#122), "쏫츤"(#124).
위의 사례들은 형태상으로 'ㅅ+ㅊ'의 형태인 다음의 경우와는 구분된다. 즉, "사뭇차도록"(#12), "밋처몰랏서요"(#20), "아니도닛칩니다."(#21), "밋친날도"(#38), "눅잣추

"그림자갓치"와 후자의 "빗치납니다"는 상이한 구조를 갖고 있다. 즉 전자의 'ㅊ'이 원래 어간의 구성 요소인 'ㅌ'이 구개음화된 경우라면, 후자의 'ㅊ'은 원래 어휘의 받침이 그대로 이어진 경우이다. 그러나 이러한 구조적 상이성에도 불구하고, 양자의 'ㅅ+ㅊ'형태의 표기가 연철과 분철의 표기법이 혼합된 형태라는 사실에는 변함이 없다. 곧 "빗치납니다"는 연철의 표기인 "비치"와 분철의 표기인 "빛이"가 혼합된 형태인 것이다. 그리고 이때의 발음도 [빋치]로 연음의 발음인 [비치]와 절음의 발음인 [빋이]가 혼합된 형태를 이루고 있다. 소월이 거센소리의 표기에서 혼철 표기법을 채택하는 이유는, 발음의 분절과 호흡의 휴지 그리고 호흡발산력의 집중을 통한 어조의 강조 때문으로 보인다. 'ㄱ+ㅋ'형태와 'ㅂ+ㅍ'형태와 마찬가지로 'ㅅ+ㅊ'형태의 혼철 표기도 음운론적 변화가 의미론적 변화를 수반하고 있는 것이다.

이러한 변화는 궁극적으로 호흡과 템포라는 시적 리듬에 대한 고려 때문에 발생하는 것처럼 보인다. 주지하다시피 김소월은 "시어의 소리효과, 즉 시어의 음악적 효과"[139]에 각별한 주의를 기울인 시인이다. 호흡과 템포라는 자유율이 산출하는 청각적 효과에 대한 고려는 이러한 맥락에서 설명될 수 있다. 예를 들어 "빗치납니다"에서 'ㅅ'과 'ㅊ' 사이에는 발음의 분절과 호흡의 휴지로 인한 강세화 현상이 수반된다. 즉 "빗치납니다"는 [비치남니다]의 경우와는 달리 [빋˅치남니다]로 발음되는 것이다. 이때 "빗－"과 "－치" 사이에는 호흡 공간의 분할로 인한 두 개의 호흡 마디가 생긴다. 이것이 [비치남니다]와 [빋˅치남니다]의 템포의 차이를 가져오는 결정적 요인이다. 즉 전자보다 후자의

는"(#78), "밋친듯"(#124)에서의 "ㅊ"은 앞의 'ㅅ'이 변화된 경우와는 달리 처음부터 어간의 한 구성요소인 것이다. 이와는 달리 "빗치픠여라"(#78)라는 매우 특이한 형태의 표기도 눈에 띈다.

139 전정구, 앞의 책, 58쪽.

경우에 상대적 빠르기가 증대하는 것이다. 이는 "빗–"과 "–치" 사이에 추가로 삽입된 휴지의 공간이 단위 시간당 발화의 길이를 늘였기 때문에 생기는 현상이다. 달리 말하면 증대된 길이를 시간의 빠르기로 보상하는 것이다. 여기에 "빗치"와 "납니다" 사이에 있는 어절 단위의 휴지가 중첩된다. 따라서 "빗치납니다"는 이중의 분절과 강세를 갖는 구조로 분석될 수 있다. 즉 "빗치납니다"는 [빋̆∨치̊∨남니다]로 발음되는 것이다.

'ㅅ+ㅊ'형태의 혼철 표시 가운데 "몸을씻츠며"(#4)도 같은 맥락으로 설명될 수 있다. 우선 "몸을씻츠며"는 '씻다'의 어간 '씻–'과 어미 '–으며'가 결합한 형태로, 연음 표기인 '씨스며'와 절음 표기인 '씻으며'가 혼합된 형태로 볼 수 있다. 여기서 'ㅅ'에 의한 발음의 분절과 호흡의 휴지는 "씻"에 강세를 수반하고, 마침내 "씻"과 "츠" 사이를 두 개의 호흡 마디로 분할하게 된다. 따라서 우리는 "몸을씻츠며"를 [모믈씯̆∨츠며]로 발음하게 된다. 이때 흥미로운 것은 'ㅊ'의 출처이다. 일반적으로 '씻으며'의 혼철 표기는 '씻스며'와 같은 'ㅅ+ㅅ'형태로 볼 수 있다. 그런데 "몸을씻츠며"는 'ㅅ+ㅊ'형태를 취하고 있는 것이다. 어미 'ㅅ'을 거센소리인 'ㅊ'으로 표기한 것은 'ㅌ'을 구개음화한 "그림자갓치"와 동일한 이유 때문인 것으로 보인다. 즉 "씻츠며"는 그 어간의 원형적 형태에서 파생한 것이 아니라, "그림자갓치"와 같은 구개음화 현상에 대한 고려 때문에 생긴 부가적 현상이라는 것이다. 여기서 우리는 "구개음화에 관한 한 거의 언제나 서울말을 따르고 있"다는 이기문의 주장을 한 번 더 참조할 수 있다. 즉 김소월은 정주 방언과 서울말인 문학어를 적절하게 혼용하여 매우 특이한 표기법과 시어법을 구사하고 있었던 것이다.

소월의 혼철 표기 가운데 매우 독창적인 시어법은 "燈불빗헤"(#88)[140]의 'ㅅ+ㅎ'형태의 표기에서 확인할 수 있다. "燈불빗헤"를 "빗치납니다"

와 비교함으로써 이러한 사실을 구체적으로 확증할 수 있다. "燈불빗헤"를 'ㅅ+ㅊ'의 형태를 따라 '燈불빗체'로 변형시켜 보라. 이렇게 되면 변형된 형태인 '燈불빗체'는 [등뿔빋˅체]로 발음될 것이고, 이 경우 앞의 [빋˅치남니다]와는 달리 발음상의 부조화가 생기게 된다. 왜 그런가? 이것은 'ㅊ' 다음에 오는 모음 'ㅔ'의 존재 때문이다. 모음 'ㅣ'와는 달리 'ㅔ'는 장모음이기 때문에 '－체'에는 상대적 장음화가 동반되는데, 이는 'ㅊ'음 자체가 갖는 격한 어세(語勢)와 결합하여 '－체'를 '빗－'보다 강조하는 결과를 초래한다. 그런데 '－체'는 의미론적으로 독립된 지위를 지니지 못하는 단위이다. [등불빋˅체]의 발음상의 부조화는 바로 여기에서 기인한다. 즉 '－체'에 걸리는 음운론적 강조는 의미론적 중요도와 모순을 일으키는 것이다.

그러나 "燈불빗헤"는 이러한 부조화가 발생하지 않는다. 왜냐하면 'ㅔ'의 상대적 장음화는 'ㅎ'음의 어세와 결합하여 상승작용을 일으키지 않기 때문이다. 다시 말해 [등뿔빋˅헤]의 [－헤]에는 [등뿔빋˅체]의 [－체]와 같은 강세화 현상이 발생하지 않는 것이다. 여기서 "燈불빗헤"를 [등뿔비테]로 발음함으로써 [－테]에 격한 어세가 놓인다고 가정할 수 없다. 왜냐하면 소월의 시어법에서 'ㅅ'은 연음이 아이라 절음의 단위로서 기능하기 때문이다. 또한 'ㅅ'을 사잇소리 현상의 사이시옷[141]과 같은 기호로 간주할 수도 없다. 왜냐하면 이때의 'ㅅ'은 대부분 합성어의 형성과는 무관하기 때문이다. 예를 들어 "잇섯서"(#33)의

140 이러한 용례는 "불빗헤쩌오르는"(#44), "저녁빗헤"(#49), "달빗헤"(#91)에서도 보인다. "붉은볏헤"(#4)도 주의를 요한다.

141 전정구는 소월의 'ㅅ+ㅊ'형태의 혼철 표기를, "소월이 정주방언과 서울 중심의 문학어를 재료로하여 창의적이고 독특한 음향효과를 기대하면서, 시어의 음악적인 면(낭송 혹은 리듬의 면)에서 자신의 독특한 스타일을 제시하려 했기 때문"에 생긴 것으로 본다. 그러나 이때의 'ㅅ'을 사이시옷과 동일시함으로써, 그의 정당한 평가는 그 의의가 반감되고 만다. 전정구, 앞의 책, 63~64쪽.

받침 'ㅅ'은 후속하는 자음을 된소리로 발음하라는 기호도 아니며, 후속하는 자음과 결합하지도 않는다.[142] 따라서 혼철 표기의 'ㅅ'은 소리의 표기와 관련된 소월의 독특한 시어법을 표시하는 것으로 볼 수 있다. 그것은 소리의 미묘한 차이를 잡아내려는 소월의 예민한 감각을 예증하는 것으로, 호흡과 템포의 변화를 통해 어조의 강조 효과를 유발하는 시적 리듬의 장치인 것이다.

(마) 모음의 길이와 템포

음운론적 변동이 호흡과 템포의 변화를 통해 시의 의미론적 변화를 야기한다는 사실은 모음의 길이에서도 확인할 수 있다. 단모음과 장모음의 상대적 길이의 변화는 시의 템포를 결정하는 주요 요소이다. 여기서 중요한 것은 모음 사용에 있어 특징적 양상을 보여주는 사례들, 즉 소월의 시어법의 특징적 양상을 대표하는 사례들을 찾는 것이다. 특히 단모음이 이중모음화되는 현상은 현재의 논의에서 중심적

142 엄밀하게 말해서 'ㅅ+ㅅ'형태의 혼철 표기는 두 가지 유형으로 구분된다. "잇섯서"(#33)는 이 두 가지 유형을 동시에 취하고 있는 매우 희귀한 형태이다. 첫째 음절의 종성과 둘째 음절의 초성의 'ㅅ+ㅅ'은 과거 시제 선어말 어미인 'ㅆ'이 분화된 형태로 볼 수 있다. 이러한 형태는 받침이 경음이나 복자음일 경우 벌어지는 매우 일반적인 표기법이다. "잇스리다"(#19), "잇섯습니다"(#21), "꿈이나잇스랴"(#23), "보앗서라"(#31), "매쳣서라"(#41), "잇스랴"(#45), "생겻서라"(#73), "아직잇서라, 다시잇스랴"(#78), "흐터젓서라"(#82), "말하며거럿서라"(#88), "갓서라"(#93), "생겨낫스면"(#97), "길잇섯서, 섯소"(#98), "잇섯겟지요"(#99), "왓스면"(#101), "푸르럿소"(#103), "못보앗소, 가잇슬텐고"(#106), "잇슬말로"(#113), "하엿서라"(#114), "보앗스면, 잇슬진댄, 자랏스니"(#118), "다왓서라"(#120), "뵈올수잇섯스면, 태왓스면"(#121), "누엇스면"(#127) 등은 이러한 유형에 속한 것으로 볼 수 있다. 이에 비해 둘째 음절 종성과 셋째 음절 초성의 'ㅅ+ㅅ'은 과거 시제 선어말 어미인 'ㅆ'이 분화된 형태로 볼 수 없다. 이러한 형태는 정확하게 형태소 분석이 되지 않는 매우 특이한 경우이다. 아무튼 "섯서드러도"(#6), "마주섯서"(#32), "혼자섯스면"(#55), "섯서"(#75), "홀로섯서"(#87), "길잇섯서"(#98), "도라섯서"(#104), "올나섯서"(#110), "뵈올수잇섯스면"(#121) 등은 이러한 유형에 속한 것으로 볼 수 있다.

위치를 차지한다. 왜냐하면 『진달내꼿』에는 이중모음을 단모음화하여 표기한 경우보다, 단모음을 이중모음화하여 표기한 경우가 훨씬 일반적이기 때문이다.[143]

『진달내꼿』 전체에서 이중모음이 나타나는 경우는 다음과 같다.

"(무척)→뭇쳑"(#1), "(어데)→어듸"(#2), "어듸"(#3), "(예前엔)→예젼엔"(#5, 20), "저므도록→져무도록"(#6), "가쟈, 표젹, 쥭지"(#8), "더듸고"(#12), "밤즁에"(#16), "한나졀"(#26), "져가람, 도두쳐, 퍼르쥭쥭한, 호졋한"(#32), "(필때에는)→필때에는"(#36), "밤을들쟈"(#40), "죠흔새벽"(#41), "야밤즁"(#42), "좃습니다"(#43), "쳥하눌"(#45), "죠타고해요"(#46), "성귓한, 가뷔엽든날"(#47), "성귓한"(#48), "누마즁을 가쟌말이냐"(#50), "(울자)→울쟈"(#53), "(조하라)→죠와라"(#54), "픠여서"(#54), "죠고만"(#57), "가븨얍게"(#60), "(쒀어)→씌어"(#63), "(조화도)→죠와도"(#66), "져가는"(#70), "쥭음, 죠흔일"(#71), "죠히, 쟝사, 죠흔, 쟝승, 매마쟈고"(#72), "물질녀와라"(#74), "(구룸되어)→구름되여"(#76), "픠여라, 쟈랑, 죠흔, 죠고만"(#78), "(어데)→어듸, 죵경"(#79), "어듸, 픠였든"(#80), "가쟈"(#81), "픠여"(#82), "반듸불"(#83), "여긔저긔, 형젹"(#91), "져녁"(#92), "엉긔, 여긔"(#93), "헤여진"(#94), "싸라가쟈고, 흐릅듸다려"(#100), "(좃치)→죠치, (울나거든)→울냐거든"(#101), "빗츈다, 어듸, 죽쟈 사쟈, 죠히"(#102), "싀집, 픠는, 졋다가도"(#103), "졍분"(#104), "져녁"(#106), "휘졋이, 죠타"(#107), "싀샘"(#109), "즁즁, 쳡쳡"(#110), "픠네, 죠와"(#111), "죠흔"(#113), "당쟝, 홍졍"(#115), "싀집사리"(#120), "쳘업든, 드렷노라, 되였건만"(#121), "잔듸"(#122), "여긔"(#123), "(달마중)→달마즁, (三星)→삼셩"(#125), "(살자)→살쟈"(#126)[144]

143 오하근에 따르자면, 『진달내꼿』에서 이중모음이 단모음화된 사례는 "한길갓치"(#73) 단 하나뿐이다. 오하근, 앞의 책, 341~345쪽 참조.

144 화살표 앞의 괄호는 『진달내꼿』 이전 판본의 표기를 나타낸다.

위에 제시된 용례들은 이중모음의 존재양상에 따라 크게 두 가지로 분류할 수 있다. 하나는 "어듸", "더듸고", "반듸불", "성긧한", "여긔저긔", "픠여" 등에서 보는 것처럼 이중모음 'ㅢ'가 사용된 경우이고, 다른 하나는 "예전엔", "가쟈", "밤즁에", "죠고만", "죠와라", "쳘업든" 등에서 보는 것처럼 이중모음 'ㅑㅕㅛㅠ'가 사용된 경우이다. [ㅣ→ㅢ]와 [ㅏㅓㅗㅜ→ㅑㅕㅛㅠ]와 같은 단모음의 이중모음화는 당시의 일반적 표기법이 아닌 김소월의 독특한 표기법으로 볼 수 있다. 왜냐하면 1912년 조선총독부가 발행한 「보통학교용언문철자법」의 '철자법 4항'[145]에 따르면, 단모음 표기가 당시의 일반적 표기였기 때문이다. 그렇다면 소월 시에 나타난 이러한 이중모음화의 원인은 무엇인가? 그것은 음운이 지닌 고유한 음향 효과에 대한 고려 때문인 것으로 보인다.

> 이중모음이 단모음으로 바뀌어 온 것이 국어변천의 상례이다. 소월의 표기변화는 이러한 국어일반의 변화에 역행하고 있다. 개작과정에 나타난 소월시의 표기변화는, 국어표기의 일반적인 변화나 그 당대의 표기습관이나 그 관행과 무관한 소월 자신의 독특한 개작의지의 반영으로 이해되어야 한다. 「새벽」 등의 시를 개작하는 과정에서 의식적으로 단모음을 이중모음으로 바꿈으로써, 소월은 개작된 결정본에서 유장하고 그윽한 이중모음의 소리효과를 두드러지게 나타내고자 했다.[146]

전정구는 소월 시에서 이중모음의 사용을 "소월 자신의 독특한 개작의지의 반영"으로 보고, 그것이 "유장하고 그윽한" 소리 효과를 창출한다고 말한다. 이것은 소월의 작시법의 기본 원리에 대한 지적이

145 조선총독부, 「보통학교용언문철자법」, '철자법 4항'. "四, 純粹朝鮮語로서從來ㅏ·ㅑ·ㅓ·ㅕ·ㅗ·ㅛ·ㅜ·ㅠ兩樣의書法이잇는것은ㅏ·ㅓ·ㅗ·ㅜ로一定함."

146 전정구, 앞의 책, 62~63쪽.

다. 소월시의 표기법이 실제 발음을 충실하게 반영하려는 의식적인 노력의 산물임은 앞에서 지적한 대로이다. 단모음을 이중모음화하여 표기한 것도 이러한 맥락으로 이해할 수 있다. 그는 모음의 길이에 따른 호흡의 변화와 템포의 차이를 인식하고 있었으며, 이에 대해 세심한 주의를 기울였던 것이다. 그렇다면 단모음의 이중모음화는 시의 호흡과 템포에 어떤 영향을 미치는가?

가장 직접적이고도 명확한 영향은 상대적 장음화 현상, 즉 모음 길이의 상대적 증대에 있다. 예를 들어 "예전엔", "가쟈", "밤즁에", "죠고만"은 각각 [예저언엔], [가자아], [밤주웅에], [조오고만]으로 발음되는 것이다. 이러한 장음화 현상은 해당 부분의 의미를 강조하는 기능을 초래한다. 다시 말해 해당 부분을 길게 발음함으로써, 그 부분에 의미론적 강세를 부여하는 것이다. 위의 예의 경우 의미론적 강세는 각각 "–젼–", "–쟈", "–즁–", "죠–"에 오게 된다. 바로 여기에 이중모음화 현상이 갖는 음조미의 독특성이 발원한다. 그것은 장음화가 해당 부분의 자음의 고유한 어세(語勢)를 강조함으로써, 해당 부분의 음조를 부각시키기 때문이다. 따라서 우리는 이중모음 "예젼엔, 가쟈, 밤즁에, 죠고만"을 단모음 "예전엔, 가자, 밤중에, 조고만"과는 다른 방식의 '어감과 율조'로 읽게 되는 것이다.

이중모음에 의한 장음화 현상은 템포의 연장이 의미론적 자질에 특정한 영향력을 행사한다는 사실을 확인시켜 준다. 이것은 김소월이 음운의 변화가 야기하는 언어의 미세한 차이에 대해서 의식하고 있었음을 보여준다. 동시에 그는 언어의 미세한 어감을 작시법의 원리, 즉 호흡률이라는 시적 리듬으로 구현하고 있었던 것이다. 이 후자의 측면이 본질적으로 중요하다. 우리는 이중모음화 현상이 "유장하고 그윽한 이중모음의 소리효과를" 산출한다는 사실을 지적하는 것으로 그쳐서는 안 된다. 한 발 더 나아가, 소월이 소리의 청각적 실현에 있어 일정한 원리와 규칙에 의거하고 있었다는 사실을 지적해야만 한다.

이중모음에 의한 장음화 현상은 이러한 사실을 보여주는 대표적인 경우이다. 여기서 간과할 수 없는 것은 이중모음의 종류에 따라 결합하는 자음군이 다르다는 사실이다. 보다 구체적으로 말하자면, 'ㅂ, ㄷ, ㄱ' 계열의 파열음은 주로 이중모음 'ㅓ'과 결합하는 데 비해, 'ㅈ' 계열의 파찰음은 거의 대부분 이중모음 'ㅑ'와 결합하고 있는 것이다. 한편 마찰음 'ㅅ' 계열은, "싀집", "싀샘", "삼셩"에서 보는 것처럼, 'ㅓ'와 'ㅑ' 모두에 결합하는 양상을 띤다. 이렇듯 결합 양상의 차이가 발생하는 것은 음운론적 현상으로서 소리의 청각적 실현에 대한 고려 때문이다. 여기서 중요한 것은 그의 인식이 자의적이거나 일회적이지 않고 매우 체계적이며 조직적이라는 사실이다. 이것은 소리 · 형태 · 의미에 대한 종합적 고려 없이는 불가능하다. 따라서 그의 작시법은 단순한 기교의 층위에 있지 않고, 시를 내용과 형식의 통합체로 조직하는 원리의 차원에 존재한다. 김소월의 작시법이 지닌 신비와 매력은 바로 여기에서 비롯한다.

지금까지 우리는 '율'의 측면에서 김소월 시를 검토해 왔다. 소위 7 · 5라는 민요조 율격에서 출발하여, 음수율(또는 음보율)이라는 규칙적 반복이 존재하는 양상을 검토한 뒤, 호흡률이라는 불규칙적 반복이 구체적으로 어떻게 현상하는지를 분석했다. 이제 우리는 이러한 분석을 토대로 소월 시가 "규칙(정형) 지향성"을 띠는지 아니면 "율격적 개성"을 띠는지를 판단해야만 한다.

가장 분명하고도 명확한 것은, 소월 시에서 '율'이 "규칙(정형) 지향성"으로 한정되지 않는다는 것이다. 『진달내꽃』은 "74%(93편) : 26%(33편)"[147]라는 정형과 비정형의 구성비를 갖지 않는다. 음수율의 차원은 말할 것도 없고 음보율적 차원에서도 정형시로 볼 수 있는 것은 46편으로 전체의 37%에 지나지 않는다. 나머지는 정형적 율격에서 벗어나 "다양한 변조와 개성적 새로움"을 보여주는 시들로, 그 스펙트럼은 분행시에서 불규칙시에 이르기까지 다양하다. 이 시들이 지닌 개성적이고 고유한 미적 특질은 율격과 같은 추상적이고 규범적인 도식에 저항한다. 따라서 우리는 『진달내쏫』이 "규칙(정형) 지향성"을 갖는다고 말할 수 없다.

이것은 『진달내쏫』이 '불규칙(비정형) 지향성'으로 규정된다는 것을 함의하는가? 이에 대한 대답은 확고하고 분명하다. 문제의 핵심은 규칙 / 불규칙, 정형 / 비정형이라는 이항 대립에 있지 않다. 음수율이든 음보율이든 율격론이 지닌 근본적인 문제는 바로 이와 같은 내용 / 형식의 이분법에서 비롯한다. 그것은 율격의 '보편화(universalisation)', '본질화(essentialisation)', '탈의미화(désémantisation)'[148]를 통해 시적 리듬을 정형성으로 환원함으로써 의미와 형식을 이분법적으로 대립시켜 왔다. 이러한 사유는 시적 리듬이 '내용-형식의 통합체'이며, 시적 리듬이 시의 음운론 · 통사론 · 의미론을 결합시키는 조직화의 원리라는 사실을 보지 못한다. 우리는 규칙과 불규칙, 정형과 비정형이라는 추상적인 대립항을 뛰어 넘어, 개별 작품의 고유한 미적 특질과 그것이 구현되는 메커니즘으로 귀환해야 한다. 하나의 거대하고 추상적인 율격에 대해 말하는 것보다 한 편의 시가 지닌 고유한 리듬을 규명하는 것이 훨씬 의미 있는 일이다. 어떤 노래가 3/4박자라고 말하는 것은 그 노래의 미적 특질을 얘기하는 것에 비한다면 하찮은 것이다. 양자를 구분하지 못한다면 우리는 자유시의 시적 리듬에 대해 단 일보의 전진도 기대할 수 없다.

---

147 성기옥, 앞의 책, 360쪽.

148 김유정, 「"척도 없는 리듬 Rhythme sans mesure" : "율격의 시"에서 "시의 율격으로"」, 『불어불문학연구』 56호, 한국불어불문학회, 2003, 91~119쪽.

제4장
『진달내꼿』의 '선율(旋律, melody)' 구조

1. 시적 리듬에서 억양 분석의 의미

억양(intonation)은 시의 선율(旋律)적 차원과 관련된, 시적 리듬의 핵심적 장치 가운데 하나이다. 현대시의 시적 리듬의 가능성을 논의하는 과정에서 억양은 특별히 중요한 자리를 차지한다. 그것은 억양이 음운론적 · 통사론적 · 의미론적 자질들이 구조화되는 중심 지점이며 "운율적 조직의 중추(中樞)"[1]로서 기능하기 때문이다. 체코 구조주의자 얀 무카로브스키는 억양을 시적 리듬의 "가장 기본적인 전달체"[2]로 간

---

1 "억양의 정점 *sommet intonatif*이 음향적 의미적 통사적 구조화들의 기본 지점들을 형성할 뿐더러 나아가서 운율적 조직의 中樞를 형성한다는 추론에 다다를 수 있다." 다니엘 드라스 · 자크 필리올레, 유재연 · 유재호 역, 『언어학과 시학』, 인동, 1985, 247쪽.

2 얀 무카로브스키, 「시리듬의 기본요인 : 억양」, 박인기 편역, 『현대시의 이론』, 지식산업사, 1992, 143쪽.

주한다. 특히 시에서 특별한 운율 자질들이 부재할 경우 억양의 의의와 가치는 더욱 배가된다고 한다. 이때 문제가 되는 것은 구문론적 억양과 리듬적 억양 사이의 대립과 긴장이다.

> 문장처럼 시행은 억양 조직의 통일성에 의해 성격이 규정되며, 이 〈운문〉의 억양은 시행의 전개 과정에서 구문적 억양과 일치하거나 교차한다. 그러므로 억양은 운문 리듬에서 기본 단위의 범위를 정하게 되고, 이 단위 없이는 가장 규칙적인 리듬 신호의 연속조차 〈운문〉이라는 인상을 만들어 내지 못한다. 여기에 시적 리듬에 대한 억양의 근본적인 중요성이 있다.[3]

얀 무카로브스키는 억양이 시행 조직화의 통일적 원리임을 명시한다. 억양은 시를 구성하는 요소들, 특히 구문적 억양을 탈자동화(deautomation) 시킨다. 이때 구문적 억양과 리듬적 억양 사이의 대립과 충돌이 발생하는데, 양자 사이의 긴장의 정도는 시의 소리와 의미가 하나의 단일한 통합체로 결합하는 과정에서 시적 조직화의 특수성을 예시한다고 할 수 있다. 오십 브리크는 이러한 현상을 '리듬과 구문의 병행(parallelism)'으로 명명한다.[4] 따라서 우리는 억양과 그것의 변화 · 대립을 시적 리듬이 시행 단위에서 조직화되는 방식을 보여주는 강력한 도구로서 간주할 수 있다.

> 운문의 조직화에 있어서 우리는 상이한 구성 원리들 사이의 충돌과 갈등, 투쟁을 향한 변함없는 경향을 추적할 수 있다. 각 원리는 그것을 창조하는 체계 내에서 조직화 기능을 가지며 그 체계 밖에서는 해체자로 기능한다. 따라서 단어 경계들은 운문의 리듬적 질서화를 방해하며 구문론적

---

3 얀 무카로브스키, 「시어에 대하여」, 조주관 편역, 『시의 이해와 분석』, 열린책들, 1994, 79쪽.

4 이에 대해선, 정재찬, 「서구 운율이론의 회고와 전망」, 『현대시』, 1995.3, 54쪽 참조.

인토네이션들은 리듬적 인토네이션 등과 충돌한다.[5]

러시아 구조주의자인 유리 로트만은 시적 리듬에서 억양의 대립과 충돌이 어떤 기능을 수행하는지를 적확하게 예시하고 있다. 즉 시적 리듬 차원에서 구문적 억양과 리듬적 억양의 대립과 충돌이, 시적 조직화의 차원에서 시의 구성 원리들의 대립과 충돌을 반영하고 대표한다는 것을 보여주고 있는 것이다. 이것은 일반적으로 억양이 지닌 6가지 기능[6] 이외에 시적 조직화의 구성 원리로서의 억양의 특수한 기능을 설명한다. 말하자면 억양은 그것이 지닌 일반적 기능들을 특수한 방식으로 배열 · 조직함으로써 억양의 통사적 · 의미적 · 표현적 기능들을 통합하는 것이다. 이렇게 통합된 억양은, 자신의 특정한 리듬의 성격과 형태를 구체화하는 몇몇의 반복적 억양 패턴으로 구체화한다. 여기서 시적 리듬 차원에서 억양의 패턴이 구조화되는 구성단위를 확증할 필요가 생긴다.

특수하게 시적인 구조에 있어서 행은 개별 요소들의 의미론적 독립성이 지각될 수 있기 시작하는 차원에 있다. 행은 리듬-인토네이션적일 뿐 아니라 의미론적인 통일체이다. 예술에 있어서 기호의 특수한 도상적 성질 때문에 구조적 요소들의 공간적 상호관련성은 의미심장하며 직접 내용과 관련된다.[7]

---

5 유리 로트만, 『예술 텍스트의 구조』, 고려원, 1991, 280쪽.

6 ① Crystal은 억양의 기능을 6가지로, 즉 '감정적, 문법적, 정보구조적, 담화적, 심리적, 지표적' 기능으로 분별한다. 이에 대해서는 민광준의 『한 · 일 양 언어 운율의 음향음성학적 대조 연구』, 제이엔씨, 2004, 32~33쪽을 참조할 것. ② 우리 말 억양의 기능에 대한 것은 다음의 책을 참조할 것. 이호영, 『국어음성학』, 태학사, 1996, 200~203쪽, 226~230쪽. ③ 얀 무카로브스키는 억양을 통사적 · 의미적 · 표현적 기능으로 구분하는데, 시에서는 이 세 가지 기능이 모두 이용되는 것으로 본다. 이에 대해선 얀 무카로브스키, 「시어에 대하여」, 앞의 책, 76~77쪽을 참조할 것.

시행은 억양의 중심적 구성 단위이다. 억양은 음절들로 시행을 구성하는 구심적 원리일 뿐만 아니라, 시행을 전체의 시로 통합하는 원심적 원리이기도 하다.[8] 이것은 시적 리듬의 기본 단위가 음보(foot)에서 시행(line)으로 이동했음을 의미한다. 러시아 형식주의와 체코 구조주의에서 발흥한 이러한 변화는 시적 리듬에 대한 일단의 지각 변동을 수반하는데, 정형률에서 자유율로의 전변이 그것이다. 여기서 우리는 시적 리듬을 율격과 같은 규칙적이고 정형적인 반복과 분별할 가능성을 얻는다. 그것은 엔터니 이스톱의 지적대로, "약강 5보율의 시행에는 약세 음절과 강세 음절이 번갈아 나타나기를 요구하는 추상 유형과는 전혀 별도로 기표의 반복과 병행구조가 그 억양에 있음"[9]을 드러내는 것이다. 현대 자유시에서 억양이 중요한 이유도 이것 때문이다. 억양은 현대시에서 자유율의 실질적인 존재 기반을 확보하는 토대의 역할을 수행한다. 특히 음보 수준에서 특별한 운율 자질이 부재한 언어의 경우에는 더욱더 그렇다.

그러므로 억양은 보편적인 규범 체계가 아니라, 개별적인 작품들의 구성 원리로서 각각의 텍스트에서 상대적으로 구현되는 어떤 것이다.

> 이 억양률은 언술행위를 강조하며, 시를 — 파운드의 말처럼 — 하나의 '시간 속의 구도'로, 즉, 시의 의미, 억양, 행조직이 서로 관련되어 끊임없이 다양하게 변화하는 전개과정으로 만드는 경향이 있다. 따라서 이러한 전개과정은 하나의 절대적인 구심점에 결코 고정되지 않는다. 이러한 면에

7 유리 로트만, 앞의 책, 273쪽.

8 "음절들이 행의 모습으로 '구성'되는 것도 억양을 근거로 하는 것일 뿐만 아니라, 또한 — 아주 중요한 것인데 — 시행들이 구절들과 전체적인 시의 모습으로 구성될 수 있는 것도 같은 근거에서 이루어지는 것이다." 엔터니 이스톱, 박인기 역, 『시와 담론』, 지식산업사, 1994, 241쪽.

9 위의 책, 239쪽.

서, 억양률은 독자에게 상대적인 위치를 제공하는 일을 하며, 상대적 위치는 언술과정에서 생산되는 것임을 알 수 있다.[10]

시행 차원에서 '억양률(intonational metre)'을 구성하는 것은 일차적으로 시의 의미이다. 그것은 언술과정에서 발화의 소리와 의미가 시행에서 조직화되는 과정을 축약한다. 다시 말해서 '억양률'은 시의 음운론 · 통사론 · 의미론이 하나로 수렴되는 공간으로 볼 수 있는 것이다. 따라서 그 각각의 층위가 상호 교섭하는 방식과 양상은 개별적인 텍스트의 차원에서 다양하게 분절될 수밖에 없다. 이러한 분절화의 지점을 확보하는 것이 자유시의 억양 분석의 일차적 목표이다. 여기서 중요한 것은, 상대적으로 다양하게 존재하는 '억양률'의 양상들을 나열하는 것이 아니라, 개별적인 텍스트로 실현되는 '억양률'의 구조적 원리와 기능을 확증하는 것이다.

시의 리듬조직에서 억양의 역할을 통사적이며 리드믹한(시의) 이원적인 억양구도를 중첩시키고 긴장시키는 데에 있다. 이런 두 구도는 각각 중간구획에 의해 분절되고 있는 이분절이다. 말하자면 이들 구획은 서로 일치하거나 불일치하거나 하지만, 이 둘은 언제나 실질적으로 존재하는 것들이다. 또한 통사억양과 리듬억양 사이의 긴장을 야기시키고 시를 통일된 형상으로 규정짓게 하는 것은 정확히 말해 이 둘의 상호관계에서다. 계속적으로 지각되는 이 긴장은 시의 리듬과 산문의 리듬을 구별하는 기본특질이다. 시행의 이원적인 억양상의 이분절은 리듬조직의 토대다.[11]

---

10 위의 책, 243쪽.

11 얀 무카로브스키, 「시리듬의 기본요인 : 억양」, 박인기 편역, 『현대시의 이론』, 지식산업사, 1992, 159쪽.

핵심은 "통사적이며 리드믹한(시의) 이원적인 억양구도"의 이해에 있다. 이것은 "통사억양과 리듬억양 사이의 긴장"과 구분된다. 오히려 "통사억양과 리듬억양 사이의 긴장"을 발생시키는 시행 내부의 "이분절"이다. 보다 구체적으로 말한다면 하나의 시행이 억양의 차원에서 두 개의 반행(半行, hemistich)으로 분할될 때, 그 각각의 반행이 "시행의 이원적인 억양상의 이분절"들에 해당한다. 얀 무카로브스키 자신도 밝히고 있듯, 이러한 이론은 카르체브스키(Karcevskij)의 문장구조 분석에 입각해 있다. 그에 따르면, 하나의 문장은 휴지(休止)에 의해 분할되는 두 개의 통사군으로 구성되고, 각각의 통사군은 주어와 서술어의 구문론적 구분과는 무관한 일종의 '문제제기와 해답의 종합체'로 파악될 수 있다고 한다.[12]

그러나 하나의 시행이 두 개의 억양 단위로 분할된다는 주장을 소월 시의 억양 구조 분석에 적용하는 데에는 많은 난관이 따른다. 체코어와 한국어의 차이라는 언어상의 문제부터 문장 구조 분석을 시행 차원에 그대로 적용할 수 있느냐는 원론적인 문제가 개입하기 때문이다. 게다가 정형적 율격을 부정하는 현대 자유시의 경우, 행을 구성하는 단위는 하나의 음절에서부터 복합문에 이르기까지 그 범위의 진폭이 매우 넓고 다양하다. 이러한 문제점들 때문에 "시행의 이원적인 억양상의 이분절"에 대한 적극적 고려를 유보하게 만든다. 즉 "시행의 이원적인 억양상의 이분절"보다 상위 차원의 분석틀을 강구해야 하는 것이다. 현재의 상황에서 최선의 선택은 반행 차원의 억양의 분절이라기보다는 행 단위에서의 억양의 분절인 것처럼 보인다. 환언하면 행 단위에서 발생하는 "통사억양과 리듬억양 사이의 긴장"을 논의의 중심점으로 삼을 수밖에 없는 것이다.

---

12 위의 책, 144~145쪽.

여기에는 이론적 차원에서 소리와 문자의 관계라는 보다 근본적인 문제가 내재해 있다. 시행과 연(stanza) 나아가 시 텍스트 전체 차원의 선율 구조는 일차적으로 구문론적 억양에 의해 결정된다고 할 수 있다. 우리가 일상생활에서 쓰는 구문론적 억양은 시 텍스트의 억양에 스며들어, 시의 창작과 율독 모두에서 스스로를 실현한다. 그러나 우리가 여기서 구문론적 억양과 시적 억양의 일치를 가정한다면 사태는 호도될 것이다. 보다 엄밀히 말해서 양자의 구분 자체가 불가능하다고 할 수 있을 것이다. 시가 노래로서 존재하던 시기에는 양자 사이에 일치가 가능했을지도 모른다. 이것은 순수 서정시의 본체를 구성하는 것으로서 모든 시인들이 궁극적으로 소망하는 바에 해당한다. 그러나 문자의 출현은 이러한 일치를 잃어버린 낙원으로서만 존재하게 만든다. 구문론적 억양과 시적 억양의 대립과 불일치는 여기에서 비롯한다. 문자의 출현은 "통사억양과 리듬억양 사이의 긴장"을 유발시키고, 내적 발화와 외적 발화 사이의 불일치를 야기한다. 이러한 긴장과 불일치가 한국 근대시 성립의 실질적인 존재 기반으로 작용했다는 사실은 그리 놀랄만한 일이 아니다. 충격적인 것은 이런 토대 속에서도 여전히 양자의 일치에 대한 일련의 가정들과 작업들이 행해져 왔다는 사실이다. 여기에는 문자로 하여금 목소리를 닮게 하는 것, 다시 말해 일종의 '말하는 문자'에 대한 소망이 내재해 있다. 소월 시의 억양은 바로 이러한 고단한 노력의 최초이자 원형적 장면을 발화하는 것처럼 보인다.

그러므로 소월 시의 억양은 문자에 의해 벌어진 틈을 메우려는 시도이다. 그는 문자의 간극을 봉합하고 짜깁기함으로써 거기에 특정한 흔적을 남긴다. 『진달내꼿』에서 그 흔적은 시행 차원의 구문론적 변이 현상으로 출현한다. 다시 말해 소월 시에서 "통사억양과 리듬억양 사이의 긴장"을 일으키는 주된 요인은 구문론적 일탈에서 찾을 수 있다는 것이다. 후술하겠지만 문장의 단락과 연장, 그리고 도치는 소월 시의 선율 구조의 대표적인 사례들을 제공한다. 따라서 시행 차원에서 구문적 억양에 일어난 변이의 지점과 양상들을 추적하는 일은, 소월 시의 시적 억양의 특수성을 가늠하는 가장 명확하고 분명한 방법이 될 것이다.

2. 『진달내꼿』의 억양 구조

1) 의미 단락의 기본 유형

일반적으로 문장의 억양은 "문장의 각 음절에 부과되는 높이가 연결된 높이 곡선(pitch curve)"[13]을 의미한다. 이 높이 곡선은 "억양의 기본흐름선이며 핵"으로, 이것이 중요한 까닭은 "문장을 하나의 발음 덩어리로 만들어 문장을 소리의 측면에서 조직"[14]하기 때문이다. 우리는 이 높이 곡선이 그려내는 상승과 하강의 유형에 따라 구문적 억양의 몇 가지 억양 패턴을 유형화할 수도 있다. 여기서 특별히 중요한 것은 문장의 마지막에 놓이는 억양의 양상이다. 왜냐하면 문장의 끝에 놓이는 상승과 하강의 유형에 따라 문장의 기본적인 리듬과 의미와 구조가 결정되기 때문이다. 다시 말해 말마디의 마지막 음절에 부과되는 '핵억양(nuclear tone)'[15]의 양상에 의해 문장의 억양 구조가 결정

---

13 이호영, 『국어음성학』, 태학사, 1996, 194쪽.

14 고도홍 편저, 『북한의 음성학 연구』, 한국문화사, 1988, 31쪽.

15 이호영은 우리말의 억양 체계를 '문장 억양', '말마디 억양', '말토막 억양', '핵억양'으로 구분한다. 여기서 '말마디 억양'은 '문장 억양'을 구성하는 기본 단위로서, '말토막 억양'과 '핵억양'으로 구성된다. 말마디의 마지막 음절에 부과되는 '핵억양'은 높낮이의 유형에 따라 9가지(낮은수평조, 가운데수평도, 높은수평조, 높내림조, 낮내림조, 온

되는 것이다. 이는 시행의 억양 구조에도 동일하게 적용된다. 즉 "각 행말의 바로 표출적인 선율 방식"[16]이 시행의 억양의 독특성을 규정하는 것이다. 우리가 종결율조(cadence)에 주목하는 이유도 여기에 있다. 통상적으로 종결율조라는 말이 '리듬 곡선'을 의미한다고 할 때,[17] 이 리듬 곡선을 규정하는 중심 지점이 바로 문장의 종결 부분이기 때문이다. 특히 문장의 끝에서 실현되는 억양은 화자의 감정을 표현하는 데 있어 중요한 역할을 담당한다.[18]

따라서 김소월 시의 억양 곡선의 기본 유형을 파악하기 위해서는 먼저 행 단위 안에서 문장이 종결되는 유형을 살펴보아야 한다. 행 차원에서 문장이 종결되는 유형은 크게 서술형으로 종결되는 경우와 비서술형으로 종결되는 경우로 구분할 수 있다. 전자는 다시 종결어미에 의해 종결되는 경우, 연결어미에 의해 종결되는 경우, 그리고 기타의 경우로 구분되고, 후자는 명사형으로 종결되는 경우, 생략의 형태로 종결되는 경우, 그리고 기타의 경우로 구분된다. 여기서 한 가지 주의할 것은, 외형적으로는 동일한 형태일지라도 종결의 유형은 상이할 수 있다는 점이다.

우리집뒷山에는 풀이푸르고　　　　Ⓐ－ⓐ

오름조, 낮오름조, 내리오름조, 오르내림조)로 구분된다. 이호영, 앞의 책, 9장 참조.

16 얀 무카로브스키, 「시리듬의 기본요인 : 억양」, 앞의 책, 143쪽.

17 종결율조(cadence)라는 용어는 외연이 넓은 말이다. 그것은 논자들에 따라, 시와 산문을 구분하는 척도를 의미하거나, 율격(meter)의 반대 의미인 자유율을 의미하기도 한다. 가장 일반적인 의미는 A. Lowell에 의해서 내려지는데, 그녀는 종결율조를 '리듬 곡선(rhythmic curve)'으로 정의한다. 이에 대한 자세한 검토는 다음의 책을 참조할 것. Charles O. Hartman, *Free verse : an essay on prosody*, Princeton University Press, 1980, pp.46~48. 참고로 이승훈은 'cadence'를 '억양'으로 본다. 이승훈, 「거울과 영혼」, 『현대시』, 1990.9, 42쪽.

18 장인창 외, 「발화 내 감정의 정밀한 인식을 위한 한국어 문미억양의 활용」, 『통신학회논문집』 30집, 2005, 507쪽.

숩사이의시냇물, 모래바닥은　　　Ⓑ－ⓐ
파알한풀그림자, 떠서흘너요.

그립은 우리님은 어듸게신고.　　　Ⓐ－ⓑ
날마다 휘여나는 우리님생각.　　　Ⓑ－ⓑ
날마다 뒷山에 홀로안자서
날마다 풀을따서 물에던져요.

－「풀따기」(#2) 부분

Ⓐ－ⓐ와 Ⓐ－ⓑ의 차이는 무엇인가? Ⓐ－ⓐ와 Ⓐ－ⓑ는 행의 마지막 음절이 모두 '－고'로 동일하게 끝나지만, 그 기능은 매우 다르다. 우선 Ⓐ－ⓐ의 '－고'는 앞 절과 뒤 절을 서로 대등하게 연결하는 대등적 연결어미로 볼 수 있다. 이에 비해 Ⓐ－ⓑ의 '－고'는 의문의 기능을 수행하는 의문형 종결어미로 볼 수 있다. 김소월은 양자를 구분하기 위해 Ⓐ－ⓑ의 '－고' 다음에 마침표를 찍었다. Ⓑ－ⓐ와 Ⓑ－ⓑ의 차이도 이러한 맥락으로 설명할 수 있다. 즉 Ⓑ－ⓐ는 구문론적으로 다음 행에 연결되어 하나의 문장을 구성하는 반면, Ⓑ－ⓑ는 다음 행과 분절되어 그 자체로 하나의 문장을 구성한다. 소월은 양자를 구분하기 위해 Ⓑ－ⓐ에는 주격 조사 '－은'을 쓰고, Ⓑ－ⓑ에는 마침표를 사용했다. 따라서 Ⓐ－ⓐ와 Ⓑ－ⓐ는 행 단위에서 문장이 종결되지 않은 '비종결행'으로, Ⓐ－ⓑ와 Ⓑ－ⓑ는 행 단위에서 문장이 종결되는 '종결행'으로 간주할 수 있다. 여기서 논의의 초점은, Ⓐ－ⓑ처럼 '서술형'으로 종결되는 경우와 Ⓑ－ⓑ처럼 '명사형'으로 종결되는 경우에 있다.

단조로운 방법이긴 하지만, 『진달내꽃』의 종결 율조의 유형을 파악하는 일은 의미 단락의 기본 유형을 파악하기 위한 필수적인 방법이다. 『진달내꼿』 전체 127편의 총 행수는 1428행이다. 이중 행 단위에서 종결되는 '종결행'은 708행으로 전체의 50% 정도를 차지한다. 여기서 서술형으로 종결되는 경우는 480행이고, 비서술형으로 종결되는 경우는 228행이다. 전자는 종결어미에 의한 종결이 428행, 연결어미에 의한 것이 15행, 기타의 경우가 37행으로, 종결어미에 의한 종결이 압도적 우위를 차지하고 있다. 후자는 명사형 종결이 152행, 생략에 의한 종결이 13행, 기타의 경우가 63행으로, 명사형 종결이 전체의 2/3 가량을 차지하고 있다. 이를 표로 제시하면 다음과 같다.

<table>
<tr><th colspan="4">구분</th><th colspan="4">수량</th></tr>
<tr><td rowspan="7">총행</td><td rowspan="6">종결행</td><td rowspan="3">서술형</td><td>종결어미에 의한 종결</td><td>428</td><td rowspan="3">480</td><td rowspan="6">708</td><td rowspan="7">1428</td></tr>
<tr><td>비종결어미에 의한 종결</td><td>15</td></tr>
<tr><td>기타</td><td>37</td></tr>
<tr><td rowspan="3">비서술형</td><td>명사형 종결</td><td>152</td><td rowspan="3">228</td></tr>
<tr><td>생략형 종결</td><td>13</td></tr>
<tr><td>기타</td><td>63</td></tr>
<tr><td>비종결행</td><td>—</td><td>—</td><td>—</td><td>—</td><td>720</td></tr>
</table>

〈표〉 행 단위의 종결유형 분석표

『진달내꼿』의 총행수 가운데 종결행수(708행)와 비종결행수(720행)를 비교해 보면, 그 비율이 거의 1:1에 달함을 알 수 있다. 이는 『진달내꼿』이 행 단위에서 종결하려는 경향과 그렇지 않은 경향이 대등하게 맞서 있음을 보여준다. 재미있는 사실은 이러한 비율이 시와 연(stanza) 구성에 있어 행의 배열과 상관적이라는 점이다. 『진달내꼿』 총 127편 가운데 짝수행으로 이루어진 시는 81편으로 전체의 64%를 차지하는데, 이는 홀수행으로 이루어진 시 46편의 2배에 해당하는 수치다. 이러한 짝수행으로 편중은 연 구성에서 보다 확연하게 드러난다. 특히 1연

4행의 구성이 압도적으로 많다는 점은 이미 2장에서 밝힌 바가 있다.[19] 이러한 사실들은 소월 시의 문장이 대체로 2행이 하나의 의미 단락을 이루는 구조로 되어 있음을 예시한다.

서리마즌 닙들만 쌔울지라도
그밋티야 江물의자추 안이랴
닙새우헤 밤마다 우는달빗치
흘너가든 江물의자추 안이랴

쌜내소래 물소래 仙女의노래
물싯치든 돌우헨 물때쑨이라
물때무든 조악돌 마른갈숩피
이제라도 江물의터야 안이랴

쌜내소래 물소래 仙女의노래
물싯치든 돌우핸 물때쑨이라

—「마른江두덕에서」(#10) 전문

위 시의 연 구성은 소월의 작시법의 한 특징을 매우 분명하게 예시하고 있다. 각 연이 짝수행으로 구성되어 있다는 점, 그리고 2행 단위로 하나의 의미 단락이 나누어진다는 점이 그것이다. 구문론적으로 이런 식의 의미 단락을 보여주는 작품들은 상당수에 이른다.[20] 이러

19 본고의 2장 2절 '각운' 부분을 보라.
20 이러한 형태의 연 구성을 취하고 있는 작품들은 다음과 같다. #1, #3, #5(2,4연), #6, #8(2,3연), #9(1,2연), #10, #15, #16, #18(1,4연), #20, #21, #22, #23, #29, #34, #38, #42(1,3,4연), #45, #48(1,2연), #49, #51, #58, #78(4,6,7,12연), #79, #80(1,2,5,7연), #82(3,4연), #87(1,3연), #102, #103(2,3연), #104(1,3연), #116, #118(1,2연), #127.

한 작품들은 『진달내꽃』의 문장 구성이 소월 시의 두 가지 중심 원리, 즉 동일성과 비동일성이라는 규제적 원리에 의해 작동한다는 사실을 암시한다. 여기서 특징적인 것은, 동일성이 주로 우수행을 통해 성립하는 반면 비동일성은 주로 기수행을 통해 성립한다는 점이다. 이것은 문장의 종결 유형에도 그대로 적용된다. 우수행이 주로 문장의 종결을 통해 의미의 수렴을 도모한다면, 기수행은 문장의 연속을 통해 의미의 확산을 추구하는 것이다. 이를 도식화하면 다음과 같다.

행	구문론적 양상	의미론적 특징	규제 원리	
기수행	문장의 연속	의미의 확산	비동일성	의미 단락
우수행	문장의 완결	의미의 수렴	동일성	

앞의 시 3연에서 보는 것처럼 하나의 의미 단락은 독립적으로 하나의 연을 구성할 수도 있고, 1연과 2연에서처럼 두 개 이상의 의미 단락이 모여 하나의 연을 구성할 수도 있다. 후자의 경우, 각 의미 단락 사이의 관계는 병렬, 대구, 반복 등 다양한 구문론적 관계를 띠고 있다. 이러한 구문론적 관계는 제3, 제4의 의미 단락에 의해서 확장되고 변형될 가능성을 포함한다. 그러나 앞서 지적한 대로 소월 시의 경우 한 연은 대체로 4행의 형태로 구성되는 경우가 많다. 연의 구조는 의미 단락 사이의 중층화된 관계보다는 단선화된 관계를 표출하는 것이 주를 이룬다. 따라서 우리는 이런 형태의 의미 단락과 연 구성을 소월 시의 기본적인 구문 구조와 연 구조로 간주할 수 있다. 이러한 형태에서 가장 중요한 특징은 구문론적 구조와 시행 구조 사이의 일치이다.

그렇다면 소월 시의 기본적인 구문 구조와 연 구조가 산출하는 리듬상의 효과는 무엇인가? 시적 리듬 차원에서 본다면, 이러한 형태가 산출하는 리듬상의 효과는 억양상의 균질성과 규칙성이다. 이것은 궁극적으로 구문론적 억양과 시행 상에서 발생하는 시적 억양상의 일치에서 비롯한다. 우리는 볼프강 카이저의 논의에 따라 이러한 형태의 리듬을 '유동적 리듬'이라고 명명할 수 있다.

> 이제 한번 더 우리는 롱펠로우와 브렌타노라는 두 시인의 詩들(각각 「The Arrow and the Song」과 「Wiegenlied」을 의미한다-인용자 주)을 상기해보자. 두 詩가 갖는 율동의 공통점은 운동의 계속적인 절박성, 비교적 낮은 억양, 휴지의 경쾌함과 규칙성, 각기 최소 운율단위의 현저한 대응, 각 詩行의 중요한 기능 따위였다. 이러한 리듬 유형을 우리는 流動的인 律動이라고 이름한다.[21]

볼프강 카이저는 시적 리듬을, '流動的 리듬', '充溢的 리듬', '構造的 리듬', 그리고 '무용적 리듬' 네 가지로 유형화한다. 인용문은 이 네 가지 리듬 중 첫 번째에 해당하는 '유동적 리듬'에 대한 설명이다. 유동적 리듬의 특징은 한 마디로 말해서 규칙적인 절박성(切迫性)에 있다. 그것은 "질서바른 단순한 구조를 지닌 간단하고 균형미를 갖춘" 리듬 유형이라고 할 수 있다. 이러한 형태의 규칙적 리듬이 연(stanza)의 형태로 질서화될 때 '구조적 리듬'이 출현한다.

> 스탠저(stanza-인용자)가 조성하는 유형을 우리는 構造的 리듬이라고 부른다. 최소단위 운율은 충일적 리듬의 경우보다 통일적이며 규칙적인 구조를 지닌다. 운율단위, 半詩節, 詩節 따위와 같은 리듬의 단위가 되는 요소는 모두 자립적인 것으로써 리듬은 끊임없이 새로운 운동을 계승하는 것이다.[22]

---

21 볼프강 카이저, 김윤섭 역, 『언어예술작품론』, 대방출판사, 1982, 401쪽.
22 위의 책, 404쪽.

인용문에서 보듯 구조적 리듬의 기본 특질은 "통일적이며 규칙적인 구조"에 있다. 이러한 구조적 규칙성을 결정하는 일차적 요인은 구문론적 차원의 안정성과 규칙성에서 온다. 이때 구문론적 억양은 구문론적 차원의 규칙성을 반영하고 대표한다. 그렇다면 시적 리듬의 선율적 차원을 결정하는 일차적 요인은 구문론적 억양의 균질성과 규칙성에서 온다고 말할 수 있을 것이다.

소월 시에 나타나는 구문론적 억양의 균질성과 규칙성을 제대로 이해하기 위해서는, 우선 소월 시의 구문 구조가 운과 율격의 존재 양상과 긴밀한 대응관계를 이루고 있다는 사실을 간파해야 한다. 예를 들어 앞서 본 「마른江두덕에서」(#10)는 구문론적으로 동질적인 의미 단락들이 연속적으로 하나의 구조를 이루고 있다. 이것은 연 구성의 차원에서도 마찬가지이다. 이러한 구문 구조의 단일성과 균질성은 운과 율의 측면에서 규칙성과 정형성으로 현상한다. 각 연 우수행의 끝자리에서 발견되는 "라 / 랴"의 반복과 각 행 12음절의 구성은 그 대표적인 예들이다. 운과 율과 구문론적 차원에서의 이러한 정형성과 규칙성은 억양 구조상에도 상당한 영향을 끼친다. 한 마디로 그것은 억양의 균질화와 하향화로 귀결된다고 할 수 있다. 동일한 유형의 구문은 각각의 억양이 지닌 미묘한 차이들을 소멸시키고 하나의 억양 구조로 환원하려는 특징을 지닌다. 형태의 동질성이 억양 구조의 단순화를 초래하는 것이다. 이러한 단순화는 억양 곡선의 선율적 흐름 내부에서도 발견된다. 억양의 청각적 인상은 저조와 고조의 선율적인 흐름에 의해 결정되는데, 이때 고조의 위치와 정도가 억양 전체를 좌우하는 지배적 요소로 작용한다. 따라서 구문론적 정형성과 규칙성이 억양 내부에서 고조의 위치를 하향시키고 그 강도를 낮춤으로써 전체적으로 단조로운 억양 패턴을 유발한다고 말할 수 있게 된다.[23]

분명 『진달내꼿』에는 이러한 형태의 억양과 리듬 구조를 보여주는 시편들이 다수 존재한다. 소위 '민요조'라고 불리는 시들이 여기에 해당한다. 그것들은 규칙적인 압운, 정형적 율격, 단선화된 구문, 그리고 균질화된 억양이라는 특질을 공유한다. 그러나 이러한 형태의 리듬 유형은 소월 시의 전체를 구성하지도 않으며 더군다나 소월 시의 본체를 구성하는 것도 아니다. 사정은 그렇게 단순하지 않다. 소월 시에는 단선화된 구문, 그리고 균질화된 억양 하나만이 존재하는 것은 아니다. 소월 시에는 중층화되고 비균질적인 형태의 구문과 억양이 다층적으로 존재한다. 이것은 소월 시의 운과 율이 규칙적인 형태(압운과 율격)와 불규칙적 형태(프로조디와 호흡률)가 혼재하고 있는 것과 동궤를 이룬다. 지금 소월 시의 리듬의 세 번째 양상, 즉 억양의 선율 구조를 고찰하는 데 있어 중요한 것은 바로 이 후자의 측면이다. 우리는 이 구문과 억양 구조상의 불규칙적 변이형들을 살펴봄으로써 소월 시를 포괄하는 한국 근대시의 '자유율'로 한 발 더 깊숙이 들어갈 수 있을 것이다. 그러나 그곳으로 돌입하기 위해서는 하나의 사전 정지(整地) 작업이 요청된다. 잠시 소월 시의 종결율조의 기본 양태에 대해 고찰해 보도록 하자.

2) 종결율조(cadence)의 기본 양상

앞에서 보았듯이 서술형에 의한 종결 가운데 압도적인 우위를 차지하는 것은 종결어미에 의한 종결이었다. 여기서 특징적인 것은 특수한 종결 어미에 대한 편중이 두드러진다는 점이다.

---

23 이러한 현상은 억양 음운론에서는 말하는 '하강(declination)' 현상과 밀접한 연관이 있다. 하강 현상에 대해서는 구희산의 「영어와 한국어억양의 대조분석」(『영어교육』 38호, 1989)을 참조할 것.

용언의 어미에서는 〈아라, 어라〉를 가장 현저한 예로 들 수 있다. 정확한 통계를 내어 보지는 않았지만, 이것은 가장 많이 쓰인 종결어미의 하나였다.[24]

『진달내쏫』에서 '어라 / 서라 / 러라'의 형태를 취하는 '－라'형 어미의 사용은 매우 인상적이다. 전체 문장의 종결 유형 가운데 이 '－라'형이 차지하는 비율은 상당히 높다.[25] 단순히 '－라'형이 1회 이상 출현하고 있는 작품을 계산해 보더라도, 전체 127편 중 61편에[26] 달할 정도로 그 비중이 높은 편이다. 따라서 우리는 이 '－라'형의 어미 분석을 토대로 김소월 시가 지닌 종결어미 사용의 특수성을 도출해 낼 수 있다. 우선 그 기본적인 형태부터 살펴보자.

박게는 눈, 눈이 와라,
고요히 窓아래로는 달빗치드러라.
어스름타고서 오신그女子는
내쑴의 품속으로 그러와안겨라.

나의벼개는 눈물로 함 빡히 저젓서라.
그만그女子는 가고마랏느냐.
다만 고요한 새벽, 별그림자하나가
窓틈을 엿보아라.

－「쑴쑨그옛날」(#13) 전문

24 이기문, 「소월시의 언어에 대하여」, 김학동 편, 『김소월』, 187쪽.

25 시집 『진달내쏫』에서 '－라'형 종결 어미의 출현은 대략 186회 정도로, 이는 전체 '종결행' 가운데 약 26%에 이르는 비율이다.

26 이에 해당하는 작품은 다음과 같다. #1, #3, #10, #11, #13～15, #18, #26, #30, #31, #33～35, #37, #38, #40～45, #47, #54, #59, #64, #67, #69～74, #76～89, #92～96, #110, #112, #114～121.

이 시에서 '-라'형 종결어미의 사용은 매우 두드러진다. 총 6개의 종결 어미 가운데 6행 "가고마랏느냐"를 제외한 나머지가 '어라 / 아라'의 형태를 취하고 있다. 그런데 이러한 '어라 / 아라' 유형의 종결어미에 대한 애용은 이 한편에만 그치는 것이 아니다.[27] 『진달내쏫』 곳곳에는 과도한 남용의 흔적이 자주 목격된다. 이러한 편애의 원인은 '어라 / 아라' 유형의 종결어미가 산출한다고 가정되는 정조를 참조할 때 이해될 수 있다.

> 이러한 「다」를 除한 以外에 나는 決코 使用하지 아니 합니다. 그것은 우에도 말하얏거니와 詩 美的 快感을 害하는 以外에 맘의 感動을 如實하게 表現할 수가 업기 째문이외다. 도로혀 「다」를 쓰는 것보다는 나는 「어라, 서라」와 가튼 것을 쏩니다. 이 말 못한는 「어라, 서라」를 가지고 詩的 用語로 이러니 저러니 하면서 金東仁 가튼 親故는 所謂 「岸曙式」이라는 이름을 부쳐 줍니다. 만은 「岸曙式」도 아모 것도 아니고 나로 보면 「다」를 代身할 만한 用語가 없스면 조금 오래된 냄새가 나지 안는 것은 아니나 이 「어라, 서라」를 支離할 만큼 使用한 所以외다. 「다」보다는 훨씬 아름답은 말인 줄 압니다.[28]

이것은 "어라, 서라" 형의 종결 어미 사용에 대한 김억식 옹호이다. 김동인이 "岸曙式"으로 호명한 이 종결어미에 대한 당시의 평가가 어떠했는지[29]는 논의의 대상이 아니다. 다만 여기서는 김억이 "어라, 서

---

27 단순 종결형으로서 '어라, 아라'형태를 취하는 작품으로는, #13, #18, #26, #30, #31, #33의 1행, #34의 4행, #35의 2행, #37, #38, #40의 11행, #41, #42, #43의 13행, #44, #45, #47, #78, #79, #81, #82, #83, #84, #87, #88, #89, #96, #114, #118, #119, #120이 있다.

28 김억, 「語義 · 語響 · 語美」(『조선일보』, 1929.12.18~19), 박경수 편, 앞의 책, 410쪽.

29 김억의 '어라, 서라'에 대한 박종화의 비판은 좋은 참조가 된다. "岸曙式의 『大同江』(開闢二十五號)이라는 여섯篇의詩는 抒情의노래이엇스나 사람으로하야금 앗질한

라" 유형의 종결어미를 사용한 의도와 목적을 확인하는 것으로 충분하다. 인용문에서 보듯이, 김억은 '-다' 유형의 종결어미를 사용하지 않는 이유를 "詩 美的 快感을 害하는 以外에 맘의 感動을 如實하게 表現할 수가 업기 때문"이라고 명시하고 있다. 이것은 역으로 "어라, 서라" 형의 어미가 "맘의 感動을 如實하게 表現할 수" 있는 "아름답은 말"이라는 뜻이 된다. 이러한 사고의 기저에는, 언어가 의미 이외에 "音響의 餘韻"과 같은 '음조(音調)'와 "文字美"를 지녀야 한다는 생각이 자리하고 있다. 이러한 "岸曙式" 사고와 표현은 소월의 사고와 표현에 강력한 유인력으로 작용한다. 우리는 이를 김소월의 '詩魂'과 '陰影'에 대한 사고에서 확인할 수 있다. 그는 「詩魂」에서 '陰影'을 결정하는 요인으로 "詩想의範圍, 리듬의變化, 또는그情調의明暗"[30]을 들고 있다. 이중 현재의 논의와 직접적 관련이 있는 것은 "그情調의明暗"이다. 일반적으로 '情調' 자체는 시의 의미 내용과 관련된 것이지만, 우리가 "情調의明暗"에 대해 말할 때는 다른 처지에 놓이게 된다. 즉 '情調'의 언어적 표현이 문제가 되는 것이다. 이것은 언어가 의미 이외에 "音響의 餘韻"과 같은 '음조(音調)'와 "文字美"를 지녀야 한다는 '岸曙式' 사고와 맞닿아 있다. 달리 말하면 "그情調의明暗"은 "맘의 感動을 如實하게 表現"하는 '소월식' 언어관을 표현하고 있는 것이다.

따라서 "어라, 서라"형의 종결어미는 언어 자체가 지닌 미적 효과, 좀 더 구체적으로 말한다면 시의 어조(語調)의 한 차원을 구성하는 '음조'의 산물로서 볼 수 있다. 물론 이 "어라, 서라"형의 종결어미는 김억 스스로도 지적하는 것처럼 고어투의 문체와 닮아 있다. 그렇다고 이

法悅속에 醉케할만한 무드가업스며 쏘한 그의질겨하는 베로렌의 마음썩는懊惱의 심뽈도업다 例의그 「여라」 「서라」 「러라」가 空然히讀者를苦롭게할뿐이다", 박종화, 「문단의 일년을 추억하야」, 『개벽』 31호, 1923.1, 8쪽.

30 김소월, 「詩魂」, 김종욱 편, 『원본 김소월 전집 하』, 991쪽.

것을 확대 적용하여 "어라, 서라"형 전체를 전통적 차원에서 해석할 필요는 없다. 왜냐하면 "어라, 서라"형의 종결어미의 어조를 결정하는 것은 개별적인 텍스트의 문맥이기 때문이다. 따라서 김대행의 다음과 같은 결론은 지양될 필요가 있다.

> 이 시(「千里萬里」—인용자)의 마지막에 나오는 '피여올나라'의 시제는 맥락으로 보아 미래라야 할 것 같다. 그러나 앞서의 예 ④(「녀름의 달밤」—인용자), ⑤(「오는봄」—인용자)에서 본 '잠뭇드러라 · 안자우러라'들은 현재였다. 이렇게 보면 과거 · 현재 · 미래를 두루 '—라'형으로 표현한 것은 의도적이며 그 결과는 시간적 애매성이라고 하는 고시가의 전통과 들어맞는 것이다. 이런 점에서 '—라'형의 종결어미는 전통의 계승이라고 볼 수 있을 것이다.[31]

김대행은 김소월의 '—라'형의 종결어미를 "시간적 애매성"을 표현하는 전통적 표현으로 본다. 그리고 그 근거를 시조의 관습적 표현인 'ᄒᆞ노라'류에서 찾고 있다. 이것은 문제가 있다. 시조의 'ᄒᆞ노라'류가 실제 "시간적 애매성"을 형성하는 장치로 기능하는지의 여부는 차치하더라도, 김소월의 "아라, 서라"형의 종결어미를 시조의 'ᄒᆞ노라'류와 직접적으로 동일시하기 때문이다. '잠뭇드러라'와 '잠뭇드러 ᄒᆞ노라'는 형태적으로나 음조적으로나 분명히 구분되는 두 차원이다. 이렇게 뚜렷이 분별되는 두 형태를 동일시하는 것은 상식적으로 납득하기 어렵다. '—라'라는 형태의 유사성만으로 'ᄒᆞ노라'형과 "어라, 서라"형을 직접적으로 동일시하기는 어렵다.[32] 따라서 우리는 'ᄒᆞ노라'류의 의고

31 김대행, 「김소월과 전통」, 『우리 시의 틀』, 문학과비평사, 1989, 257쪽.

32 물론 소월의 시에 이 'ᄒᆞ노라'형태의 의고식 표현이 아주 없는 것은 아니다. 「사노라면 사람은죽는것을」(#117)에는 "나도 살려하노라, 그와갓치 / 사는날 그날까지 / 살

체 표현과 "어라, 서라"류의 '안서식' 혹은 '소월식' 표현을 구분해야 한다.[33]

3. 『진달내꼿』의 억양 구조 : 시적 리듬의 억양

시행의 독특한 종결율조는 구문적 억양의 패턴에 변화가 발생함으로써 생긴다. 이때 시적 억양의 종결율조가 변화되는 양상은 크게 세 가지로 분류된다. 첫째 문장의 단락(短絡), 둘째 문장의 연장, 셋째 어순의 도치. 문장의 단락은 생략이나 압축의 형태로 문장이 종결되는 경우를 말한다. 앞의 표에서 비서술형 종결 가운데 생략형 종결과 명사형 종결이 여기에 해당한다고 할 수 있다. 문장의 연장은 하나의 행이 두 개 이상의 문장이 결합되어 있는 경우를 말한다. 여기서 문장들이 결합하는 양상은 매우 다양하고 복잡하다. 그럼에도 불구하고 소월 시에는 이 문장의 연장과 관련해 매우 특징적인 면모가 드러난다. 후술하겠지만 그것은 문장의 연장이 특수한 종결어미의 사용과 호응하고 있다는 점이다. 마지막으로 어순의 도치는 일반적인 문장의 어순과 다르게 배열되는 경우를 말한다. 어순의 도치는 구문론적으로나 의미론적으로 앞과 뒤의 문장에 모두 걸리는 '앙장브망'과 밀접한 관련이 있어 특별한 주목을 요한다.

음에 즐겁어서,"라는 표현이 보인다.

33 안서와 소월의 '-라'형의 종결어미 사용이 지닌 특색과 의의에 대해서는 다음의 글을 참조할 것. 김영철, 「한국 현대시에 나타난 국어의 미적 기능」, 『한중인문학연구』 22호, 2007.

이상 세 가지 변이형들은 시적 리듬 차원에서 각자의 고유한 특질로 다른 것들과 분별된다. 이때 상이한 억양 패턴은 각 유형들의 선율 구조를 결정짓는 중심 장치로 기능한다. 특히 시에서 특별한 운율 자질이 없는 경우, 시적 리듬의 특수성을 결정하는 것이 바로 이것이다. 다시 말하면 우리는 구문론적 억양이 시적 억양으로 변이되는 양상과 정도를 탐색함으로써 개별적인 작품들이 지닌 선율 구조의 특수성을 확인할 수 있는 것이다. 여기가 시적 리듬의 본령이 있는 곳이다. 이하에서는 김소월 시에서 구문론적 억양과 시적 억양이 충돌하는 기본적 양상들을 탐색한 뒤, 그것들이 다양한 형태로 확산 · 변이되는 양상들을 추적할 것이다.

1) 구문론적 억양과 시적 억양의 충돌

앞서 보았듯이 억양은 문장의 통사구조에 종속된 구문적 억양과 시행의 리듬구조에 종속된 리듬적 억양으로 분할된다. 전자가 언어 구조(langue) 차원의 규범적 · 일반적 억양이라면, 후자는 시적 발화(parole) 차원의 개성적 · 내면적 억양이라고 말할 수 있다. 일상 대화와는 달리 시적 언어에서는 양자가 시행의 의미 구조에 따라 다양하게 결합한다. 역으로 이것은, 양자가 맺는 관계의 양상이 개별 시가 지닌 의미, 통사, 리듬 구조의 독특한 분절과 결합 양태를 보여준다는 것을 의미한다.

당신은 무슨일로
그리합니까?
홀로이 개여울에 주저안자서

파롯한풀포기가

도다나오고

잔물은 봄바람에 해적일때에

가도 아주가지는

안노라시든

그러한約束이 잇섯겟지요

날마다 개여울에

나와안자서

하염업시 무엇을생각합니다

가도 아주가지는

안노라심은

구지닛지말라는 부탁인지요

—「개여울」(#99) 전문

각 연의 종결율조에 유의해서 보자. 2연을 제외한다면 각 연은 통사적으로 모두 하나의 문장으로 구성되어 있다. 각 연에서 종결율조를 결정하는 핵심적인 요소는 서술어들로서, 1연의 "그리합니까?", 3연의 "잇섯겟지요", 4연의 "생각합니다", 5연의 "부탁인지요"가 그것들이다. 이 네 개의 서술어들은 두 개의 층위에서 상관관계를 맺고 있다. 우선 어조(tune)의 층위에서 본다면 1연과 4연, 3연과 5연은 서로 호응하고 있다. 즉 1연과 4연이 공식적인 담화의 격식을 차린 말투라면, 3연과 5연은 비공식적 차원의 친근한 말투라고 할 수 있는 것이다. 그러나 위의 서술어들은 문장의 종류라는 층위에서는 상이한 관계를 형성하고 있다. 이때의 호응관계는 1연과 5연, 3연과 4연 사이에 성립하고 있다. 다시 말해 1연과 5연은 의문형의 문장 구조를, 3연과 4연은 평서문의 문장 구조를 취하고 있는 것이다. 여기서 핵심은 두 개의 층위가 포개졌을 때 변이를 일으키는 지점, 5연의 "부탁인지요"에 있다. 우리는 이 "부탁인지요"의 종결율조가 갖는 특수성을 분석함으로써, 일차적으로는 구문적 억양과 리듬적 억양의 대립과 충돌을 이해하고, 나아가 리듬적 억양이 시 전체의 조직화의 원리로서 기능한다는 사실을 확증할 수 있다.

일단 이 시의 전체적인 구조가 질문과 대답의 형식으로 이루어져 있음을 확인하는 데에서 시작하자. 그렇다면 1연의 질문에 대한 대답은 어디에 있는가? 4연을 1연의 대답으로 보는 것은 다음의 두 가지 이유 때문이다. 첫째, 어조의 층위에서 1연과 4연은 대응관계를 이룬다. 질문의 형식이 대답의 형식을 결정하는 것이다. 둘째, 1연과 4연의 문장 구조가 서로 유사하다. 1연 1~2행의 문장 구조는 4연 12행과, 1연 3행의 문장 구조는 4연 10~11행과 매우 유사하다. 이러한 유사성은 양자 사이의 긴밀성을 반증한다. 그러나 우리는 이 4연의 대답이 매우 형식적이고 의례적인 대답에 그치고 만다는 것을 간과해서는 안 된다. "하염업시 무엇을생각합니다"에서 "무엇을"의 실제적인 내용이 빠져있는 것이다. 이러한 공소성(空疎性)은 상황 자체의 성격에서 기인해서, 격식체의 어조로 반향하는 것으로 보인다.

여기서 3연을 참조할 필요가 있다. 그것은 3연이 4연의 공소성을 보족할 "무엇"의 실제적인 내용이 놓여 있는 곳이기 때문이다. 우리는 3연을 통해서 시적 화자가 매일 개여울에 나와 "하염업시 무엇을 생각"하는 이유를 확인할 수 있다. 그것은 임과의 '약속, 즉 "가도 아주가지는 / 안노라시든 / 그러한約束" 때문이다.

이러한 이해를 바탕으로 5연의 종결율조 "부탁인지요"가 갖는 특수성을 분석할 수 있다. 앞서 보았듯 "부탁인지요"는 어조와 문장의 종류라는 두 개의 층위에서 이중적으로 구조화될 수 있다. 즉 문장의 종류라는 층위에서 본다면 "부탁인지요"는 1연의 "그리합니까?"라는 의문문과 호응하고, 어조의 층위에서 본다면 3연의 "잇섯겟지요"라는 비공식적 말투와 호응하는 것이다. 이것은 "부탁인지요"가 질문과 대답에 이중적으로 구속되어 있음을 의미한다. 여기서 질문하는 자와 대답하는 자는 동일 인물이다. 이전까지 질문하는 자는 1연에서 시적 화자를 "당신"으로 지칭하는 '누군가'로서, 3연과 4연의 대답하는 자와는 동일한 인물이 아니었다. 그러나 5연의 경우는 상황이 다르다. 여기서 말하는 자는 1연의 질문하는 자로도 3연과 4연의 대답하는 자로도 해석될 수 있는 것이다. 이러한 사실은 「개여울」의 이전 판본(『개벽』 25호, 1922.7)과 비교했을 때 선명하게 부각된다.

가긴 가도 아주 가지는
안켓노라ㅁ이
굿게굿게 닛지말나는 부탁이지요

— 「개여울」 5연

놀랍게도 "부탁인지요"는 "부탁이지요"가 변화된 것이다. "부탁이지요"에서 "부탁인지요"로의 변화는 음운 하나의 변화에 불과하지만, 이 음운 하나에 걸려 있는 것은 결코 작은 것이 아니다.[34] "부탁이지요"의 경우, 5연은 3연과의 관계 하나로서 충분히 설명될 수 있다. 3연과 5연의 유사한 문장 구조는, 5연을 3연의 부수적 차원으로 환원시켜 버린다. 이것은 "부탁이지요"가 의문문이라는 문장 유형상의 층위를 소거하고, 비

34 "音素 「ㄴ」이 있느냐 없느냐에 따라 시 전체를 관류하고 있는 시인의 목소리(기분이나 情調)가 달리 나타난다." 조남현, 「개작 과정으로 본 소월시의 이막」, 『문학사상』, 1976.12.

격식적 말투라는 어조적 층위만으로 이루어졌기 때문이다. 따라서 "부탁인지요"에서 보았던 이중적 긴장 관계는 단선적 대립 관계로 대체된다. 즉 1연의 질문에 대한 3~5연의 대답이 있을 뿐이다.

의미론적 차원에서도 "부탁이지요"와 "부탁인지요"의 차이는 상당히 크다고 할 수 있다. 우선 전자는 3연의 "그러한約束"에 대한 대답이자 확신으로, 시적 화자는 '님'과의 사랑에 대한 확고한 믿음과 의지를 표현한다. 따라서 '님'의 약속은 '님'에 대한 사랑을 보증하는 요소로 작용한다. 이에 비해 후자는 '님'의 "그러한約束"에 대한 의문이자 불신으로, 시적 화자는 '님'과의 이별에 대한 가능성을 표현한다. 따라서 '님'의 약속은 '님'에 대한 사랑을 보증하는 요소로 작용하지 못한다. 한마디로 말해, 전자는 '님'의 약속(재회와 사랑)에 대한 믿음을 표현하는 반면, 후자는 '님'의 약속(재회와 사랑)에 대한 불신을 표현하는 것이다. 이러한 차이는 시적 화자의 심리적 갈등과 긴장의 현격한 차이로 나타난다. 즉 전자의 경우 시적 화자의 긴장도는 제로에 가깝지만, 후자의 경우 그 긴장도는 매우 큰 것이다.

이러한 차이를 감안한다면 "부탁인지요"에 걸려 있는 하중이 어느 정도인지 짐작할 수 있다. "부탁인지요"는 문장의 유형과 억양이라는 층위가 의미론적 층위의 차이로 수렴하는 장소이다. 우리가 문장의 유형을 구문론적 차원에, 어조를 시적 텍스트의 차원에 속한 범주로 볼 수 있다면, "부탁인지요"는 구문론적 범주가 텍스트로 구체화되는 지점을 표시한다고 말할 수 있다. 여기에 '님'의 약속(재회와 사랑)에 대한 화자의 심리적 갈등이란 의미론적 범주가 매개된다. 이때 발생하는 다층적인 긴장 관계가 구문적 억양과 리듬적 억양의 대립으로 나타나고 있는 것이다.

「가는길」의 억양 구조가 예시하는 것도 바로 이 구문적 억양과 리듬적 억양의 대립과 충돌이다.

그립다

말을할까

하니 그리워

그냥 갈까

그래도

다시 더한番……

저山에도 가마귀, 들에 가마귀

西山에는 해진다고

지저귑니다

압江물, 뒷江물,

흐르는 물은

어서 짜라오라고 짜라가쟈고

흘너도 년다라 흐릅듸다려.

—「가는길」(#100) 전문

앞서 보았듯 「가는길」의 1연, "그립다 / 말을할까 / 하니 그리워"는 "그립다 말을할까 / 하니 그리워"나 "그립다 / 말을할까 하니 그리워", 혹은 "그립다 말을할까 하니 그리워"와 동일한 율격적 질서를 갖지 않으며 동일한 의미도 갖지 않는다. 이것은 "그립다"와 "말을할까" 사이의 분절, "말을할까"와 "하니 그리워" 사이의 분절에서 기인한다. 이러한 분절 때문에 "그립다"는 강조되어 서술적 어조와는 달리 영탄과 탄식의 어조로 읽히게 된다. 이러한 차이는 "그립다" 다음에 어미 '-고'를 추가해보면 분명하게 인식된다. 3연의 "해진다고"나 4연 "짜라가쟈고"와의 차이를 비교해 보라. 또한 3행의 통사론적으로 분절된 "하니"도 '하고자 함(慾)'이라는 의도의 의미뿐만 아니라, 추가적으로 '하다(爲)'라는 행위의 의미를 지니게 된다. "하니"의 이러한 의미론적 확산은, 행의 분절이 통사적 규칙의 준수 여부를 떠나 시의 의미론적 차원과 영향관계를 형성한다는 사실을 예증한다. 우리는 앞 장에서 이러한 사실을 확인한 바 있다. 그렇다면 분행(分行)에 의한 분절은 억양의 차원에서 어떤 영향을 미치는가?

> 결과적으로, 하나의 발화 단위로서의 문장을 세개의 詩行으로 나눔으로 해서, 日常的 문장으로 읽으려는 抑揚構造와 詩行으로 나누어 읽으려는 그것이 충돌하게 되고, 그 결과 '하니'라는 語節에서 抑揚이 상승하게 되는 독특한 抑揚의 단위가 성립된다.[35]

김성태는 억양구조의 분석을 통해 분행의 문제를 음운론적 차원과 의미론적 차원으로 확장한다. 그의 논의가 보여주는 것은, 「가는길」의 미적 특질이 시적 리듬의 변이와 일탈에서 온다는 것과 이러한 변화를 가능하게 하는 원동력이 시의 정서와 의미 내용이라는 것이다. 「가는길」을 비롯한 일련의 분행시들이 예증하는 것은 바로 이러한 억양의 작동방식이다. 실제적으로 "그립다 / 말을할까"와 "그립다 말을할까"의 억양 구조는 상이하다. 전자는 분행에 의해 "그립다"와 "말을할까"라는 두 개의 독립된 억양 단위로 구성되는데 비해, 후자는 하나의 억양 단위로 구성되어 평서문의 억양 구조를 갖는다고 할 수 있다. "말을할까"와 "하니 그리워" 사이에도 동일한 관계가 성립한다. 우리가 "말을할까 하니 그리워"를 하나의 억양 단위, 즉 일상적인 구문론

35 김성태, 「김소월시 작시법에 대한 언어시학적 연구」, 서강대 석사, 1985, 85쪽.

적 억양 단위로 분석한다면 율독상의 경계는 "하니"와 "그리워" 사이에 놓이게 된다. 그러나 이것은 두 개의 억양 단위, 즉 본문의 리듬적 억양 단위로 분행하게 되면, 율독상의 경계는 "말을할까"와 "하니" 사이에 놓이게 된다. 여기가 일상적 억양 구조와 시행상의 억양 구조의 충돌이 발생하는 곳이다. 이때 "하니"는 충돌의 중심 지점으로, "억양의 긴장을 받아 상승하게"[36] 되는 것이다. 이러한 충돌은 분행에 의한 호흡과 억양의 분절화 때문에 발생한다. 여기서 우리는 억양이 "시를 시행으로 나누거나 행에서 리듬 단절로 만들어진 내적 분할을 유지하거나 억제하는"[37] 핵심 장치라는 사실을 다시 한 번 확인할 수 있다.

2) 문장의 단락(短絡)

앞의 표에서 보듯 행 단위에서 문장이 종결되는 경우, 서술형에 의한 종결이 68%로 우위를 점하고 있지만, 비서술형에 의한 종결도 상당수를 차지하고 있다. 비서술형 종결은 크게 명사형, 생략형, 기타형으로 구분된다. 생략형 종결은 대개가 말줄임표의 사용에 의한 종결의 형태를 취하고 있다. 이것은 생략을 통한 여운이라는 효과를 창출한다는 점에서 시적 리듬의 한 양상을 이룬다. 그러나 빈도수의 측면에서 볼 때 그것의 비중은 그렇게 큰 것은 아니다. 한편 기타형은 문장의 도치에 의해 형성된 것들이 대부분이므로, 이는 문장의 도치를 논하는 자리에서 언급하는 것이 타당하다. 그렇다면 비서술형 종결 가운데 중심적 지위를 차지하는 것은 명사형 종결이다. 이 명사형 종결은 소월의 작시상의 특징뿐만 아니라, 근대시의 주요한 특질을 이

---

36 위의 책, 83쪽.

37 얀 무카로브스키, 「시어에 대하여」, 조주관 편역, 앞의 책, 66쪽.

룬다는 점에서 중요한 의미를 지닌다.

이런 명사형 종결이 산출하는 리듬적 효과는 매우 특이하다. 다음 시를 보자.

> 쒸노는흰물껼이 닐고 쏘잣는
> 붉은풀이 자라는바다는 어듸
>
> 고기잡이꾼들이 배우에안자
> 사랑노래 불으는바다는 어듸
>
> 파랏케 죠히물든藍빗하늘에
> 저녁놀 스러지는바다는 어듸
>
> 곳업시떠다니는 늙은물새가
> 떼를지어 좃니는바다는 어듸
>
> 건너서서 저便은 딴나라이라
> 가고십픈 그립은바다는 어듸

— 「바다」(#3) 전문

매연 2행에서 반복되는 “어듸”는 매우 독특한 억양 곡선을 산출한다. 이것은 의미론적 · 구문론적 · 리듬론적 차원에서 모든 초점이 “어듸”에 놓이는 데서 기인한다. 일차적으로 “어듸”는 ‘어듸인가?’가 축약된 형태로 볼 수 있다. 그렇다면 “어듸”의 반복은 “어듸”가 지시하는 장소에 대한 강력한 지향성을 내포한다고 말할 수 있다. 이러한 강력한 지향성은 역으로 시적 화자와 그 공간 사이의 거리감을 반증하며,

궁극적으로는 양자 사이의 단절성과 소통 불가능성을 표상한다. 이것이 가능한 것은 "어듸"라는 말이 "멀다"[38]라는 말보다 더욱 강력한 의미론적 효과를 산출하기 때문이다. 여기에는 구문론적 · 리듬론적인 요인이 작용한다. 구문론적 차원에서 '어듸인가?'에서 "어듸"로의 압축은 후자에 더욱 강력한 구문론적 강세를 부여한다. 일반적으로 의문문에는 오름조의 억양 곡선이 실리는데, 이 상승조의 억양 곡선은 축약된 형태에서 더욱 고조될 수밖에 없다. 왜냐하면 축약된 형태가 단위 시간당 더욱 많은 긴장을 유발하기 때문이다. 따라서 '어듸인가?'보다 "어듸(?)"가 더욱 높은 상승조의 억양 곡선을 그리게 된다. 이것은 호흡률의 차원에서 띄어쓰기에 의한 호흡의 분절과도 밀접한 상관관계를 이룬다.[39] 즉 "어듸"에 강력한 호흡 에너지가 발산되기 위해서는 "어듸" 바로 앞에서 에너지의 축적이 필요한 것이다. 만약 우리가 "바다는"과 "어듸"를 연속적으로 발화한다면, "어듸"에는 본문과 같은 높은 억양 곡선이 그려지지 않게 될 것이다.

이러한 사실은 「접동새」(#109)의 1연의 율독에 잘 나타나 있다.

접동
접동
아우래비접동

— 「접동새」(#109) 1연

---

38 「바다」(#3)의 이전 판본들에는 "어듸"가 "멀다"(『동아일보』, 1921.6.14)와 "멉니다"(『개벽』 26호, 1922.8)로 되어 있다.

39 이 "어듸"가 호흡률의 템포에 미치는 영향 관계에 대해서는 일찍이 정한모에 의해 지적된 바가 있다. "템포의 緩急의 度는 '멉니다 < 멀다 < 어디'의 순위로 '어듸'가 가장 促急한 것은 音質 자체가 그럴 수밖에 없기 때문이다. (…중략…) 이에 反하여 '어듸'는 둘 다 長音의 要素가 없으며 특히 이것이 終止辭로 쓰여진 만큼 急停止상태로 끝나 이것이 되풀이되는 이 ③의 템포가 促急할 수밖에 없다." 정한모, 「소월시의 정착과정연구」, 『성심어문논집』, 1977.8, 119쪽.

주지하다시피 인용문이 산출하는 음성적 효과는 '접동 접동 아우래비접동'(㉮)이나 '접동 접동 / 아우래비접동'(㉯)이 산출하는 효과와 다르다.[40] 여기서 인용문이 접동새의 울음소리에 대한 음성상징이냐 아니냐는 것은 부차적인 문제이다. 핵심적은 문제는 분행과 관련하여 명사형 종결이 산출하는 리듬적 효과이다. 무엇이 인용문과 ㉮와 ㉯의 리듬상의 차이를 산출하는가? 여기에는 여러 가지 요인들이 개입할 테지만, 논의를 억양의 차원으로 한정한다면 다음과 같이 말할 수 있다. 앞에서 지적한 대로 명사형 종결은 구문론적 축약으로 인해 높은 강도의 긴장을 유발한다. 이것이 상승조의 억양을 일으키는 일차적 요인이었다. 따라서 명사형 종결의 발화에는 많은 에너지의 발산이 요구된다. 그런데 만약 인용문처럼 이러한 단위들이 연속적으로 이어져 있는 경우는 어떻게 되는가? 해결 방법은 두 가지이다. 하나는 발화의 간격을 넓히는 방법이고, 다른 하나는 에너지의 발산을 줄이는 방법이다. 전자의 방법은 발화의 간격을 넓혀 조음상의 여유를 줌으로써 상승조의 억양의 강도를 그대로 실현한다. 이에 비해 후자의 방법은 억양의 강도를 낮춤으로써 조음상의 충돌을 보완한다. 이러한 차이가 인용문과 ㉮ 혹은 ㉯와의 억양상의 차이를 규정한다.[41] 따라서 인용문의 "접동"의 강세와 상승의 정도는 ㉮ 혹은 ㉯의 그것과 상이할 수밖에 없다. 이는 ㉮와 ㉯ 내부의 '접동'들 사이에도 마찬가지이다. 우리는 ㉮에서 첫 번째 '접동'과 둘째 또는 셋째의 것을 동일한 강세와 억양으로 발음할 수 없다. 만약 우리가 그렇게 발음한다면, 그것은 인용문처럼 분행을 염두해 두고 발화한 것으로 봐야 한다.

이처럼 명사형 종결은 다른 유형에 비해 억양의 상승 정도가 크고 선명하다. 따라서 그것은 강조적 표현, 즉 화자의 고양되고 격앙된 정

40 강홍기, 「'접동새'고」, 『개신어문연구』 16집, 1999.12, 239쪽.

41 이것은 「금잔디」(#122)의 "잔듸, / 잔디, / 금잔듸,"의 경우에도 동일하게 적용된다.

서를 표출하기에 적합하다.

나의 긴한숨을 동무하는
못닛게 생각나는 나의담배!
來歷을 니저바린 옛時節에
낫다가 새업시 몸이가신
아씨님무덤우의 풀이라고
말하는사람도 보앗서라.
어물어물눈압페 스러지는검은煙氣,
다만 타붓고 업서지는불꼿.
아 나의괴롭은 이맘이어.
나의하욤업시 쓸쓸한만흔날은
너와한가지로 지나가라.

— 「담배」(#31) 전문

2행의 "나의담배!"가 보여주는 것은 명사형 종결의 기능이다. 명사형 종결은 격앙된 감정의 표현에 유리하다. 느낌표가 표현하는 것은 화자의 간절한 소망으로서, 이는 압축에 의해 생성된 고조된 억양과 대위적 관계를 이룬다. 이러한 상승조의 억양이 산출하는 미적 효과는 매우 특수하다고 할 수 있다. 그것은 격앙된 감정을 표출하지만 매우 단정하고 정제된 느낌을 주는데, 이는 급격한 구문론적 단절로 인한 압축 효과 때문이다. 이러한 효과 때문에 명사형 종결은 시의 문맥에 신선함을 부여하고 분위기를 환기시키는 기능을 수행할 수 있는 것이다.

명사형 종결과 호격(呼格)에 의한 종결은 고양된 감정의 표출이라는 점에서 동일하지만, 양자가 산출하는 미적 효과 면에서는 상이하다.

이러한 사실은 고조된 감정을 표출하고 있는 9행("아 나의괴롭은 이맘이어.")과의 비교 · 분석을 통해 확인할 수 있다. 일반적으로 호격에 의한 탄식은 주체의 강력한 정서를 표출하는 기능을 수행한다. 즉 호격에 의한 영탄조의 어조는 주체의 정서 표출을 직접적으로 겨냥하는 것이다. 예를 들어 「초혼」(#94)의 "이름이어!"와 "그사람이어!"의 반복은 "화자의 정열적인 몰입"[42]을 보여주는 유력한 증거이다. 이러한 정서적 표현을 과장에 의한 '병적 미의식'으로 볼지 아니면 죽음을 각오한 '비장미'로 볼지는 지금 여기서 다룰 문제가 아니다. 문제는 명사형 종결과 호격형 종결이 산출하는 미적 효과의 차이가 무엇이냐는 것이다. 그것은 한마디로 선명도와 투명도의 차이라고 말할 수 있다. 이러한 차이는 압축과 연장(延長)의 차이에서 비롯한다. 우선 전자는 구문상의 압축의 결과로 저조(低調)와 고조(高調) 사이의 차이가 두드러지는 반면, 후자는 호격 조사에 의한 연장 때문에 저조와 고조 사이의 차이가 선명하게 드러나지 않는다. 다시 말해서 음이 실현되는 길이의 차이가 선명도의 차이를 일으키는 것이다. 이것은 주파수(Hz)의 차이를 떠올리면 쉽게 이해될 수 있을 것이다.

이 선명도의 차이는 호흡의 문제와도 깊은 연관성이 있다. 명사형 종결의 경우 억양의 상승과 함께 호흡이 닫히는 특성이 있는 반면, 호격형 연장의 경우는 반대로 호흡이 개방되는 특성이 있다. 예를 들어 「초혼」의 호격형 "이름이어!"를 명사형 '이름!'으로 바꿔 발화해 보면, 전자는 [이름이어 :]의 형태로 호흡이 개방되지만 후자는 그렇게 되지 않는다. 따라서 전자는 호흡의 개방에 의한 억양의 잉여적 지속이라는 부가적 현상이 발생하지만, 후자는 그런 현상이 발생하지 않는다. 이는 호격 조사 '－이어'의 유무 때문에 발생하는 것으로 볼 수 있

---

42 신동욱, 「「招魂」의 상징적 의미」, 『김소월 연구』, Ⅲ－10쪽.

다. 이러한 차이를 발생시키는 원인이 무엇이든 간에, 분명한 것은 명사형 '이름!'이 호격형 "이름이어!" 보다 호흡의 개폐에 의한 영향을 적게 받는다는 점이다. 명사형 '이름!'이 억양 그 자체만을 투명하게 부각시키는 기능을 수행하기 때문이다.

명사형 종결이 지닌 이런 미묘한 특질은 구두점에 의해 보다 명시적으로 표현되기도 한다. 이것은 7행의 "스러지는검은煙氣,"와 8행의 "업서지는불쏫."의 차이를 대조해 보면 금방 알 수 있다. 양자 모두 행의 끝이 명사로 종결된다는 공통점에도 불구하고, 각각이 산출하는 리듬상의 효과는 상당한 차이가 난다. 엄밀히 말해 전자는 명사형 종결이 아닌데, 왜냐하면 "煙氣" 다음의 쉼표가 다음 행과의 연결을 강화하기 때문이다. 이 경우 명사형 종결이 산출하는 압축 효과는 대부분 삭감된다. 쉼표가 "煙氣"에 걸린 억양상의 초점을 연장하고 분산시키는 것이다. 따라서 "스러지는검은煙氣,"의 주된 효과는 쉼표의 연장에 의한 여운에 있다고 할 수 있다. 그러나 8행의 "업서지는불쏫."의 경우는 다르다. 마침표에 의한 급격한 단절은 리듬상의 초점을 강화하고 억양을 고조시키는 기능을 수행한다.[43] 7행과 8행의 이러한 차이는 "煙氣"와 "불쏫"의 소멸되는 방식의 차이를 반영하는 것일지도 모른다. 서서히 조금씩 사라져가는 연기, 그리고 짧은 시간 단 한 번에 꺼지는 불꽃. 매우 신기하게도 이러한 이미지의 차이는 억양의 차이와 닮아 있다.

지금까지 우리는 명사형 종결에서 구문론적 단축이 시의 선율적 구조에 일으키는 변화 양상에 대해 탐색해 왔다. 이는 구문론적 단절에 의한 압축과 발화상의 긴장도의 증가가 억양의 상승을 유발하고 억양 곡선의 변화를 야기한다는 것으로 요약될 수 있다. 상승조의 억양은 화자의 고조되고 격앙된 감정을 표현하기에 적절하다. 이러한 정서는

43 이러한 차이는 「山」의 3연 "不歸, 不歸, 다시不歸, / 三水甲山에 다시不歸."에서 앞 행의 "다시不歸,"와 다음 행의 "다시不歸."의 차이로 현상하기도 한다.

느낌표를 통해 명시적으로 표현되기도 하고 마침표를 통해 간접적으로 표시되기도 한다. 이러한 사실들은 시의 소리와 구조와 의미(혹은 이미지)가 어떻게 유기적으로 통합되는지를 알려주는 훌륭한 사례들이다. 이하에서 살펴볼 문장의 연장도 동일한 맥락을 이룬다.

3) 문장의 연장(延長)

『진달내꼿』에는 한용운의 『님의 침묵』처럼 여러 개의 완결된 문장이 연장되는 사례는 매우 드물다. 그것들은 대체적으로 불완전한 문장 또는 문장의 몇몇 구성요소들이 연결되는 경우가 대부분이다. 예를 들면,

> 꿈? 靈의해적임. 서름의故鄕.
> 울쟈, 내사랑, 꼿지고 저므는봄.
>
> — 「꿈」(#53) 전문

이 경우 완결된 문장의 연장이라고 보기에는 무리가 있다. 단어나 구의 나열을 통해 단편적인 인상을 드러내 보이기 때문이다. 그럼에도 불구하고 「꿈」(#53)은 행 단위에서 여러 개의 문장이 연장된 경우로 볼 수 있는데, 그것은 구두점에 의한 분절 때문에 가능하다. "꿈?"과 "靈의해적임", 그리고 "서름의故鄕" 사이의 물음표와 마침표는 11음절의 비교적 짧은 행을 3개의 문장으로 분절하고 있는 것이다. 김소월의 구두점에 대한 철저한 자각의식은 잘 알려진 바다.[44] 김소월에게 문장의 연장

---

44 이러한 사실은 김동인의 다음과 같은 진술을 통해 확인할 수 있다. "五年前에내가 「靈臺」를編輯할때에素月은(그는꼭毛筆로서原稿를썻다)原稿와別便으로나에게편

은 구두점의 사용과 밀접한 연관관계를 맺고 있는데, 특히 마침표와 쉼표의 사용은 매우 중요하다. 전자의 분석을 통해 김소월 시에서 문장의 연장이 갖는 기본적인 특징들을 추출할 것이며, 후자의 분석을 통해 문장의 연장의 심층적인 양상들을 확인할 것이다.

김소월에 있어 마침표의 사용은 대체적으로 문장의 종결 및 행의 분할과 밀접한 관련이 있다. 소월 시에서 문장의 종결은 행의 분할과 일치하는 경우가 대부분이다. 따라서 앞서 본 「꿈」(#53)의 1행, "꿈? 靈의해적임. 서름의故鄕."의 마침표 사용은 극히 예외적인 현상이라 할 수 있다. 이처럼 행의 중간에 마침표를 사용한 경우는 『진달내쏫』 전체에서 10편[45]에 지나지 않는다. 이중 「눈오는저녁」(#15)의 9행, 「愛慕」(#40)의 4행, 「悅樂」(#90)의 10행, 「비난수하는맘」(#92)의 7행, 「展望」(#120)의 15행은 단어나 구 차원의 제시어 정도에 그쳐, 완결된 형태의 문장으로 보기 어렵다. 예를 들어 「愛慕」(#40)의 4행은 "아이. 눈 싹감고 요대로 잠을들쟈."로 되어 있고, 「悅樂」(#90)의 10행은 "黑血의바다. 枯木洞窟."로 되어 있다. 따라서 이러한 형태들을 완결된 문장이 연장된 경우로 볼 수는 없다. 그러나 다음의 경우는 상황이 다르다.

> 그러나 엇지면 황송한이心情을! 날로 나날이 내 압페는
> 자츳가느른길이 니어가라. 나는 나아가리라
> 한거름, 또한거름. 보이는山비탈엔
> 온새벽 동무들 저저혼자…… 山耕을 김매이는.

지를하엿다 그편지에는「句切點들을注意하여原稿와 틀림이업도록注意하여달라」는말이잇섯다" 김동인, 「내가본시인 김소월군을논함」, 『조선일보』, 1929.12.12.

45 이에 해당하는 작품은 아래와 같다. 「꿈으로오는한사람」(#14)의 10행, 「눈오는저녁」(#15)의 9행, 「愛慕」(#40)의 4행, 12행, 「바라건대는 우리에게 우리의보섭대일쌍이잇섯더면」(#85)의 4연, 「合掌」(#88)의 1행, 10행, 「默念」(#89)의 5행, 「悅樂」(#90)의 10행, 「비난수하는맘」(#92)의 7행, 「展望」(#120)의 15행.

— 「바라건대는 우리에게 우리의보섭대일땅이잇섯더면」(#85) 4연

위의 시는 하나의 문장이 종결되고 다른 문장으로 이어지는 문장의 연장을 비교적 충실히 재현하고 있다. 인용문에서 각각의 행들은 두 개 이상의 문장으로 구성되어 있는데, 첫 번째는 느낌표에 의해, 두 번째와 세 번째는 마침표에 의해, 네 번째 행은 말줄임표에 의해 그 마디들이 표시되고 있다. 여기서 특징적인 것은 문장의 연장이 일정한 제약 하에서 실현되고 있다는 점이다. 이것은 소월 시에서 문장의 연장이 줄글(산문)의 형태로 무한히 연장되지 않음을 의미한다. 즉 그의 시에서 문장의 연장은 행 단위로 작동하는 비교적 규칙적인 형태의 구문론적 질서에 의해 통제되고 있는 것이다. 인용문의 경우도 마찬가지이다. 각각의 행에서 연장되는 부분들은 그 행 내에서 완결되지 않고, 다음 행에서 계기적으로 연속되는 부분들과 결합하여 하나의 문장을 형성한다. 따라서 인용문은 다음과 같은 통사론적 구조를 갖는다.

ⒶⒷⒸⒹ / ㉮㉯
㉰㉱ / ⓐⓑ
ⓒⓓ / ㉠㉡
㉢㉣ / ①② (여기서 '/'은 통사론적 단위를 표시한다)

이러한 형태의 통사론적 구조는 앞서 본 분행시의 통사론적 구조와는 구분된다. 왜냐하면 분행시는 하나의 문장이 여러 행에 의해서 분절되는 경우로, 하나의 행에 두 개 이상의 통사론적 구조를 갖는 위의 형태와는 구분되기 때문이다. 또한 이러한 형태의 통사론적 구조는 앞으로 살펴 볼 앙장브망의 통사론적 구조와도 구분된다. 왜냐하면

앙장브망의 경우 앞 행 후반부에 연장된 부분은 통사론적으로 이중적인 구속을 받기 때문이다. 말하자면 앙장브망은 위의 구조에서 'ⓐⓑ'에 해당하는 부분이 다음 행의 'ⓒⓓ'와 연계될 뿐만 아니라 앞의 '㉰㉱'와도 연계되는 것이다. 이에 비해 문장의 연장은 계기적으로 연속하는 다음 행의 구성 성분들에 의해서만 통사론적 구속을 받는다.

이러한 형태의 통사론적 구조는 앞에서 제시한 소월 시의 기본적인 구문 구조의 변이형으로 볼 수 있다. 소월 시의 기본적인 구문 구조의 가장 중요한 특징은 통사론적 구조와 시행의 구조, 그리고 억양의 구조의 일치였다. 그리고 이러한 구문이 산출하는 리듬은 균질성과 규칙성을 주요한 특징으로 삼았다. 문장의 연장은 바로 이러한 기본적 구문 구조가 변형된 형태로서, 그 변형의 정도에 따라 억양 패턴과 곡선에도 상당한 변이를 일으킨다.

> 고요히쏘봄바람은 봄의뷘들을 지나가며,
> 이윽고 동산에서는 꼿닙들이 흣터질때,
> 말드러라, 애틋한 이女子야, 사랑의때문에는
> 모두다 사납은兆朕인듯, 가슴을 뒤노아라.
>
> ─「몹쓸쑴」(#41) 3연

인용문은 두 개의 의미 단락으로 분별될 수 있다. 1~2행은 봄의 정경에 대한 묘사로 하나의 의미 단락을 형성하고, 3~4행은 화자의 정서에 대한 표백으로 또 다른 의미 단락을 형성한다. 간단히 말해 선경과 후정의 전형적인 구조를 띠고 있는 것이다. 여기서 주목할 것은 통사론적 구조와 시행 구조 사이의 관계이다. 1~2행은 통사론적 구조와 시행 구조가 일치하는 반면, 후자는 양자 사이의 엇갈림을 보여 준다. 즉 전자가 'ⒶⒷⒸ / ㉮㉯㉰'형태의 동질적 구조를 보여주고 있다면, 후자는 'ⒶⒷⒸ㉮ / ㉯㉰'의 이질적 구조를 보여주고 있는 것이다. 따라서 우리는 전자를 소월 시의 기본적인 구문 구조로 볼 수 있는 반면, 후자는 그 변이형으로 간주할 수 있다. 그렇다면 이러한 차이가 산출하는 리듬적 효과는 무엇인가? 우리는 이것을 일종의 엇박자가 일으키는 효과에 비유할 수 있다.

문장의 연장에서 리듬 구조의 핵심은 엇박자가 발생하는 부분, 즉 행을 경계로 통사론적 구조와 시행 구조 사이에 간극이 발생하는 부분에 있다. 여기를 특징짓는 것은 연속과 단절이라는 이중적 힘의 구속이다. 다시 말해 통사론적 구속이 후행하는 부분과의 계기적 연속성을 실현하는 반면, 행의 분할에 의한 휴지의 강제는 후행하는 부분과의 단절성을 실현하는 것이다. 이러한 이중적 긴장이 억양의 패턴과 곡선에도 상응하는 변화를 수반한다. 이것을 감지하기 위해서는 구문론적 일탈이 발생하기 전후를 비교할 필요가 있다. "사랑의때문에는 모두다 사납은兆朕인듯"(㉮㉯㉰의 형태)은 "사랑의때문에는 / 모두다 사납은兆朕인듯"(㉮ / ㉯㉰의 형태)과 상이한 억양 구조를 보여준다. 전자가 완만한 하강형의 억양 곡선을 그린다면,[46] 후자는 분행으로 인한 억양상의 단절 때문에 억양 곡선의 변화를 수반한다. 이것은 "사랑의때문에는"에 놓인 긴장력이 해소되지 않고 잔존하기 때문에 발생한다. 분행에 의한 호흡상의 갑작스런 폐쇄가 그 내부에 긴장력을 함축하고, 이 긴장력이 고조의 피치(pitch)로서 "모두다 사납은兆朕인듯"에 고스란히 전달되는 것이다. 한마디로 말해, 분행에 의한 휴지가 긴장력의 이완과 해소를 가져오는 것이 아니라 긴장력의 지속과 연장을 야기하는 것이다. 이러한 현상은 구문적 억양과 리듬적 억양의 대립

46 이러한 현상은 '억양구절' 사이의 '경계음조(boundary tone)'의 실현과 관련이 있다. 우리말의 경우 영어와는 달리 다양한 형태의 '경계음조'를 보여주는데, 이에 대해서는 다음을 참조할 것. 김선철, 『국어 억양의 음운론』, 경진문화사, 2005.

을 함축한다. 통사론적 구속으로 인해 일상적인 억양 패턴으로 계속 읽으려는 힘과 분행으로 인해 호흡을 폐쇄하고 다시 읽으려는 힘 사이의 긴장이 "사랑의때문에는 / 모두다 사납은兆朕인듯"의 억양 패턴을 특징짓는 것이다.

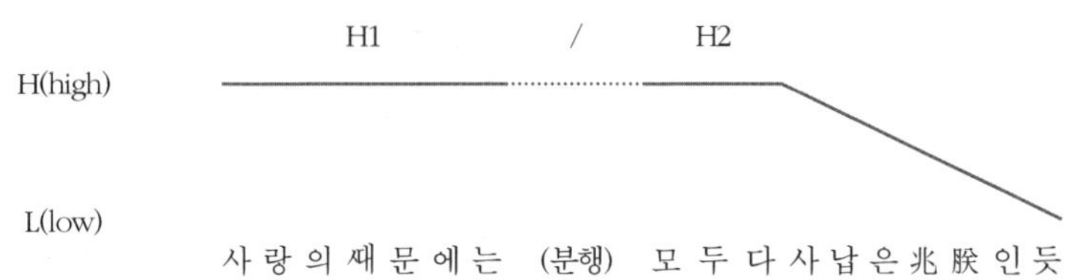

통사론적 구조와 시행상의 구조가 충돌하는 경우, 그 억양 곡선은 대체적으로 이러한 모양을 그린다. 분행에 의한 단절과 통사적 규제에 의한 이중적 힘의 작용이 이러한 억양 패턴을 산출하는 직접적 원인이다. 그렇다면 통사론적 구조와 시행상의 구조의 불일치를 야기하는 궁극적 원인은 무엇인가? 이는 의미론적 차원에서 시적 억양이 산출하는 효과가 무엇인지에 대한 질문이기도 하다.

이를 알기 위해서는 충돌 이전의 지점, 말하자면 "사랑의때문에는"의 앞부분, "말드러라, 애틋한 이女子야"에 주목해야 한다. 이곳은 앞서 인용한 「바라건대는 우리에게 우리의보섭대일땅이잇섯더면」(#85)의 4연 가운데 "그러나 엇지면 황송한이心情을!"에 해당하는 부분이기도 하다. 양자가 지닌 공통점은 무엇인가? 양자는 모두 감정의 탄식이라는 주관적 정서의 표출을 그 공통적인 특징으로 삼는다.[47] 이러

47 일반적으로 감탄, 명령, 청유문의 억양 패턴은 하강 곡선을 그린다. 그러나 표출하는 정서의 강도에 따라 다양한 변화와 차이가 생기기도 한다. 이는 억양 패턴의 실현이 화자의 정서의 구체적인 양상과 매우 밀접한 관련이 있음을 의미한다. 이에 대해서

한 사실은 「꿈으로오는한사람」(#14)의 10행(“그는 니러라. 닭의 홰치는소래.”)과 「合掌」(#88)의 1행(“라들이. 단두몸이라. 밤빗츤 배여와라.”)에서도 확인할 수 있다. 그렇다면 시행 혹은 의미 단락의 시작 부분에서 발생하는 강력한 정서적 표출이, 연속하는 시행의 통사론적 질서를 변형시킨 근본 원인이 되는 셈이다.

이와 같이 문장의 연장이 주체의 강력한 정서의 표출과 밀접히 연관되어 있다는 사실은, 김소월 시의 매우 중요한 두 가지 특질과 상관관계를 이룬다. 쉼표와 종결어미의 사용이 그것인데, 이는 소월 시에서 어조의 산출이 종결율조의 특수성에서 비롯함을 암시한다. 그리고 여기에 소월의 작시법 상의 매우 중요한 특질이 내재해 있다.

우선 쉼표의 경우부터 살펴보자. 일반적으로 쉼표는 호흡을 조절하거나 감정을 표출하고, 문학 작품의 구조적 탄력성을 부여하는 등의 기능을 수행한다. 이중 문장의 연장과 관련된 것은 감정 표출의 기능이다. 한 번 더 「가을저녁에」(#48) 1연을 인용해 보자.

물은 희고길구나, 하늘보다도.
구름은 붉구나 해보다도.
서럽다, 놉파가는 긴들씃테
나는 써돌며울며 생각한다 그대를.

— 「가을저녁에」(#48) 1연

3행의 “서럽다”는 일종의 탄식으로 시적 화자의 강력한 정서를 표현하는 말이다. 여기서 “서럽다” 다음의 쉼표는 정서 표출이란 면에서 느낌표와 동일한 기능을 수행하는 것으로 볼 수 있다. 이것을 4행의

는 다음의 책을 참조할 것. 임홍빈, 「문종결의 논리와 수행－억양」, 『말』 9집, 1984, 159～160쪽.

"생각한다"와 대조해 보면 그 차이가 선명히 부각된다. "생각한다"는 "그대를"과 도치된 말로, 양자 사이에는 쉼표가 찍혀야 한다. 그러나 소월은 양자 사이에 쉼표를 생략했는데, 이때 쉼표의 부재는 앞의 "서럽다" 다음의 쉼표와 대조하기 위해 의식적으로 소거된 것으로 보인다. 이것은 마치 1행의 "희고길구나" 다음에는 쉼표가 오고, 2행의 "붉구나" 다음에는 쉼표가 오지 않는 것과 동궤를 이룬다. 이러한 차이는 소월이 동일한 문장 형태일지라도 어떤 미적 효과를 산출하기 위해 의도적으로 쉼표를 사용했다는 사실을 예시한다. 단도직입적으로 말해, 여기서의 미적 효과란 시적 화자의 강력한 감정의 표출이다. 따라서 "서럽다" 다음의 쉼표는 시적 화자의 고양된 내적 정서를 표시하는 기능을 수행한다고 말할 수 있다. 이처럼 겉으로는 평서형의 문장의 형태를 취하지만 내적으로는 강력한 탄식의 정조를 표출하는 경우로는, 「半달」(#49)의 1 · 3 · 7행, 「바다가變하야뽕나무밧된다고」(#70)의 6행, 「훗길」(#73)의 4행이 있다.

문장의 연장에서 쉼표가 감정의 표출과 상호 연관된다는 점은, 외적으로는 의문의 형태를 취하지만 내적으로는 감탄을 표시하는 설의형의 문장에서도 확인할 수 있다.

> 하눌로 나라다니는 제비의 몸으로도
> 一定한깃을 두고 도라오거든!
> 어찌설지안으랴, 집도업는몸이야!
>
> — 「제비」(#27) 전문

3행의 "어찌설지안으랴"는 의문문의 형태를 띠지만, 이는 단순 의문이 아니라 설의적 표현으로 봐야 한다. 이것은 주체의 강력한 탄식을 강조하는 말로, 그 의미는 '매우 서럽다' 정도로 해석될 수 있다. 이러한 설의형의 문장 형태는, 「후살이」(#35)의 3행, 「맘에잇는말이라고 다할까보냐」(#72)의 14행, 「물마름」(#80)의 5 · 9 · 17 · 25행, 「바라건대는 우리에게 우리의보섭대일짱이잇섯더면」(#85)의 7행, 「無信」(#115)의 3행에서 확인할 수 있다. 이것들은 「맛나려는心思」(#50)의 단순 의문형과도 대조되며, 「안해몸」(#45)의 2행에서처럼 한 행으로 분절되는 설의형의 문장과도 구분된다. 이처럼 문장의 연장과 관련해 쉼표는 특수한 기능을 수행한다고 말할 수 있는데, 그것은 호흡상의 분절뿐만 아니라 주체의 강력한 감정을 표시하는 기능도 수행하는 것이다.

쉼표에 의해 매개되는 문장의 연장은 기타 어미에서도 반복적으로 출현한다. 그것은 「黃燭불」(#71)에서 "니르노니"의 형태로, 「들도리」(#82)에서 "저보아"의 형태로, 「無心」(#103)에서는 "말마소"의 형태로, 「山」(#104)에서는 "왜우노"의 형태로, 「첫치마」(#124)의 6행에서는 "밋친듯 우나니, 집난이는"의 형태로 개별화되고 있다. 이러한 사례들은 김소월에게 문장의 연장이 특수한 종결어미의 사용과 밀접한 관련이 있음을 예증한다. 다시 말해 문장의 연장에서 사용된 종결어미는 주체의 강렬한 정조를 표현하는 감탄형의 어미가 주조를 이루고 있는 것이다. 이것을 정식화하면, 소월 시에서 문장의 연장의 기본 형식은 '정서의 표출(감탄형의 어미) → 쉼표의 분할 → 새로운 문장의 출현'이 된다.

문장의 연장과 관련해 소월의 작시법 상의 두 번째 특질은 종결어미의 사용과 관련이 있다. 앞서 보았듯 소월 시의 종결율조를 결정하는 데 있어 '어라 / 서라 / 러라' 류의 종결어미는 매우 중요한 역할을 담당한다. 『진달내쏫』에서 '정서의 표출'을 표시하는 감탄형 어미의 대부분이 이 '–라'형 종결어미들인 것이다.[48] 이는 일차적으로 '–라'형 어미가 주

48 문장의 연장에서 이 '–라'형이 차지하는 비율은 상당히 높다. 『진달내쏫』에서 문장의 연장이 발생하는 경우는 총 83회, 이중 '–라'형은 36회로 전체의 43%를 차지한다. 전체 712개 문장 종결 가운데 '–라'형이 차지하는 비율 26%와 비교한다면, 문장

체의 정서와 정조를 표현하는 데 적합하다는 것을 의미한다. 즉 '-라'형 어미가 창출하는 "音響의 餘韻"은 "情調의明暗", 다시 말해 시의 음영을 표현하기에 적합한 것으로 보인다. 게다가 문장의 연장에서 '-라'형의 어미가 대부분을 차지하고 있다는 사실은, '-라'형 어미가 문장 사이의 단절과 함께 부가적으로 문장 사이의 연결을 용이하게 하는 기능이 있음을 의미한다. 말하자면 '-라'형의 종결어미는 '-다'형의 종결어미보다 문장과의 단절감이나 거리감이 약하기 때문에, 비교적 자유롭게 문장과 문장을 이어주는 연결어미의 기능을 수행할 수 있는 것이다.

不運에우는그대여, 나는 아노라
무엇이 그대의不運을 지엇는지도,
부는바람에날녀,
밀물에흘너,
구더진그대의 가슴속도.
모다지나간 나의일이며.
다시금 또다시금
赤黃의泡沫은 북고여라, 그대의가슴속의
暗靑의이기어, 거츠른바위
치는물까의.

-「不運에우는그대여」(#69) 전문

우선 '-라'형이 시적 화자의 감정, 그것도 상당히 강렬한 감정을 표현하고 있다는 것은 확실하다. 1행의 "아노라"와 8행의 "북고여라"는 이 시에서 탄식과 영탄의 어조를 형성하는 1차적인 요인이다. 다음으

의 연장에서 '-라'형이 차지하는 상대적 빈도를 알 수 있을 것이다.

로 문장의 연장이란 측면에서 1행의 "아노라"와 8행의 "북고여라"를 비교해 보면, 얼핏 보기에 양자는 상이한 기능을 수행하는 것처럼 보인다. 즉 1행의 "아노라"는 종결의 기능만을, 8행의 "북고여라"는 종결과 더불어 연결의 기능까지 수행하는 것처럼 보이는 것이다. 이것은 형태적으로 8행의 "북고여라" 다음에 쉼표가 오고 연이어 새로운 문장 요소가 계속되기 때문이다. 그러나 1~5행의 문장 구조를 자세히 분석해 보면, 종결의 기능만을 수행하는 것처럼 보였던 "아노라" 역시 연결의 기능을 수행하고 있음을 확인할 수 있다. 이것은 1~5행의 문장 구조가 도치 구문이기 때문에 생기는 현상이다. 즉 2행("무엇이 그대의不運을 지엇는지도")과 3~5행("부는바람에날녀, / 밀물에흘너, / 구더진그대의가슴속도")은 1행 "나는 아노라"의 목적어인 것이다. 그렇다면 1행의 "나는 아노라"는 그 강도는 약하지만, 다음 행의 문장 구성 요소들을 계기적으로 이어주는 역할을 수행한다고 볼 수 있다. 이렇게 '-라'형의 종결어미 가운에, 분행과 도치가 일치하여 약한 연결고리를 형성하는 경우는 「우리집」(#81) 3연에서도 발견할 수 있다.[49] 이에 비해 8행의 "북고여라"는 다음 문장의 구성 요소인 "그대의가슴속의"와 쉼표에 의해 연속됨으로써, '-라'형의 종결어미가 수행하는 연결의 기능을 보다 명시적으로 표현하고 있다. 물론 이때 "북고여라"는 주체의 탄식과 영탄의 어조를 나타낸다. 이것은 구문의 도치를 표시하는 쉼표와는 구분된다. 왜냐하면 "赤黃의泡沫은 북고여라"는 앞 행의 "다시금 쏘다시금"와 통사론적 긴밀성을 지니는데, 이것이 "赤黃의泡沫은 북고여라"와 "그대의가슴속의"의 통사론적 연계를 차단하기 때문이다. 아무튼 『진달내쏫』에는 '감탄형의 종결어미('-어라') → 쉼표의 분할 → 새로운 문장의 출현'과 같은 형태가 곳곳에 산재해 있다.[50]

---

49 원문은 다음과 같다. "눈물은 / 흘러나려라 / 스르르 나려감는눈에."

50 이러한 형태의 구조를 보여주는 예들은, #74의 12행, #75의 3행, #76의 4행, #85의 1연,

이러한 예들은 소월 시에서 종결 어미와 쉼표의 사용이 시적 화자의 강렬한 정서를 표현하기 위한 시적 장치로서 기능하고 있음을 보여준다. 그리고 이것이 문장의 연장에서 통사론적 구조와 시행의 구조상의 불일치를 낳는 원인으로 작동한다. 또한 이러한 불일치는 구문론적 억양과 리듬적 억양의 충돌을 야기하는 원인으로 기능하기도 한다. 이때의 억양 패턴과 곡선은 고조의 지속을 그리는데,[51] 이는 분행에 의한 단절과 통사론적 구속이라는 이중적 힘에 의한 결과로 볼 수 있다. 억양의 차원에서 발생하는 이중적 힘의 긴장은 문장의 도치에서도 발견된다.

4) 문장의 도치(倒置)

일반적으로 문장의 도치는 기본적인 구문론적 구조에서 문장의 순서가 변화된 경우를 말한다. 문장의 도치는 앞에서 비서술형 종결 가운데 기타의 유형으로 분류했던 것과 부분적으로 관련되는데, 이는 매우 당연한 현상인 것처럼 보인다. 문장의 도치는 주로 서술어와 기타의 성분들 사이에서 발생하기 때문이다.

#86의 15행, #87의 9행, #88, #91의 4 · 6행, #92의 1 · 5 · 15행, #93의 7 · 14행, #95의 4행, #112의 4행, #117의 3 · 12행 등이 있다. 이것과는 별도로 '-어라'가 명령형의 형태를 보여주는 예들로는, #14의 10행, #34의 7행, #41의 11행, #51, #54의 5행, #70의 9행, #72의 6 · 10 · 18행, #82의 8행, #85의 14행, #86의 11행, #89의 12행 등이 있다.

51 볼프강 카이저의 '무용적 리듬'은 이러한 형태의 억양이 산출하는 리듬을 표현하기에 적합한 것으로 보인다. 그는 '무용적 리듬'의 특징에 대해 다음과 같이 언급한다. "이제부터 언급해야 할 마지막 리듬유형은 무용적 리듬인 것이다. (…중략…) 이는 그것이 갖는 친밀감으로 인해서 유동적인 리듬과도 유사하지만 그러나 여기서 표현되는 緊張度의 엄청난 口調, 揚格의 强調, 최소 리듬단위의 간결함, 잡다한 휴지의 중요한 기능 따위로 하여 유동적인 리듬과 확연한 차이가 있는 것이다. 유연한 흐름을 지니는 유동적 리듬에 비하여 통털어 하나의 강한 緊張度가 이 리듬의 특징이 되는 것이다." 볼프강 카이저, 앞의 책, 406쪽.

물은 희고길구나, 하눌보다도.
구름은 붉구나 해보다도.
서럽다, 놉파가는 긴들슷테
나는 쩌돌며울며 생각한다 그대를.

—「가을저녁에」(#48) 1연

위 시의 1행, 2행, 4행은 문장이 도치된 전형적 사례를 이룬다. 각각의 문장에서 서술어는 부사어(1행, 2행)와 목적어(4행)와 그 위치가 바뀜으로써 기본 문장 구조에 변화를 일으킨다. 이러한 도치 현상은 "신정보를 먼저 전달하려고 싶은 화자의 의도(심리적 태도)"[52]와 밀접한 관련이 있다. 이를 시적 화자의 정서 표출이라는 측면에서 살펴보면, 도치는 시적 화자의 급박하고 강렬한 정서를 표현하는 데 매우 적절하다. 위의 경우 도치 구문이 영탄과 탄식의 어조를 띠는 것도 이 때문이다. 한편 문장이 도치되는 부분은, 1행처럼 쉼표에 의해 표시되기도 하고 2행처럼 표시되지 않기도 한다. 『진달내쏫』에는 이러한 형태의 단순 도치가 여러 층위에 걸쳐 존재한다. 인용문에서처럼 서술어와 부사어, 서술어와 목적어가 도치된 경우는 매우 일반적이다. 이중「봄밤」(#11)의 3행,「가을저녁에」(#48)의 1행과 2행,「바라건대는 우리에게 우리의보섭대일짱이잇섯더면」(#85)의 1~3행과 12행 등은 서술어와 부사어 사이가 도치된 대표적인 예들이다.

도치 가운데 가장 많은 빈도수를 나타내는 것은 서술어와 목적어 사이의 도치이다.

보아라, 그대여, 서럽지안은가,

52 전영옥,「한국어 억양단위 연구」,『담화와 인지』10권 1호, 2003, 252쪽.

봄에도三月의 져가는날에
붉은피갓치도 쏘다저나리는
저긔저꼿닙들을, 저긔저꼿닙들을.

—「바다가變하야 뽕나무밧된다고」(#70) 9~12행

위의 시에서 마지막 행 "저긔저꼿닙들을"의 서술어는 "보아라"이다. 따라서 위의 문장은 "보아라"의 목적어인 "저긔저꼿닙들을"이 도치된 경우로 볼 수 있다. 「봄비」(#37)의 4행, 「나의집」(#75)의 3행, 「구름」(#77)의 10행, 「꿈길」(#116)의 5행, 「사노라면 사람은죽는것을」(#117)의 3행 등은, 목적어와 서술어가 도치된 대표적인 예들이다. 이밖에도 수식어와 피수식어가 도치된 경우로 「꿈으로오는한사람」(#14)의 2행이 있고, 주어와 서술어가 도치의 경우로 「자나깨나 안즈나서나」(#21)의 5~6행이 있다. 이러한 도치 구문들은 공통적으로 시적 화자의 강렬한 정서를 표현한다는 특징이 있다. 이는 문장의 구문론적 순서가 주체의 정서 표출 방식과 긴밀히 연관됨을 뜻한다. 아래의 예는 이러한 사실을 명시적으로 보여주고 있다.

애스러라, 그리는 못한대서,
그대여, 드르라 비가되여
저구름이 그대한테로 나리거든,
생각하라, 밤저녁, 내눈문을.

—「구름」(#77) 7~10행

1행과 2행과 4행의 도치 구문의 공통적 특징은 주체의 강력한 정서의 표출이다. 이들은 모두 서두에서 주체의 짧고 강력한 정서를 표출하고 있는데, 이러한 메커니즘은 문장의 연장의 기본 구조와 동궤를 이룬다. 앞서 보았듯 문장의 연장의 기본 형태는 '정서의 표출(감탄형의 어미) → 쉼표의 분할 → 새로운 문장의 출현'이었다. 여기서 마지막 항목인 '새로운 문장의 출현'을 '도치된 문장 성분'으로 바꾸기만 하면, 도치문의 기본 형태인 '정서의 표출(감탄형의 어미) → 쉼표의 분할 → 도치된 문장 성분'이 도출된다. 그러나 기본 구조의 유사성에도 불구하고 양자의 억양 패턴과 곡선에는 상당한 차이가 있다. 이는 양자의 통사론적 구조가 다르기 때문이다. 통사론적 구조의 차이가 억양의 패턴과 곡선의 차이로 현상하는 것은 당연한 일이다. 결국 이것이 시적 리듬의 차이를 야기하고 개별 텍스트의 독특한 선율 구조를 특징짓는데, 이러한 메커니즘이 실현되는 과정은 다음과 같다.

일반적으로 평서문에는 낮은 수평조(Low Level), 낮내림조(Low Fall), 오르내림조(Rise-Fall)의 억양 패턴이 부과된다. 여기서 낮은 수평조는 격식적인 말투로 사무적으로 말할 때, 낮내림조는 자연스럽고 친근한 말투로 친철하게 말할 때, 오르내림조는 짜증내는 말투로 불쾌한 감정을 표출할 때 사용된다.[53] 오르내림조의 경우는 예외적 현상이므로 논의에서 제외한다면, 우리는 평서문의 기본 억양 곡선이 'HL'(여기서 H는 고조, L은 저조를 의미한다)의 형태로 되어 있음을 확인할 수 있다.[54] 도치는 바로 이러한 유형의 억양 패턴에 변화를 가져온다.

도치 구문의 억양 패턴을 살펴보기 위해서는 호흡이라는 또 다른 요소를 적극적으로 고려해야 한다. 일반적으로 문장의 길이가 짧은 경우 한 번의 호흡으로 율독이 가능하다. 이때 문장의 전반부는 강하게 율독되고 후반부는 약하게 율독된다. 즉 기본 억양 곡선 'HL'이 실현되는 것이다. 이는 호흡발산력의 강도가 점차적으로 하강하기 때문에 생기는

53 이호영, 『국어음성학』, 태학사, 2007, 230쪽.

54 이러한 사실은 북학의 '문화어' 연구에서도 동일하게 확증되고 있다. 고도흥 편저, 『북한의 음성학 연구』, 45쪽 참조.

당연한 결과이다. 그러나 문장이 도치되는 경우는 'HL' 곡선에 변화가 생긴다. 왜 그런가? 그것은 구문론적 도치가 호흡의 분할을 강제하기 때문이다. 예를 들면 「가을저녁에」(#48)의 1행 "물은 희고길구나, 하늘보다도."처럼 서술어와 부사어 사이에 휴지가 놓일 때 호흡이 분할되는데, 여기서 쉼표는 그 경계를 더욱 선명하게 부각시키는 기능을 수행한다. 그러나 쉼표에 의한 경계 표시가 억양 곡선 변화의 필수적인 자질은 아니다. 「가을저녁에」(#48)의 2행 "구름은 붉구나 해보다도."의 율독에서도 동일하게 호흡에 의한 분할이 목격되기 때문이다. 이는 호흡의 단절을 야기하는 본질적 요인이 구문론적 변화 자체에 있음을 보여준다. 결국 호흡에 의한 문장의 분할이 억양 구조의 변이, 즉 휴지 부분의 억양의 굴곡을 발생시키는 중심 요인이 된다.

그렇다면 도치 구문의 억양 곡선은 어떠한 형태를 그리는가? 결론적으로 말해, 도치 구문은 평서문의 기본 억양 곡선인 'HL' 곡선 내부에 '(L-H)'라는 소분절을 갖는다. 호흡에 의해 문장이 분할되는 경계부분에서 억양이 '하강-상승'하는 것이다. 따라서 도치 구문의 억양 곡선의 기본 형태는 H1(L-H2)L이라고 말할 수 있다.[55] 여기서 항상 첫 번째 고조(H1)는 두 번째 고조(H2)보다 높은 피치(pitch)로 실현되는데, 이는 강조되는 정보에 강한 호흡발산력이 실리기 때문이다. 앞의 「가을저녁에」(#48)의 1연 2행을 예로 들어 설명하면,

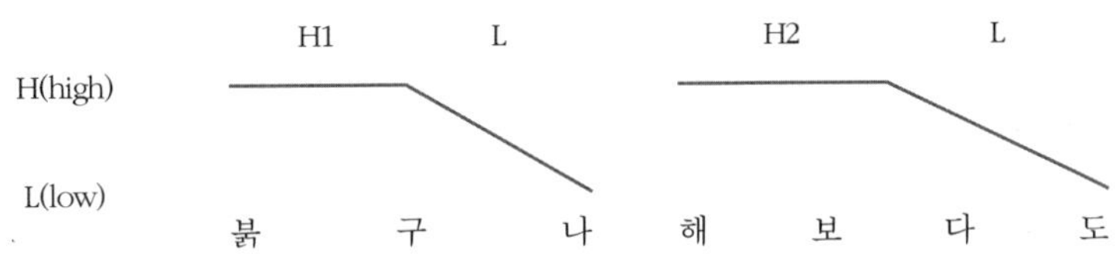

55 정명숙, 「한국어 억양의 기본유형과 교육방안」, 『한국어교육』 13집, 2002, 232~234쪽.

이러한 모양의 억양 곡선이 그려지는 이유는 도치에 의해 하나의 구문이 두 개의 억양구(IP: Intonational Phrase)로 분할되기 때문이다. 여기서 억양구는 "하나 이상의 강세구로 이루어진 운율 단위로서, 문장의 마지막 부분과 문장 내에서는 휴지(pause)를 경계로 하"[56]는 단위를 일컫는 말이다. 억양 음운론의 관점에서 재기술하자면, 도치 구문의 억양은 그 내부에 하나 이상의 가장자리 성조(edge tones)를 갖는 문장이라고 할 수 있다.[57] 이러한 형태는 문장이 길어서 중간에 휴지를 도입하는 문장의 억양 패턴과 상당히 유사하다. 도치문의 억양 곡선은 두 개의 절이 연결된 이어진 문장의 그것과 매우 유사한 형태를 취하고 있는 것이다.[58]

그러나 양자는 그 기본 구조의 동일성에도 불구하고, 억양 곡선이 실현되는 단위 시간에 있어서는 상당한 차이를 보인다. 일반적으로 도치문의 억양 곡선의 실현 주기는 이어진 문장의 그것에 비해 짧다. 이것은 문장 길이의 차이에서 비롯하는 것으로, 여기서 문제는 이러한 억양 곡선의 실현 주기의 차이가 산출하는 리듬적 효과의 차이이다. 이러한 주기의 차이가 산출하는 리듬의 차이는 매우 크다고 할 수 있는데, 비유컨대 그것은 심장박동의 차이로 설명할 수 있다. 단위 시간당 심장박동 수의 증가가 혈압의 상승을 유발하는 것과 마찬가지로, 억양 곡선의 실현되는 회수의 증가는 피치의 상대적 상승을 유발한다. 이것은 진동수(Hz)의 차이가 음의 고저로 실현되는 것과 같은 원리이다. 따라서 도치

---

56 위의 책, 231쪽. 참고로 강세구(AP : Accentual Phrase)는 "하나 이상의 음운론적 단어(phonological word)로 이루어진 단위"(정명숙, 앞의 글, 228쪽)를 의미한다.

57 억양 음운론에서는 억양을 고저 악센트(pitch accent : H*, L* 등으로 표시)와 가장자리 성조(edge tones)의 연쇄로 본다. 여기서 가장자리 성조는 구 악센트(phrase accent : H-, L-으로 표시)와 경계 성조(boundary tones : H%, L%)로 구성된다. 이에 대해서는 김기호의 「억양 음운론의 관점에서 본 영어와 한국어의 억양 비교」(『어문학』 8집, 2000)를 참조할 것.

58 고도홍 편저, 앞의 책, 43쪽.

문의 억양 패턴이 산출하는 리듬적 효과는 속도감과 강렬함의 증가로 요약될 수 있다. 이것은 도치문이 짧은 시간에 시적 화자의 강렬한 정서를 표출하기에 적합한 구조라는 사실을 암시한다.

이상의 분석을 통해 우리는 도치 구문이 구문론적 변화를 통해 억양 패턴의 변화를 수반한다는 사실을 확인할 수 있다. 여기서 억양 패턴의 변화는 선율적 차원에서 리듬의 다양성을 유발하는 주요 요인으로 기능한다. 그러나 이러한 변화 자체가 김소월 시의 리듬의 특수성을 결정하는 것은 아니다. 일반적으로 도치 구문이 억양 패턴의 다양화를 보여준다고 사실에도 불구하고, 이러한 단순 도치가 그 자체로 시적 리듬의 본령을 구성하지는 않기 때문이다. 따라서 우리는 단순 형태의 도치와 구분되면서도 선율적 차원에서 시적 리듬의 특수성을 예시하는 구문론적 일탈 현상에 대해 주목해야 한다.

5) 앙장브망(enjambement)

봄은 가나니 저믄날에,
쏫츤 지나니 저믄봄에,
속업시 우나니, 지는쏫츨,
속업시 늣기나니 가는봄을.
쏫지고 닙진가지를 잡고
밋친듯 우나니, 집난이는
해다지고 저믄봄에
허리에도 감은첫치마를
눈물로 함빡히 쥐여짜며
속없시 우노라 지는쏫츨,

속없시 늣기노나, 가는봄을.

—「첫치마」(#124) 전문

위의 시는 5~9행을 제외하면, 나머지 시행들은 모두 어순의 도치라는 통사론적 공통점을 띤다. 즉 1~2행은 서술어와 부사어("저믄날에"와 "저믄봄에") 사이의 도치를, 3~4행과 10~11행은 서술어와 목적어 사이의 도치를 보여준다. 이러한 도치 관계는 3행과 11행처럼 쉼표에 의해 표시되기도 하지만, 1, 2, 4, 10행처럼 아무런 표지도 동반하지 않고 나타나기도 한다. 쉼표의 유무와는 무관하게 이들은 모두 한 행 내에서 하나의 통사론적 단위로 묶인다는 공통점을 지니고 있다.

그러나 6행 "밋친듯 우나니, 집난이는"의 경우는 사정이 다르다. 우리가 "집난이"를 '출가녀(出家女)'로 해석하든 아니면 "새로 시집간 색시"로 해석하든 상관없이,[59] "집난이"가 "밋친듯 우나니"의 주체이자 동시에 9행 "쥐여짜며"의 주체라는 사실에는 변함이 없다. 이는 "집난이"가 5행에서 구문론적으로 도치되었으며, 동시에 6행 이하의 문장의 주어로서 기능한다는 것을 의미한다. 다시 말해 "집난이는"이라는 말은 앞말과 뒷말에 이중적으로 걸리는 '양걸림말'인 것이다. 우리는 이러한 형태의 양걸림말을 단순 도치 그리고 문장의 연장과 구분하기 위해 '앙장브망(enjambement)'이라고 부른다.

'앙장브망'은 "중간 휴지나 시행의 종결부를 구문 마디가 단순하게 넘어서서 걸치는"[60] 기법으로, 일상적인 문장 구조와 시행 상의 문장

59 전자는 『개벽』 19호(1922.1)에 실린 원문의 10행("出家女 집난이는 설어울어라.")을 토대로 한 해석이고, 후자는 이기문이 「소월시의 언어에 대하여」에서 "새로 시집간 색시"란 뜻의 정주방언 '진나니'를 토대로 해석한 것이다. 이기문, 「소월시의 언어에 대하여」, 김학동 편, 『김소월』, 서강대 출판부, 1995, 177쪽.

60 이진성, 『프랑스 시법 개론』, 만남, 2002, 82쪽. 여기서 '중간 휴지'에 의한 '앙장브망'은 논외로 한다. 왜냐하면 한국 근대시에서 '중간 휴지'라는 개념은 아직 작시법의

구조의 충돌과 긴장을 표출하는 시적 장치 가운데 하나이다. 그러나 여기서 한 가지 주의할 것은 '분행(分行)'과 '앙장브망'의 구분이다. 전자가 행 차원에서 발생하는 하나의 구문론적 마디들의 분절이라면, 후자는 후속하는 또 다른 구문론적 마디와의 통합을 포괄한다. 예를 들면 A와 B라는 문장을 구성하는 세 개의 구문론적 마디를 각각 ⓐⓑⓒ와 ㉮㉯㉰로 칭한다면, ⓐⓑ / ⓒ / ㉮㉯㉰의 구조(여기서 '/'는 행의 구분을 의미한다)는 분행을 의미하고, ⓐⓑ / ⓒ㉮㉯㉰의 구조나 ⓐⓑⓒ㉮ / ㉯㉰의 구조는 '앙장브망'을 의미한다고 할 수 있다. 여기서 A의 구성요소 ⓒ와 B의 구성요소 ㉮가 만나는 부분에 '앙장브망'의 독특성이 있다. 즉 ⓒ는 통사론적으로 A의 구성요소이지만, ㉮와 연접됨으로써 B와 의미론적으로 긴밀한 통합관계를 형성하는 것이다. 따라서 '앙장브망'의 분석은 행 단위에서 발생하는 통사론과 의미론의 길항관계를 예시하는 주요 지표로 볼 수 있다.

> 더욱이 억양은 리듬의 변별성을 용이하게 만드는데, 특히 통사적 억양과 끊임없이 잠재적으로 충돌하는 데에 그렇다. 이 충돌은 다양한 유형의 〈앙장브망enjambement(월행)〉 형태로 탈자동화될 수 있다.[61]

'앙장브망'은 하나의 성분이 앞과 뒤의 행과 이중적으로 연계된, 이중의 긴장이 부여된 말을 지시한다. 그것은 여러 구문론적 질서가 교차하는 결절점인 것이다. 억양 분석에서 '앙장브망'이 중요한 까닭은,

---

개념으로 정립되지 못한 것으로 판단되기 때문이다.

61 얀 무카로브스키, 「시어에 대하여」, 앞의 책, 79쪽. 이와 함께 다음을 참조할 것. "미학적인 근본원칙은 모든 시간적 分節現象에 대해서 分節要素가 행하는 변화를 요구하는 것이다. 가장 간단한 手段은 「行間跳躍」(Zeilensprung Enjambement)인데 그 의미는 한 行에서 다른 行으로 도약해서 行과 行의 긴장감을 유도하는 것이다." 볼프강 카이저, 앞의 책, 136쪽.

그것이 행 단위에서 구문론적 억양과 리듬적 억양의 긴장과 대립을 집약하고 있기 때문이다. 이는 본질적으로 억양이 "리듬의 변별성을 용이하게 만드는" 장치, 즉 현대시의 자유율 분석의 주된 장치라는 사실에 근거한다. 따라서 시 텍스트의 '앙장브망' 분석은 억양을 매개로 현상하는 자유율의 존재 근거에 대한 탐색이 된다. 실제로 소월 시에서 문장 어순의 단순 도치는 빈도의 측면에서나 중요도의 측면에서 '앙장브망'의 경우에 미치지 못한다. 그렇다면 소월 시의 경우 이 '앙장브망'은 어떠한 양상으로 존재하는가?

> 김소월 시에는 하나의 어휘나 어구가 두 개 이상의 어휘나 어구와, 관용어법과는 다른 문법적인 관계를 맺는 경우가 상당히 많이 나타난다. 그 관계어는 대부분 행의 끝에 위치하여, 앞의 피관계어와는 도치에 의해서, 뒤의 피관계어와는 정치에 의해서 그 문법적인 관계를 맺는다. 그리고 그 관계어들은 열거적인 동일한 것일 수도 있지만 대부분 그 성분 따위를 달리한다. 또 이 관계어는 앞뒤 말과 쉼표로써 단절 표시가 되어 있기도 하지만 꼭 그런 것은 아니다.[62]

오하근의 언급은 김소월 시의 '앙장브망'에 대한 중요한 참조점을 제공한다. "그 관계어는 대부분 행의 끝에 위치하여"라는 구절과 "앞뒤 말과 쉼표로써 단절 표시가 되어"라는 구절을 통해, 우리는 소월 시의 '앙장브망'이 주로 '선행 후치(先行 後置, contre-rejet)'의 형태로 존재한다는 사실을 확인할 수 있다. 여기서 '선행 후치'는 다음 시행이나 반행(半行 : hemistich)의 한 구성 요소가 "앞 시행이나 앞 반구 끝에 선행하여 특별히 강조"[63]되는 경우를 지시하는 말이다. 오하근은 이러한

62 오하근, 앞의 책, 303쪽.
63 이진성, 앞의 책, 83쪽.

형태의 '앙장브망', 즉 "앞의 피관계어와 도치되어 행말에 위치하면서 다음 행의 어휘나 어구도 함께 피관계어를 가지는"[64] '선행후치'를 '양걸림말'이라는 말로써 지시하는 한편, 그것을 김소월의 작시법 상의 주요 특질로서 기술하고 있는 것이다.

이러한 '양걸림말'의 가장 기본적인 형태는 다음의 예가 보여준다.

> 몹쓸은꿈을 깨여 도라눕을때,
> 봄이와서 멧나물 도다나올때,
> 아름답은젊은이 압플지날때,
> 니저바렷던드시 저도 모르게,
> 얼결에생각나는「깁고깊픈언약」
>
> ―「깁고깊픈언약」(#61) 전문

4행 "저도 모르게"에 주목해 보자. 우선 "저도 모르게"는 5행 "얼결에생각나는"에 걸리는 부사절로 볼 수 있다. 이것은 의미론적 차원에서 문맥상의 자연스러움을 고려한 때문만은 아니다. 여기에는 쉼표의 사용이라는 구체적인 문제에서부터 시인의 의도라는 다소 추상적인 문제가 개입해 있다. 「깁고깊픈언약」(#61)의 이전 판본들을 검토함으로써 이러한 사실을 확인할 수 있다.

> ①
> 몹쓸은꿈에깨여도라눕을때,
> 봄이와서멧나물도다나올때,
> 아름답은젊은이압플지날때,

64　오하근, 앞의 책, 302～303쪽.

니저버렷던드시문득스럽게
얼결에생각나는『깁고깊픈언약』.

—『배재』 2호(1923.3)

②

몹쓸은꿈을 깨여 도라눕을때,
봄이와서 멧나물이 도라나올때,
아름답은절은이 압흘지날때,
니저바렷던듯시, 저도몰으게
얼결에 생각나는「깁고깁흔언약」

—『문명』 I 호(1925.12)

①의 4행 "니저버렷던드시문득스럽게"는 "저도 모르게"의 원래 의미가 "문득스럽게"라는 사실을 예증한다. 이 "문득스럽게"를 '갑자기' 정도의 의미로 본다면, 그것은 5행 "생각나는"을 수식하는 "얼결에"와 유사한 의미를 갖는다. 따라서 우리는 "저도 모르게"와 "얼결에"가 유사한 기능을 수행하는 의미론적 등가물로 볼 수 있다. 이러한 사실은 ②의 4행 "니저바렷던듯시, 저도몰으게"를 통해서도 확인될 수 있다. 이때 유의해야 할 것은 쉼표의 위치와 기능이다. 쉼표가 "니저바렷던듯시"의 다음에 찍힘으로써, ②의 4행은 의미상으로나 형태상으로 이중적인 구조로 분절되게 된다. 즉 "저도몰으게"는 5행의 "얼결에 생각나는"에 자연스럽게 이어져 하나의 의미 단락을 형성하는 것이다. 그러나 원문에서처럼 쉼표가 "저도 모르게" 다음에 찍혔을 때는 상황이 다르다. 여기서 쉼표는 "저도 모르게"와 "얼결에생각나는" 간의 의미상의 연대를 약화시키는 기능을 수행한다. 역으로 말해 "니저바렷던듯시"와 "저도 모르게" 간의 의미상의 결속이 강화되는 것이다. 1~4행 끝에 있는 쉼표

와 각 행을 구성하는 음절수의 동일은 이러한 결속을 강화시켜주는 도구들이다. 아무튼 이러한 결속은 "니저바렷던듯시"와 "저도 모르게"를 하나의 통사론적 범주로 묶을 가능성을 제기한다. 양자를 도치 구문의 형태로 볼 가능성이 증대된 것이다. 따라서 우리는 원문의 "저도 모르게"가 이중적으로 기능하고 있음을 확증할 수 있다. "저도 모르게"는 다음 행과의 관계에서는 문장의 연장의 한 사례로서, 그리고 앞 구절과의 관계에서는 문장의 도치의 한 사례로서 기능하는 것이다.

이로써 나타나는 현상은 새로운 의미의 파생이다. "저도 모르게"는 이전의 구문론적 맥락과는 달리 "니저바렷던듯시"와 결속됨으로써 의미론적으로 확장되는 것이다. 이제 "저도 모르게"는 "생각나는"을 수식하는 기존의 기능과 함께, "니저바렷던듯시"를 수식하는 새로운 기능을 동시에 지니게 된다. 결국 잊어버린 것도, 다시 생각난 것도 동일한 차원에서 "저도 모르게" 벌어진 일이 된다. 이것은 주체의 존재가 망각과 상기(想起)의 이중 격자 구조 사이에 있음을 암시한다. 주체의 의식과 무의식이 "저도 모르게" 왕래하는 곳, 이곳은 의미론적 차원에서 소월의 시 정신을 지배하는 두 중심축(유동성과 고정성, 소통성과 단절성, 개방성과 폐쇄성, 능동성과 수동성)의 길항관계를 반영한다. 따라서 "저도 모르게"는 소월 시 정신에 이중적으로 걸쳐 있는 '양걸림말'이자, 동시에 소월 시 정신의 두 중심축에 이중적으로 구속되어 있는 '앙장브망'으로 볼 수 있다.

이러한 이중적 구속력은 의미론적 · 구문론적 차원뿐만 아니라 시적 리듬 차원에서도 확인된다. 주로 억양의 층위에서 나타나는 '앙장브망'의 이중적 구속력은, 구문론적 억양과 리듬적 억양의 대립과 충돌의 지점을 적확하게 예시한다. 위의 예에서 "저도 모르게"는 대립과 충돌의 중심 지점이며, 특히 "모르게"는 대립과 충돌의 진앙지로 볼 수 있다. 이때 "모르게"에 부여된 의미론적 강세와 긴장감이 상승조의 억양으로 구체화되는 것이다. 그것은 마치 범죄자가 마지막 순간에 자신의 범죄 행위를 고백할 때처럼, 강력한 탄식과 후회의 어조를 동반하는 것처럼 보인다. 여기에는 "깁고깁흔언약"을 망각한 자신에 대한 깊은 자괴감이 배어 있다. 망각과 상기의 사이에서, 상승조의 억양은 의미론적 긴장과 불가분의 관계를 이루고 있다.

이러한 사실은 우리가 "저도 모르게"를 하강조의 억양으로 율독했을 때와 비교하면 그 차이가 선명하게 부각된다. 하강조 또는 수평조의 억양은 의미론적 긴장을 약화시켜 "저도 모르게"를 마치 가벼운 실수에 대한 자책으로 변용시킨다. 망각과 상기에 대한 일종의 쑥스러움, 이것은 실소(失笑)를 유발하는 것처럼 보인다. 이렇게 되면 "깁고깁흔언약"은 조롱의 대상이 되고 마는데, 표현의 내용과 형식이 반어적 관계를 형성하기 때문이다. 따라서 우리는 "저도 모르게"를 상승조의 억양으로 읽어야 한다. 이는 억양이 내용과 형식의 통합과 유기적으로 연결된다는 사실을 예시한다. 결국 김소월의 시편들은, 시행 차원에서 휴지와 억양의 독특한 분절화를 통해 독특한 자유율의 리듬을 구현하고 있는 것으로 볼 수 있다.

'앙장브망'의 또 다른 사례를 들어보자.

가는봄三月, 三月은 삼질
江南제비도 안닛고왓는데.
아무렴은요
설게이ᄯᅢ는 못닛게, 그립어.

니즈시기야, 햇스랴, 하마어느새,
님부르는 ᄭᅬᄭᅩ리소리.
울고십흔바람은 점도록부는데

설리도 이때는

가는봄三月, 三月은 삼질.

―「가는봄三月」(#152) 전문

밑줄 친 "하마어느새"는 앞말과 뒷말에 동시적으로 걸리는 '앙장브망'으로 볼 수 있다. 그것은 앞말 "니즈시기야, 햇스랴"를 수식하는 부사어이며, 동시에 뒷말 "님부르는 꾀꼬리소리"가 들리는 시기를 수식하는 부사어인 것이다. "하마어느새"가 앞말과 연결되면, "아마 잊으시기야 했으랴?"라는 설의적 표현이 된다. 여기서 문장의 주체는 '님'이지만, 이 설의적 문장은 '님'의 상태를 표현하기보다는 시적 화자의 정서를 표출하는 것으로 볼 수 있다. 그것은 '님'이 나를 아직 잊지 않았다는 화자의 강력한 믿음과 '님'과의 재회에 대한 확고한 신념을 표현한다. 이때 초점은 "하마"에 있게 된다.

이러한 상황은 "하마어느새"가 뒷말과 연결되는 순간 변화된다. "님부르는 꾀꼬리소리"와 연결된 "하마어느새"는 일차적으로 자연적 시간의 경과를 의미하지만, 그 내부에는 화자의 심리적 시간의 경과가 담겨져 있다. 즉 거기에는 '님'과의 재회를 바라는 화자의 기대감이 스며있는 것이다. 좀 역설적이긴 하지만, 이러한 기대감의 이면에 있는 정서는 불안과 초조이다. 그것은 근본적으로 '님'의 망각에 대한 두려움에서 비롯하는데, 그것은 시간이 경과할수록 점점 증폭되는 양상을 띤다. 이때 초점은 "어느새"에 있게 된다.

따라서 "하마어느새"는 "하마"와 "어느새"가 결합한 말로, 통사론적 차원에서 앞말과 뒷말에 이중적으로 걸리는 '양걸림말'로 볼 수 있다. 그것은 앞말과의 관계에서 문장이 도치된 경우이며, 뒷말과의 관계에서 문장이 연장된 경우이다. 통사론적 차원에서 이중의 구속과 긴장은 의미론적 차원에서 재회에 대한 기대감과 망각에 대한 두려움의 진자 운동으로 표현된다. 이것은 소월의 시 정신을 지배하는 두 중심축(유동성과 고정성, 소통성과 단절성, 개방성과 폐쇄성, 능동성과 수동성)의 길항을 반영한다.

억양의 차원에서 본다면, "하마어느새"가 예시하는 것은 이중적 억양 구조의 교차이다. "하마어느새"는 구문론적 억양과 리듬적 억양의 충돌이 발생하는 중심지점이다. 의미론적 차원에서 재회에 대한 기대감과 망각에 대한 두려움은 통사론적 차원에서 문장의 도치와 연장으로 현상한다. 이때 도치 구문의 억양 패턴과 연장된 문장의 억양 패턴이 겹쳐지면서 이중적 억양 구조의 교차가 발생한다. 따라서 앙장브망이 그리는 억양 곡선은 도치 구문과 문장의 연장을 결합한 형태를 띤다.

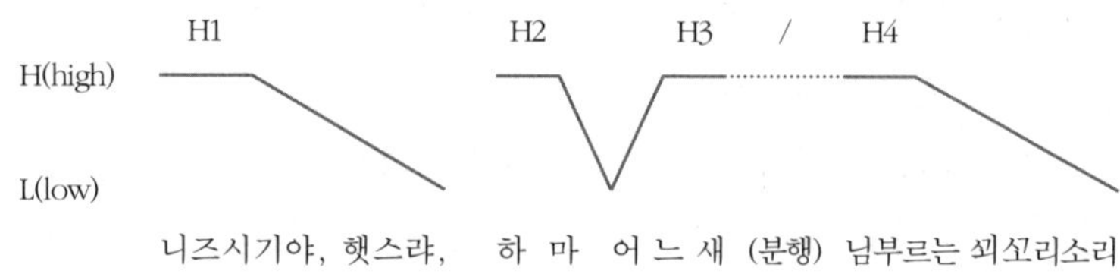

H1에서 H2까지는 도치 구문의 억양 곡선과 동일하다. 일반적으로 의문문의 억양 패턴은 상승 곡선을 그린다. 그러나 "니즈시기야, 햇스랴"는 하강 곡선을 그리는 것으로 봐야 한다. 왜냐하면 "니즈시기야, 햇스랴"는 외적으로는 의문문의 형식을 취하고 있지만, 실제적으로는 긍정의 내용을 표현하는 설의적 문장이기 때문이다.[65] 하강의 기조는 "햇스랴"라는 종결 어미가 출현할 때까지 지속되는데, 이는 평서문의 일반적인 억양 곡선과 동일하다. 이러한 하강 기조는 "하마"가 출현에

65 이숙향에 따르자면, '수사적 해석을 받는 의문문'은 내림조의 억양으로 실현된다. 이숙향, 「한국어 문미억양에 관한 연구」, 『말소리』 9 · 10 합호, 1985, 61~63쪽 참조.

의해 급격한 상승으로 변조된다. 여기에 걸리는 상승조의 피치(pitch)는 구문론적 도치에 의해 "하마"에 강한 호흡발산력이 실리기 때문에 발생하는 것이다.

H2에서 H3까지는 '앙장브망'의 억양 곡선을 예시하고 있다. '앙장브망'의 억양 곡선은 의미론적 · 통사론적 대립과 긴장이 시적 리듬 차원의 대립과 긴장으로 현상한다는 것을 보여주는 중요한 지표이다. 위의 예에서 의미론적 · 통사론적 긴장은 강세(고조)의 이중화로 실현된다. 일반적으로 대립과 충돌의 중심 지점에는 의미론적 강세가 놓이게 마련이다. 의미론적 긴장감이 강한 호흡발산력을 동반하여 상승조의 억양을 실현시키기 때문이다. 앙장브망의 경우 이러한 강세(고조)는 의미론과 통사론의 이중적 구속 때문에 필연적으로 이중화될 수밖에 없다. 위의 예에서 "하마어느새"는 "하마"와 "어느새"가 결합한 말이므로 의미론적 강세가 "하마"와 "어느새" 양자에 올 수밖에 없는 것이다. 바로 이 이중 강세(고조)가 "하마어느새"의 독특한 선율 구조[66]의 핵심을 이룬다. 보다 구체적으로 말한다면 "하마어느새"에서 강세의 위치는 처음과 끝, 즉 "하̌"와 "새̌"에 놓여 "하̌마어느새̌"와 같은 선율 구조를 이루는 것이다. 이것을 억양 곡선으로 표현하면 처음과 끝이 높고 중간이 낮은 U자형으로 나타낼 수 있다. 이러한 억양 곡선은 재회에 대한 확신에서 망각에 대한 두려움으로의 감정적 전이 현상을 표현하는 데 이바지하는 것으로 보인다. 여기서 우리는 '앙장브망'의 억양 구조가 내용과 형식을 통합하는 자유율적 리듬의 한 특수한 구현체라는 사실을 확인할 수 있다.

H3에서 H4까지는 연장된 문장의 억양 곡선과 동일하다. H3과 H4

66 "하마어느새"의 독특한 선율 구조는 의미론적 강세 이외에 휴지(休止)가 부수적으로 작용하고 있다. 휴지의 구성요소는 크게 두 가지인데, "하마어느새"의 앞뒤에 놓인 쉼표가 하나이고, "하마"와 "어느새" 사이에 놓인 어휘 경계가 다른 하나이다.

사이에는 분행이라는 단절이 놓이지만, 통사론적 구속력에 의해 H3에 실린 긴장이 연장된다. 점선은 바로 이러한 긴장력의 지속을 표시한다. 따라서 점선은 분행에 의한 단절과 통사적 규제에 의한 이중적 힘이 길항하는 정도를 보여준다고 할 수 있다.

'앙장브망'은 시의 통사론 · 의미론 · 리듬론이 교차하는 중심 지점이다. 다음의 예는 이러한 사실을 예증하는 좋은 예이다.

①
생각의끗에는 조름이 오고
그립음의끗에는 니즘이 오나니,
그대여, 말을말아라, 이後부터 우리는
녯낫업는 설음을 모르리.

— 「녯낫」, 『개벽』 26호(1922.8)

②
생각의끗테는 조름이 오고
그립음의끗테는 니즘이 오나니,
그대여, 말을마러라, 이後부터,
우리는 옛낫업는서름을 모르리.

— 「옛낫」(#51) 전문

①과 ②의 차이는 무엇인가? ①의 밑줄 친 "이後부터 우리는"이 ②의 "이後부터"로 바뀜으로써 어떠한 변화가 생기는가? 우리는 이 부분의 변화를, 율격 차원에서 규칙성과 정형성이 증가했다는 말로 가볍게 처리하고 넘어갈 수도 있을 것이다. 그러나 정말 그런가? 율격론의 대답은 시의 의미와 형태와 소리 차원의 미묘한 엮임에 대해 아무런

설명도 제공하지 못한다. ①과 ②를 다시 한 번 천천히 율독해 보라. 낭독이든 묵독이든 상관없이, ①과 ②는 서로 상이한 울림을 갖고 우리들에게 반향될 것이다. 소월은 이런 소리의 미세한 울림의 차이에 대해 자각하고 있었던 시인이다. 그렇다면 ①과 ②는 소리의 울림이란 측면에서 무엇이 다른가?

우선 통사론적 차원에서 가장 눈에 띄는 것은 부사어 "이後부터"와 주어 "우리는"의 긴밀한 결속력이다. "이後부터"는 후속하는 문장 "우리는 녯낫업는 설음을 모르리"의 부사어로 볼 수 있다. 이러한 사실은 ①의 "이後부터 우리는"이 그 자체로 충분히 예증하고 있다. 이는 문장의 연장의 전형적 형태이다. 그러나 ①이 ②로 바뀌면 사정은 180도 달라진다. ②에서 보듯 "이後부터"와 "우리는" 사이에 놓인 이중의 단절(분행과 쉼표)은 양자 사이에 통사론적 결속을 약화시키는 작용을 한다. 이제 "이後부터"는 앞말 "그대여, 말을마러라"와 새로운 통사론적 관계에 놓이게 된다. 즉 "이後부터"는 서술어 "말을마러라"를 수식하는 부사어로서, 양자 사이에는 도치의 관계가 성립하는 것이다. 이렇게 되면 ②의 3행은 문장의 도치의 기본 형태인 '정서의 표출 → 쉼표의 분할 → 도치된 문장 성분'의 구조와 동일하게 된다. 따라서 우리는 ① → ②로의 변화를, 후행하는 문장과의 통사론적 결속의 약화와 이에 따른 선행하는 문장과의 통사론적 결속의 강화로 요약할 수 있다.

의미론적 차원에서 본다면, ①의 "이後부터"는 "말을마러라" 이후의 시점, 즉 말을 하지 않는 바로 그 순간 이후의 시점을 뜻한다. 즉 말을 하지 않는 순간 이후부터 "서름을 모르"고 살 수 있다는 것이다. 역으로 말해 이는 "말"이 "서름"의 원인이라는 의미를 내포한다. 마치 1행과 2행에서 "생각"이 "조름"의 원인이 되고, "그립음"이 "니즘"의 원인이 되는 것처럼. "말"과 "서름"의 이러한 메커니즘은 「가는길」에서 "말"이 그리움의 원인으로 작동하는 메커니즘으로 설명할 수 있다. 그러나 ②의 경우는 상황이 다르다. ②의 경우 통사론적으로 "이後부터"가 "말을마러라"에 연결됨으로써, 말을 중지하는 시점이 구체적으로 표명되고 있다. 다시 말해 "이後부터" 혹은 지금부터 혹은 지금 당장 말을 하지 말아야 하는 것이다. ①의 경우 말을 중지하는 시점에 대한 구체적인 표명은 나와 있지 않다. 이에 비해 ②는 그 시점을 명시함으로써, 화자가 "말"에 대해 느끼는 감정에 강도와 밀도를 부여한다. 이것은 말의 중지가 매우 급박하고 긴요하다는 사실을 암시한다. 이러한 뉘앙스의 차이는 리듬의 층위에서 억양의 차이로 나타난다.

통사론적 · 의미론적 측면에서 ①의 긴장관계가 단선적이며 이완되어 있다면, ②는 복합적이며 강화되어 있다. 이러한 차이는 ②에 통사론적 · 의미론적 강세가 중첩되어 있기 때문에 발생한다. 강세의 차이가 곧 호흡발산력과 피치(pitch)의 차이로 현상한다는 사실을 상기한다면, 우리는 ①보다 ②에서 보다 유동적이고 율동적인 억양 패턴을 인지하게 될 것이다. 특히 ②의 "이後부터"에 걸리는 억양의 중첩 현상은 ②의 억양 패턴 전체를 규정하는 매우 중요한 역할을 담당한다. 그것은 구문론적 억양과 리듬적 억양의 긴장과 충돌을 보여주는 좋은 예로서, 도치된 구문과 연장된 구문의 억양 곡선이 결합된 형태를 띤다.

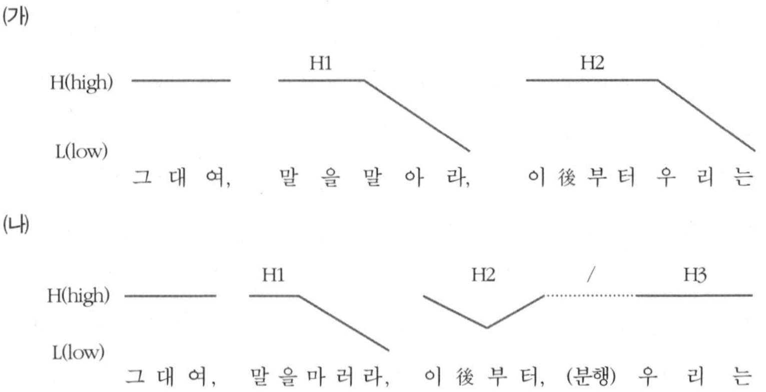

(가)와 (나)의 억양 곡선의 차이는 "이後부터 우리는"과 "이後부터, (분행) 우리는"의 억양의 차이 때문에 생긴다. (가)에서 "이後부터 우리는"은 하나의 억양구를 형성함으로써 완만한 하강조의 억양 곡선을 그린다. 이에 비해 (나)의 "이後부터, (분행) 우리는"은 내리오름조의 억양 곡선과 고조의 지속이라는 억양 곡선을 그린다. 이러한 차이가 발생하는 근본적 이유는 (나)에 문장의 도치와 분행으로 인한 이중적 긴장이 부여되기 때문이다. 따라서 (나)의 "이後부터"의 억양 곡선은 앙장브망의 기본적 억양 패턴을 따르는 것으로 볼 수 있다.

지금까지 우리는 '앙장브망'이 의미와 통사와 억양의 교차로임을 살펴보았다. 이 교차로는 이중의 겹으로 되어 있다. 그것은 의미와 통사와 억양이 각각 독립적으로 교차하는 장소이며, 동시에 각 요소들이 상호 대립하는 장소이기도 하다. 이들이 서로 소통하면서 맺는 관계의 망은 매우 중층적이고 복잡한 양상을 띤다. 이러한 혼효한 소통의 한복판에서 소월 시의 '앙장브망'은 더욱 빛을 발한다. 비유컨대 그의 시는 이 복잡한 흐름의 한복판에서 길을 터주는 존재이다. 여기서 '앙장브망'이라는 시적 장치는 그가 길을 트는 방식, 곧 그의 작시법의 한 정점을 이룬다. 특히 한국 근대 자유시의 성립과정에서 '앙장브망'의 출현은 중요한 기능을 수행한다. '앙장브망'은 일차적으로 구문론적 일탈에서 파생한 것이지만 그렇다고 구문론적 범주로 완전히 환원되지는 않는다. 왜냐하면 그것은 의미론적 확장을 통해 시의 의미의 다양성(혹은 애매성)에 복무하기 때문이다. 또한 그것은 리듬론적 차원에서 정형적 운과 율의 규칙성을 넘어 시적 억양의 역동성을 예증한다. 우리는 여기서 현대시의 자유율의 한 지표로서 억양의 가능성을 목격한다.

제5장
결론

새로운 리듬론을 위하여

지금까지 우리는 소위 "風聞에 가리워진"[1] 소월 시의 리듬을 '운'과 '율'과 '선율'의 차원으로 나누어 살펴보았다. 이를 통해 음운 · 음절 · 문장의 층위에서 규칙적인 반복과 불규칙적인 반복이 상호 대립 · 충돌하고 있음을 확인할 수 있었다.

2장에서는 음운의 반복을 압운의 규칙적인 반복과 '프로조디'의 불규칙적 반복으로 나누어 분석했다. 이를 통해 소월 시에서 음운의 반복이 두운이나 요운, 각운과 같은 주기적이고 규칙적인 양상으로만 환원되지 않고, '프로조디'와 같은 불규칙적이고 비주기적인 양상을 띤다는 것을 알게 되었다. 또한 음운의 반복이 내적 메커니즘에 따라 특정한 계열체들은 형성할 뿐만 아니라, 각 계열체들 상호간에 병렬 · 전이 · 대립된다는 사실도 확인할 수 있었다. [ㄹ] 계열체와 [ㅁ] 계열체의 대립, [ㄹ] 계열체와 [ㄱ－ㄲ] 계열체의 대립, [ㅅ－ㅆ] 계열체

1 조남현, 「개작 과정으로 본 소월시의 이막」, 『문학사상』, 1976.12, 276쪽.

의 [ㅇ－ㅎ] 계열체로의 전이, [ㅈ] 계열체의 [ㄷ] 계열체로의 전이 등은 이러한 사실을 예증한다.

3장에서는 율의 측면에서 7·5라는 율격의 출현과 기원에서 출발하여, 소월 시에서 음수율이라는 규칙적 반복이 어떠한 양상으로 출현하는지를 고찰했고, 최종적으로 '호흡률'이라는 불규칙적 반복이 드러나는 구체적인 지점들을 탐색했다. 호흡률은 시적 리듬에서 소리와 의미와 형태를 분절시켜서 분할하는 원리이다. 특히 율격의 존재의의가 사라진 현대시의 경우, 호흡률은 시의 통합체적 질서를 지배하는 원리로서 시적 리듬의 전면에 부상한다. 여기서 휴지(休止)와 템포(tempo)는 호흡률이라는 자유율을 구성하는 핵심 요소이다. 소월은 휴지와 템포를 시의 분절화의 원리로서 명확하게 인식하고 있었는데, 이는 그의 시에 나타난 띄어쓰기, 구두점 및 표기법의 사용 양상 등을 추적함으로써 확증할 수 있었다. 3장의 분석은 소월 시가 규칙과 불규칙, 정형과 비정형이라는 추상적인 대립항을 넘어, 개별 작품의 고유한 미적 특질을 구현하고 있다는 사실을 보여준다.

4장에서는 시행의 독특한 '종결율조'가 구문적 억양의 패턴에 일으키는 변화 양상을 문장의 단락, 연장 그리고 도치의 세 가지 경우로 분별하여 살펴보았다. 이 세 가지 유형은 시적 리듬 차원에서 상이한 '억양 패턴'을 보여주는데, 각 유형들의 선율 구조를 분석함으로써 구문론적 억양이 시적 억양으로 변이되는 양상과 정도를 탐색할 수 있었다. 우선 문장의 단락은 문장의 종결에서 비서술형에 의한 종결, 특히 명사형 종결과 밀접한 관련이 있다. 구문론적 단절에 의한 압축과 발화상의 긴장도의 증가는 억양의 상승을 유발하고 억양 곡선의 변화를 야기한다. 둘째, 문장의 연장은 산문의 형태로 무한히 연장되지 않고, 행 단위의 비교적 규칙적인 형태의 구문론적 질서에 의해 통제되는 모습을 취하고 있다. 이때 연속과 단절이라는 이중적 긴장이 억양의 패턴과 곡선에 특정한 변화를 수반한다. 셋째, 도치 구문은 구문론적 변화를 통해 억양 패턴의 변화를 수반하는데, 이러한 변화는 선율적 차원에서 시적 리듬의 다양성을 유발하는 주요 요인으로 기능한다. 특히 '앙장브망'은 행 단위에서 '구문적(통사적) 억양'과 '리듬적(시적) 억양'의 긴장과 대립을 집약하고 있는데, 그것은 본질적으로 현대시의 자유율에서 "리듬의 변별성을 용이하게 만드는" 장치로 기능한다. 4장의 분석은 억양의 분절화가 자유율이라는 시적 리듬을 구현하는 핵심 기제일 뿐만 아니라, 시의 내용과 형식을 하나로 통합하는 중심 장치임을 보여준다. 이는 결국 시의 음운론 · 통사론 · 의미론이 시적 리듬의 매개를 통해 하나의 단일한 체계로서 결합한다는 사실을 예증한다.

본론의 분석은, 규칙 · 정형이라는 질서의 원리와 불규칙 · 변형이라는 변화의 원리가 소월 시의 리듬을 규제하는 두 가지 핵심적 원리임을 보여준다. 양자가 교직하면서 짜는 다양한 무늬와 결(texture), 그 속에 김소월 시가 지닌 미적 특질의 요체가 있다. 이는 문학사적인 차원에서, 시집 『진달내쏫』으로 대표되는 소월의 시들이 '개인'이라는 근대적 주체의 성립을 둘러싼 전통과 외래의 길항관계를 반영하고 있음을 예시한다. 다시 말해 김소월과 그의 시는 전근대와 근대라는 시간적 축, 토속과 외래라는 공간적 축이 상호 교차하는 중심 지점으로 기능하고 있는 것이다.

이는 궁극적으로 시적 리듬이 소리와 형태와 의미를 결합하여 단일한 '의미-형식*forme-sens*'의 통합체로 구성하는 조직화의 원리라는 사실을 확정한다. 시적 리듬은 작시법이나 문체론의 구성요소일 뿐만 아니라, 시의 음운론과 통사론과 의미론을 하나의 체계로 조직하는 내적 원리이기도 하다. 시적 리듬은 음운에서부터 주제에 이르는 시의 전(全) 구성요소들을 구조화하는 작동원리인 것이다. 우리가 한편의 시를 '의미-형식'의 통일체로 창조하고 향유할 수 있는 것도 바로 이 시적 리듬의 존재 때문이다. 우리는 시적 리듬을 통해 내용 / 형식의 이분법을 지양하고 내용-형식의 일원론으로 나아가야만 한다. 왜냐하면 "시의 내용이 필연적으로 '낳은'형식, 시의 내용에 의해 정당화되지 않는 형식은 거짓"[2]이기 때문이다.

한국 근대시의 성립 과정에서, 그리고 자유시와 산문시가 주종을 이루는 현대시에서 소월 시는 새로운 리듬론의 위상과 가능성을 타진하는 시금석의 역할을 수행한다. 그의 시가 지닌 독특하고 개성적인 리듬은 선험적이고 추상적인 율격과 같은 형해화된 형식을 초과한다. 그의 시의 리듬이 지닌 진정한 가치는 근대 자유시의 전개 과정에서 자유율 성립의 실질적인 토대를 제공했다는 점에 있다. 이는 소리와 리듬이라는 시의 음악적 층위가 구시대의 망령쯤으로 인식되는 현대시에서도 동일하게 타당하다. 바로 이러한 경향 속에서 시적 리듬의 존재가치를 재정립하고, 시의 소리-이미지-의미의 관계를 근본적으로 재사유할 필요성이 생긴다. 시적 리듬은 주머니 속에 넣다 뺐다 할 수 있는 동전 같은 것이 아니다. 비유컨대 그것은 생명처럼 한 편의 시를 살아 숨쉬게 하고 약동케 하는 그 무엇이다. 무엇보다도 시적 주체(persona)가 "소리를 통한(per-sona)"[3] 존재라는 사실을 상기할 필요가 있다.

2 정현종, 「시의 리듬과 의미」, 『문학사상』 통권 8호, 1973, 291쪽.
3 돈 아이디, 박종문 역, 『소리의 현상학』, 예전사, 2006, 345쪽.

참고문헌

1. 기본 자료

김소월, 『진달내꽃』, 매문사, 1925.
김종욱 편, 『원본 소월전집』 상하, 홍성사, 1982.

2. 국내 자료

강홍기, 「'접동새' 考」, 『개신어문연구』 16집, 1999.
계희영, 『약산 진달래는 우련 붉어라』, 문학세계사, 1982.
고도홍 편저, 『북한의 음성학 연구』, 한국문화사, 1988.
고영근 편, 『역대한국문법대계』 3부 8책, 박이정, 2008.
고형진, 「현대시 운율의 개척과 맥락」, 『현대시』, 2000.9.
______, 「소월시의 운에 대한 연구」, 『외국문학연구』 16호, 2004.2.
구인모, 「김소월 시로 본 근대시 율격 이론의 문제」, 『한국학보』, 2002.
구희산, 「영어와 한국어억양의 대조분석」, 『영어교육』 38호, 1989.
국정효, 「한국 현대시의 형태론(하)」, 『사상계』, 1967.4.
권선아, 『김소월시연구』, 성대 석사, 1993.
권오만, 『개화기시가연구』, 새문사, 1989.
김경창, 「김소월 시의 리듬의식 연구」, 인제대 석사, 2002.
김기림, 『김기림 전집』 2권, 심설당, 1988.
김기진, 홍정선 편, 『김팔봉문학전집』 1권, 문학과지성사, 1988.
김기호, 「억양 음운론의 관점에서 본 영어와 한국어의 억양 비교」, 『어문학』 8집, 2000.
김대규, 「Anima의 시학」, 『연세어문학』 4호, 1973.

김대행, 「압운론」, 『한국시가구조연구』, 삼영사, 1976.
______, 「한국 현대시의 서술어 형태에 관한 연구」, 이희승 외, 『김형규박사 송수기념논총』, 일조각, 1971.
______, 「김소월과 전통」, 『우리 시의 틀』, 문학과비평사, 1989.
______, 『한국시가구조연구』, 삼영사, 1976.
김동리, 「청산과의 거리」, 『문학과 인간』, 민음사, 1997.
김동인, 「내가본시인 김소월군을논함」, 『조선일보』, 1929.12.12.
______, 『김동인 전집』 8권, 홍자출판사, 1964.
김병선, 「한국 개화기의 창가 연구」, 전남대 박사, 1990.
______, 「'山有花'의 시형식 연구」, 『국어국문』, 전북대 국어국문학회, 1986.9.
김병철, 『한국근대서양문학이입사연구』 上, 을유문화사, 1980.
김석연, 「소월시의 운 · 율분석」, 『논문집(인문사회과학편)』 1집, 서울대, 1969.
______, 「한국시가의 압운연구」, 『논문집(인문사회과학편)』 10집, 서울대, 1964.
김선철, 『국어 억양의 음운론』, 경진문화사, 2005.
김성태, 「김소월시 작시법에 대한 언어시학적 연구」, 서강대 석사, 1985.
김수복, 「김소월 시의 정신사적 의미」, 『현대문학』, 1987.10.
김수업, 「소월시의 율적파악」, 『상산 이재수박사 환력기념논문집』, 경북인쇄소, 1973.
김승희, 「언어의 주술이 깨뜨린 죽음의 벽」, 『문학사상』 153호, 1985.7.
김 억, 박경수 편, 『안서김억전집』 5권, 한국문화사, 1987.
김열규 · 신동욱 편, 『김소월 연구』, 새문사, 1996.
김영민, 『한국문학비평논쟁사』, 한길사, 1994.
김영철, 「개화기 시가사상에 있어서의 초기 한국 찬송가의 위치」, 『아세아연구』, 1971.
______, 「언문풍월의 장르적 특성과 창작양상」, 『한중인문과학연구』 13집, 2004.
______, 「한국 현대시에 나타난 국어의 미적 기능」, 『한중인문학연구』 22호, 2007.
김용직, 『한국현대시사(상)』, 학연사, 2008.
______, 『現代詩原論』, 학연사, 1991.
김우창, 「감상주의－김소월의 슬픔」, 『궁핍한 시대의 시인』, 민음사, 1978.
김유정, 「"척도 없는 리듬 Rhythme sans mesure" : "율격의 시"에서 "시의 율격으로"」, 『불어불문학연구』 56호, 한국불어불문학회, 2003.
김윤식, 「소월시의 행방」, 『심상』, 1974.10.
______, 「식민지의 허무주의와 시의 선택」, 『문학사상』 8호, 1973.
김윤식 · 김현, 『한국문학사』, 민음사, 1994.

김인환, 「연극과 시－김소월론」, 『세계의 문학』, 1987 여름.
김정숙, 「한국시가의 율적연구」, 『국어국문학』 25권, 1962.6.
김준오, 『시론』, 삼지원, 1997.
김춘수, 「김소월론을 위한 각서」, 『현대문학』 16호, 1956.4.
______, 『한국 현대시 형태론』, 해동문화사, 1958.
______, 「소월 시의 행과 연」, 『현대문학』 72호, 1960.12.
김학동 편, 『김소월』, 서강대 출판부, 1998.
김혜경, 「소월시의 율격에 관한 연구」, 명지대 석사, 1996.
김　현, 「여성주의의 승리」, 『현대문학』, 1969.10.
김현기, 「한국 현대시 운율 연구」, 『인문논총』, 전북대, 1992.
김현자, 『시와 상상력의 구조』, 문학과지성사, 1982.
김흥규, 「한국시가 율격의 이론 Ⅰ」, 『민족문화연구』, 고대민족문화연구소, 1978.
노춘기, 「안서와 소월의 한시번역과 창작시 연구」, 『한국시학연구』, 2005.
문덕수, 『시론』, 시문학사, 2002.
______, 「리리시즘의 발견」, 『문학춘추』, 1964.11.
______, 「신소월문학론」, 『사상계』, 1968.5.
민광준, 『한 · 일 양 언어 운율의 음향음성학적 대조 연구』, 제이엔씨, 2004.
박인기, 「한국 현대시의 리듬 요인」, 『국문학논집』, 단국대, 1989.
박종화, 「문단의 일년을 추억하야」, 『개벽』 31호, 1923.1.
______, 「소월과 나」, 『신문예』, 1959.8.
박진환, 「정신분석적으로 본 김소월」, 『현대시학』, 1982.10.
______, 『김소월시 연구』, 조선문학사, 1997.
백　석, 「소월과 조선생」, 『조선일보』, 1929.5.1.
서우석, 『詩와 리듬』, 문학과지성사, 1981.
성기옥, 「한국 현대시의 음악성과 음악성 이해의 방향」, 『현대시』, 1995.3.
______, 『한국시가 율격의 이론』, 새문사, 1986.
송명희, 「소월시의 운율과 의미」, 정한모 편, 『김소월연구』, 새문사, 1996.
______, 「소월시에의 반성」, 『세계의 문학』 4권 4호, 1979 겨울.
송　욱, 『시학평전』, 일조각, 1963.
______, 「기분의 시학과 뉘앙스의 시학」, 『문화비평』 1권 1호, 1969.4.
송희복, 『김소월 연구』, 태학사, 1994.
신동욱 편, 『김소월』, 문학과지성사, 1981.

신동욱, 「김소월 시에 관한 연구」, 『인문과학』 63집, 연대 인문과학연구소, 1990.6.
심혜영, 「김소월과 김영랑의 시 고찰」, 『나랏말쌈』, 1989.11.
양병호, 「김영랑 시의 리듬 연구」, 『한국언어문학』 28집, 1990.
양주동, 양주동전집 간행위원회 편, 『양주동 전집』 11권, 동국대출판부, 1998.
엄호석, 『김소월론』, 조선작가동맹출판사, 1958.
예창해, 「한국시가운율의 구조연구」, 『성대문학』 19집, 1976.
오하근, 『김소월 시어법 연구』, 집문당, 1995.
오장환, 「소월시의 특성」, 『조선춘추』 1권 1호, 1947.12.
유종호, 「옷과 밥과 자유」, 『현대문학』, 2002.8.
______, 「임과 집과 길」, 『세계의 문학』, 1977 봄.
윤석민, 「일제시대 어문규범 정리과정에서 나타난 수용과 변천의 양상」, 『한국언어문학』 55집, 2005.
윤석산, 「소월의 리듬 의식」, 『제주대 논문집』 26집, 1988.7.
______, 『소월시 연구』, 태학사, 1992.
윤여탁, 『시의 논리와 서정시의 역사』, 태학사, 1995.
윤장근, 「개화기시가의 율성에 관한 분석적 고찰」, 『아세아연구』 13집4호, 1970.9.
윤주은, 「김소월 시의 변모과정 연구」, 윤주은 편, 『김소월 시 전집』, 학문사, 1994.
이광수, 『이광수 전집』 16권, 삼중당, 1963.
이기문, 「소월시의 언어에 대하여」, 김학동 편, 『김소월』, 서강대 출판부, 1998.
이기철, 『詩學』, 일지사, 1993.9.
이숙향, 「한국어 문미억양에 관한 연구」, 『말소리』 9 · 10 합호, 1985.
이승훈, 「거울과 영혼」, 『현대시』, 1990.9.
이영광, 「김소월시의 수미상관과 전통의 창조적 계승」, 『어문논집』 36호, 고려대, 1997.
이은상, 「岸曙와 新詩壇」, 『동아일보』, 1929.1.16.
이진성, 『프랑스 시법 개론』, 만남, 2002.
이필영, 「김소월의 '산유화'에 관하여」, 『문학과 언어의 만남』, 신구문화사, 1996.
이호영, 『국어음성학』, 태학사, 1996.
______, 『국어운율론』, 한국연구원, 1997.
임헌영, 「보수와 전통」, 『현대문학』 1967.5.
임홍빈, 「문종결의 논리와 수행-억양」, 『말』 9집, 1984.
장도준, 「1920년대 민요조 서정시인들의 민요의식과 7 · 5조 율조에 대하여」, 『논문집』 56집, 대구 효성카톨릭대, 1997.12.

______, 『한국현대시의 전통과 새로움』, 새미, 1998.
장만영, 「소월시를 빛낸 안서 김억 선생」, 『신동아』, 1971.5.
장인창 외, 「발화 내 감정의 정밀한 인식을 위한 한국어 문미억양의 활용」, 『통신학회논문집』 30집, 2005.
장철환, 「1920년대 시적 리듬개념의 형성과정」, 『한국시학연구』 24호, 한국시학회, 2009.
전영옥, 「한국어 억양단위 연구」, 『담화와 인지』 10권 1호, 2003.
전정구, 「김소월시의 언어시학적 특성 연구—개작과정을 중심으로」, 전남대 박사, 신아, 1990.
정 광, 「한국시가 운율연구 시론」, 『응용언어학』 7권 2호, 서울대 어학연구소, 1975.
정명교, 「한국현대시에서 서정성의 확대가 일어나기까지」, 한국시학회 학술대회 발표문, 2006.
정명숙, 「한국어 억양의 기본 유형과 교육 방안」, 『한국어 교육』 13집, 2002.
정재찬, 「서구 운율 이론의 회고와 전망」, 『현대시』, 1995.3.
정태용, 「현대시인연구」, 『현대문학』, 1957.6.
정한모, 『한국현대시문학사』, 일지사, 1982.
______, 「우리에게 있어 전통시란 무엇인가」, 『심상』 4권 10호, 1976.
______, 「소월시의 정착과정연구」, 『성심어문논집』, 1977.8.
______, 「〈金잔듸〉론」, 김열규 · 신동욱 편, 『김소월 연구』, 새문사, 1996.
정현종, 「시의 리듬과 의미」, 『문학사상』 통권 8호, 1973.
정효구, 「「招魂」의 구조주의적 분석」, 『현대문학』, 1987.3.
______, 「'招魂'의 구조시학적 분석」, 『국어국문학』 95호, 1985.5.
조남현, 「개작 과정으로 본 소월시의 이막」, 『문학사상』, 1976.12.
조동일, 『우리문학과의 만남』, 홍성사, 1978.
______, 『한국 시가의 전통과 율격』, 한길사, 1984.
조연현, 『한국현대문학사』, 성문각 6판, 1982.
조윤제, 『도남조윤제 전집』 4권, 태학사, 1988.
조재룡, 『앙리 메쇼닉과 현대비평』, 길, 2007.
조창환, 『한국현대시의 운율론적 연구』, 일지사, 1988.
______, 「김영랑 초기시의 율격과 형태」, 『한국시학연구』 10호, 2004.
천이두, 「임의 미학, 김소월」, 『종합에의 의지』, 일지사, 1974.
최동호, 「혼의 좁힘과 상승의 시학」, 『현대문학』, 1979.1.

한수영, 「근대시와 7 · 5조 : 육당과 소월의 거리」, 『한국시학연구』, 2001.
허기추, 「소월시의 형식주의적 특성」, 『청람어문학』, 한국교원대, 1988.
허형만, 「김소월 시에 나타난 '물'의 심상과 의식연구」, 『한남어문학』 13집, 1987.6.
홍신선, 「국문풍월에 대하여」, 『기순어문학』 3집, 1988.
홍재휴, 『한국고시율격연구』, 태학사, 1983.
홍정선, 「근대시 형성과정에 있어서의 독자층의 역할 연구」, 서울대 박사, 1992.

3. 국외 자료

다니엘 드라스 · 자크 필리올레, 유재연 · 유재호 역, 『언어학과 시학』, 인동, 1985.
돈 아이디, 박종문 역, 『소리의 현상학』, 예전사, 2006.
로만 인가르덴, 이동승 역, 『문학예술작품』, 민음사, 1985.
르네 웰렉 & 오스틴 워렌, 이경수 역, 『문학이론』, 문예출판사, 1988.
벤야민 흐루소브스키, 박인기 편역, 『현대시의 이론』, 지식산업사, 1989.
볼프강 카이저, 김윤섭 역, 『언어예술작품론』, 대방출판사, 1982.
앙리 메쇼닉, 조재룡 역, 『시학을 위하여 1』, 새물결, 2004.
앙리 메쇼닉 · 조재룡, 「리듬의 시학 : 앙리 메쇼닉 인터뷰」, 『문학사상』, 2004.12.
앤드류 스펜서, 김경란 역, 『음운론』, 한신문화사, 1999.
얀 무카로브스키, 조주관 편역, 『시의 이해와 분석』, 열린책들, 1994.
에밀 벤브니스트, 황경자 역, 『일반언어학의 제문제 II』, 민음사, 1992.
엔터니 이스톱, 박인기 역, 『시와 담론』, 지식산업사, 1994.
옥타비오 빠스, 김현창 역, 『옥타비오 빠스-시와 산문』, 민음사, 1991.
옥타비오 빠스, 김홍근 역, 『활과 리라』, 솔, 1998.
유리 로트만, 유재천 역, 『시 텍스트의 분석 : 시의 구조』, 가나, 1987.
조시 부라사, 조재룡 역, 『리듬의 시학을 위하여』, 인간사랑, 2007.
줄리아 크리스테바, 김인환 역, 『검은 태양』, 동문선, 2004.
프리드리히 니체, 김대경 역, 『비극의 탄생』, 청하, 1982.
한스 마이어호프, 『문학 속의 시간』, 이종철 역, 문예출판사, 2003.
T. S. Eliot, 이창배 역, 「전통과 개인의 재능」, 『엘리어트 선집』, 을유문화사, 1980.

Hartman, Charles O., *Free verse : an essay on prosody*, Princeton University

Press, 1980.

Lotz, J., 〈Metric Typology〉, *Style in language*, M.I.T Press, 1960.

Mukařovský, J., "Standard Language and Poetic Language", Paul L. Garvin(edited), *A Prague school reader on esthetics, literary structure, and style*, Washington, Georgetown University Press.

Preminger, A., *The New Princeton Encyclopedia of Poetry and Poetics*, Princeton Univ. Press, 1993

Wimsatt W. K.(eds), *Versification Major Language Types*, New York, New York Univ Press, 1972.

土居光知,『文學序說』, 동경, 岩波書店, 1969.